1950년대 미디어와 미국표상

상허학회

　이번 호 특집은 매체에 표상된 미국의 상(像)이 한국사회의 근대성과
어떤 연관성을 지니는가를 탐색한 연구들이다. 미국은 한국사회에 막대
한 영향력을 끼치고 있지만, 너무 밀착되어 있기 때문인지 객관적으로
거리화하고 조명하는 논의들이 많았던 것은 아니다. 특히, 정치나 경제
분야에서는 국제정세와 관련하여 이러저러하게 꾸준히 연구되고 있지
만, 문화 분야에서 미국이 어떤 식으로 유입되고 습합되는지에 대한 연
구는 그다지 풍성하지 않다. 이번 상허학보 특집은 한국인의 일상생활
이나 문화 속에 이미 내면화되어 분리해내기조차 어려울 지경이 된 미
국문화의 영향력을 매체를 통해 구성된 담론 차원에서 분석하고자 한
것이다. 사실 미국적인 것의 유입과 내면화는 식민지 시기부터 시작된
것이지만, 미군부대를 통해 일상적 접촉이 이루어진 1950년대 이후의
영향력은 새로운 국면으로 접어든다. 이번 특집 원고들은 이런 점을 염
두에 두고서 미국적인 것이 본격적으로 담론화되고 미국의 이미지가 만
들어지는 기원으로서 1950년대의 매체와 담론을 집중적으로 조망하고
있다. 문학연구자들이 중심이 된 기획인 까닭에 전성기를 구가했던
1950년대 문학비평 담론에서 구성된 미국인식이 관심의 초점이 되었고,
그 외에도 그동안 문화연구의 관점에서 거의 연구되지 않았던 기독교
매체의 미국담론이나 여성지의 미국담론이 중요한 테마가 되었다. 특히
미국영화는 대중적으로 압도적인 관심을 받았던 매체였고, 이를 통해
미국문화를 모방했다는 점에서 미국적 이미지의 형성과 관련하여 중요
하게 취급되었다. 소설 역시 미군을 통해 유입된 소비문화와 향락문화

를 비판하면서도 미국적 풍요를 향한 욕망을 주제화하는 데서는 공통점을 지니는 점이 중요하게 부각되고 있다. 이미 한국인의 삶에 깊숙이 들어와 있는 미국을 모방하려는 욕망의 기원을 살펴본다는 점은 탈식민화의 과제와 연관하여 시사화는 바가 크다 할 것이다.

이번 호에도 이태준에 관한 연구논문이 한 편 실렸다. 이태준의 소설 「봄」과 「장마」를 동시대 다른 소설가의 비슷한 소재의 작품과 비교하여 이태준 소설이 독특한 자기세계를 유지하면서도 현실에 대한 비판의식을 유지할 수 있었던 동인을 분석하고 있다.

이외에도 일반논문 4편이 실렸다. 문학 연구가 점점 사상사적 혹은 문화사적 연구로 확장되면서 문제의식이 총체화되고 심화되고 있다. 『상허학보』의 논문들은 그런 변화를 가장 빨리 반영하고 있지 않은가 생각된다. 이번 호에 실린 일반논문 4편은 이런 확장의 직접적 결과물인 듯하다. 소영현의 논문은 근대주체 형성의 문제를 1910년대의 근대적 인쇄매체에서 강조되었던 수양론과 교양론을 중심으로 살펴보고 있으며, 박지영의 논문은 근대초기 동요의 '천사동심주의'를 통해 당대 인식의 문제점을 고찰하고 있다. 이 논문들은 문학적 텍스트를 통해 당대의 사회사, 문화사적인 문제를 규명한다는 점에서 문학연구방법의 확장에 해당한다 할 것이다. 임경순의 논문은 문학외적인 요소이지만 문학을 그 자체로 규정할 수도 있는 검열의 문제를 다루고 있으며, 장영우의 논문은 삶의 지평이 지구적 단위로 변화하면서 '디아스포라'적 문제의식이 한국인의 삶에 어떤 식으로 작용하는가를 미국 내 한국문학을 중심으로 고찰하고 있다.

문학이 현실과 이러저러한 방식으로 관계하는 예술현상인 한, 삶의 조건을 변화시키는 여러 요인들은 문학의 창작과정 뿐만 아니라, 문학연구의 방법론에 있어서도 절대적으로 고려되어야 할 것이다. 현실의 변화에 항상 촉각을 곤두세우고 학문의 방법론을 고민하는 모습이 바로 '젊은' 학회로 거듭나는 비결일 것이다. 더욱 정진하기를 기대한다.

2006년 10월 30일
상허학회 편집위원회

상허학보
18집

❖ 목 차 ❖

Ⅰ
특 집

1950년대 문학비평의 세계주의와 미국적 가치 지향의 상관성*
－김동리의 세계문학 논의를 중심으로

이 은 주**

1. 1950년대 문학비평과 세계주의 지향

1950년대 문학비평은 민족문학론, 전통론, 모더니즘, 실존주의, 휴머니즘 등 다양한 주제 중심으로 분류, 연구되고 있다. 그 결과는 논의의 다양성, 서구이론의 직수입, 이론적 미숙성, 새로운 방향 모색, 다수 전문 비평가의 등장 등으로 정리할 수 있다.

김영민 등이 1950년대 비평 담론을 주제 중심으로 분류하여 균형 있게 1950년대 비평사를 조망하고자 했다면, 김현은 전통 단절론과 휴머

* 이 논문은 2005년도 학술진흥재단 지원으로 연구되었음(KRF-2005-079-AS0126).
** 이화여대 강사.

니즘론, 김윤식은 실존주의, 최유찬은 모더니즘, 박헌호, 한수영은 민족문학론을 1950년대의 주조 비평으로 파악한 후 그것으로부터 1950년대 비평의 내적질서를 논리화하는[1] 방법을 보여준다. 주조 비평을 중심에 둔 연구는 주제를 달리하는 각각의 다양한 논의들이 어떠한 길항 관계를 통해 연계될 수 있는지, 그리고 전후라는 시기와는 어떻게 접맥될 수 있는지를 논리화했다는 점에서, 주제(표제) 중심의 분류 연구가 지닌 경직성을 넘어서고 있다.

특히 김건우, 박훈하, 최성실의 연구[2]는 1950년대 비평에 접근하는 방법론에 문제제기를 하면서 비평 담론 연구의 또 다른 가능성을 보여주고 있다. 최성실은 표면적으로 드러나는 일반적 사실에 몰두하는 연구 경향을 벗어나 각각의 비평논의의 내재적 특성을 포착하여 새로운 범주의 상위 개념을 도출하는 것으로 1950년대 비평에 좀 더 미시적이고 다층적인 접근이 필요함을 역설했다. 박훈하는 1950년대 문학비평이 표제화하고 있는 논의 준거를 해석의 준거로 삼는 것에 문제제기를 하면서 비평이라는 담론을 통해 문단이라는 장의 기득권 쟁취와 관련한 문단권력, 문단 헤게모니가 어떻게 구조화되고 있는지를 탐색하고 있다. 김건우는 전후 문학 비평을 텍스트로 하여 해석공동체, 지식, 권력의 문제에 접근하고 있다. 그는 전후 세대의 세계사적 보편주의 맥락과 시, 공간 관념, 실존에 대한 논의들이 저널리즘과 아카데미즘을 통해 하나

---

1) 김영민, 『한국현대문학비평사』, 소명, 2000.
   김윤식, 『한국현대문학사』, 일지사, 1985.
   김 현, 「테로리즘의 문학」, 『문학과 지성』, 1971. 여름.
   박헌호, 「50년대 비평의 성격과 민족문학론의 도정」, 『한국 전후문학 연구』, 성균관대 출판부, 2000.
   최유찬, 「1950년대 비평연구」, 『1950년대 남북한 문학』, 평민사, 1991.
   한수영, 『한국 현대비평의 이념과 성격』, 국학자료원, 2000.
2) 김건우, 「전후세대 텍스트에 대한 서론적 고찰」, 『외국문학』, 1996. 12.
   박훈하, 「서구적 교양주의의 탄생과 몰락—이어령론」, 『오늘의 문예비평』 27호, 1997. 겨울.
   최성실, 『근대, 다중의 나선』, 소명, 2005.

의 권력으로 작용하고 있으며, 거기에는 반공이데올로기와의 연합이라
는 은밀한 힘이 작용하고 있다고 본다. 그러나 김건우는 그 은밀한 힘
을 구체적인 텍스트 분석의 결과로서 제시한 것이 아니어서, 왜 은밀한
힘인지, 그 힘은 어떻게 포착되고 있는지를 논증하지 못하고 일반론의
재확인 수준에 그치는 한계를 드러낸다.

본 논문은 이렇게 다양한 선행 연구들이 한 목소리로 언급하고 있는,
미국 선망과 세계주의에 대한 비판에 관심을 갖는다. 세계지향(세계주
의3))은, 1950년대 문단 개관의 적확한 큰 틀을 제시하고 있는 김현의
「테로리즘의 문학」에서부터 이미 언급되었던 것이다. 여기에서 김현은
'50년대에는 지식인을 한 곳으로 묶을 과제가 없어 당대 문학은 보편주
의와 세계주의의 미로를 헤매인다'고 전제한다. 그리고 외국이론에 대
한 경사 현상을 '미로 헤매기의 한 흔적'으로 이해하면서 비평(평론)은
유럽, 미국적인 것에 대한 '악질적인 면모'4)를 드러낸다고 진단한 바 있
다. 이것은 새것콤플렉스라는 평가로 1950년대를 이해하는 한 잣대가
되어 왔다.

이후, 1950년대 세계지향은 '무차별적 서구문화 수입, 서구지향적 사
고, 서구사회와 유사한 풍토에 놓여 있다는 환상'5)이라는 비판적 평가

---

3) 세계주의라는 말을 쓰는 것은 1950년대 세계문학 논의에서 비롯된 것이다. 김동리·조
  연현·정태용·최일수·김양수 등이 '세계문학'이라는 용어를, 조용만·최일수 등은 '문
  학의 세계성'이라는 말을 사용했다. 조용만은 '세계성 또는 국제성'(「한국문학의 세계
  성」, 『현대문학』, 1956. 10)이라는 언급도 했으며, 홍순민은 '세계의 문학'(「세계의 문학
  과 행동성」, 『자유문학』, 1957. 11)이라고도 썼다. 세계문학으로서의 민족문학에 대한
  입장을 전개하는 데에는 차이가 있지만, 이들의 사용하고 있는 세계 개념에는 큰 차이
  가 없다. '세계를 일체화한, 세계적인 것에 육박하는, 보편적 인간에게 가치가 있는' 정
  도의 의미를 공통분모로 하고 있기 때문이다. 따라서 본 논문은 세계 공통의, 전세계적
  인 것에의 지향을 내포한 입장들을 일컫는 포괄적 의미로 '세계주의, 세계지향'이라는
  말을 사용했다. 이는 선행연구에서 사용된 보편주의와 다르지 않으며, cosmopolitan의
  의미를 갖는다고 보면 된다.
4) 김현, 「테로리즘의 문학」, 『문학과 지성』, 1971. 여름, 244쪽.
5) 최유찬, 「1950년대 비평연구」, 『1950년대 남북한 문학』, 평민사, 1991, 14쪽.

12

로 이어졌다. 이러한 평가는 1950년대 세계주의에 대한 김현의 입장을 그대로 내포하고 있다. 즉 허상뿐인 세계주의, 감정적 동일시의 환상이라는 비판으로 일반화되고 있는 것이다.

세계주의 열망은 문학비평에서만이 아니라 1950년대 한국을 조망하는 데 있어서 중요한 한 요소이다. 그런데 선행연구들은 이것을 결과론적으로 평가할 뿐, 당대의 그 세계주의가 어떻게, 무엇을 중심으로 담론화되고 있는지, 그것의 본질적 내용은 무엇인지에 대해서는 함구하고 있다. 따라서 본 논문은 1950년대 비평에서 말해지고 있는 세계주의(세계지향)가 무엇을 의미하고 어떤 작용을 하고 있는지를, 비판의 중심에 놓여있다고 볼 수 있는 김동리의 논의를 중심으로 살펴볼 것이다. 이것은 당대 다른 텍스트들과의 관련 맥락을 고려해야만 가능하다.

2. 민족문학론의 세계주의와 미국적 가치 지향

1950년대 비평담론의 주요 논제인 민족문학은 한국 근대문학 초기부터 현재까지 다양한 입장6)과 의미의 내포를 보여주고 있는 주제이다. 논의의 다양성은 민족문학 개념의 역사성뿐만 아니라 한 시대 내에서의 입장의 차이에도 적용되는 말이다. 1950년대 민족문학 논의 역시 예외는 아니다.

1950년대 민족문학 논의는 세계문학과 민족문학, 문학의 세계성, 세계문학과의 유기성 등의 표현으로 당대의 특수성을 드러낸다. 당대를 지배했던 이 세계주의는, 선행연구의 표현을 빌리자면, '허상뿐인 세계주의에 빠져있는 현실'7)을 증명하는 것으로, 또는 '당시 지식인에게 만연되어 있던 보편주의 세계주의에의 지향'을 드러낼 뿐인 것으로 치부

---

6) 서영채, 「한국 민족문학론의 개념과 역사에 대한 소묘」, 『문학의 윤리』, 문학동네, 2005, 참조.
7) 박헌호, 앞의 글, 243쪽.

된다. 혹은 현실 감각을 상실한, 현실 도피적인 지식인의 무조건적인 서구(미국) 추수, 서구동일시, 방황의 흔적8) 등으로 이야기되기도 한다. 그래서 이 세계주의의 내용이 무엇인지, 그 내용은 어떻게 구성되고 있는지에 무관심했던 것이 사실이다.

그러나 이 '허무맹랑한 세계주의'는 1950년대 민족문학 논의에서 당대 현실과의 교섭을 전제로 한 특수한 계기9)로서 설정된 것이라는 사실만으로도 주목해야 할 가치가 있는 논제이다. 논의의 구체성이 담보되지 않는다는 이유에서 추상적 보편주의자로 비판받고 있는 김동리의 논의에서 출발해 보자.

김동리는 1950년대 민족문학이 나아갈 방향을 세계문학으로의 도약으로 설정하고, 민족문학이 인간주의적 문학이 될 때 세계문학이 될 수 있다10)고 역설했다. 그런데 여기에서 문학의 질적 수준이나 텍스트 내적 문제와 관련되는 이야기는 언급되지 않는다. 따라서 김동리의 세계문학 논의에서 중요한 것은 세계문학의 조건으로 제시된 '인간주의적 문학'이라는 것이 무엇인가 하는 것이 된다. 김동리는 그것을 '인간 개성의 자유와 인간성의 존엄을 중시하는 민주주의의 이념'11)과 관련되는 것으로 서술하고 있다.

김동리가 시공간을 초월한 절대가치로서의 보편적 인간성 회복을 문학의 중심에 두고 있어 추상적 휴머니즘에 기대고 있다는 비판을 받아왔지만, 궁극적으로 그가 이야기하는 인간주의는 '개성의 자유와 인간성의 존엄을 목적하는 휴맨이즘에의 세계사적 의욕'12)에 도달하는 것이었다. 이 휴맨이즘에의 세계사적 의욕이 '민주주의'를 의미한다는 것은

---

8) 김현, 「테로리즘의 문학」, 앞의 책, 243-244쪽; 박헌호, 앞의 글, 220, 233, 243, 244쪽; 최유찬, 앞의 글, 12-13쪽.
9) 서영채, 앞의 글, 77쪽.
10) 김동리, 「민족문학의 이상과 현실」, 『문화춘추』, 1954. 2, 624-625쪽.
11) 김동리, 「순수문학의 진의─민족문학의 당면과제로서」, 『문학과 인간』, 청춘사, 1952, 107-108쪽.
12) 김동리, 「순수문학의 진의」, 앞의 책, 107쪽.

같은 글에서 확인할 수 있는 내용이다.

결국 김동리는 한국의 현대문학이 세계문학 속으로 편입될 수 있으려면 민주주의 이념에 충실한 문학으로 거듭날 때 가능하다는 말을 하고 있는 것이다. 그렇다면 민주주의가 내포하고 있는 의미를 파악하는 것이 김동리가 지향하는 문학의 핵심을 이해하는 길이 되겠다. 이 의미는 본문이 진행되면서 드러나게 된다.

세계사적 흐름인 민주주의에 동참하지 못하고, 그것을 주도하고 있는 미국 선진문화를 받아들이지 못할 때 문학은 물론 국가의 후진성을 벗어나지 못한다는 김동리의 논의는, 민주주의는 세계사적 흐름이고 이 세계사적 흐름은 미국이 주도한다는 것으로 정리할 수 있다. 여기에는 다음과 같은 논리가 개입되고 있다.

민주주의 ≤ 세계사적 흐름 ≤ 미국 주도

그러므로 우리는 민주주의(선진문화)에 동참하는 것으로 세계성을 획득할 수 있으며, 이것은 곧 세계를 주도하는 미국 선진문화에 가까워지는 것(후진성 벗어나기)이 된다. 따라서 김동리 논의에서 민주주의 강조와 세계지향 반복은 미국에 대한 선망에 비례한다는 서술적 공식을 낳게 된다.

이러한 맥락은 1950년대 민족문학과 세계문학에 대한 논의에서 어렵지 않게 찾아볼 수 있다. 정태용, 정병욱, 김양수, 백철[13] 등은 하나같이 우리의 '후진성'을 이야기하면서, 세계와 인류라는 곳으로 눈을 돌리고 우리를 세계에 알리고 문화교류를 활발히 하는 것이 한국이 후진성을 벗어날 수 있는 길이며, 민족문학이 나아갈 방향이라고 말하고 있다. 민족문학이 세계와 함께 해야 한다, 세계 속에 편입되어야 한다는

---

13) 정태용, 「민족문학론」, 정병욱 「우리문학의 전통과 인습」; 김양수 「민족문학 확립과제」, 『1950년대 비평의 이해』 I(남원진 편), 역락, 2001; 백철, 「미국문화와 그 영향의 문제」, 『국제평론』 2, 1959. 5.

것은 부연설명이 필요 없는 당위적 명제처럼 1950년대를 압도하고 있
었던 것으로 보인다. 이 현실은 다음과 같은 극단적 서술에서 상징적으
로 드러나고 있다.

> 6·25동란은 우리에게 헤아릴 수 없는 災難과 불행을 가져왔지만, 그러
> 나 그 중에서 단 한가지 억지로 위안되는 일을 골라낸다면, 그것은 '코리
> 어'라는 이름을 널리 세계에 선전하여 준 것일 것이다.[14]

물론 글쓴이는 억지로 위안되는 일을 고른다고 전제했지만, 그것이
전쟁이 더 길어지지 않았다는 등의 것이 아니고 한국의 이름 알리기에
초점이 맞추어지고 있다는 것은 주목해야 할 사항이다. 당대 매체가 대
외관계의 폐쇄성을 한국의 후진성과 연결시키면서 세계주의(세계지향)
를 더욱 부추기고 있기 때문이다. 다음과 같은 서술도 이를 뒷받침해
준다.

> 옛날부터 隱士國으로 되어 있는 이 나라는 근대에 이르러 대원군의 쇄
> 국정책으로 인하여 歐美諸國과 접촉할 모든 기회를 잃어버렸고…… 침략
> 에 호시탐탐한 強隣의 틈바구니에 끼어서 어쩔 줄 모르는 동안에 국세는
> 날로 기울어져 필경 失國을 보게 되었다. 일본의 羈絆아래에 있던 40년 동
> 안은 되도록 외국의 이목을 끌지 않게 하자는 것이 그들의 통치책이어
> 서…… 그러던 것이 다행이 해방을 보게 되었고, 독립국가를 이룩하여 세
> 계적 무대에 올라 볼려고 하던 차에 사변이 勃發하였다. 이 사변은 자유국
> 가 대 비자유국가의 세계적인 규모의 전쟁으로 확대되어, 미국을 비롯한
> 우방 17개국의 군대가 우리나라에 派遣되어 공산군 擊滅의 성전에 참가하
> 게 되었고 이 전쟁이 3년 동안 계속되는 동안, 날마다 전황이 세계 각 국
> 의 신문에 발표되어 '코리어'의 이름이 세계 각 국에 알려지게 되었다.[15]

민주주의는 만민의 자유, 평등을 근본이념으로 하느니만치 내가 내민족

---

14) 조용만, 「한국문학의 세계성」, 『현대문학』, 1956. 10, 40쪽.
15) 조용만, 앞의 글, 40쪽.

내 나라일을 하면서도 세계적인 大調和 안에서 그 소재를 찾는 것이다. 특히 우리나라는 세계자유진영 諸國과의 관련에서 독립되었고 세계국가의 연합체에 의하여 자유 옹호의 투쟁을 계속하느니만치 무엇이나 '세계적'인 관심과 '세계적'인 조화 속에서 내나라 내민족의 일을 규정지어야 할 것이다.16)

인용문은 조선시대의 쇄국정책, 일본 식민지, 6·25전쟁의 원인을 한국의 개방성 부족에서 찾고 있다. 그리고 독립, 해방, 휴전 등이 세계국가와의 연합관계에 의하여 가능한 것이었다고 진단한다. 따라서 과거와 같은 역사의 반복을 피하기 위해서라도 1950년대 한국의 나아갈 방향은 세계사적 흐름에 동참하는 것이 될 수밖에 없는 것이다. 1950년대의 세계사적 흐름이자 의욕은 인용문에서 나타나듯이, 미국을 포함한 우방국들 즉 세계자유진영 연합과 뜻을 같이 하는 것이 된다. 그 뜻이 단일한 하나의 모델로 정형화될 수 있는 것은 아니지만17) 인간 개성의 자유와 인간존엄을 강조하는 민주주의를 의미한다는 것은 앞에서 살펴본 바다.

따라서, 김동리를 위시한 1950년대 대다수의 세계문학 논의가 문학의 수준이나 주제를 이야기하는 문학 내적 차원이 아니라, 문화교류와 관련되면서 세계 속에서의 국가존망의 문제와 연결되는 논의로 확대되고 있는 것은 위와 같은 정황과 연계되어서 이해되어야 한다. 민족문학의 세계성에 대한 논의가 서구문명 수용으로서의 현대화, 세계주의, 후진성 벗어나기, 문화교류 등으로 확장, 비약되는 가운데, 최일수는 이 복잡 다양한 논의들의 핵심이 무엇인지를 잘 정리해 주고 있다.

美國문학의 '실용' 佛國문학의 자유, 영국문학의 전통 등으로 그들 문학

---

16) 김재준, 「민주주의론」, 『사상계』 1권, 1953. 4, 150-151쪽.
17) 민주주의의 내용과 영향은 각국에 따라 상이하며, 한국의 민주주의는 미국의 대외 정책에 의해 보급된 미국식 자유민주주의를 모델로 한다.
     박찬표, 「반공체제의 강화와 자유민주주의의 제도화」, 『한국의 국가형성과 민주주의』, 고려대 출판부, 1997, 300-301쪽.

의 민족적인 특수성을 찾아 볼 수 있는데 그들 문학이 세계적인 문학으로
된 것은 물론 오래인 역사적 기반에서 오는 전통 속에서도 그 원인이 있겠
으나 실은 美國문학의 경우만 보더라도 그 전통적 기반보다는 오히려 현
대 문학을 세계적으로 교류시켰다는 데서도 볼 수 있는 것이다…… 참으
로 문학을 세계적으로 교류시켜준 원동력은 다름 아닌 문명의 이기였으며
그 문명의 이기는 정신문화의 한 방법으로서 일찍이 이를 개척한 서구의
문학들은 어느 지역의 민족들 보다 빨리 세계화했으며 미개지의 민족들이
울안에서 좁디좁은 울안의 사고에 골몰하고 있을 때 그들과 그들의 문학
을 이 문명의 이기를 빌어서 세계적으로 진출시키면서 교류했던 것이다.
문명이란 다시 말하면 문학을 세계적으로 교류시켜준 가장 유일한 역군이
었다.[18]

　물론 최일수는 김동리로 대표되는 인간성 옹호로서의 세계주의를 이
야기하는 사람들과 입장을 달리하는 논자이다. 그는 김동리의 인간 개
념이 개념적 추상에 불과하며, 김동리 등이 얘기한 문학의 세계성을 '막
연한 인간주의, 가공적인 코스모포리타니즘'이라고 비판하면서 민족의
특수성을 지각, 의식하여 질적인 독자성을 확립하는 것이 문학의 세계
성을 획득하는 길이라고 말하고 있다.

　그러나 최일수 역시 경제발전을 토대로 세계 각 국과 교류할 수 있
는 현대화(문명화)에 동참할 수 있을 때 세계성 획득이 가능하다는 이야
기를 하고 있다. 그리고 나아가 세계문학이 된다는 것은 국력과 무관한
것이 아니라는 것을 역사와 전통이 길지 않은 미국문학을 예로 들어 설
명하고 있는 것이다. 즉 현대화, 문명화, 인간성옹호, 민주주의 등으로
이야기되는 세계화의 내용은 미국이라는 표상에 포섭된다고 볼 수 있
다. 다시 말해 미국이라는 표상이 1950년대 한국에서 지니는 의미가 바
로 앞서 이야기한 것들이 되는 것이다.

　1950년대 한국에서 미국이라는 표상이 내포하고 있는 이와 같은 의
미는 『사상계』가 특집으로 마련한 〈아메리카니즘〉 논의를 통해 보다 분

---

18) 최일수, 「문학의 세계성과 민족성 ③」, 『현대문학』, 1958. 2, 165쪽.

명히 드러난다.

20세기에 일어난 두 개의 대전은 미국이 국제적 지위를 얻는데 있어서 중대한 계기를 줄 것이며 이 계기를 유익하게 잡은 것은 어디까지나 미국의 독자적 힘의 결과이다. 윌슨 대통령은 미국의 참전 목적을 '민주주의를 옹호하기 위해서'라고 했고 루즈벨트 대통령은 그것을 '인류의 자유를 위해서'라고 했다. 그러나 1940년 6월 던커크에서 영국군이 철수할 무렵 대미방송에서 처칠수상이 미국에 호소한 '우리에게 도구를 달라'하는 그 도구를 미국이 제공할 능력이 없었다면 과연 윌슨이나 루즈벨트의 참전 목적이 의미를 가질 수 있었겠는가. 다시 말하면 미국은 그가 갖는 기술과 생산력으로써 그 자신이 차지할 정당한 지위를 얻게 된 것이다.[19]

미국은 민주주의, 인류의 자유를 중시하는 인간성 옹호의 정신과 함께 현대화(문명화－기술과 생산력)와 밀접한 맥락 속에서 엮어지고 있다. 그리고 이 세계사적 흐름의 선봉에 선 미국의 지위는 정당한 것으로 평가되고 있다. 나아가 이것은 미국의 평등과 자유에 대한 옹호로 이어진다.

평등과 자유에 대한 미국인의 가치관념을 절대적인 이념으로서 이해하는 것은 잘못이다…… 그 관념들은 미국인이 밟아온 역사적 과정과 사회 조건에 의해서 특정한 한계를 갖고 있다. 그들이 높은 가치를 인정하는 평등은 결코 절대적인 관념으로서의 평등이 아니라 '기회의 평등'이며 기본적인 권리의 평등이다…… 자유의 관념은 식민지적 통치로부터의 해방, 중상주의적 抑壓에 대한 반항, 既成교권체제에 대한 항거에서 시작하였다. 그리고 그것은 오늘날 여하한 절대적 권위도 인정하지 않고 개인적 기본권리를 지키는 관념으로 발전했으며 더 뚜렷한 형태로서는 기업가의 경제적 자유로 구현되고 있는 것이다.[20]

---

19) 이보형, 「미국문명은 流産될까」, 『사상계』 72권, 1959. 9, 402쪽.
20) 이만갑, 「미국인의 가치관념과 대중사회」, 앞의 책, 389쪽.

자유와 평등이, 식민통치로부터의 해방과 권위에 대한 항거, 독립국가 건설이라는 미국적 상황 속에서 만들어진 개념이므로 이를 올바로 이해해야 한다고 설명하고 있다. 이 맥락은, 유사한 역사적 경험을 지닌 우리에게도 자유와 평등이 낯설지 않은 것이 되어야 하며, 정확한 개념의 지표로서 미국식 개념을 알고 있어야 한다는 당위를 담고 있다. 이것은 전쟁과 식민체험을 모두 가진 한국에서 매우 설득력 있게 받아들여졌을 것이라고 짐작할 수 있다. 미국에 대한 이러한 선망은 마침내 다음과 같은 지향을 드러내게 된다.

> 우리는 진정한 의미의 아메리카니즘을 배워야 할 것이다. 진정한 아메리카니즘은 인간에 대한 신념이라고 볼 수 있다. 인간의 창의성, 존엄성, 자유성 등에 대한 신앙이 그들의 생활을 움직이고 있기 때문이다.[21]

생활 속에서 인간에 대한 신념을 실천하는 것이 진정한 아메리카니즘이라고 말하면서 이것을 배워야 한다고 주장하는 이 선언적 언술은 당대 매체를 통해 일반 대중에게 폭넓게 전달되면서 미국에 대한 동경, 선망을 보다 일반화시켰을 것이다. 물론 실질적인 내용면에서 인간에 대한 신념이 어떻게, 얼마만큼 실천되었는지는 알 수 없다. 그러나 미국과 엮어지고 있는 의미들이 생활어처럼 한국의 일상 속으로 들어왔다는 것은, '1950년대 한국에서 현대, 문화, 민주주의라는 말이 인습적으로 사용되고 있다'[22]는 당대의 진단으로도 검증되고 있다. 미국적 가치에의 선망이 한국에서 생활 속으로 침투하고 있었다는 것은 다음과 같은 말에서도 확인할 수 있다.

> 반항할 아무런 앙상, 레짐도 없이 자유로운 시민사회의 평등한 계약에서 탄생한 이른바 '투명한 자본주의 국가'에 있어서 일찍이 아메리카인의

---

21) 김하태, 「한국에 있어서의 아메리카니즘」, 앞의 책, 425쪽.
22) 이철범, 「실존주의와 휴머니즘의 관계」, 『문학예술』, 1957. 12, 190쪽.

어법에 대한 애칭이었던 '아메리카니즘'은 오늘날 생활의 習度는 물론 방대한 사상체계와 빅 비지네스를 다스리는 새로운 신화로 군림하고 또 세계적인 규모로 팽창해가고 있다.[23]

1950년대 한국의 생활은 물론 사상체계와 모든 관심사가 미국과 관련되면서 미국주의가 새로운 신화로까지 이야기되는 맥락은 주목해야 할 부분이다. 현대화, 인간성옹호, 세계적인~, 민주주의 등의 표상이 사회 문화적, 정치적인 영역 구분 없이 일상 속으로 침투하여 생활의 일부로 용해되고 있는 것이 우연한 일은 아니기 때문이다.

미국은 이미 2차 대전 이후 민주주의 원칙의 세계적 확산을 국가 목표로 공언하였다.[24] 그리고 그 일환으로 한국에서 자유민주주의를 인간다운 삶에 대한 세계사적 의욕으로 계몽, 선전하고 있었다. 미국이 해방 이후부터 「농민주보」 「세계신보」 「주간신보」 등 각종 서적, 팜플렛, 전단, 포스터, 영화, 라디오 등을 통해 민족청년단의 이름으로 유포[25]하고 있었던 다음 내용을 보자.

미국정부 및 미국 시민에 있어 민주주의는…… 인간은 신성불가침의 권리를 가지고 있고 남의 권리를 침해하지 않는 한 타의 위협이나 압박에 강제되지 않고 자기 마음대로 자기의 마음과 정신을 계발할 수 있는 권리를 포함한다. 언제 남에게 강제로 잡혀갈지 모른다는 공포심 없이 안심하고 자기신념, 확신을 자유로 발표할 수 없다면 민주주의 사회가 아니다. 또 법률을 준수하는 시민으로서 그들이 연고 없이 취업을 거부당하거나 생명, 자유, 행동 등의 추구를 박탈당하는 등의 공포 중에서 생활한다면 자유사회라 할 수 없다(「농민주보」 65호, 1947. 4. 5).[26]

---

23) 박종홍, 「미국사상의 특징」, 『사상계』 72권, 1959. 9, 380쪽.
24) 강정인, 「서구중심주의의 세계사적 전개과정」, 『계간사상』, 2003. 가을, 212-216쪽
25) 「농민주보」의 경우 해방 후 초기에 80만 부까지 발행되었다고 한다. 당시 주요 일간지가 6~7만 부 발행임을 보면 엄청난 규모였음을 알 수 있다.
   박찬표, 「반공체제의 강화와 자유민주주의의 제도화」, 『한국의 국가형성과 민주주의』, 고려대 출판부, 1997, 311쪽.

개인의 존엄, 자유, 생명존중 등을 내용으로 하는 민주주의의 선전에는, 미국이 그들의 자유민주주의를 개인의 자유, 휴머니즘 등과 등치시키면서 삶의 방식으로 가르치는 원리가 작용한다.

한국에서 미국식 민주주의를 정책적으로 교육 홍보하던, 군정청 공보부 여론국에 있던 피쉬[27]의 말을 들어 보자. 그는 민주주의가 가장 빈번하게 우리 생활면에 접촉되는 곳은 우리의 가정이라고 했다. 그리고 민주주의의 진정한 가치는 국민의 생활에 나타난다고 말하면서 가정, 학교, 교회, 상점, 은행, 농장, 직장, 운동경기, 신문, 오락기관, 공중위생, 의사, 경찰, 군대, 사법행정, 예술 심지어 동물대우에까지 민주주의적 생활이 무엇인가를 가르치고 있다.[28] 미군정은 교육을 자유민주주의 전파와 이식의 중요한 수단으로 이용하였는데 피쉬는 군정 하에서 교육고문으로 활동하였고, 미군정의 교육 정책과 교육이념을 대변했던 오천석은 이 사상을 그대로 도입하여 민주주의가 하나의 생활 방식임을 강조하면서 미국의 자유민주주의를 가르쳤다.

> 민주주의는 하나의 생활 방식이다. 이것은 인간관계를 율하는 하나의 원리이다. 민주주의 정신은 모든 사람으로 하여금 의식적으로 자율적인 인간으로서 가장 풍요하게 살 수 있는 공정하고 평등한 기회를 확보하려는 데 있다.[29]

앞서 살펴본 바와 같이 개인의 자유, 평등, 인간성 옹호, 현대화(문명화), 문화교류, 세계화, 민주주의 등은 모두 미국식 자유민주주의 속으

---

26) 박찬표, 앞의 글, 311쪽.

27) 듀이의 제자로 1919년에서 1935년까지 연희전문 교수로 있었고, 군정 하에서 교육 고문으로 활동했다. 미군정의 교육정책과 교육이념을 대변했던 오천석이 듀이의 사상을 그대로 도입하였다고 한다.

28) J. E. Fisher, 『민주주의적 생활』, 군정청 공보부여론국 정치교육과, 1947; 박찬표, 앞의 글, 315쪽 재인용.

29) 박찬표, 앞의 글, 315쪽 재인용.

로 포섭되고 있다. 그러므로 미국이 가르쳐 주는 (미국식)민주주의를 생
활 속으로 끌어들이면 우리의 삶은 자동적으로 세계사적 흐름 속에 놓
이게 된다. 그 실천방법을 피쳐가 가르쳐 주고 있는 것이다.

　미국적 가치를 지향하는 것이 곧 세계성을 획득하는 것이 된다는 이
러한 맥락의 논의들이 해방 직후부터 한국에 유포되고 있었던 사정을
고려하면, 김동리가 「문학과 자유의 옹호」「휴맨이즘의 본질과 과제」에
서 세계문학으로서의 인류보편적 가치를 인간성 옹호, 인간주의, 휴머
니즘으로 표상하는 가운데 그것을 민주주의 이념으로 연결시키고 있는
맥락의 의도는 분명해 진다.

　이것은 김동리가 〈조선문학가 동맹〉을 자유주의와 휴맨이즘의 적이
라고 비판하는 데30) 초점을 맞추고 있는 논의를 두고 「문학과 자유의
옹호」로 표제화하고 있는 데서 잘 나타난다. 이 글에서 그는 휴맨이즘
과 민주주의의 새로운 세계를 창조할 수 있도록 하는 문학, 개성의 자
유와 자유가 있는 인간성을 옹호한다고 하면서, 소연방주의자 및 그 走
狗들과는 이미 언어가 통하지 않게 되었다고 선언한다. 그리고 휴맨이
즘의 내핵이 메카니즘(공식주의)에 반발, 항거, 불만을 갖게 되는 인간
성이라고 규정하면서 근대문명의 모든 정신적 기반이 휴맨이즘에서 나
오는데 이 휴맨이즘을 해치는 것이 '공산주의, 문예상의 메카니즘'31)이
라고 말하고 있다.

　김동리의 이러한 논리는, 모더니즘을 비판하는 근거로 '구호처럼 선
전'(미국처럼 생활 속으로 침투하는 선전이 아니라)하는 것의 과오를 제
시하는 데에서, 그리고 맑스주의에 대해 '민족문학 수립의 해악'이라고
비판하는 데에서도 잘 드러나고 있다.

　세계문학 논의로부터 출발한 김동리의 논의는 이렇게 여러 논의를
통해 미국식 자유민주주의에의 동참을 역사적 당위로 만들면서 보다 대

---

30) 김동리, 「문학과 자유의 옹호」, 『백민』, 1947. 7.
31) 김동리, 「휴맨이즘의 본질과 과제」, 『현대공론』, 1954. 9, 124쪽.

중적인 방식으로 미국적 가치를 지향하는 담론을 만들고 있다. 보다 대중적이라고 말할 수 있는 이유는 김동리 논의의 핵심키워드가 '개인과 자유, 그것을 위한 반항'으로 요약되는 미국식 자유민주주의 내용의 동어반복인데, 이것은 미국이 인간다운 삶을 위한 생활 방식으로 이미 해방 직후부터 전국 단위로 선전, 계몽하고 있었던 내용이기 때문이다.

그런데 이것은 김동리만의 지향은 아니었음을 우리는 앞에서 확인했다. 이러한 미국적 가치 지향은 1950년대 한국 사회분위기와 무관하지 않다. 해방 이전 민족(문학)논의는 그것이 좌우파의 방향성을 내재[32]하고 있었다고 해도 탈식민주의를 하나의 목표로 하고 있다는 점에서 독립국가에의 염원과 동일시하여도 큰 문제가 없었다. 그러나 한국전쟁 이후 남북한은 각각 미국과 소련을 중심으로 하는 냉전질서에 편승하고자 하는 노선을 고수한다. 남한 노선의 성격은 이승만의 다음과 같은 말에 잘 나타나고 있다.

> 만일 내가 한국을 희생시킴으로써 미국의 지위를 강화시킬 수만 있다면 나는 그렇게 할 것이오. 왜냐하면 미국이 국가 간에 지도적 위치를 확보하고 있는 한, 한국은 언젠가는 다시 살아날 수가 있기 때문이오. 그러나 만일 미국의 영향력이 쇠퇴한다면 자유세계는 희망이 없을 것이오.[33]

---

32) 이를테면, 1920년대 문학논의에 있어 공동의 목표는 조선문학의 건설이었다고 할 수 있다. 그러나 그 공동 목표 아래에서도 좌우파의 논의가 논쟁적으로 이루어지고 있었다. 좌우파의 대립은 계급의식과 민족의식의 대립으로 이야기되거나(권영민, 『한국현대문학사』, 218쪽), 정치적 공식주의와 국수적 잔재, 예술지상주의(김영민)로 말해지기도 한다. 김기진으로 대표되는 카프계열과 최남선, 양주동, 염상섭 등의 논의를 주목할 수 있다. 이는 해방직후의 민족문학론에서도 마찬가지이다. 좌파 측에서는 계급적 당파성을 강조하는 한효와 대중성 확보에 많은 관심을 갖는 임화가 주목되며, 우파 측에서는 조연현과 김동리가 논의를 주도했다. 자세한 내용은 김영민『한국근대문학비평사』와 『한국현대문학비평사』 참조.

33) 올리버, 박일영 역, 『이승만 비록』, 한국문화출판사, 1982, 490쪽. 서중석, 『배반당한 한국민족주의』, 성균관대 출판부, 2004, 261쪽 재인용.

미국의존이 극명하게 드러나고 있는 이러한 발언은, 꼭 같지는 않을지라도 냉전질서에 편승하고 있는 1950년대 남한의 분위기를 짐작할 수 있게 해 준다. 이러한 분위기 속에서 이미 다른 노선을 걷고 있는 이북과 단일한 민족으로서의 공통의 정체성을 확인하는 작업을 해야 한다는 것은 단순한 문제가 아니[34]었을 것이다. 게다가 전쟁 경험을 통해 이념과 노선의 차이가 생명과 직결될 만큼의 인간적 거리를 노정한다는 사실을 체험[35]한 이들에게 북한을 동족으로 수용해야 하는 일은 무의식적으로라도 배제될 수밖에 없었을 것이다. 이것은 문단이나 정치적 현실에서나 다를 바 없는 문제였다.

이렇게 혼란스러운 전쟁 후의 분위기 속에서 국가수립은 무엇보다 중요했다. 그러나 국가수립을 위해 필요한 공동의 정체성이 노선을 달리하는 이북과의 공조 속에서 만들어지기는 어려웠다. 따라서 남한의 단정 국가수립 정책은 반공과 냉전체제 강화로 남한 국민 공동의 정체성을 형성하게 된다. 이것이 1950년대 김동리가 보여주고 있는 세계주의를 지향하는 민족문학 논의의 특수성을 결정짓고 있다.

즉 미국 중심의 반공 냉전 질서체제를 따르는 정치적 메커니즘이 그대로 작동하고 있는 김동리의 민족문학 논의는 통일지향의 민족담론을 담아낼 수 없었다. 통일을 담론화할 수 없는 김동리는 민족문학의 세계성, 세계문학으로의 도약이라는 주장을 통해 미국중심 자유진영 체제의 우월성을 인정하고 강화하는 논리를 재생산하게 되는 것이다.

1950년대 한국에서 '현대, 문화, 민주주의'라는 말이 인습적으로 사용되고 있다는 당대의 증언[36]과 함께 김동리식의 세계주의는, 미국중심의 경제발전과 민주주의에의 편입을 근대화, 세계화라는 명제[37]로 담론화하는 미국 중심의 세계사적 전개과정에 우리가 얼마나 깊게 밀착되어

---

34) 박지향 외, 『해방 전후사의 재인식』, 책세상, 2006, 664쪽.
35) 고은, 『1950년대』, 향연, 2005.
36) 이철범, 앞의 글, 190쪽.
37) 강정인, 「서구중심주의 세계사적 전개과정」, 『계간 사상』, 2003. 가을, 203, 213쪽.

있었는지를 다시 한번 확인시켜 준다. 여기에서 우리는 자유민주주의의 이념을 탈정치화하여 하나의 삶의 방식으로 상투화38)시키고자 했던 미국의 세계화 전략과 위력을 또다시 상기하지 않을 수 없다.

3. 1950년대의 현실맥락과 미국적 가치 지향의 문제

1950년대 문학비평의 주제였던 문학에 있어서의 세계주의는 한국의 구체적 현실과 특수한 상황을 배제하고 있다, 혹은 간과하고 있다고 비판받아 왔다. 그래서 상아탑 속의 학문, 현실경시, 현실도피로 언급되기도 했다. 본 논문은 이 지점에서 비판의 중심에 있는 김동리의 논의를 대상으로 그가 말하는 세계주의의 내용을 구체화시켜 보고자 했다.

1950년대 김동리의 문학비평은 미국 중심의 세계화 과정에 편입되는 당대 남한의 정치적 상황과 성격을 같이 한다. 이때 한국이 제도적으로 지향했던 미국식 자유민주주의의 정착 과정은 현대화 과정으로 불리었고 이것은 김동리의 문학비평에서 중요한 키워드가 된다. 즉 개인의 자유, 인간성 옹호, 현대화(문명화), 문화교류, 세계화, 민주주의, 풍요한 삶 등의 표상은 1950년대 국가 수립의 중심 이념이었던 미국식 자유민주주의에의 지향 속으로 포섭되면서, 생활 속에서 미국적인 것에의 지향을 강화하게 된다.

통일 논의 자체가 용공시되고, 용공은 곧 반미라는 인식이 일반화되다시피한39) 1950년대 남한에서, 김동리가 민족문학을 이야기하면서 미국을 중심에 둔 세계주의로 논의를 전개시키는 것은 민족(문학)을 이야기하지만 반미가 아님을 강조하는 맥락으로 볼 수 있다. 김동리가 주장

38) 박찬표, 앞의 책, 315쪽.
39) 강만길, 「한국 민족주의론의 이해」, 『한국의 민족주의운동과 민중』(리영희·강만길 편), 두레, 1987, 17-18쪽; 오유석, 「1950년대 남한에서의 민족주의」, 『한국 현대사의 민족주의』, 집문당, 1996, 111쪽.

하는 '개성의 자유와 인간성의 존엄, 그것을 위한 반항'은 궁극적으로 해방 이후 미국이 한국인의 생활 속으로 침투시키고자 전략적으로 선전, 계몽, 유포하였던 미국식 자유민주주의의 핵심 내용과 연계되고 있기 때문이다. 즉 김동리의 논의는 배타적 대상을 설정한 미국식 자유민주주의를 이념으로 남한 단일정부를 수립하고 있었던 국가체제에 순응 내지 체제를 긍정하는 논리에 의해 조직되고 있는 것이다.

그러나 미국을 구심점으로 하는 1950년대 세계주의를 무조건적으로 비판할 수만은 없다. 미국의 원조를 가장 많이 받고 있었던 1950년대 한국의 정황과 미국의 정치적 전략이라는 현실적 맥락을 고려하지 않을 수 없기 때문이다.

오히려 주목해야 할 부분은, 해방 이후 미국이 어떤 방식으로 한국에 개입해 왔는지, 그리고 체제순응 내지 체제긍정적 담론이 어떻게 작동되고 있는지에 관한 것이다. 김동리의 미국적 가치 지향은 정치성을 노골적으로 드러내지 않아야 한다는 미국의 세계화 전략을 충실히 따르고 있었기 때문에 보다 폭넓은 독자층을 확보할 수 있었을 것이다. 지식인 담론의 논리와 신념이 한시대의 공적 담론이 되고 그것이 지배이데올로기와 결합되었을 때 구체적인 독자 대중은 무의식적으로 그것에 강요당하게 될 수밖에 없다[40]고 하니, 세계주의를 표방한 김동리의 비평문은 1950년대 일반 대중에게 퍼져 있던 미국에 대한 선망을 더욱 공고히 하는 역할을 하고 있었던 셈이다.

주제어 : 민족(주의), 국가(주의), 미국식자유민주주의, 세계주의, 세계지향

---

40) 이것은 1950년대 미국식 자유민주 개념을 유포하던 당사자들의 전략에 이미 예견되어 있던 것이었다. 주한미군본부 직속의 공보원(OCI)의 활동, 전단살포, 영화상영 및 제작, 사진전시, 교육 등의 구체적 활동과 내용은 박찬표, 앞의 책, 304-309쪽 참조. 대표적 문서는 「Ambassador Edwin W. Pauley to president Truman」(1946. 6. 22), FRUS, 1946, Ⅷ, pp. 706-709. 「president Truman to Ambassador Edwin W. Pauley, at Paris」(1947. 7. 16), FRUS, 1946, VIII, pp. 713-714. 박찬표, 앞의 책, 301쪽.

◆ 참고문헌

1. 기본자료

「경향신문」, 「서울신문」, 「조선일보」, 『국제평론』, 『문예』, 『문학예술』, 『문화세계』, 『문화춘추』, 『백민』, 『사상계』, 『신천지』, 『자유문학』, 『자유예술』, 『현대공론』, 『현대문학』

김동리, 『문학과 인간』, 청춘사, 1952.

남원진 편, 『1950년대 비평의 이해』 I(비평자료집), 역락, 2001.

2. 단행본

고명섭, 『지식의 발견』, 그린비, 2005.

고 은, 『1950년대』, 향연, 2005.

김동춘, 『근대의 그늘』, 당대, 2000.

김명인, 『조연현, 비극적 세계관과 파시즘 사이』, 소명, 2004.

김영민, 『한국현대문학비평사』, 소명, 2000.

박지향 외, 『해방전후사의 재인식』 2, 책세상, 2006.

박찬표, 『한국의 국가형성과 민주주의』, 고려대출판부, 1997.

백낙청, 『민족문학과 세계문학』 I, 창작과비평사, 1978.

서경석 외, 『한국 전후문학의 형성과 전개』, 태학사, 1993.

역사문제연구소, 『1950년대 남북한의 선택과 굴절』, 역사비평사, 1998.

윤건차 · 장화경 역, 『현대 한국의 사상 흐름』, 당대, 2000.

한국문학연구회, 『1950년대 남북한 문학』, 평민사, 1991.

3. 논 문

강만길, 「한국 민족주의론의 이해」, 『한국의 민족주의 운동과 민중』, 두레, 1987.

강정인, 「서구중심주의의 세계사적 전개과정」, 『계간 사상』, 2003. 가을.

김건우, 「전후세대 텍스트에 대한 서론적 고찰」, 『외국문학』, 1996. 12.

김윤식, 「'구경적 생의 형식'의 문학사상사적 위상」, 『작가세계』 67호. 2005. 겨울.

김 철, 「한국보수우익 문예조직의 형성과 전개」, 『한국 전후문학의 형성과 전개』, 태학사, 1993.

김 현, 「테로리즘의 문학」, 『문학과 지성』, 1971. 여름.

류양선, 「해방기 순수문학론 비판-김동리의 비평활동을 중심으로」, 『실천문학』 38

호, 1995. 여름.

박헌호, 「50년대 비평의 성격과 민족문학론의 도정」, 『한국 전후문학 연구』, 성균관대 출판부, 2000.

박훈하, 「서구적 교양주의의 탄생과 몰락－이어령론」, 『오늘의 문예비평』 27호, 1997. 겨울.

서영채, 「한국 민족문학론의 개념과 역사에 대한 소묘」, 『문학의 윤리』, 문학동네. 2005.

유영익, 「거시적으로 본 1950년대의 역사」, 『해방 전후사의 재인식』 2, 책세상, 2006.

임대식, 「1950년대 미국의 교육원조와 친미엘리트의 형성」, 『1950년대 남북한의 선택과 굴절』, 역사비평사, 1998.

최유찬, 「1950년대 비평연구(I)」, 『1950년대 남북한 문학』, 평민사, 1991.

최정호, 「기만된 평화, 거북한 승리」, 『계간 사상』, 1990. 봄.

◆ **국문초록**

1950년대 문학비평의 주제였던 민족문학의 세계주의는 그동안 한국의 구체적 현실과 특수한 상황을 배제하고 있다고 비판받아 왔다.

이 논문은, 1950년대 세계주의에 대한 비판의 중심에 있는 김동리의 논의를 통해 세계주의의 내용을 구체화시키고 있다. 반공, 자유민주주의 국가로 단일 정부를 수립해야 하는 상황을 1950년대의 특수성으로 본다면, 당대 김동리의 세계주의는 현실적 맥락을 지니는 것이었다고 말할 수 있다. 즉 김동리는 민족문학을 이야기하면서 개인의 자유, 인간성 옹호, 현대화(문명화), 문화교류, 민주주의, 풍요한 삶, 세계화 등을 연결시키고 있는데, 이것이 미국을 중심에 둔 세계주의의 내용이다. 이 내용은 냉전자유주의 질서를 구축하는 미국의 세계화 전략에 동참해야 한다는 것을 강조하는 맥락이다.

인간, 개인, 자유 등을 논의의 핵심 키워드로 삼고 있는 1950년대 김동리의 문학비평문들은 생명주권 회복, 개성의 자유, 인간성의 존엄, 그것을 위한 반항을 이야기하고 있다. 이것은 궁극적으로 해방 이후 미국이 한국인의 생활 속으로 침투시키고자 대대적으로 선전, 계몽, 유포하였던 미국식 자유민주주의의 내용과 연계된다.

결과적으로 1950년대 김동리의 세계주의 논의는, 배타적 대상을 설정한 미국식 자유민주주의를 이념으로 남한 단일정부 수립이라는 국가체제에 순응 내지 체제를 긍정하는 방향으로 조직되는, 미국적 가치 지향을 강화하는 담론이라고 할 수 있다. 그것은, 자유민주주의 이념으로 세계질서를 재편하는 데 있어 정치성을 드러내지 말고 생활 속으로 침투해야 한다는 미국의 세계화 전략을 충실히 따르고 있다.

◆ SUMMARY

The relativity of cosmopolitanism in the literary criticism of the 1950's and it's orientation of American values
‑Focus on the Kim Dong-Lee's cosmopolitanism

Lee, Eun-Ju

The theory of world-oriented literature which were the theme of literary criticism of the 1950's, have been criticized for excluding Korea's concrete reality and specific situation.

If we viewed the situation of the anti-communism and needs to establish a single government under a democratic regime as the particular circumstances of the times, the Kim's literary criticism of the 1950's would take on a new meaning. The reason for discussing the cosmopolitanism with the U. S. in the center, under the context of national literature, emphasizes that we should join the globalizing strategy of the U. S. who builds up the oder of cold-war liberalism. Therefore, the world-oriented national literature, in the Kim's literary criticism of the 1950's, can be seen that underlies the nationalism in consideration of the Korea's circumstances.

Kim's those literary criticisms, which have such key words as human, individual, freedom, etc. are said to retrieving life supremacy, freedom of personality, dignity of man, and rebellion for their good. These are ultimately connected to the contents of the American liberal democracy which the U. S. propagated, enlightened, and disseminated in the post-Liberation era in order to infiltrate into the life of Koreans.

As a result, Kim's world-oriented national literature of the 1950's turns out to have been formed in the direction of conforming or affirming the national constitution of establishing a sole government of the South

Korea, based on the ideology of American liberal democracy with the exclusive targets. It faithfully abides by the strategy of the U. S. that it should permeate into the life without revealing political intentions.

**Keyword : national, nationalism, American liberal democracy, cosmopol-
itanism, world-oriented**

－이 논문은 2006년 7월 30일에 접수되어, 소정의 심사를 거쳐 2006년 9월 29일에 최
종적으로 게재가 확정되었음.

1950년대 기독교 신문·잡지의 미국 담론 연구[*]

－대미 인식의 분화와 보수·진보 기독 지성의 양극화를 중심으로

김 세 령[**]

1. 들어가며

미국 선교사를 통해 기독교가 한국에 처음으로 전파된 이후, 한국 교회는 다른 어느 나라보다도 미국과 긴밀한 관계를 맺으며 발전해왔다.[1] 특히, 한국 기독교는 미국을 통해 들어온 서구의 선진 문화와 문물을 적극적으로 도입했던 핵심 세력을 형성하면서, 한국의 근대화에 많

* 이 논문은 2005년도 한국 학술진흥재단 지원으로 연구되었음(KRF-2005-079-AS0126).
** 이화여대 강사.

1) 한국 기독교 장로회 역사편찬위원회, 『한국기독교 100년사』, 한국 기독교 장로회 출판사, 1992, 37쪽. 본 고에서 다루게 될 '미국 문화'와 연관된 '기독교'는 미국 선교사를 중심으로 한국에 전파되었던 '개신교'로 한정하였다.

은 공헌을 해 왔다.

이와 관련하여, 대부분의 선행 연구들도 미국의 교육, 사회, 정치 제도, 문화 등을 수용한 중요한 매개체로서 한국 기독교의 역할에 주목한다.

해방 전까지 한국 기독교는 미국과 접촉할 수 있는 거의 유일한 통로가 되면서 미국의 근대정신(청교도적 윤리, 평등사상, 개인의 자유와 인권에 대한 자각, 민주주의와 자유주의 등)을 받아 들였고, 해방 이후에는 미국과 밀접했던 기독교인들이 중심 지도층으로 부상하면서 미국식 정치, 사회, 경제, 문화, 교육, 제도의 수용을 주도하고 있음을 초기 연구들은 밝히고 있다.[2] 이러한 논의들을 통해 미국의 영향과 수용에 있어서 한국 기독교가 갖는 중요성이 인식될 수 있었다.

한편, 이만열의 연구[3]는 한국 기독교에 끼친 미국(선교사)의 영향에 주목하면서, 역사적인 관점에서 한국 기독교와 미국의 관계를 고찰하고 있다. 시혜자로만 평가되었던 미국 선교사들이 미국의 국익을 우선한 대외확장 정책의 일환으로 기독교를 통해 미국 문화를 이식하였고, 한국 기독교에 있어서 진보주의 신학 형성을 방해하는 한편 기독교계를 분열시켰다는 비판적인 시각을 보여주고 있다. 기존 논의들이 미국의 긍정적 역할을 강조하고 있다면, 이 연구를 통해 미국 수용에 대한 반성의 계기가 되었다.

이와 연계하여 우리의 미국 수용을 비판적인 입장에서 반성하는 연

---

2) 김광억, 「미국문화의 한국적 수용과 갈등」, 『한국과 미국』, 경남대 극동문제 연구소, 1988.

　　임희섭, 「한·미 문화관계에 대한 연구」, 『한국문화에 미친 미국문화의 영향』, 현암사, 1984.

　　홍승식, 「문화 및 매스콤의 사회개발적 의미: 한국 사회의 발전에 끼친 미국 문화의 영향」, 『한국사회개발연구』, 고려대 아세아문제연구소, 1983.

　　홍이섭, 「한국에 있어 프로테스탄티즘을 매개로 한 아메리카 문화의 영향」, 『한국문화에 미친 미국문화의 영향』, 현암사, 1984.

3) 이만열, 「한국 기독교와 미국의 영향」, 『한국과 미국』, 경남대 극동문제 연구소, 1988.

구들은 기독교인들의 친미 엘리트 형성 과정,[4] 한국 개신교의 친미·보수·반공의 형성과 재생산,[5] 미국의 근본주의 신학과 교회 성장 운동이 한국 교회에 미친 영향[6] 등 다각적인 측면에서 지속적으로 이루어지고 있다.

그러나, 많은 논의들이 사회학이나 역사학의 측면에서 접근되었기 때문에 한국의 근대화와 관련된 정치, 사회, 경제, 교육 등에 끼친 미국의 가시적인 영향력을 부각시키는 반면, 우리의 삶 속에서 강력한 영향력을 발휘하고 있는 미국 문화라는 중요한 측면은 간과되고 있다. 또한, 연구자의 시각에 따라 미국의 긍정적인 영향이나 부정적인 영향 중 어느 한 부분이 지나치게 강조되고 있기 때문에 미국에 대한 균형 잡힌 시각이 부족하다는 한계를 보인다. 특히 대부분의 연구가 식민지 시대나 미군정 시대 미국의 영향과 수용에 주목하고 있기 때문에, 1950년대에 대한 논의는 기독교사(基督教史)의 여러 시기 중 한 부분으로서 다루어지고 있을 뿐이다. 따라서, 본 연구는 어느 시기보다도 기독교를 통해 미국과 밀착된 관계를 맺었지만, 연구 대상으로는 간과되어왔던 1950년대 한국 기독교와 미국 문화와의 관계에 주목함으로써 선행 연구들이 갖는 한계를 극복하고자 하였다.

이를 위해 본 연구는 1950년대 기독교 신문·잡지의 미국 담론 분석[7]을 통해 미국 문화가 우리에게 어떻게 내면화되면서 유통되었는가

---

4) 김상태, 「평안도 기독교 세력과 친미엘리트의 형성」, 『역사비평』, 1998. 겨울.

5) 강인철, 「해방 후 한국 개신교회와 국가, 시민사회(1945~1960)」, 『사회와 역사』, 1992. 12.

강인철, 「한국 개신교 반공주의의 형성과 재생산」, 『역사비평』, 2005. 봄.

김진호, 「한국 개신교의 미국주의, 그 식민지적 무의식에 대하여」, 『역사비평』, 2005. 봄.

6) 신국원, 「미국교회가 한국교회 문화에 미친 영향」, 『기독교사상』, 2000. 10.

7) 담론이란 사회적 맥락 안에서 의미와 힘과 효과를 가진 발화들로 구성되며, 담론이 관계를 맺고 있는 제도, 담론의 발생 위치, 담론이 화자에게 지정해 주는 위치에 의해 확인될 수 있다. 이는 대립적인 담론과 맺는 관계를 통해서 담론에 의해서 형성된 관점으로 이해될 수 있다(사라 밀즈, 김부용 역, 『담론』, 인간사랑, 2001, 25-32쪽). 이러한 관점에서 미국 담론의 분석은 보수·진보 매체의 대립된 담론들을 통해 이루어질 것이다.

를 규명하고자 한다. 친미뿐만 아니라 반미의 담론이 강력히 대두되고 있는 오늘날에도[8] 미국 문화는 우리의 의식 차원에서뿐만 아니라, 무의식의 차원에서도 뿌리깊게 작용하고 있다. 그렇기 때문에 가시적인 변화를 중심으로 한 사회·역사적인 연구 방법을 넘어, 사회 구조와 역사를 만들어 가는 문화를 부각시키는 문화 연구[9]의 관점에서, 중심적인 전달 매체였던 기독교 신문·잡지를 통해 표출된 미국 관련 문화 담론들을 고찰해 봄으로써, 우리 안에 존재하는 미국에 대한 다양한 인식들이 어떻게 구성되고 어떤 다른 경로를 통해 유통되었는지 밝혀낼 수 있을 것이다. 특히, 미국 문화의 직접적인 영향력 속에 들어갔던 1950년대 기독교 신문·잡지는 보수·진보의 매체 성격에 따라 미국 담론의 양상이 뚜렷하게 구별되며, 대미 인식에 있어서도 친미·비판적 미국 인식의 차이를 극명하게 보여준다. 이러한 양상은 오늘날까지도 지속되고 있는 한국 지성사의 두 흐름, 즉 친미·반미라는 상반된 대미 인식의 기원을 보여주고 있다는 점에서 주목할 만하다. 또한, 1950년대 기독교 신문·잡지에 대한 연구가 주요 신문·잡지의 서지 사항을 정리하거나 시대적인 개관에 머물고 있는[10] 열악한 현실에서, 1950년대 기독교 신

---

8) 권용립, 「친미와 반미, 그 사이에서 숨은 그림 찾기」, 『당대비평』, 2003. 3, 169쪽.

9) 문화 연구에서 문화란 사회의 공통된 경험들을 이해하고 반영할 수 있게 해주는 가능한 모든 기술체계들의 통합과 연관되며 총체적인 삶의 방식을 말한다. 따라서, 끊임없이 의미의 투쟁이 이루어지고 있는 문화적 텍스트의 연구는 그것들이 반영하는 (이데올로기적) 작업을 위해서라기보다 오히려 그것들이 수행하는 (이데올로기적) 작업을 위해 이루어져야 한다(존 스토리, 백선기 역, 『문화연구란 무엇인가』, 커뮤니케이션북스, 2000, 22-48쪽; 80-113쪽). 이러한 관점에서 사회적 생산으로서, 권력의 장인 문화에 대한 연구는 담론 분석과 연결된다. 따라서, 본 연구는 미국 문화의 중심 통로가 되었던 기독교 매체의 미국 담론을 분석함으로써, 보수·진보의 매체의 성향에 따라 어떠한 이데올로기의 투쟁을 드러내면서 미국에 대한 다른 인식을 형성해 나가고 있는지 규명하고자 한다.

10) 서정민·이재향, 「자료설명/한국기독교 정기간행물 100년」, 한영제 편, 『한국 기독교 정기간행물 100년』, 기독교문사, 1987.

윤춘병, 『한국기독교 신문·잡지 백년사 1945~1985』, 감리교신학대학교 출판부, 2003.

이덕주, 「한국기독교 신문·잡지 개관」, 한영제 편, 『한국 기독교 정기간행물 100년』,

문·잡지를 매체의 성격에 따라 다각적으로 검토함으로써 후속 연구의 기초적인 토대를 마련하고, 한국 기독교가 미국 문화 수용에서 드러내고 있는 긍정적, 부정적 측면을 아우르는 종합적인 시각을 제공할 수 있을 것이다. 이러한 작업을 통해 6·25 전쟁 이후 한국 기독교가 친미, 보수, 반공 체제를 강화해 나갔다는 부정적인 평가를 넘어, 강력한 미국 문화의 영향 속에 기독교 매체의 특성에 따라 어떻게 다양한 미국 담론과 대미 인식을 드러내고 있는지, 미국 문화의 긍정적인 영향과 부정적인 영향은 각각 무엇이었는지 총체적으로 드러날 것이다.

따라서, 본 연구는 먼저 1950년대 기독교 신문·잡지가 미국에 대한 우리의 인식을 형성하는데 어떠한 위상과 특성을 드러내고 있는지 살펴본 후, 이를 바탕으로 당대 대미 인식의 차이를 드러내었던 보수·진보 계열11)의 매체를 구별하여 미국 문화가 어떠한 담론을 형성하면서 미국에 대한 인식을 드러내고 있는지 규명하고자 한다.

2. 1950년대 기독교 신문·잡지의 위상과 특성

한미 관계에 있어서 한국의 기독교는 중요한 역할을 담당해 왔다. 구한말부터 일제 식민지 시대까지는 한미간의 외교 관계나 통상이 매우 제한적이었던 상황이었기 때문에, 미국 선교사들의 지속적인 선교, 교

기독교문사, 1987.
11) 본고에서 사용되는 "보수"와 "진보"의 개념은 기독교 신학과 신앙의 관점에서 구분한 것으로, 오늘날 대두되고 있는 "진보는 선하고, 보수는 악하다"는 가치평가와는 구별된다. 복음주의 신학자들은 자신의 정통성을 강조하면서 진보를 주장하는 자유주의 신학자들에 반대하여 스스로를 보수로 규정한다. 성경의 절대적 권위를 인정하는 복음주의 신학자들이 보수적인 신학 태도라면, 성경을 포함한 자유로운 신학 해석을 주장하는 자유주의 신학자들은 진보적인 신학 태도로 볼 수 있다. 이러한 신학과 신앙의 태도는 삶의 문제에서도 그대로 적용되기 때문에, 보수적인 기독교 세력을 보수, 진보적인 기독교 세력을 진보로 연결시키는 데 무리가 없을 것이다.

육, 의료 사업을 통해 미국 문화가 전달될 수 있었고, 선교사들의 지원을 받은 유학생들이나 미국을 배경으로 한 독립 운동 지도자들이 미국 문화를 직접 체험하고 돌아올 수 있었다.12)

8·15 해방 이후 남한에서는 미군정이 실시되면서 대부분이 기독교인들인 미국 학교 출신들이 정치의 중심에 서게 되고, 기독교회의 국제성에 대한 인식 속에서 한국 교회는 그 어느 때보다도 많은 혜택과 보호를 받게 된다.13) 이러한 기독교의 높아진 위상은 미국과 긴밀하게 연결되면서 친미 보수 반공 이데올로기를 강화시켜 나갔던 이승만 정권14)까지도 지속되어진다. 이처럼 미군정과 이승만 정권에서 기독교인들을 중심으로 한 친미 엘리트 세력이 정치와 사회 전반의 중심 세력으로 부각되면서 한국 기독교는 미국 문화를 전달하는 주요한 구심점이 되었다.

1950년대 미국과 기독교의 긴밀한 관계는 당대 기독교 신문·잡지를 통해 그 실체에 접근할 수 있다. 1950년대는 기독교 역사상 가장 많은 수의 정기 간행물이 발행되었던 시기로15) 대부분의 기독교 신문·잡지가 한국인 편집자 중심으로 운영되면서, 다양한 미국 담론과 대미 인식을 구성하여 독자들에게 소통시켰다. TV도 없었고 라디오조차 갖기 어려웠던 상황에서 신문과 잡지는 문화나 교양, 사상을 전달할 수 있는 중요한 매체였기 때문이다.16) 특히, 이 시기 미국의 막대한 원조가 한국 교단이나 기독교 단체를 중심으로 이루어지면서 미국의 인적, 물적 자원을 통해 미국 문화를 받아들일 수 있었다. 또한, 미국 유학이나 여행, 탐방의 기회도 미국 모교회나 선교단체와 연계된 기독교인들에게 집중

---

12) 임희섭, 앞의 논문, 83-84쪽; 김광억, 앞의 논문, 525쪽.

13) 강수악, 「교회당면문제 이삼」, 『기독교계』, 1957. 9, 73-74쪽.

14) 강인철, 앞의 논문, 1992, 104-122쪽.

15) 윤춘병, 앞의 책, 68쪽.

16) 정보석, 「잡지 변천사」, 『신문연구』 68, 1998. 가을, 55-56쪽; 75쪽.

　　1950년대는 잡지의 역할이 중요했지만, 기독교 매체에서는 잡지뿐만 아니라 신문의 비중도 컸다. 왜냐하면 한국의 주요 교단인 감리교나 장로교의 경우 신문 형태의 기관지가 중심 매체로 발행되었기 때문이다.

되었다. 이러한 미국 문화와의 접촉은 기독교 신문·잡지들을 통해 표출되었고, 직접 미국 문화를 경험할 수 없었던 대다수 사람들에게 기독교 매체는 미국 문화를 전달하는 동시에 미국에 대한 우리의 이미지를 형성해 나가는 주요한 통로가 되었다.

또한, 1950년대 기독교 신문·잡지는 다양한 발행 주체가 참여하면서 질적인 성장을 보여준다. 6·25 전쟁 이후 기관지 형태의 신문·잡지뿐만 아니라 초교파 신문, 종합지, 개인 발행 잡지, 전문 잡지 등 다양한 형태의 신문·잡지들이 활발한 활동을 재개하였다.[17) 편집 방향에 따라 다른 독자층을 대상으로 했지만 기독교를 기반으로 한 문서 선교의 매체라는 점에서 공통점을 보였고, 당대 한국의 위기를 타개해나갈 수 있는 대안으로서 기독교적인 윤리와 이념을 지향하고 있다. 또한, 이러한 목적의식으로 인해, 1950년대 기독교 신문·잡지는 동시대 다른 매체에 비해 더 강한 계몽성을 드러낸다. 영화, 대중잡지, GI 문화를 통해 미국의 대중문화가 유입된 것에 반해,[18) 기독교 신문·잡지를 통해서는 한국의 사상과 문화에 기반이 될 지식인 문화가 유입된다. 따라서, 1950년대 기독교 신문·잡지가 주목하고 있는 미국에 대한 인식은 한국 기독교인이 따라가야 할 미국의 숭고한 가치, 청교도 정신을 바탕으로 한 미국의 이상에 집중되고 있다. 1950년대 많은 한국 기독교인들은 미국과 기독교를 동일시하였다. 종교의 자유를 찾아 이주해온 청교도들이 세운 나라, 기독교 정신이 바탕이 되어 오늘날의 발전을 이룩했다는 인식은 이 시기 기독교 신문·잡지에서 널리 유포되어 있다. 더욱이 한국 기독교가 미국 선교사들을 중심으로 정착되었고, 6·25 전쟁 이후에도 미국 모교회나 선교 단체를 통해 막대한 물적, 인적 지원이 이루어지면서, 한국인들은 미국의 청교도적인 이상을 통해 현실을 타개해나갈 수 있는 지향점을 발견하고자 했다.

---

17) 이덕주, 앞의 책, 41-48쪽.
18) 강현두, 「한국문화와 미국의 대중문화」, 『철학과 현실』, 1994. 6, 106쪽.
   김영희, 「제1공화국 시기 수용자의 매체 접촉경향」, 『한국언론학보』, 2003. 12, 327쪽.

그런데, 여기서 주목되는 점은 각 매체가 발견하고 있는 미국의 숭고한 가치가 선명한 차이를 드러내고 있다는 사실이다. 특히, 기독교 매체에 따른 이러한 대미 인식의 차이는 지식인 담론을 형성했던 중심 매체들을 통해 더 뚜렷하게 드러난다. 1950년대 지식인 중심의 기독교 신문·잡지는 지식인을 대상으로 청교도적인 미국의 이상을 지향하고 있다는 점에서는 공통되지만, 각 매체의 발행 주체와 대상 독자, 편집 방향에 따라 미국의 일부분이 크게 부각되고 있고, 동일한 대상에 대해서도 다른 평가를 내리기도 한다. 미국과 관련된 담론들이라는 점에서는 일치하지만, 담론이 이루어지고 있는 제도와 사회적 실천의 종류에 따라서, 말하는 주체와 청자의 위치에 따라 담론의 양상은 크게 달라지기 때문이다.[19] 이러한 경향은 미국의 경제적 지원을 받았던 보수 교단지나 기관지 형식의 신문·잡지, 미국으로부터 경제적으로 독립되었던 기독교 전문 출판사나 개인 발행 진보 잡지로 나뉘어 뚜렷하게 구분된다. 각각에서 배제된 담론들은 다른 매체의 지배적인 담론이 되고 있기 때문에,[20] 대립되는 두 매체를 비교해 봄으로써 이 시기 미국 담론의 실체에 효과적으로 접근해 볼 수 있을 것이다.

첫 번째, 교단지나 기관지 형식의 기독교 신문·잡지는 당대 주류 기독교 세력이었던 보수 교단이나 기관을 대표하는 간행물들이다. 따라서 이들 신문·잡지는 교단이나 기관에 소속된 기독교인들에게 해당 단체의 주요 활동이나 이념을 전파하고 내면화시키기 위해 발행된다. 또한, 편집 방향도 각 교단이나 기관의 지향성과 일치하기 때문에,[21] 여기서 드러나고 있는 미국 담론과 대미 인식은 각 교단과 기관의 미국 인

---

19) 사라 밀즈, 앞의 책, 25쪽.
20) 위의 책, 26-28쪽.
21) 『기독공보』의 경우, 신문이라는 특성상 장로교단과는 다른 의견들을 싣기도 하였다. 그러나, 이에 대해 편집자는 "신문체제를 갖춘 기관지이기 때문에 본보가 소속된 기관의 정신과 목적을 위하여 도움이 되는 새로운 소식이나 비판을 빨리 또 정확히 또는 효과적으로 보도하는 것이 편집자의 책임이요 쎈스요 뉴앙스인 것이다"고 밝힌다. 맑은 샘, 「기관지란 공시판 아니다 대의명분 살리며 다각적인 신문」, 『기독공보』, 1956. 7. 9.

식과 직결된다. 특히, 교단이나 기관의 권위 있는 지식인들을 중심으로 보수 매체의 미국 담론과 대미 인식이 구성되어 유포되고 있기 때문에, 다수였던 보수적인 한국 기독교인들에게 큰 영향을 미쳤다. 더욱이, 미국의 지원은 교단이나 기관에만 머물지 않았고 간행물의 발행에도 중요한 역할을 하고 있다.[22] 이 시기 간행된 많은 기독교 신문·잡지가 휴간되거나 폐간되고 있음에도 불구하고, 각 교단지나 기관지의 경우 지속적으로 발행되고 있다는 사실은 이러한 사실을 뒷받침해준다. 따라서, 이 시기 기독교 교단지나 기관지의 경우 그 모체인 교단이나 기관뿐만 아니라 간행물 자체에도 아낌없는 지원을 보내준 미국에 대해 친미의 태도를 뚜렷하게 드러낸다.

두 번째, 기독교 전문 출판사나 개인 발행 진보 잡지는 주류 기독교에 대한 비판 의식을 가졌던 진보 세력들이 만들었던 간행물로, 당대 교회와 사회 현실에 대한 비판적인 인식을 촉구하려는 편집 방향을 보여준다. 따라서, 미국과 밀착된 관계를 보였던 교단지나 기관지들과는 달리, 미국의 현실들을 비판적으로 인식하고 수용하려는 시도를 보여준다. 교단지나 기관지에서 지면을 할애 받을 수 없었던 진보 기독교 인사들의 글이 중심이 되면서 중요한 영향력을 발휘했다. 그러나, 출판사의 헌신적인 재정 지원이 있었던 『기독교 사상』이나 회원들의 자발적인 후원이 있었던 김재준의 『십자군』을 제외하고는 대부분의 개인 발행 잡지들이 재정적 어려움으로 오래 지속되지는 못했다. 또한, 많은 필진을 확보하여 글을 작성하거나 짧은 주기를 두고 발간하는 것도 현실적으로 불가능했기 때문에 언론 매체인 신문 형식보다는 전문적인 잡지 형식을 취하고 있다. 그럼에도 미국과는 독립된 진보적인 인사들이 발행 주체가 되고 재정 면에서도 독립되어 있었기 때문에, 당대 지향해야할 준거로서 받아들여졌던 미국 문화에 대해 비판적인 시각을 유지할 수 있었

---

22) 가령, 교단지가 없었던 장로교단이 『기독공보』를 인수할 수 있었던 것은 미국 북장로 선교회의 두 선교사가 거액을 지출했기 때문임을 밝히고 있다(안광국, 「기독공보를 인수하면서」, 『기독공보』, 1954. 9. 13).

다. 또한, 『십자군』이나 『기독교 사상』의 경우 새로운 세대나 진보적인 기독교 지식인들을 고정 독자층으로 확보하면서, 중요한 위상을 보여준다. 1960년대 이후 민주화를 주도했던 핵심 세력들이 이미 1950년대 진보 잡지의 발행 주체와 독자로서 성장하고 있다는 점에서 간과되어서는 안 될 것이다.

따라서, 본 연구에서는 1950년대[23] 지식인 중심의 기독교 신문·잡지가 보수와 진보라는 매체의 특성에 따라 미국 문화 담론과 미국에 대한 인식이 어떻게 다르게 드러나고 있으며, 어떤 중요한 의미를 갖는지 규명하고자 한다.

3. 보수 기독교 신문·잡지의 친미 인식

1) 미국에 대한 은인 의식과 미국 중심주의

보수 교단지나 기관지(대한예수교 장로회 기독공보사의 『기독공보』(1954~), 장로교 면려청년회의 『기독청년』(1953~?), 성결교 활천사의 『활천』(1953(속간)~), 감리교회[24]의 『감리회보』(1949~1958), 『기독교교육연구』(1954~1958), 『감리교생활』(1959~), 대한성서공회의 『성서한국』(1955~) 등) 형식의 기독교 신문·잡지들은 미국의 모교회나 선교단체의 적극적인 원조를 받았다. 따라서, 이러한 신문·잡지에 드러난 미국 담론 중 많은 부분들은 미국에 대한 은인 의식을 강하게 표출하고 있으며, 미국 중심주의를 내면화하고 있다.

---

23) 1950년대의 기점이 된 6·25 전쟁과 4·19 혁명이 한국 기독교에 중요한 변화를 가져왔음은 선행 연구들을 통해서도 확인할 수 있다. 강인철, 앞의 논문, 2005, 46-53쪽; 한국 기독교 장로회 역사편찬위원회, 앞의 책, 46-47쪽.

24) 감리교단은 1960년대 이후 선교사들의 근본주의 신학에 반대하면서 토착화 신학을 주장하고 진보적 성향을 드러내지만, 1950년대에는 미국 교회의 많은 지원을 받으며 친미-보수의 성향을 강하게 드러낸다.

한국에 지속적으로 도움을 준 고마운 나라 미국에 대한 은인 의식은 첫 번째로, 한국 교회에 기독교를 정착시켜온 미국 선교사들에 대한 감사를 통해 드러난다. 많은 보수 매체들이 "한국을 위해 평생을 바친 선교사", "한국의 은인"으로 인식된 미국 선교사들의 헌신적인 활동을 높이 평가하고 있으며, 이들의 복음주의 신학과 신앙이 보수 교단에 그대로 계승되고 있음을 강조[25]하면서 정통성을 확보하고 있다. 미국 선교사들의 헌신적인 희생을 통해 한국 기독교의 토대가 세워졌다는 점에서 미국 선교사들에 대한 긍정적인 평가는 타당한 것이다. 그러나 여기서 문제가 되는 것은 1950년대 보수 매체에서 표출된 미국 선교사들에 대한 맹목적인 추종의 태도이다. 이는 특히 당대 기독교에서 가장 큰 교단이었던 장로 교단을 분열시키는 직접적인 원인이 되기도 하였다.

1950년대 다양한 신학의 흐름들을 인정하면서 에큐메니칼(교회일치) 운동을 벌였던 세계적인 움직임과는 달리, 한국에서는 에큐메니칼(교회일치)을 반대하였고[26] 초창기 미국 선교사들이 전해준 신학만을 정통으로 인정하였다. 그러다보니, 보수 교단에서 자유주의 신학 등 새로운 신학을 받아들였던 김재준과 조선 신학교가 축출되었고,[27] 이들을 지지했던 캐나다 선교회는 미국 선교사들만큼이나 한국에 많은 도움을 주었음에도 보수 매체를 통해서는 부정적인 평가[28]를 받게 된다.

1950년대 말 점차 선교사의 지배에서 벗어나려는 주장들이 증가하지만, 미국 선교사에 대한 비판적인 문제 제기에서 출발한 것은 아니었다. 미국 모교회의 선교 정책이 WCC(세계교회협의회) 운동을 통해 피선교국과 선교국의 구분을 없애고 협력 사역을 지향하게 되면서,[29] 『기

---

25) 주필, 「우리의 진로」, 『활천』 298, 1958; 「에큐메니칼의 맹점과 교리」, 『기독공보』, 1955. 9. 19.

26) 「힘써 싸우라」, 『활천』 301, 1959.

27) 「『조신』은 신사참배무죄지지 오십일명 신학생이 김교수의 성경유오설 폭로」, 『기독공보』, 1954. 5. 31.

28) 「육십년 인연 왜 끊어–가나다미슌의 동향은 미묘」, 『기독공보』, 1955. 4. 11; 「원조중단 선언하고 퇴장 카나다 대표 태도에 자주의식 분기」, 『기독공보』, 1957. 10. 26.

독공보』를 통해 원조 배분에 있어서 한국 교단이 주도권을 갖고 미국 모교회와 협력해나가려는 방향으로 다양한 논의가 진행된다. 그러나, 한국 교회를 자신들의 지도 하에 두려는 미국 선교사들의 태도 또한 완강하였다. 결국 미국 보수 단체와 선교사들의 지지를 얻은 박형룡을 중심으로 한 극보수 집단이 새로운 장로 교파로 다시 분열되면서, 한국 내에서 절대적 권위를 유지하려고 했던 미국 선교사들의 문제점을 표출한다.

두 번째로, "철저한 기독교 신앙을 바탕으로 공산주의에 대항"하는 자유 민주주의의 수호자 미국을 강조하고 있다. 6·25 전쟁에서 대한민국을 공산주의의 침략으로부터 구출해 주었을 뿐만 아니라 한국 재건에 지속적인 도움을 주는 고마운 존재라는 측면에서 미 국무장관 덜레스 등을 부각시키고 있다.[30] 6·25 전쟁을 전후하여 무신론자인 공산주의자들에게 극심한 탄압을 받았던 한국 기독교인들에게 '기독교=반공'이라는 것은 강력한 것이었고, 이 땅의 공산주의자들을 물리친 미국의 핵심 인물들이 기독교인이라는 사실은 '반공=미국=기독교'라는 인식을 내면화시켰다.

여기서 주목할 점은 보수 기독교 매체가 미국의 모든 기독교 단체를 찬성하는 것이 아니라 공산주의 국가를 조금이라도 허용하는 경우에는 '용공(容共)' 세력으로 비판한다는 점이다. '반공'을 '기독교적 가치'와 일치시켰기 때문에, 공산주의 국가를 WCC(세계교회협의회) 회원으로 참여시키거나 중공의 UN 가입을 찬성했던 미국의 진보 기독교 세력에 대해서는 무조건 반대하고 있다. 그런데, 미국과 관련된 이러한 반공 담론들은 일관된 태도를 드러내는 것이 아니라, 자신들의 정당성을 입증하면서 대립되는 타자들을 배제하기 위해 활용된다는 점에서 더욱 문제

---

29)「선교협의회 운영에 대하여」,『기독공보』, 1956. 3. 26.

30) 덜레스,「종교적인 이념으로-승리를 확신하는 덜레스 미 국무장관」,『기독청년』, 1956. 5;「미국무장관 덜레스 장로 내한 환영-백만신도는 한국 재건을 간절히 기원」,『기독공보』, 1956. 3. 19.

적이다. 가령, NAE(복음동지회) 등의 미국 보수 복음주의 세력에 동조하면서 다양한 신학과 신앙적 기반을 인정했던 WCC(세계교회협의회)의 용공성을 함께 비판해왔던 보수 매체는 1950년대 말 NAE(복음동지회)의 지원을 받은 박형룡 등이 내분을 일으키자 전혀 다른 평가를 내린다. 즉, WCC(세계교회협의회)를 "공산주의와 싸우는 단체"로, NAE(복음동지회)를 "전통 보수주의 미명 하에 독선적이고 배타적인 고립주의"로 비판하는 것이다.[31] 보수 매체에서 기독교적 가치로 잘못 동일시했던 '미국'적 가치, '반공'의 가치가 드러내는 한계를 단적으로 보여준다.

　세 번째로, 이 시기 전후 복구를 위해 막대한 미국의 지원이 이루어지면서 이와 관련된 미국 담론들이 많은 지면을 차지하고 있다. 각 교단이나 선교단체의 주요 인물들이 원조 물자를 제공하기 위해 한국을 직접 시찰하였고, 각 분야의 기독교 권위자들이 방문하여 전후 한국에 선진 미국을 전파하였다. 또한, 미국 모교회나 선교단체를 통한 물적 지원도 지속적으로 이루어졌다.

　특히 한국과 관련 있는 선교사들이나 전사한 미군의 가족들뿐만 아니라[32] 전혀 한국과 관련이 없는 시골 교회 교인들이나 주일학교 어린이들, 대학생들까지도 어려움을 당한 한국을 위해 모금에 적극 참여하면서[33] 미국 기독교인에 대한 한국인들의 은인 의식은 더욱 강화된다. 이는 기독교인이라는 공통점만으로 "한국에 자비와 긍휼을 베푼 고마운 미국 기독교인들"에 대한 긍정적 이미지를 형성하였다. 폐허가 된 한국 땅에 쏟아진 미국인들의 사랑과 자선을 통해 많은 한국인들이 하나님의 은혜를 체험했다는 점에서 이러한 평가는 타당해 보인다. 그러나, 미국의 원조가 집중되었던 보수 교단이나 기관의 매체들은 미국 원조가 끼친 문제점들에 대해서는 인식하지 못했다는 한계를 드러내었다.

　이러한 보수 매체에 드러난 미국에 대한 은인 의식은 개인적인 체험

---

31) 「무조건 이단시말라」, 『기독공보』, 1959. 11. 9.

32) 「성서와 전우애」, 『성서한국』, 1955. 6.

33) 홍현설, 「딸라유감」, 『감리회보』, 1958. 2.

과 직결되면서 미국 문화와의 객관적 거리 두기가 불가능했음을 보여준
다. 미국은 생존의 급박한 상황에서 벗어나도록 도와준 한없이 고마운
존재, 우리에게 없는 부분들을 넉넉하게 소유한 강력한 존재로 인식되
었던 것이다. 이에 따라 보수 교단지나 기관지에 글을 실었던 지식인들
은 내면화된 미국 중심주의를 강하게 표출한다.

특히, 1950년대 많은 문제를 발생시켰던 미군이나 인종 차별과 관련
된 주제를 다루고 있는 글들에서 단적으로 표출되는데, 미국인들로 인
해 피해를 받고 있는 대상은 외면한 채, 미국 중심의 사고를 보여준다.
앞에서도 살펴보았듯이 미국을 기독교로 쉽게 일치시켜 생각했기 때문
에, 절대선의 가치를 갖는 미국과 괴리되는 부정적인 측면들은 무화시
킨 채 긍정적인 부분만을 강하게 부각시키고 있다.

이 시기 주한 미군과의 직접적인 접촉을 통해서 수용된 미국 문화는
기독교 윤리에 기초한 자본주의적 사회 윤리로 보기는 어려웠고 물질주
의와 개인주의적 생활양식이 왜곡되어 수용된 면이 많았다.[34] 특히, 양
공주 문제는 사회 문제로 비화되면서 1950년대 지식인들의 소설 속에서
는 반미의 징후로 미군 문제가 비판적으로 다루어지고 있다.[35] 그러나,
『감리회보』, 『기독공보』 등을 중심으로 미 군목뿐만 아니라, 복무중인 미
군이나 제대 군인들은 한국을 공산주의 세력에서 지켜줄 뿐만 아니라,
예배당 건축이나 교회 비품 기증, 고아 후원, 사회사업, 전도에 이르기까
지 헌신적인 노력을 보여주는 천사 같은 존재로 그려지고 있다. 자신들
이 만났던 주한 미군들의 긍정적인 측면만을 극대화하고 있는 것이다.

그런데 이 보다 더 문제가 되는 것은 미국 유학생이나 미국을 방문
한 교계 지도자의 글에서 발견되는 인종 차별과 관련된 논의들이다. 여
러 각도에서 객관적으로 인종 차별의 문제점을 비판하기보다는 자신들
에게 사랑과 자비를 베풀었던 미국 기독교인들을 부각시키면서 미국의

---

34) 임희섭, 앞의 논문, 87쪽.
35) 강현두, 앞의 논문, 106쪽.

사회문제까지도 합리화하려고 한다. 가령, 미국 인디언들은 백인이 싫어서 피해 사는 것이며, 그럼에도 너그러운 미국인들이 적극적으로 지원을 하고 있다[36]고 묘사하거나 흑인 문제를 민주주의 사회에서 공통으로 발견되는 인간차별의 문제로 약화시켜 기술하고[37] 있는 것이다.

당대 보수 기독교 매체에서도 미국 교회 내의 인종 차별 문제가 얼마나 심각한지 알 수 있는 많은 글들이 실려 있었다. 그러나, 이러한 글들은 최근의 미국 교계 소식을 전하는 수준에 머물고 있으며, 직접적으로 인종차별에 대해서 언급할 때는 고마운 나라 미국에 대한 이미지가 강하게 표출되면서 그러한 문제들이 발생할 수밖에 없었던 필연적인 배경을 설명하고 있는 것이다. 이처럼 미국이 갖는 절대선의 가치를 지향하면서, 미국의 긍정적인 면을 극대화하고 부정적인 면을 무화시키는 방식은 미국 중심주의를 표출하는 중요한 서술기법이 되고 있다.

그런데, 이러한 내면화된 미국 중심주의는 보수 기독교 매체의 주요 독자층이 보수 교단이나 기관의 지도층 인사들이었다[38]는 점에서 더욱 문제적이다. 보수 기독교 교단이나 기관에서는 개인의 신앙에 도움을 주는 지도자들의 위상이 절대적이었기 때문에, 보수 기독교 매체를 통해 유통된 미국에 대한 은인 의식과 미국 중심주의는 직접 잡지를 접할 수 없었던 일반 기독교 대중들에게까지도 강한 영향력을 미치게 된다. 이는 오늘날까지도 보수 교단이나 기관에 속한 많은 기독교인들이 친미를 넘어 숭미에 가까운 태도를 견고하게 유지하도록 영향을 끼치는 중요한 요인으로 작용하고 있다.

2) 미국의 청교도적인 경건함과 풍요로움에 대한 선망

보수 기독교 신문·잡지에서 드러난 미국 담론의 한 부분이 한국의

---

36) 김응조, 「미국순회기 四」, 『활천』 307, 1959.
37) 이효재, 「미국에 있어서의 인종 차별 문제」, 『기독교교육연구』, 1958. 2.
38) 전영택, 「내가 요망하는 교회 기관 잡지」, 『감리교생활』, 1959. 11.

시혜자 미국에 대한 은인 의식과 미국 중심주의를 드러내고 있다면, 또 다른 부분에서는 미국이 한국의 위기를 타개할 수 있는 청교도적인 경건함과 풍요로움을 가진 선망의 대상으로 인식되고 있다.

건전한 신앙을 바탕으로 했기 때문에 하나님의 축복을 받아 풍요로운 문명, 발전된 문화를 누리게 되었다[39]는 공통된 인식들은 보수 기독교인들의 미국에 대한 절대선의 이미지를 잘 보여준다. 미국은 청교도 신앙을 기초로 세워진 나라로, 하나님을 온전히 믿을 때 누릴 수 있는 지상 낙원의 실현을 보여준다고 판단했기 때문에, 한국의 기독교인들은 미국의 문화를 기독교 문화로 쉽게 동일시할 수 있었다. 또한, 우리도 미국과 같은 청교도적인 경건함이 기초가 된다면 하나님의 축복을 받아 잘 살 수 있으리라는 기대감을 갖게 하였다.

그렇다면, 보수 매체를 통해 지향하고자 했던 미국의 청교도적인 경건함이란 무엇일까? 미국의 자유와 평등, 사랑과 자선, 근면과 정직, 겸손과 친절 같은 청교도적인 미덕들이 다양하게 표출되고 있지만,[40] 가장 중심에 놓이는 것은 개인 차원에서의 경건한 신앙이다.[41] 이는 바로 신앙의 자유를 찾아 미국에 온 청교도들이나 19세기 한국에 복음을 전파한 선교사들이 강조했던 것이다.[42] 따라서, 보수 기독교 매체들은 복음주의 신학의 전통 속에서 사회적인 관심보다는 개인의 신앙과 복음의 문제에 관심을 가진다. 이 시기 세계적인 복음주의 부흥사였던 미국의 피얼스나 빌리 그래함 등이 여러 차례 내한하여 수천 명의 한국인들을 기독교인으로 개종시키거나 많은 미국 기독교인들이 헌신적인 원조를 통해 청교도적인 경건함을 실천하고 있음을 강조하는 글들은 이러한 맥

---

39) 이건덕, 「애국의 길」, 『활천』 252, 1954; 김창근, 「미국시찰기」, 『활천』 274, 1956.

40) 김광우, 「세계기독교 교육대회 인상기」, 『감리회보』, 1952. 2.
    한영선, 「미국통신 경애하는 형님에게」, 『감리회보』, 1954. 12.

41) 문창모, 「미국통신 모이기를 힘쓰는 미국교우」, 『감리회보』, 1956. 7.
    박신오, 「미국교회에서의 목회생활」, 『감리회보』, 1958. 8·9.

42) 한국 교회사학 연구원 편, 『한국 기독교 사상』, 연세대 출판부, 1998.

락에서 이해할 수 있을 것이다.

미국의 청교도적인 경건함의 구체적인 양상들은 여행이나 유학을 통해 미국 문화를 직접 체험하고 돌아온 지식인들이 구성했던 미국 담론 속에서 보다 뚜렷하게 드러난다. 여행이나 유학 기회가 많지 않았던 상황에서 한국의 보수 기독교인들은 미국 모교회나 선교 단체의 적극적인 지원을 받아 전문 기관이나 교회를 시찰할 기회가 많았고, 장학금을 지원 받으면서 미국 대학이나 대학원에 진학할 수 있었기 때문이다. 결국 한국 기독교인들이 만나고 돌아온 미국인들은 대부분 한국을 열심히 돕고 있었던 보수 교단이나 선교단체의 기독교인들이었고, 이들을 통해 미국의 청교도적인 경건함을 체득할 수 있었다.

특히 1950년대 보수 매체는 복음 전파를 위한 전 세계 선교 사업과 구제 사업에 적극적이었던 미국 복음주의 교회를 긍정적인 모델로서 지향한다. 특히 경제적 어려움이 극심했던 한국과는 달리, 농촌 교회까지도 풍요로운 가운데 선교비와 장학금을 나누는 모습은 글을 쓰고 있는 지식인들뿐만 아니라, 한국 기독교인들에게 미국의 풍요로움을 피부로 느끼게 하고 있다.[43] 미국의 교회와 기독교인들이 청교도적인 경건한 신앙을 바탕으로 작은 나라 한국의 기독교인을 따뜻하게 사랑으로 맞아주고 경제적인 지원을 아끼지 않는 모습[44]은 '기독교' 안에서 미국과 한국이 하나가 되고 있다는 동질감을 느끼게 했다. 또한, 사랑으로 한국 고아를 입양하거나 한국 교회를 비롯해서 어려운 나라들을 도우려는 마음이 크다는 사실은 미국을 배우려는 자세를 강화시키고 있다.[45] 이러한 측면에서 당시 보수 매체들은 우리도 어서 외국원조를 벗어나 자립하고[46] 남에게 베풀어 복을 받는 나라가 되자[47]는 점을 강조하고 있다.

---

43) 홍형린, 「내가 본 미국농촌의 단면」, 『기독공보』, 1959. 3. 16.

44) 박신오, 「미 대륙 횡단 여행」, 『감리교생활』, 1959. 1.

45) 김웅조, 「미국순회기」, 『활천』 285, 287, 289, 1957~1958.
      성갑식, 「미국의 크리스마스 인상」, 『기독공보』, 1959. 12. 21.

46) 「한국도 찬성회원 되자」, 『성서한국』, 1955. 3.

실제 이 당시 우리가 미국 선교사로부터 복음을 받았듯이 복음 전파를 위해 동남아 반공 국가인 태국으로 한국 선교사를 파송하기도 하였다.[48]

　미국에 대한 강한 은인 의식이 미국 중심주의라는 한계를 드러내었다면, 다른 한편에서는 긍정적인 미국 문화에 대한 내면화도 가능케 하였다. 피폐해진 전후의 상황 속에서 하나님의 은혜로 값없이 주어진 복음을 믿기만 하면 된다는 보수 매체의 개인 신앙과 복음에 대한 강조는 현실을 이겨나갈 수 있는 긍정적인 힘이 되었고, 청교도적인 경건함과 풍요로움을 갖춘 미국처럼 될 수 있다는 희망을 갖게 하였다. 또한, 미국 기독교인들의 청교도적인 경건함을 내면화하여 삶에서 실천할 수 있는 원동력이 되었다. 이러한 미국 기독교인과 교회의 역할 모델은 오늘날까지도 지속되면서, 한국의 보수 교단들이 기독교 정신을 바탕으로 물질적 풍요로움을 개인적인 성공을 위해서만 사용하는 것이 아니라 남을 돕고, 복음을 전파하는데 사용하도록 하였고, 제 3세계 선교에 힘쓰도록 하였다.

　그런데 주목되는 사실은 보수 매체라고 해서 미국의 풍요로움을 무조건 긍정적으로만 보지는 않는다는 점이다. 진보 매체처럼 미국에 대한 비판적 시각에서 비롯된 것은 아니지만, 청교도적인 경건함을 떠난 풍요로움에 대해서는 부정적으로 보고 있다. 1950년대 말 미국 교회 내에서 WCC(세계교회협의회)의 자유주의 세력이 기독교의 주류를 형성하면서, 복음주의 교단에서는 위기의식이 팽배해진다. 이런 상황에서 미국 방문기에서도 새로운 변화가 나타난다. 특히, NAE(복음동지회)를 중심으로 한 미국 보수 복음주의 교단의 초청을 받아 미국을 방문한 지식인들의 글에서 "물질로는 축복 받되 영적으로 비참"해진 미국에 대한 우려가 나타나기 시작한다. 신앙의 부흥을 보였던 미국에서 집회열이나 선교열이 급격히 냉각하고 있음을 지적하면서 이러한 위기의 원인을 신

---

47) 유익, 「주는 자가 복이 있다」, 『기독공보』, 1955. 5. 16.
48) 「태국선교사 최목사」, 『기독공보』, 1956. 3. 12.

학 사상의 좌경화, 자유주의 신학의 팽배에서 찾고 있다.[49] 이는 미국 보수 기독교인들의 입장과 일치하는 것이다. '미국의 풍요로움'에 대한 이중적 잣대는 일부 보수 교단들이 미국 복음주의 모교회의 지원에 대해서는 청교도적인 경건함의 측면에서 긍정적으로 평가하면서도, WCC(세계교회협의회)의 물질적 지원에 대해서는 에큐메니칼(교회일치)이나 자유주의 신학이라는 점에서 부정적으로 인식하고 있음을 통해서도 알 수 있다.[50] 복음의 토대를 성경으로 인식했던 보수 기독교 매체는 성경에 대한 자유로운 해석을 보이면서 신앙보다는 사회 문제에 더 많은 관심을 가졌던 새로운 신학의 움직임에 대해 비판적일 수밖에 없었다. 따라서, 자신들의 입장에서 경건한 신앙이 없다고 판단되었던 WCC의 물질적인 풍요로움은 하나님의 축복이 아닌 세상적인 가치로 인식되었던 것이다.

한편, 보수 기독교 매체의 미국 담론에서 청교도적인 경건함과 미국의 풍요로움을 연계시키는 인식은 선행 연구들에서 비판 받아왔던 보수 기독교 세력의 친체제와 친미, 반공의 연쇄에 대해 또 다른 측면을 제시할 수 있다는 점에서 주목된다. 미국의 청교도적인 경건함이란 복음주의 전통과 연계되면서, 개인적인 신앙과 관련된다. 보수 기독교 교단이나 선교단체에서 지향했던 가장 핵심적인 가치 평가의 근거는 하나님의 복음을 믿어 구원을 받았는지의 여부에 달려 있다. 이처럼 하나님과 개인간의 관계가 중요시되기 때문에, 청교도적인 경건한 신앙을 가졌다고 판단되었던 독실한 기독교 정치 지도자들이 한국과 미국을 이끌어간다[51]는 점에서 강한 동질감을 느꼈다. 또한, 청교도적인 경건한 신앙을 부인하는 무신론적 공산주의자들이 기독교의 가장 큰 적으로 느꼈기 때

49) 김응조, 「내가 본 미국 교회의 이모 저모」, 『활천』 303, 1959.
   이성봉, 「미국 순회전도기」, 『활천』 304-310, 1959~1960.
50) 주필, 「한국 기독교 연합회 성명서를 읽고서」, 『활천』 310, 1960.
51) 「리대통령 장로피택」, 『기독공보』, 1956. 2. 6; 아이젠하워, 「절대자유는 하나님께서 주시는 것」, 『기독청년』, 1956. 5.

문에, 공산주의와 반대되는 자유 민주주의를 주창하는 한국 정부와 미국 정부에 적극 동조하게 된다. 이러한 순환 고리는 당대 한국 기독교인들뿐만 아니라 미국 기독교인들에게도 동일하게 적용된다. 한국의 대통령이 철저한 반공주의자이며 보수 기독교인이라는 점에서 미국 교회의 절대적인 지지를 얻었고,[52] 한국에 헌신한 미국 선교사나 종교 지도자, 단체에게 훈장이나 감사장을 수여[53]함으로써 청교도적 신앙을 바탕으로 한 친미(親美) - 친한(親韓) 네트워크를 강화시켜 나가고 있음을 발견할 수 있다.

또한, 미국 자본주의의 풍요로움이 한국 교회를 중심으로 복음 전파나 물질적인 어려움을 해소하는데 큰 도움이 되면서, 하나님의 축복이 물질적인 성공과 연계될 수 있다는 인식을 더욱 강화시켰다. 따라서, 보수 기독교 매체의 풍요로운 선진 미국에 대한 지향은 박정희 시대에는 경제 개발을 통해 미국과 같은 민주주의에 도달할 수 있다는 근대화에 대한 옹호로 연계되었고, 총력안보를 위해 정부와 국민이 일체가 되어야 한다는 반공적인 인식은 박정희 정권에 대한 친체제적인 성향을 지속시켰다. 또한, 미국의 반공주의적인 보수 교단의 전략적 지원에 적극 동조하게 되면서 청교도적인 경건함이 바탕이 된 미국 보수 세력에 대한 친미 의식을 더욱 강화시켰다. 이처럼, 1950년대 보수 기독교 매체에서 발견되는 '미국=기독교=반공=친체제'의 순환 고리는 1960년대 이후에도 지속적으로 이어지면서 보수적 기독 지성의 기원을 보여준다. 1950년대 보수 기독교 매체에서 드러나듯 기독교 문화를 미국 문화, 반공 문화와 잘못 동일시함으로써, 독재 정권에 긍정적인 태도를 보이면서 많은 문제점을 노출하게 되었던 것이다.

---

52) 박정신,『한국 기독교사 인식』, 도서출판 혜안, 2004, 199쪽.
53) 류형기, 「멀리 내다 봅시다」,『감리회보』, 1953. 1.
　　정일권, 「미국 성서공회에 감사장을 수여」,『성서한국』, 1955. 6.

4. 진보 기독교 잡지의 비판적 미국 인식

1) 미국에 대한 비판 의식과 세계주의

기독교 전문 출판사나 개인(기독교서회의 『기독교 사상』(1957~), 김재준의 『십자군』(1950(속간)~1957), 안병무의 『야성』(1951~1956), 엄요섭의 『교회와 사회』(1952~?), 함석헌의 『말씀』(1955~?) 등)이 중심이 된 진보 기독교 잡지들은 미국 모교회나 선교단체의 영향력에서 벗어나 있었기 때문에 미국의 경제적 지원 없이 발간되었다. 그러나, 미국의 혜택을 특권적으로 누릴 수 없었기 때문에, 오히려 미국 문화를 객관적인 시각에서 바라볼 수 있었다. 이 잡지들은 친미적인 태도를 보였던 보수 교단지나 기관지와는 달리, 미국에 대한 비판적인 인식을 드러내면서 편집 방향과 관련하여 필요한 미국적인 요소들을 선택적으로 받아들이고 있음을 발견할 수 있다. 당대 대부분의 지식인들이 친미 일변도의 태도를 보였다는 사실을 감안해 볼 때, 이러한 기독교 잡지들의 움직임은 주목할 만하다.

진보 매체에 실린 미국 관련 담론 중에서 많은 부분들은 미국에 대한 비판의식을 드러낸다. 보수 매체에서는 배제되었던 담론, 고마운 존재로만 여겨졌던 미국의 숨겨진 이면을 폭로함으로써 새로운 미국 담론을 형성하는 것이다. 따라서, 미국 선교사, 자유 민주주의 국가 미국, 미국의 원조라는 동일한 기표들을 담론화하고 있지만, 그 내포하는 의미는 전혀 다르다.

첫째, 진보 매체들은 보수 매체에서 "한국의 은인"으로서 절대적인 권위를 인정받았던 미국 선교사들에 대해 긍정적인 측면뿐만 아니라, 부정적인 요소들을 부각시키고 있다. 진보 매체들도 한국에 복음을 전해주었던 초창기 선교사들의 헌신과 희생에 대해서는 깊은 존경과 감사를 표현하고 있다. 그러나, 진보 매체에서 드러나고 있는 미국 담론들은 지나친 선교사 숭배 속에 사대주의에서 벗어나지 못하고 있던 당대 한국 교회의 문제점을 인식하고 있었다. 이에 따라 피선교지와 일치되지 못한 채 "소아메리카"를 만들거나 파쟁과 교권 확장을 위한 선교를 일삼으며 시대에 뒤떨어진 정통주의(복음주의) 신학만을 강요했던 미국 선교사들에 대해 강한 비판 의식을 표출하고 있다.[54]

이러한 인식은 WCC(세계교회협의회)를 중심으로 세계교회를 지향하며 각 교회의 연합을 지향했던 세계 교계의 흐름과 일치한다. 하나된 교회를 강조할 때 선교국과 피선교국의 주종 관계는 해체되며, 선교사의 역할도 지도자에서 동역자로 변모하게 된다.[55] 그러나, 한국 내 미국 선교사들은 WCC(세계교회협의회)에 참여했던 미국 모교회의 변화된 선교 정책을 따르지 않았고, WCC(세계교회협의회)의 기초가 되는 자유주의 신학에 대해서도 반대하였다. 결국 미국 선교사들의 입장에 따라 한국 최대 교단인 장로교가 1950년대 3개의 교파로 분열되었고, 한국 기독교 연합회(NCC)의 연합도 위협 받았다.[56] 따라서, 진보 매체들은 한국 교회가 한국인들의 자발적인 욕구에서 비롯되었고, 독립할 만한 충분한 능력이 있음을 강조하거나[57] WCC(세계교회협의회)를 중심으로 한 세계교회의 연합성을 부각시키면서, 미국 선교사들을 선교의 "협조자"[58]로 새롭게 자리매김하고자 했다.

둘째, 공산주의의 침략으로부터 대한민국을 구해준 고마운 존재라는 보수 매체의 미국 인식을 넘어서, 진보 매체는 미국이 '우리의 평화에 위협이 될 수도 있는 강대국'이라는 현실을 직시한다. 미국과 소련이라

54) 김재준, 「영혼도적」, 『십자군』, 1953. 4.
   홍현설, 「교계우감」, 『기독교사상』, 1957. 9.
   김재준, 「한국교회의 신학운동-그 회고와 전망」, 『기독교사상』, 1960. 1.
55) 반 리럽 외, 「전후에 있어서의 선교사업의 방향」, 『기독교사상』, 1959. 7.
56) 송정율, 「한국에 있어서의 선교사업과 그 정책을 말한다」, 『기독교 사상』, 1959. 7.
   「예장의 진로」, 『기독교사상』, 1960. 4. 4.
57) 김양선, 「한국 선교의 회교와 전망」, 『기독교사상』, 1959. 7.
   김정준 외, 「한국 교회의 반성」, 『기독교사상』, 1957. 12.
58) 홍현설, 「교계우감」, 『기독교사상』, 1957. 9.

는 강대국의 타협이 분단국가인 한국의 희생을 가져오지 않을까 우려하
는 모습59)은 영원한 우방이 아닌 자국 우선주의 국가 미국이라는 새로
운 인식을 보여준다. 이는 "철저한 기독교 신앙을 바탕으로 공산주의에
대항"하는 자유 민주주의의 수호자 미국이라는 인식을 통해 '반공=미
국=기독교'를 동일시했던 보수 매체와는 많은 차이점을 보인다.

물론 6·25 전쟁 이후 무신론자인 공산주의자들에 대해 반대하고 있
다는 점에서 진보 매체들도 '반공'을 지향하고 있다. 그러나 미국의 민
주주의나 자본주의를 기독교적인 가치로 동일시하지는 않는다. 민주주
의도 인간을 종국적으로 구원하지 못한다는 제한성을 알고 있었기 때문
에, 하나님의 도우심으로 민주주의가 가능하다고 보았다.60) 또한, "자본
주의도 공산주의도 다 같이 기독교 정신에 합치"하는 것은 아니라는 사
실을 통찰61)하고 있었기 때문에, 공산주의뿐만 아니라 자본주의에 대해
서도 부정적인 인식을 보여준다. 특히, 해방 공간에서 기독교인들이 미
군정청, 정부, 자본주의와 왜곡되게 결탁하였음을 비판하면서,62) 보수
매체가 기독교인들이 주도했던 미국과 한국 정부에 대해 무조건 찬성했
던 입장과는 다른 태도를 취하고 있다. 이처럼, 미국의 민주주의나 자본
주의가 갖는 한계를 인식하고 있었기 때문에, 진보 매체는 미국에 대한
의존을 벗어나 한국에서 역사하시는 "그리스도 안에서의 통일"63)을 주
장하며, 공산 공세를 이겨낼 민족의 단결과 결속을 위해 미국 중심을
벗어난 에큐메니칼(교회일치) 운동을 지향하게 된다.64)

셋째, 미국인의 사랑과 자비를 보여주었던 미국 원조가 보여준 문제
점들을 날카롭게 비판하고 있다. 그 바탕에는 한국을 생각해 주고 도울

---

59) 「평화에로의 의지」, 『기독교사상』, 1959. 10.
60) 홍현설, 「민주정치에 대한 기독교적인 비판」, 『기독교사상』, 1957. 12.
61) 엄요섭, 「교회와 사회」, 『교회와 사회』, 1952. 4.
62) 안병무, 「빛의 아들들과 이 세대의 아들들」, 『야성』, 1952. 7.
63) 김재준, 「주를 앙망하는 자」, 『십자군』, 1956. 9.
64) 송정율, 「한국에 있어서의 선교사업과 그 정책을 말한다」, 『기독교사상』, 1959. 7.

줄 아는 미국에 대한 고마움도 존재하지만, 막대한 자금과 구호품이 유입되면서 한국에 배금주의와 세속화를 초래한 것에 대한 부정적인 시각이 더 강하게 작용하고 있다. 6・25 전쟁 중에는 UN과 미군의 지원, 구제에만 절대적으로 의존했던 상황을 비판했다면,65) 전후에는 한국 교회가 미국 원조를 배분하는 중심 창구가 되면서 "딸라에 결정적인 발언권이 있었던" 당시 교계에 대해 강한 비판을 제기하고 있다.66)

이러한 비판적 미국 담론들은 미국 원조가 미국 선교사들의 "교권 확장"이나 목사, 신자들의 '돈벌이'에 악용되고 있거나 교회 건축에 집중됨으로써 많은 사회 문제를 일으키고 있음을 보여준다.67) 미국의 인적, 물적 혜택을 누렸던 보수 기독교인들에게 '미국 원조'가 무한한 은인 의식을 불러 일으켰다면, 이러한 혜택에서 배제되었던 타자들에게는 당대 한국 교회의 부패상을 보여주는 중요한 근거가 되고 있다. 더욱이 1930년대 이후 자립을 지향해 왔던 한국 교회가 미국 교회에 절대적으로 의존하고 있다는 점에서 문제는 더욱 심각해진다. 따라서, 미국의 지원에서 벗어나 있었던 진보 매체들은 미국 원조가 개개 교인들에게는 '거지 근성'을 심어 주었고, 주는 집단이었던 한국 기독교 공동체를 '받는 집단'으로 변질시키고 있음을 강하게 부각시키면서,68) 한국의 자립을 강조해 나간다. 이는 강한 존재에게 의존하지 않는 독립된 존재, 세계 속의 다른 교회에게 나누어 줄 수 있는 존재를 목표로 한다.

이상에서와 같이 진보 매체의 미국 담론을 통해 고마운 나라 미국이라는 인식을 넘어 미국 선교사와 세계 교회 속에 협력하며, 미국의 자본주의와 민주주의의 힘을 빌려서가 아니라 하나님 안에서 통일을 이루고, 미국의 풍요로움에 의존하지 않은 채 세계 다른 교회에 나누어 줄 수 있는 자립적인 교회를 지향하게 된다. 이러한 변화된 미국 인식은

---

65) 안병무, 「저주받은 땅」, 『야성』, 1952. 7.
66) 김재준, 「사고」, 『십자군』, 1955. 6.
67) 김정준 외, 「한국 교회의 반성」, 『기독교사상』, 1957. 12.
68) 김정준 외, 위의 글.

진보 매체의 세계주의와 연계된다.

1950년대 WCC(세계교회협의회)를 중심으로 한 에큐메니칼(교회 일치) 운동은 냉전 체제 속에서 세계가 함께 공존할 수 있는 연합을 모색하였다. 그러나, 한국의 경우 해방 후 다시 돌아온 미국 선교사들이 복음주의의 전통을 더욱 굳건히 하였고, 복음주의 신학을 제외한 다른 움직임들에 대해서는 경직된 태도를 보였다.[69] 세계적인 조류에 동참하려는 진보 기독교 세력들은 미국 선교사 중심의 보수 기독교 세력들로부터 WCC(세계교회협의회)에 참여하는 용공 세력, 신신학자들로 배척 받았다. 그럼에도 불구하고, 진보 기독 지성들은 잡지를 통해 미국을 넘어선 세계 속의 한국 교회를 지속적으로 모색하고 있다.[70] 특히, 한국에서의 절대적인 권위를 포기하지 못했던 미국 선교사들이 WCC(세계교회협의회)에 반대하며 교파 갈등을 조장했기 때문에, 진보 매체에서는 시대를 역행하는 한국 교회분열의 대책을 미국 중심주의에 대항하는 세계주의를 통해 극복하려고 했다. 단순히 한국의 교회 분열만 해결하는 것이 아니라, 하나의 교회를 지향하며 세계교회적 사명에 공헌할 것을 강조하는 것이다.[71]

그런데, 주목되는 점은 이러한 세계주의가 미국 중심주의를 벗어나고는 있지만, 미국 문화가 여전히 세계주의를 받아들이는 주요한 매개체가 된다는 점이다. 한국에 선교사를 파견했던 미국의 모교회들이 WCC(세계교회협의회)에 적극 가담하면서 미국 기독교인들은 WCC(세계교회협의회)의 중심 세력을 형성하였고, 피선교국에 대한 지배를 벗어나 세계주의를 담지하고 있던 미국의 자유주의 문화가 한국의 진보 기독교 세력에게 중요한 영향을 미치게 된다.[72] 따라서, 일찍이 자유주의 신학

69) 허명섭, 「미군정기 재한 선교사와 한국교회」, 『한국교회사학회』, 2005, 199-203쪽.
70) 김재준, 「홍해는 갈라지다」, 『십자군』, 1954. 9.
  「권두언」, 『기독교사상』, 1957. 8.
71) 주간, 「하나인 교회의 도전」, 『기독교사상』, 1958. 1.
72) 이장식, 「기독교 선교의 당면과제」, 『기독교사상』, 1958. 5.

에 개방적인 태도를 보이면서 협력자적인 선교 방침을 세웠던 캐나다 선교사들이 진보 교단에 미친 긍정적인 영향력도 발견되지만,[73] 미국을 중심으로 한 세계주의의 양상들이 진보 잡지를 통해 더 강력하게 수용되고 있었다. 다만, 미국이 보수 매체에서처럼 지배적인 입장이 아니라 협력자로 바뀌었다는 점은 주요한 변화로 보인다.

또한, 진보 기독교 매체의 세계주의에 대한 인식은 무비판적인 미국 의존을 벗어나려는 시도였기 때문에, 1980년대 이후 민족주의를 강하게 주장하면서 미국에 대한 강력한 반대 입장을 드러내었던 반미주의와는 거리를 둔다. 이들은 미국 문화의 강력한 영향력 아래 있으면서도 긍정적인 측면을 수용하고 부정적인 측면을 비판적으로 인식하려는 태도를 취하고 있다. 따라서, 세계주의를 주장할 때도 미국이라는 통로를 잘 활용하여 세계적인 조류를 동시대성을 갖고 받아들이며 세계적인 본류에서 뒤처지지 않으려고 했다.[74] 그러나 동시에 미국을 벗어나 세계 속의 한국을 인식하게 되면서, 세계적인 흐름을 잘 소화하여 우리의 것으로 만들고[75] 더 나아가 한국적인 기독교 사상을 형성하고자 노력했다.[76] 이러한 시도는 1960년대 『기독교사상』을 중심으로 전개되었던 토착화 신학의 흐름으로 이어지게 된다.[77] 특히, 진보 기독교 잡지를 대표했던 『기독교사상』은 1950년대 후반 진보 기독교 세력을 급성장시켰고, 1960년대 이후에는 보수 기독교 세력과의 논쟁을 통해 중심 세력으로 부각된다는 점에서 중요한 의의를 찾을 수 있겠다.

---

73) 김재준, 「세기의 제단」, 『십자군』, 1955. 12.
74) 조향록, 「선교사업에 대한 새로운 기대」, 『십자군』, 1955. 6.
   김정준, 「에큐메니칼 운동해설」, 『기독교사상』, 1957. 9.
75) 김하태, 「한국기독교와 사상적 빈곤」, 『기독교사상』, 1958. 1.
76) 김재준, 「한국 교회의 신학운동-그 회고와 전망」, 『기독교사상』, 1960. 1.
77) 연규홍, 「한국신학 100년의 성찰과 전망」, 『신학연구』, 2002.

2) 미국의 자유와 사회 정의에 대한 연대 의식

진보 기독교 신문·잡지에서 드러난 미국 담론의 한 부분이 미국에 대한 비판 의식을 드러내면서 세계주의를 지향하고 있다면, 또 다른 부분에서는 미국 문화의 긍정적인 요소들을 내면화하고 있다.

미국 중심주의를 벗어난 진보 기독교 잡지의 발행 주체들은 변화된 한국의 사회와 역사를 이끌어나갈 새로운 기독교를 강조한다.[78] 특히, 이들은 보수 기독교 신문·잡지를 발행했던 기독교 교단이나 기관들이 미국 선교사들이 가르쳐 준대로 개인 차원의 신앙에 몰두하며 사회적 책임을 간과하고 있음을 비판적으로 인식하고 있었다.[79] 따라서, 진보 기독교 매체에서 당대 한국 사회에서 필요한 청교도적인 이상으로 주목했던 것은 종교적인 경건함이나 축복보다는 수많은 사회 문제의 방향성을 제시해 줄 수 있는 '자유'의 문제였다. 청교도 정신이 바탕이 된 나라 미국이라는 인식은 진보 기독교 매체에서도 동일하게 드러나지만, 청교도적인 경건함이나 물질적인 축복에 초점을 두는 것이 아니라 신앙의 자유를 찾아 떠났던 청교도들의 '자유', 이를 기반으로 한 '사회정의'가 강조된다. 진보 기독교 매체에서 긍정적으로 인식되고 있는 미국의 '자유'란 신앙을 바탕으로 미국 사회의 발전을 이끌며 사회정의를 실현했던 힘이다.[80] 자기 마음껏 누리는 자유분방한 분위기 차원이 아니라, 신앙과 양심을 기반으로 외부의 모든 권위로부터 해방된 자유이다. 여기에서 주목해 볼 것은, 진보 매체의 자유와 사회정의의 근거가 되는 것이 하나님의 공의로운 측면, 그리고 거기에 비추어 보았을 때 거리낌이 없는가 하는 문제이다. 신앙과 양심을 기반으로 하되, 하나님의 진리

---

78) 함석헌, 「말씀말」, 『말씀』, 1955. 4.
   함석헌, 「민중의 교육종교」, 『말씀』, 1957. 1.
79) 김정준 외, 「한국 교회의 반성」, 『기독교사상』, 1957. 12.
   김천배, 「교회의 사회대책 수립이 시급하다」, 『기독교사상』, 1958. 8·9.
80) 박신오, 「미국교회 목회수감」, 『기독교사상』, 1959. 3.
   최응상, 「기독교와 농업협동조합」, 『기독교사상』, 1959. 6.

안에서 오히려 자유로울 수 있음을 인식한 것이다. 또 다른 측면은 하나님의 공의를 제외하고는 모든 권위를 거부한다는 점이다.[81] 신앙과 양심을 억압하는 모든 불의에 저항하기 때문에 삶의 기반이 되는 사회의 정의를 주장하게 된다.

진보 매체에서 내면화되었던 이러한 미국의 '자유'와 거기에서 파생된 '사회정의'의 정신에 비추어 볼 때, 왜 진보 매체의 발행 주체들이 그토록 미국 선교사들에 대해 비판적이었는지, 미국의 민주주의와 물질문명에 대해 비판적이었는지가 명확히 해명된다.

신앙의 자유를 찾아 미국에 정착했던 그들의 조상과는 달리, 미국 선교사들은 자신들이 전해주었던 복음주의 신학만을 정통으로 인정하였고 새로운 기독교 사상을 금지했다. 그러나, 한국이 당면한 역사적 사회적 상황을 파악하고 이에 대처하고자 했던 진보 기독교 세력들은 역사와 사회에 대한 관심을 가지면서 다양한 차이를 인정하고 포용하고자 했던 자유주의 신학을 연구하고 받아들이게 된다.[82] 이런 점에서 신앙의 자유를 억압하며 한국 기독교의 사회적 책임을 망각시켰던 미국 선교사들에 대해 진보 매체는 비판적일 수밖에 없었다.

또한, 당대 미국의 민주주의와 물질문명이 많은 폐해를 드러내면서 진보 기독교 매체들은 미국의 자유와 사회정의가 제대로 실현되지 못하고 있음을 주목한다. 자유와 인권을 보호한다는 명목으로 오히려 이를 제한하고 억압하는 미국 민주주의의 모순을 날카롭게 지적할 뿐만 아니라,[83] 미국의 풍요로움 이면의 물질주의와 세속주의가 초래한 많은 사회 문제들을 잘 포착하고 있다.[84]

특히 1950년대 미국의 핵심적인 사회문제였던 인종차별과 관련된 논의들은 주목할 만하다. 앞에서 살펴보았듯이 보수 기독교 매체도 미국

---

81) 김하태, 「기독교 신앙의 현대적 의의」, 『기독교사상』, 1958. 5.
82) 김하태, 「한국기독교와 사상적 빈곤」, 『기독교사상』, 1958. 1.
83) 홍현설, 「교계우감」, 『기독교사상』, 1957. 8.
84) 마경일, 「미국진도여행기」, 『기독교사상』, 1960. 3.

의 인종차별이 심각하다는 사실은 알고 있었지만, 미국 중심주의를 내세우며 인종차별의 문제를 희석시켰다. 그러나, '자유'와 '사회 정의'의 측면에서 미국의 인종차별 문제를 바라볼 때 진보 매체는 강한 비판 의식을 드러내고 있다. 특히 하나님의 공의를 실천해야할 미국 기독교 내부에서 인종차별의 문제점을 인식하지만, 제대로 실천하지 못하고 있음을 부정적으로 바라본다.[85] 이러한 미국의 인종 차별과 관련된 담론들은 '자유와 사회정의가 실현되지 못하고 있는 나라' 미국이라는 인식을 강하게 형성하고 있다. 또한, 한국을 방문한 WCC(세계교회협의회)의 대표적인 미국 지식인의 강연을 통해 미국 내 인종차별이 여전히 심각하다는 미국 내 진보세력의 자기비판을 보여주는 한편, 인종 차별의 문제가 미국만의 문제가 아니며 어느 사회든지 이러한 인종차별이 있는 곳마다 계속 투쟁해야 한다는 연대성을 강조하게 된다.[86] 이처럼 진보 매체들은 미국의 '자유'와 '사회 정의'를 제대로 실천하지 못하고 있는 미국 기독교인들에 대해서는 비판적인 태도를 취하는 반면, 미국의 '자유'와 '사회 정의'를 실천하고 있는 미국 기독교인들과는 연대 의식을 강조하고 있다.

그렇다면, 진보 매체에서 드러나는 미국의 '자유'와 '사회 정의'의 긍정적인 형태는 어떠한 것일까? 진보적인 기독교 지식인들이 한국 현실에 대한 자각을 바탕으로 미국 문화를 받아들였기 때문에, 한국에 도움이 될 수 있는 미국의 자유와 사회 정의가 청교도적인 이상으로서 인정받고 있다. 가령, 미국 선교사에 대해서도 무조건 비판만 하는 것이 아니라, 교회의 사회적 책임에 대해 깊은 자각을 가지고 한국의 문화 건설에 적극적인 태도를 보였던 초창기 선교사들에 대해서는 긍정적으로 평가한다.[87] 이와 비슷한 맥락에서 경건주의적 신앙과 칼빈주의적 개인주의의 윤리를 벗어나 사회적 복음주의 운동에 관심을 기울였던 미국

---

85) 위의 글; 「세계기독교뉴스」, 『기독교사상』, 1959. 5.

86) G. B. 악스남, 「예수의 여섯 가지 윤리적 이상」, 『기독교사상』, 1957. 12.

87) 김천배, 「교회의 사회대책 수립이 시급하다」, 『기독교사상』, 1958. 8·9.

목사가, 노동자들의 이권이나 여러 가지 사회 문제에 대한 기독교적 해
결책을 제시했다는 점[88]에서 높이 평가하고 있다. 이처럼 하나님의 공
의를 실천하고 있는 미국의 자유와 사회 정의에 대해서는 적극 받아들
이고 있다.

이러한 미국 문화의 수용은 세계주의적 관점과 연결되면서, 미국 내
진보 진영의 움직임과 연계된다. 이 시기 분열이 가장 심했던 한국 장
로 교단과는 달리, 모교회인 미국 북장로 교회의 연합 운동은 좋은 본
보기가 되었다. 훨씬 적은 교파의 이름을 따라 '연합장로교회'로 새롭게
연합한 것에서 드러나듯 서로 다름을 이해하며 사랑 안에서 하나가 되
는 긍정적인 모습을 강조하고 있다.[89] 또한, 선교사를 파견했던 구미 제
국의 모교회와 선교를 받은 후진국 교회를 차별하지 않은 채 한국 기독
교인들을 우주적인 선교 사업에 함께 참여하는 같은 동역자, 선교사로
인정하는 변화[90]도 보여 준다. 하나님 안에서 평등한 존재들이 타인의
자유를 인정하고 연합하면서 세계의 위기를 해결해 나갈 수 있는 대안
으로서 하나된 교회를 지향하는 것은 한 단계 높은 차원에서 자유와 사
회 정의를 실현한 것으로 인식되었다.

이처럼 진보 매체들은 미국의 자유와 사회 정의가 실현되지 못함을
비판하거나 긍정적인 실천들을 높이 평가하며 수용하는 담론들을 통해
하나님의 공의를 이 땅에 실현하기 위한 미국의 자유와 사회 정의를 내
면화한다. 이는 세계 교회 내에서 하나님의 공의를 실현하려는 진보 진
영간의 연대로서 구체화된다. 진보 매체에서 드러나고 있는 미국의 자
유와 사회 정의에 대한 내면화와 연대 의식은 기존 논의들이 WCC(세계
교회협의회) 참여를 둘러싼 교권 다툼과 교파 분열의 문제에만 집중하
면서 간과했던 부분이기도 하다.[91] 1960년대 이후에야 본격적으로 드러

88) 현영학, 「사회적 복음주의 운동과 라우쉔부쉬」, 『기독교사상』, 1959. 2.
89) 김재준, 「수상」, 『기독교사상』, 1957. 10.
90) 이장식, 「기독교 선교의 당면과제」, 『기독교사상』, 1958. 5.
91) 미국 선교사들이 한국 내 교파 분열을 조장하면서 WCC(세계교회협의회)를 용공, 신

낳다고 여겨졌던 진보적 지식인들의 움직임은 이미 1950년대 진보 매체 속에서 발견되고 있으며, 여전히 미국과 밀접한 관계를 맺고 있음에도 불구하고 친미를 지향했던 보수 매체와 다른 비판적 인식을 드러내고 있음을 확인할 수 있다.

이들은 미국의 자유와 사회 정의에 대한 연대 의식을 드러내면서, 한국의 사회 문제들을 극복해 나가고자 한다. 가령, 미국 사회의 인종 차별을 해결하기 위한 자기반성과 실천들을 소개[92]하거나 한국 사회에 대두되었던 UN 마담 문제를 제기하면서[93] 이들에 대한 사회적 책임을 동일하게 강조하고 있다. 청교도적인 자유 인식 속에 사회 정의의 실현을 위해, 기독교인들이 관심을 기울여야 하는 사회적인 문제들을 보여주는 것이다. 특히, 보수 기독교 매체에서 미군이 천사와 같은 이미지로 드러나고 있다면, 진보 기독교 매체에서는 미군의 향락적 물질문화가 가져온 어두운 면이 제시되고 있다. 또한, 하나된 교회를 위한 미국 교회의 연합 운동을 보면서 한국 교회의 분열을 지양하고자 한다.[94] 미국 선교사들을 중심으로 미국 중심주의를 표방했던 보수 기독교 매체의 미국 인식을 넘어 세계 교회 속에서의 한국 교회의 위상을 생각한 것이다.

이러한 미국의 자유와 사회 정의에 대한 내면화는 미국 문화가 바로 기독교 문화라는 동일시를 벗어나 미국 문화 중에서 긍정적인 기독교 문화의 양상들만을 선택적으로 받아들이게 하였다. 그런데, 주목되는 점은 진보 기독교 매체에서 드러났던 미국에 대한 비판적 인식이 한국에 대해서도 동일하게 적용된다는 점이다. 보수 기독교 매체들이 '청교도적인 경건함'을 기준으로 신앙을 가진 기독교인에 대해 무비판적인

신학, 자유주의 신학으로 몰아갔다는 문제점을 잘 포착했지만, 일부 개인잡지에서 사회에 대한 관심이 드러날 뿐 새신학 사상운동을 전개했던 김재준도 교회 밖의 문제에는 관심을 돌릴 여유가 없었다고 평가하고 있다. 한국 기독교 장로회 역사편찬위원회, 앞의 책, 46쪽, 391-405쪽; 이덕주, 앞의 책, 41-51쪽.

92) 「세계기독교뉴스」, 『기독교사상』, 1957. 11; 「세계기독교뉴스」, 『기독교사상』, 1958. 3.

93) 김종현, 「UN 마담에 대한 일고찰」, 『교회와 사회』, 1952. 7·8, 12-13쪽.

94) 김재준, 「수상」, 『기독교사상』, 1957. 10.

태도로 긍정하였다면, 진보 기독교 매체는 '자유'와 '사회 정의'의 문제
를 기준으로 삼았기 때문에 기독교인이라도 신앙과 양심에 비추어 하나
님의 공의를 벗어났다면 비판적으로 접근하고 있다. 따라서, 자유를 억
압했던 이승만 정권에 대해서 부정적인 태도를 보이면서 반체제적인 성
향을 드러낸다.

이 시기 기독교 지식인들은 보수와 진보에 관계없이 반공적인 태도
를 보인다. 그럼에도 보수 기독교 매체에서 드러나듯이, 진보 기독교 지
식인들을 중심 세력에서 배제하기 위해 용공성을 비판하는 경우가 많았
다. 이와 관련하여 안병무는 뉴스위크지에 실렸던 UN군 총사령관의 말
을 인용하면서 '반공'을 개인적인 독재정치의 영속을 위해 정치적인 목
적으로 악용했던 이승만 정권을 간접적으로 비판하였다.[95] 또한 다른
진보 기독교 지식인들도 사회적인 책임을 망각한 채 타계주의적·개인
주의적 신앙만을 강조하며 정부에 대해 무비판적이었던 기독교인들이
나 이를 악용했던 기독교 정치인들을 날카롭게 꼬집고 있다.[96]

이처럼 1950년대 기독교 진보 매체는 '기독교=반공=미국=이승만
정권'이라는 보수 기독교 지식인들의 연쇄적인 인식의 고리들을 깨뜨리
면서, 기독교적 가치와 반공, 미국, 이승만 정권의 가치가 동일한 것이
아님을 분명히 하였다. 이러한 진보 기독 지성들은 박정희 시대 이후
민주화와 인권 운동의 중심이 되면서 진보, 사회 참여, 비판적 미국 인
식, 반체제라는 지성사의 한 흐름을 형성하게 된다. 박정희 정권이 자유
와 사회 정의를 제대로 실현시키지 못할 때 근대화와 인권의 문제를 제
기하며 반체제적인 운동을 벌이게 되었고, 자국의 이익을 중심으로 자
본주의의 병폐를 드러내는 미국에 대해서도 비판적인 입장을 유지하게
되는 것이다. 사회와 역사에 대한 집중적인 관심이 복음의 문제를 압도
했던 진보 기독 지성의 움직임은 순수한 기독교적 가치와는 일정 정도

---

95) 「클라크 대장의 말」, 『야성』, 1952. 7.
96) 엄요섭, 「기독교와 정치」, 『교회와 사회』, 1952. 7·8.
　　김정준 외, 앞의 글.

거리를 두면서 신앙적인 한계를 드러내기도 하였지만, 보수 기독 지성이 기독교 문화를 미국 문화로 바로 일치 시켰던 것에서 벗어나 비판적 미국 인식을 드러내었다는 점에서 중요한 의미를 발견할 수 있겠다.

5. 나오며

1950년대 한국의 기독 지성을 중심으로 한 미국 담론은 보수·진보의 기독교 매체에 따라 대미 인식에서도 차이를 드러내면서, 오늘날까지도 강력한 영향력을 미치고 있는 미국 문화의 주요한 양상들과 친미·비판적 미국 인식이라는 대미 인식의 두 기원을 보여준다는 점에서 주목된다.

1950년대 보수 기독교 교단지나 기관지의 미국 담론과 대미 인식은 한국의 시혜자 미국에 대한 은인 의식과 미국 중심주의를 강하게 드러내었고, 한국의 위기를 타개할 수 있는 미국의 청교도적인 경건함과 풍요로움에 대한 선망을 보여주었다. 이러한 보수 기독교 매체는 우리 안의 뿌리깊은 친미 인식을 형성하면서 미국 문화의 왜곡된 면들을 무비판적으로 받아들였고, 기독교 문화를 미국 문화, 반공 문화, 친체제적인 문화로 잘못 일치시킴으로써 많은 문제점을 노출시켰다. 그러나, 청교도적인 경건함을 바탕으로 당대 위기를 극복하며 풍요로움을 약자에게 나눌 수 있는 긍정적인 미국 문화를 내면화하는 한편, 보수적인 기독 지성의 기원을 형성하고 있다는 점에서 그 의의를 찾을 수 있겠다.

한편, 1950년대 기독교 전문 출판사나 개인 발행의 진보 잡지는 미국에 대한 비판 의식과 세계주의를 지향하였고, 미국의 자유와 사회 정의에 대한 연대 의식을 강하게 드러내는 미국 담론과 대미 인식을 보여준다. 이러한 진보 기독교 매체는 자유와 사회 정의라는 미국 문화의 긍정적인 측면을 수용하면서도 보수 기독교 매체와는 달리 기독교 문화와 미국 문화를 분리함으로써 미국의 부정적인 측면들을 비판적으로 인식할 수 있었다. 물론 당대 친미적인 흐름과 비교해 볼 때 비판적 미국 인식은 폭넓은 영향력을 발휘하지 못했다는 점에서 일정 정도 한계를 갖는다. 그럼에도 불구하고 미국의 진보 세력과 연계하면서 비판적 미국 인식을 보였던 1950년대 진보 기독교 세력들은 이후 지속적인 논의를 통해 한국의 민주화 운동을 주도했던 진보적 기독 지성의 기원이 된다는 점에서 주목해야 할 것이다.

지금까지 1950년대 기독교 매체의 미국 담론을 통해서 살펴본 것처럼, 미국 문화는 광범위하면서도 지속적인 영향력을 행사하고 있다. 강한 미국 중심주의를 드러내면서 친미의 미국 인식을 보였던 보수 기독교 매체에서뿐만 아니라 비판적 미국 인식을 통해 세계주의를 지향했던 진보 기독교 매체에서도 미국 문화의 영향력을 발견할 수 있었다. 한편, 미국 문화가 기독교 매체를 통해 어떠한 미국 담론을 형성하면서 우리안의 대미 인식을 재구성해나갔는지 그 실체를 고찰해 봄으로써, 미국 문화가 우리에게 끼친 영향력을 종합적인 시각에서 규명해 볼 수 있었다. 기존 논의와는 달리, 매체의 특성에 따라 미국 문화가 선택적으로 수용되고 있었고, 보수·진보 매체를 통해 미국 문화의 긍정적인 영향과 부정적인 영향이 함께 존재하고 있음을 확인할 수 있었다. 이처럼 문화 연구의 관점에서 접근할 때, 기존 논의에서 간과되었던 부분들을 새롭게 발견할 수 있었다는 점에서 본 연구의 의의를 찾을 수 있겠다. 그러나, 1950년대 기독교 매체의 미국 담론을 본격적으로 논의한 최초의 연구로서, 실증적인 고증과 분석이 바탕이 되면서 심도 있는 논의로 진전되지 못했다는 점에서 기초 연구로서 한계를 갖는다. 본 논의에서 제기되었던 다양한 미국 담론과 대미 인식을 심화시킨 각론들은 후속 과제로 남긴다.

그럼에도 불구하고, 1950년대 기독교 신문·잡지를 통해 드러난 대미 인식의 차이와 보수·진보의 양극화 현상은 오늘날 한국 지성사의 대미 인식의 분화와 보수·진보의 양극화의 기원을 보여준다는 점에서 중요한 의미를 발견할 수 있다. 1950년대 보수·진보의 기독 지성들이 어떠한 미국 문화를 내면화하고 있는지 구체적으로 규명하고 있는 본 연구를 통해, 미국의 직접적인 영향력 속에 들어갔던 1950년대 이미 비판적 미국 인식이 성장하고 있음을 확인할 수 있었다. 이러한 진보 기독교 매체는 당대에도 중요한 영향력을 행사했을 뿐만 아니라, 1960년대 이후에는 민주화 운동을 이끌어 나갔던 진보적인 지성의 핵심 매체로 부각되고 있다는 점에서 주목된다. 또한, 오늘날 반공-친미-반정부의 보수 지식인 세력을 대표하는 보수 기독 지성의 성향들이 어디에서 기인하는지 단초를 제공해 줄 수 있을 것이다. '청교도적인 경건함'과 '반공'이라는 이중적인 공통분모로 인해 미국과는 밀착된 관계를 유지하면서 친미 세력의 중심 세력이 되었던 보수 기독 지성은 신앙적 공감대가 없는 오늘날 노무현 정권이 북한과의 평화 공조를 강조할 때 오히려 반정부적인 태도를 취하게 된다. 반면 '청교도적인 자유와 사회정의'를 받아들인 진보 기독교 세력들은 다른 나라의 자유와 인권을 억압하려는 패권주의 미국에 대해 반발하면서도 자유와 인권 운동을 함께했던 민주 세력들이 기반이 된 현 정권에 대해서는 연대 의식을 보이는 것이다. 이처럼, 미국 문화의 중심 전달 매체였던 기독교 신문·잡지의 미국 담론 분석을 통해 보수·진보 기독교 지성의 양극화와 대미 인식의 변화를 살펴보는 일은 기독교 담론 연구를 넘어 한국 지성사 연구에 있어 중요한 통찰을 제시할 수 있다는 점에서 그 의의를 찾을 수 있겠다.

주제어 : 미국 문화, 기독교, 기독교 신문·잡지, 보수, 친미, 진보, 비판적 미국 인식

68

◆ 참고문헌

1. 기본 자료
『감리회보』,『감리교생활』,『교회와 사회』,『기독공보』,『기독교교육연구』,『기독교사상』,『기독청년』,『말씀』,『성서한국』,『십자군』,『야성』,『활천』 등

2. 논문
강인철,「해방 후 한국 개신교회와 국가, 시민사회(1945~1960)」,『사회와 역사』,1992. 12.
─── ,「개신교 반공주의의 형성과 재생산」,『역사비평』,2005. 봄.
강현두,「한국문화와 미국의 대중문화」,『철학과 현실』,1994. 6.
구교형,「문화와 상황-친미·숭미·외미 미국, 그동안 고마웠다」,『기독교사상』,2004. 9.
권용립,「친미와 반미, 그 사이에서 숨은 그림 찾기」,『당대비평』,2003. 3.
김광억,「미국 문화의 한국적 수용과 갈등」,『한국과 미국』,경남대 극동문제연구소,1988.
김상태,「평안도 기독교 세력과 친미엘리트의 형성」,『역사비평』,1998. 겨울.
김영희,「제1공화국 시기 수용자의 매체 접촉경향」,『한국언론학보』,2003. 12.
김진기,「반공에 전유된 자유, 혹은 자유주의」,『상허학보』15집, 2005. 8.
김진호,「한국 개신교의 미국주의, 그 식민지적 무의식에 대하여」,『역사비평』,2005. 봄.
송기득,「한국의 그리스도교와 그 교회, 이대로 두어도 좋을 것인가」,『기독교사상』,2005. 1.
신국원,「미국교회가 한국교회 문화에 미친 영향」,『기독교사상』,2000. 10.
연규홍,「한국신학 100년의 성찰과 전망」,『신학연구』,2002.
이만열,「한국 기독교와 미국의 영향」,『한국과 미국』,경남대 극동문제 연구소,1988.
이재정,「해방 후 한국교회 분열과 에큐메니칼 운동」,『한국기독교와 역사』4, 한국기독교역사연구소, 1995.
정보석,「잡지 변천사」,『신문연구』,1998. 가을.
최형묵,「욕망과 배제의 구조로서의 기독교적 가치」,『당대비평』,2001. 3.
허명섭,「미군정기 재한 선교사와 한국교회」,『한국교회사학회』,2005.

3. 단행본

고려대 아세아문제연구소 편,『한국문화에 미친 미국문화의 영향』, 현암사, 1984.

박정신,『한국 기독교사 인식』, 도서출판 혜안, 2004.

윤춘병,『한국기독교 신문·잡지 백년사 1945~1985』, 감리교신학대학교 출판부, 2003.

한국 교회사학 연구원 편,『한국기독교사상』, 연세대 출판부, 1998.

한국 기독교장로회 역사편찬위원회,『한국기독교 100년사』, 한국 기독교장로회 출판사, 1992.

한영제 편,『한국 기독교 정기간행물 100년』, 기독교문사, 1987.

맥도날드, 도널드 스턴, 한국역사연구회 1950년대반 역,『한미관계 20년사(1945~1965)』, 한울아카데미, 2001.

밀즈, 사라, 김부용 역,『담론』, 인간사랑, 2001.

스토리, 존, 백선기 역,『문화연구란 무엇인가』, 커뮤니케이션북스, 2000.

솔버그, 윈턴 U., 조지형 역,『미국인의 사상과 문화』, 이화여대 출판부, 1996.

70

◆ 국문초록

　　본 연구는 미국 문화의 중요한 전달 매체였던 1950년대 기독교 신문·잡지를 중심으로 미국 문화가 어떻게 전달되었고 어떠한 영향력을 발휘하며 우리 안에서 재구성되었는지 규명하고자 하였다. 이를 위해 당대 대미 인식의 차이를 드러내었던 기독교 지식인 신문·잡지를 보수와 진보라는 매체의 특성에 따라 나누고, 미국 문화 담론과 미국에 대한 인식이 어떻게 다르게 드러나고 있으며 어떤 중요한 의미를 갖는지 규명하고자 하였다.

　　보수 교단이나 기관을 대표하는 교단지나 기관지 형식의 신문·잡지들은 은혜를 베푼 고마운 나라 미국에 대한 친미적인 태도를 취하면서 미국 중심주의를 드러내고 있거나 미국이 한국의 위기를 타개할 수 있는 청교도적인 경건함과 풍요로움을 가진 선망의 대상으로 인식하고 있다. 이는 미국 문화의 왜곡된 면들을 무비판적으로 받아들였다는 한계를 드러내면서 '미국=기독교=반공=친체제'를 지향했던 보수 기독 지성의 기원을 보여준다. 그러나 동시에 청교도적인 경건함을 바탕으로 당대 위기를 극복하며 풍요로움을 나누고자 했던 긍정적인 미국 문화를 내면화시켰다는 긍정적인 측면도 갖는다.

　　반면, 기독교 전문 출판사나 개인 발행의 진보 잡지들은 미국 문화의 부정적인 측면을 부각시키는 비판적 미국 인식을 드러내면서 세계주의를 지향하고 있거나 긍정적인 미국 문화인 자유와 사회 정의에 대한 연대 의식을 표출하고 있다. 이는 친미적인 흐름에 비해 폭넓은 영향력을 발휘하지 못했다는 점에서 한계를 갖지만, 미국적 가치와 기독교적 가치를 구분하면서 비판적 미국 인식을 형성하였고 한국의 자유와 사회 정의를 실현하기 위해 민주화 운동을 주도했던 진보적인 기독 지성의 기원을 보여준다는 점에서 의의를 갖는다.

　　이처럼 1950년대 기독교 신문·잡지를 통해 드러난 대미 인식의 차이와 보수·진보의 양극화 현상은 오늘날 한국 지성사의 대미 인식의 분화와 보수·진보의 양극화의 기원을 보여준다는 점에서 중요한 의미를 발견할 수 있다.

◆ SUMMARY

A study on American discourse
of Korean christian journals in the 1950's

Kim, Se-Ryoung

This study focuses on Korean christian journals in the 1950s as a the important transmission media of the American culture. particularly The purpose of this thesis is to study American literature reconstruction within our mind how American culture was transmitted and what this had a influence on korea. Korean christian journals in which understandings of America differ in the context of the 1950s were classified by the media trait of Conservativeness or Progress and examined the important meaning of intellectual history in view of American discourse difference.

conservativeness christian journals as a religious organ let America a benefactor of Korea and showed Americanism in a pro-America. moreover they represented America as an object of envy owning the puritanical faith and American affluence. on the other hand progress christian journals as a publishing company or individual publication showed a critical understanding of America and cosmopolitanism. moreover they represented the feeling of solidarity of the American freedom andsociety justice. these Korean christian journals in which understandings of America differ in the context of the 1950s and the bipolarity of conservativeness or progress showed the origin of the bipolarity of conservativeness or progress and the difference of the recognition with America in the Korean intellectual history these days.

72

Keyword : American culture, Christianity, Christian journal, Conserva-
tiveness, Pro-America, Progress, Critical understanding of
America

－이 논문은 2006년 7월 30일에 접수되어, 소정의 심사를 거쳐 2006년 9월 29일에 최
종적으로 게재가 확정되었음.

'미국'을 소비하는 대도시와 미국영화[*]
─1950년대 한국의 미국영화 상영과 관람의 의미 1

이 선 미[**]

1. 1950년대 한국의 미국영화와 도시체험

1937년생인 동화작가 권정생은 한국전쟁 이후 1950년대의 황폐한 삶을 "우유가루 같은 구제품"을 나누어주던 교회와 마릴린 먼로가 나오는 「나이아가라」 영화를 보려고 백미터가 넘게 줄을 선 사람들로 기억한다. 그리고 종교에 대한 아무런 생각없이 먹을 것을 얻으러 교회에 나가는 사람들이나 폐허가 된 현실에서도 별천지의 연애를 소재로 한 미국영화에 열광한 사람들이 바로 전쟁 속에서도 지속되는 인간의 정직

* 이 논문은 2005년도 한국 학술진흥재단 지원으로 연구되었음(KRF-2005-079-AS0126).
** 동국대 연구교수.

한 모습이라고 해석한다.[1] 1950년대 사람들은 미국의 지원물자가 모여들었던 교회와, 미국의 생활을 눈으로 직접 확인할 수 있는 미국영화 상영관을 '미국'으로 가는 출구로서 인식했음이 잘 드러난 대목이다. 1950년대에 미국은 한국의 비참한 일상과 대비되어, 물질적으로 풍요할 뿐만 아니라 세련되고 멋진 남녀들이 펼치는 이상적인 세계로 인식되었다. 교회와 영화는 대별되는 사회적 위상 속에 있는 것임에도 불구하고, 한국사회의 미국의 의미와 관련해서는 같은 의미로 존재할 수 있었던 미국의 '실물'이었던 것이다.

그 중에서도 미국영화는 미국의 구체적인 이미지와 관련해서 가장 직접적인 영향을 끼쳤다. 1950년대 한국사회에서 미국영화와 미국여배우는 가장 관심을 받았던 대중적인 소재였던 것이다. '마릴린 먼로 워크'라는 유행어뿐만 아니라, 1955년에 상영된 「로마의 휴일」[2]의 여배우 오드리 헵번은 '헵번스타일'이라는 신조어를 만들어낼 정도로 주목을 받았다. 시각적 자극을 통해 대중적 이미지를 제공할 수 있었던 미국영화의 여배우는 대중적 스타로 군림하기에 손색이 없었던 것이다. 이것은 대중문화 현상에 그치지 않는다. 1950년대 한국사회에서 지배엘리트에 해당하는 대학생이나 지식인들 역시 미국영화를 고급문화, 뭔가 자신을 구별짓는 문화적 행위[3]로 규정하며 즐겼다.[4] 전쟁 후 아무것도 남

---

1) 권정생, 「영원히 부끄러울 전쟁」, 『역사비평』, 1995. 여름, 18-20쪽.

2) 「로마의 휴일」은 윌리엄 와일더가 감독한 1953년 작품이다. 미국에서 개봉된 것은 1953년이지만, 한국에서는 1955년에 개봉되었다. 이 글에서 영화의 개봉년도는 한국내에서 개봉된 년도를 의미한다.

3) 부르디외는 문화적 취향을 통해 자신을 다른 사람과 구별지으려는 정체성 형성의 심리가 문화상품 시장형성에 중요한 요인임을 분석한 바 있다. 자신을 타자와 구별짓기 위한 문화취향은 나라마다 예술장르의 대중적 인식에 따라 차이가 있을 수 있을 것이다. 대부분 영화는 대중적인 장르이기 때문에 이를 통해 자신을 구별지을 수 있는 문화취향을 형성하기는 쉽지 않다. 오히려 유행에 편승하여 평균적인 문화취향에 흡수될 가능성이 크다. 그러나 1950년대 한국사회에서 외국영화, 그 중에서도 미국영화 관람은 이런 구별짓기의 문화취향으로 역할할 수 있었다. 적어도 1950년대에 영화는 특정 도시에서 문화감상의 기회를 가질 수 있는 사람들을 구별지을 수 있는 문화형식이었기

겨진 것이 없는 폐허에서 미국영화는 선진화되고 근대화된 경험으로 인식되었던 것이다. 1950년대 미국영화 관람이라는 문화적 행위는 폐허에서 새로운 삶을 구성해 가는 사람들이 품고있던 내밀한 욕망의 구조를 이러저러하게 반영하는 하나의 사회문화사적 현상이었다.

사실, 미국영화가 영화시장에서 압도적인 우위를 차지하는 것은 1950년대만 해당되는 것은 아니다. 1930년대에 조선은 헐리웃 영화제작자들에게 아시아의 가장 큰 시장으로 각광받았을 정도이며,5) 선교사를 중심으로 한 교회나 학교만큼이나 미국체험의 주요한 진원지였다.6) 또 스크린 쿼터 사수를 위해 많은 영화관계자들이 단식농성을 벌일 정도로 21세기 초입의 한국사회에서도 미국영화 상영은 영화시장의 막대한 변수라 할 수 있다. 그러나 이 경우들은 각각 사회문화사적 의미 면에서 1950년대 미국영화와는 다른 맥락을 지닌다. 1930년대의 경우, 선교사를 중심으로 한 미국체험이 주를 이루는 가운데 미국영화가 있었다. 이때 미국영화는 '미국'의 실물이기보다는 신기한 '활동사진'으로서 구경거리인 경우가 많았다. 그리고 현재 미국영화는 '미국'의 이미지를 소비한다기보다는 잘 만들어진(well-made) 영화로서 영화시장에서 한국영화와 경쟁관계에 있는 외화에 해당한다. 반면, 1950년대의 미국영화는 '미

<hr>

때문이다. 부르디외, 『구별짓기』, 새물결, 2005 참조.
4) 1955년에 경향신문이 대학생들을 대상으로 설문조사 한 바에 의하면, "대학생들의 영화열은 대단한 것"이라고 한다. 그리고 이들이 보는 "영화 가운데 역시 국내 영화와 수입 외국 영화를 분류하지 않았으나 국내영화에 대해서는 일언반구의 대답도 없었으며 모두가 외국영화만을 대상으로 삼아서 답변해왔다"고 한다.(경향신문, 1955. 7. 23, 4면) 미국영화를 비롯한 외국영화는 고학력 지식인일수록 선호도가 높았다고 할 수 있으며, 이것은 미국영화의 시장점유율이 압도적이었던 1980년대까지도 한국 영화시장의 주된 특성이었다. 이수연, 「한국 관객의 미국영화 읽기: 문화제국주의 이론의 비판적 검토」, 『언론과 사회』, 1995. 12, 참조.
5) 유선영, 「황색 식민지의 서양영화 관람과 소비실천 1934~1942」, 『언론과사회』 13, 2005, 23쪽 참조.
6) 유선영, 「황색식민지의 문화정체성-아메리카 나이즈드 모더니티」, 『언론과사회』, 1997. 겨울 참조.

국'을 소비하는 대중적인 문화형식으로 존재했다. 1950년대에 미국은 먹을 것과 입을 것을 지원하는 나라이며, 교육과 각종 기계설비를 제공하는 물질적 풍요의 나라였다. 미국은 의식주와 같은 구체적인 일상생활의 소모품들을 통해 직접적이고 일상적인 방식으로 전후 한국사회를 전면적으로 장악했던 나라이다. 물품을 통한 '미국' 소비와 이를 통한 '문명(근대)'의 경험은 1950년대에 본격화된 현상인 것이다.[7]

1930년대 식민지 시기만 해도 새로운 문물, 문화는 기차나 건축, 또는 새로운 제도를 통해 인식되었다.[8] 따라서 일본을 매개로 받아들였던 서구문화가 전체적으로 새로운 것, 근대적인 것으로 인식되었다. 미국은 서구 중 하나에 불과했으며, 많은 선교사를 통해 조선의 독립을 지원하는 우방으로 인식될 뿐이었다. 과학적인 지식이나 문물을 배워야하는 나라, 문명화된 교양인의 나라라는 인식이 강했다.

그러나 1950년대의 미국은 '미제'라는 물건을 통해 구체적인 생활의 소비욕망 속에서 인식되었다. 미군정기와 한국전쟁을 거치면서 미군을 통해 흘러든 대량의 물건들은 구체적인 미국의 이미지가 된다.[9] 미군부대의 소비행위에 기대어 존재하는 하층민뿐만 아니라 미국유학을 출세의 필수코스로 여기며 미국을 받아들이는 지배계층에 이르기까지 미국은 가장 절대적인 문명화의 실체로서 인식되었던 것이다. 1950년대 미국영화는 이렇게 미국이 절대적인 이상국가로 인식되는 사회역사적 맥

---

7) 박완서는 나일론을 혁명이라고 기억하며 "꿈의 섬유"였다고 말한다. 면양말은 내구성이 약해서, 떨어진 양말을 깁기위해 밤늦게까지 바느질 하는 어머니의 모습은 시대적인 상징이 되었을 정도였다. 나일론 양말은 이런 어머니의 모습조차 바꿀 정도로 일상생활의 혁명을 몰고왔던 것이다. 박완서, 「1950년대─'미제문화'와 '비로도'가 판치던 거리」, 『역사비평』, 112쪽 참조.

8) 식민지 시기의 근대의 경험은 주로 도시, 제도, 기차와 같은 문명의 이기 등을 중심으로 담론화된다. 문학작품에서 이런 특성은 두드러진다. 이성욱, 『한국근대문학과 도시문화』, 문화과학사, 2004 참조.

9) 1950년대 전후 소설들은 이 '미제물건'을 통해 미국을 선망하는 심리를 주된 소재로 삼는다. 송병수의 대표작인 「쑈리킴」은 미제물건이 한국의 일상생활과 욕망의 구조를 얼마나 깊숙이 재편하고 있는가를 잘 보여준다.

락 속에서 상영되고 관람되었다.

이때, 대도시 서울은 미국이 전시되고, 소비되는 공간으로서 재편되어 간다. 1950년대 한국에서 미국영화의 의미는 '미국'을 향한 욕망과 소비행위로 연결될 수 있으며, 그 소비공간으로서 대도시 서울은 가장 중심적인 변화의 무대가 되는 것이다. 영화를 통해 미국을 구경한 관객들은 실제로 따라함으로써 직접 일상생활에서 미국물품을 소비한다. 주로 패션이나 헤어스타일 같이 여성들의 외양이나, 남녀가 연애하는 방식을 통해 미국문화를 모방하기 때문이다. 젊은 여성들은 미국영화의 패션을 통해 최신 유행모드를 만들어내고,[10] 미국영화에 등장하는 남녀 주인공의 사랑의 방식을 통해 낭만적 사랑을 꿈꾼다. 미국영화는 시각적인 자극을 통해 미국의 실물을 제공하고, 이 실물을 소비하려는 구체적인 욕망 속에서 도시는 소비욕망을 부추기는 '근대적인 공간'으로 재편되는 것이다.

이 글은 이렇게 재편되는 근대적인 공간으로서 대도시 서울의 체험이 1950년대 한국사회의 근대성에 어떤 의미를 지니는가에 대한 탐구이다. 즉, 이 근대적인 공간 구성에 미국영화가 중요한 역할을 했으며, 이 영화와 더불어 형성되는 공간체험이 1950년대 한국사회의 '근대성'의 한 부분을 담당했음을 살펴보고자 한다.

1950년대 한국에서 미국영화는 여성들을 성적 방종으로 몰아가는 '양풍'으로 경계되어, 일면적으로 담론화된 경향이 있다.[11] 그러나 미국영

---

10) 할리웃 여배우의 패션은 이미 1930~1950년대 유명 디자이너들의 패션 아이콘으로 부상했다. 이 디자이너들의 브랜드 이미지는 지금까지도 최첨단의 유행모드로서 각광받고 있다. 1950년대 헐리웃 여배우들의 상품적 가치는 아무리 강조해도 모자랄 정도이다. 정소영, 「할리우드 스타의 패션 아이콘—1930~1950년대 여성 스타를 중심으로」, 이화여대 박사논문, 2005 참조.

11) 1950년대 미국영화는 여성문화와 관련되어 담론화되곤 했다. 이때 미국영화는 퇴폐적인 성문화를 조장하는 미국문화를 퍼뜨리는 통로로서 인식된다. 따라서 1950년대 미국영화 담론은 여성문화 속에서 논의될 때 대부분 부정적인 것으로 비판되었다. 이는 1950년대 여성담론의 성격과 관련하여 중요하게 따져볼 필요가 있다.

화 관람의 욕망과 영향은 이렇게 단순하지 않다. 미국영화의 여배우를 따라하고자 했던 많은 여성들의 사회적 위상과 미국영화의 서사적 특성을 받아들이는 도시인들의 문화적 욕구는 매우 다양한 맥락 속에 있다. 즉 1950년대 한국에서 '미국'을 소비하는 과정으로서 미국영화 관람의 의미는 소비공간인 대도시의 성격과 소비주체인 도시인의 성격을 구성하는 하나의 요인으로 작용한 듯하다. 미국영화 상영과 관람은 도시체험, 근대성 체험이라는 의미망 안에서 해명될 사회문화사적 현상으로 볼 필요가 있는 것이다.12) 특히 1950년대 한국에서 미국영화를 매개로 '미국'이 소비되는 것이 무슨 의미인가에 중점을 둔 연구방법은 한국사회의 근대성을 해명하는 것으로서도 유효할 것이다.13)

12) 외국과의 교류가 시작된 이래로 국내에서 미국영화는 항상 인기를 끌었다. 따라서 미국영화는 영화관람 자체로서도 관심의 대상이었지만, 미국이라는 나라에 대한 한국인의 심리구조가 작용하는 사회문화사적 현상으로서도 관심의 대상이 되었다. 그러나 당대적으로는 논란도 많았지만, 미국을 우방으로 여김으로써 비판을 금기시하는 정치적 맹목성으로 인해 객관적인 연구는 별로 진행된 바 없다. 최근 반공이데올로기에 대한 비판적 인식이 공론화되기 시작하면서 미국의 영향력에 대한 비판도 학문적으로 서서히 진행되고 있다. 한국에서 상영된 미국영화에 대한 연구도 1990년대 들어 본격화된다. 유선영, 이수연의 앞의 글과 변재란, 「한국영화사에서 여성관객의 영화관람 경험 연구」, 중앙대영화학 박사논문, 2000; 조영정, 「미국영화에 대한 양가적 태도」, 김소연 외, 『매혹과 혼돈의 시대』, 소도, 2003; 김영희, 「제1공화국시기 수용자의 매체 접촉경향」, 『한국언론학보』, 2003; 김영희, 「미군정기 농촌주민의 미디어 접촉 양상」, 『한국언론학보』, 2005; 조혜정, 「미군정기 영화정책에 관한 연구」, 중앙대 박사논문, 1997; 조혜정, 「미군정기 극장산업 현황연구」, 『영화연구』 14호, 1998; 문원립, 「해방직후 한국의 미국영화의 시장규모에 관한 소고」, 『영화연구』, 2002; 김수남, 「미국영화 문화가 한국영화인과 관객의 의식변혁에 미친 영향 고찰」, 『청예논총』 6, 1992 등은 1950년대 미국영화의 의미를 사회사적으로 연구한 대표적 논문들이다.

13) 아시아 국가에서 근대화에 대한 욕망으로서 '미국'적인 것을 소비하는 양상을 일본 학자 요시미 순야는 '미국의 소비'로 설명한다. 본토와 오키나와로 나뉘어 미국이 다른 방식으로 영향을 끼쳤던 일본의 경우, 미국을 소비하는 방식도 복잡한 양상을 띤다. 이는 한국과 비교할 만하다. 요시미 순야, 「냉전체제와 '미국'의 소비」, 『문화과학』 42호, 2005. 6 참조.

2. 1950년대 한국에서 흥행했던 미국영화와 미국 이미지

당대 대중적으로 인기를 끌었던 영화는 비단 미국영화 만은 아니다. 보통 '외화' 또는 '양화'로 불리는 외국영화, 더 구체적으로는 서구에서 만들어진 영화는 한국영화와 대별되어 흥행될 가능성이 컸다. 사람들은 자본도 없고 기자재도 부족한 악조건에서 만들어진 한국영화를 졸작이라 폄하하면서 선입견을 쌓아가고, 영화를 보기도 전에 외국영화만을 선호하는 경향을 갖고 있었다. 외국영화를 봐야 선진화되고 근대화된 것으로 생각했던 것이다.14)

그 중에서도 특히 미국영화는 흥행의 보증수표 같이 취급되었다. 예술성보다는 상업성이 두드러지는 헐리웃 영화는 전 세계적으로 흥행가도를 달리던 문화상품이었다. 영화미학적으로 우수하다고 평가받는 이탈리아 영화의 경우 미국평론계에서는 '네오리얼리즘'으로 호평을 받았지만, 전후의 가난한 사회상을 사실적으로 보여준다는 면에서 영화관객의 관심을 사기는 어려웠고,15) 다양한 볼거리와 멜로드라마,16) 코믹물이 우세했던 미국영화가 단연 대중적 인기를 얻었다. 특히 헐리웃 영화는 인기 있는 여배우를 중심으로 한 멜로드라마가 대세를 이루고 있어서17) 한국의 주 관람객인 여성관객의 취향에도 맞아떨어졌다. 그래서 극장주나 배급사들은 미국영화 수입에 열을 올릴 수밖에 없었다.

---

14) 한국영상자료원, 『한국영화를 말한다』 박상호 감독의 증언, 160쪽 참조. 변재란, 72쪽 참조.

15) 위의 글, 박상호 감독의 증언, 159-160쪽 참조.

16) 여기서 '멜로드라마'는 멜로드라마가 출현한 역사적 연원을 염두에 두었다기보다는 미국영화사의 장르인식에 근거한 것이다. 또 멜로물로 통칭되는 1950년대적 맥락을 고려한 것이기도 하다. "막연한 대로 통속적인 영화, 자연성이 적은 영화, 원인보다는 결과를 중요시하는 영화, 성격의 추구보다는 다채로운 줄거리의 변화를 위주로 하는 영화 등으로 간주하"는 당시의 장르인식을 따른다.(임영웅, 「무질서한 공급에 황량한 수호」, 『사상계』, 1959. 12, 263쪽) 이렇게 보면, 대부분 멜로드라마로 평가할 가능성이 커진다.

17) 존 벨튼, 『미국영화·미국문화』, 한신문화사, 2000 참조.

1955년을 중심으로 1950년대 후반에 수입된 미국영화들은 지금도 고전영화로 인구에 회자되며 많은 인기를 누리고 있다. 실제로 1970년대에는 그 당시 막 생겨나기 시작한 도심 변두리 재개봉관에서 리바이벌되어 큰 수입을 올리기도 했다.[18] 마릴린 먼로나 오드리 헵번, 제임스딘 등 헐리웃 스타시스템에 기대어 만들어진 영화들은 한국에서도 역시배우 중심으로 수용되었다. 이 배우들은 시대를 대표하는 유명인사들처럼 한 시대의 인물로서 평가될 정도였다. 영화관련 잡지나 여성지, 월간문학지를 비롯하여 1950년대 후반에 생겨나기 시작한 주간지 등은 미국배우를 중심으로 미국문화에 대한 호기심을 자극하여 판매부수를 올리려는 전략을 구사하기도 했다.[19] 주로 여배우를 중심으로 한 이 담론들은 대중들의 이상이나 욕망이 개입된 '스타'의 이미지를 통해 미국표상을 만들어낸다. 일단, 미국을 향한 열망은 배우의 이미지를 소비하려는 욕망에 가장 많이 투영되어 있었다. 그러나 배우의 이미지는 영화서사와 상관없이 수용되는 것은 아니다. 그런 점에서 당대 미국영화 관객들이 소비하는 '미국'의 의미는 배우의 이미지를 통해 형성된 미국영화 담론과 더불어 미국영화 자체의 서사적 의미를 함께 고려해야 할 것이다.

폐허가 된 1950년대 서울에서는 미국의 평범한 아파트 광경조차 선진화된 별천지로 구경거리가 되었다. 주로 중산층의 가정문제나 샐러리맨들의 관료화된 일상사를 소재로 한 마릴린 먼로나 제임스 딘의 영화들은 멜로드라마식 구성을 지니고 있음에도, 주연 배우와 더불어 다양한 볼거리로 받아들여져 인기를 끌었다.[20] 이 영화들에서 '다양한 볼거

---

18) 이길성 외, 「1970년대 서울의 극장산업 및 극장문화 연구」, 영화진흥위원회, 2004, 51쪽 참조.

19) 1950년대 중반 이후부터 『주간희망』, 『희망』, 『여원』, 『주부생활』 등 다양한 주간지나 여성지가 창간되어 영화를 소개한다. 변재란, 앞의 글, 60쪽 참조.

20) 이 점은 블록버스타형 대형영화, 즉 「E.T」나 「스타워즈」, 「람보」류의 영화들이 한국영화 시장을 장악하던 1980년대 미국영화 붐과는 사뭇 대조되는 현상이다. 이 시기 한국영화시장의 관객은 주로 미국영화 관객이었다. 그러나 이 관객들이 한국사회의 민주화

리'란 그저 미국사람들이 살아가는 생활문화, 다양한 상품, 그리고 일상
적으로 일어나는 남녀 간의 연애이다. 가난한 한국인들은 기계화된 미
국의 일상생활과 키쓰신이 난무하는 연애관계만으로도 새로운 별천지,
이상적인 삶으로서 구경하고자 했다. 미국 내에서는 그저 일상을 다룬
홈드라마일 뿐이지만, 1950년대 한국이라는 사회역사적 맥락 속에서는
블로버스타급 대작 영화와 비슷한 '다양한 볼거리'가 될 수 있었다.[21]
1950년대의 한국에서 상영된 미국영화는 거대자본을 투자하여 다양한 볼
거리를 지닌 대작영화라서 흥행했다기보다 당대 한국의 상황이 투영된
관객들의 수용상태에 의해 흥행했다고 보는 것이 타당하다는 말이다.[22]

예컨대, 아파트와 사무실을 오가며 사건이 전개되는 빌리 와일더 감
독의 「아파트를 빌려드립니다」나 마릴린 먼로의 치마가 바람에 날리는
장면으로 유명한 같은 감독의 「7년만의 외출」은 거의 대부분의 장면이
아파트의 한 공간에서 촬영된다. 그 외 장면으로는 기껏해야 사무실이

나 의식화된 대중으로 전화된다고 주장하기는 어렵다. 연령층으로 볼 때 이들은 주로
10대나 20대에 해당하지만, 이들을 1980년대 민주화 운동을 이끈 청년학생들과 연결하
기는 어렵다. 이들은 오히려 미국 상표를 선호하는 청소년 대중의 형성과 연관된다. 이
점은 1950년대 미국영화의 사회문화사적 의미와 대비될 만한 점이다.
21) 변재란의 연구에 활용된 인터뷰에 참여한 여성들은 대부분 당시의 가난하고 가부장적
인 억압적 현실을 위안받기 위해 화려하고 낭만적인 미국영화를 즐겼다고 한다. 심지
어 결혼을 하고서 가구나 살림살이를 구경하기 위해서 영화를 본다고 말한 사람도 있
다. 변재란, 앞의 글 참조.
22) 이것은 근대화 과정에서 가부장적인 지배담론과 갈등을 겪은 아시아 영화시장에서 공
통적으로 발견할 수 있는 점이다. 1920년대 북경이나 상해와 같은 대도시의 미국영화
수용 현상에서 이를 확인할 수 있다. 이 시기 미국영화의 주관객층은 그런 문화상품을
소비할 수 있는 경제적 조건과 문화적 조건을 가진 지식인이 대부분이었고, 이들은 주
로 "중국에서 성행한 남녀간의 자유연애에서 나타나는 폐해와 전통적인 가족제도에 대
한 비판이라는 사회문제와 연관시켜 해석함으로써 더욱 깊은 감동을 받았"다고 한다.
(원선호, 「1920년대 중국 지식층의 미국영화 수용과 사회문제 영화」, 연세대 석사논문,
2004, 22쪽) 1950년대 한국 영화시장의 미국영화 관객 역시 한국의 사회문제라는 자기
삶의 맥락에서 미국영화를 수용하고 소비했다고 할 수 있다. 게다가 한국은 바로 전쟁
을 겪었기 때문에 2차대전의 미국경험을 부각시키는 전쟁영웅에 대한 선호도가 첨가되
어 미국영화에 대한 선호도는 더 높았다.

나 아파트 앞의 거리풍경이 고작이다. 그러나 이런 영화들조차 아파트의 공간구조나 살림살이, 즉석에서 만들어지는 패스트푸드, 전축이나 텔레비전, 에어컨 등의 최신 전자제품 등 생활에 필요한 다양한 일상용품 때문에 볼거리로서 받아들여진다.

그러나 대작이라 할만한 영화가 대중적 인기와 관련없는 것은 아니다. 주로 2차 대전을 다룬 전쟁 로맨스와 서부활극은 미국 중산층을 다룬 영화들보다는 대형 셋트와 거대자본을 투자해서 훨씬 극적이고 다양한 볼거리를 제공했다. 그러나 이런 영화들 역시 멜로드라마적 요소를 지니고 있었으며, 전쟁을 겪은 한국관객들에게는 전쟁으로 인한 비극과 휴머니즘을 자극하여 대형영화라는 점과 상관없이도 수용된 것으로 보인다. 마릴린 먼로의 초기 개봉작으로 인구에 회자되는 「나이아가라」(1953)는 미국 관광명소로 손꼽히는 나이아가라 폭포의 장관으로 인해 거대한 볼거리를 제공한다. 또 1955년 최고의 흥행영화로 꼽히는 존포드 감독의 「모감보」(1955)도 아프리카 대평원의 진기한 광경으로 관객들의 시선을 사로잡는다. 그러나 이 영화들 역시 섹시한 여배우의 이미지와 여배우를 둘러싼 화려한 패션과 낭만적 사랑이 다른 영화들처럼 영화를 압도한다.

서부활극 역시 많은 남성 관객들을 극장으로 끌어들인 장르였지만, 게리 쿠퍼와 버트 랭카스터가 주연한 「베라크루즈」(1956)와 마릴린 먼로가 주연한 「돌아오지 않는 강」(1957)같은 작품만 보더라도 스타급 배우와 멜로드라마적 형식이라는 점에서 다른 영화들과 공통점을 지니며, 「하이눈」(1957)이나 「셰인」(1956)같은 영화도 정의를 지키려는 강직함과 휴머니즘이라는 주제를 부각시키는 방법으로 멜로드라마 형식을 취하고 있다. 미국영화는 문명화된 일상생활을 시각화하고 있기 때문에 다양한 볼거리가 되었으며, 거대한 셋트나 배경이 그다지 큰 차이를 만들지 않은 상황에 있었던 것이다.

특히 1950년대 미국영화는 미국영화 산업의 스타시스템 정착으로 인해 여배우의 이미지를 상품화하여 낭만적 사랑의 꿈을 자극하는 멜로드

라마적 특성이 모든 장르에 적용되었다. 멜로드라마는 '멜로물'로 인식
되어 사랑과 결혼에 골몰할 수밖에 없는 한국의 젊은 관객들에게 인기
를 끌었다.[23] 본인의 의사와 상관없는 결혼관습과 정조관념으로 인해
고통스러워하던 한국 여성들에게 미국영화의 사랑과 섹슈얼리티는 가히
상상도 할 수 없는 신세계로 인식되었던 것이다.[24] 여성들에게 편리하
게 구성된 가옥구조나 가전제품만큼이나 남녀가 연애하는 광경은, 보는
것만으로도 만족할 수 있다고 여길 정도의 볼거리를 제공했던 것이다.[25]

특히, 1950년대 미국영화는 '매카시즘'과 같은 정치적 환경 속에서
내적으로 성숙된 시기이기도 했다. 채플린의 작품들을 비롯하여, 사회
의 억압적인 요소들을 영화를 통해 고발하고 비판하려는 의도가 강했던
때이다.[26] 또한 한국영화 시장에서 흥행에 성공했던 마릴린 먼로와 오

---

23) 당시 이대교수였던 안인희는 미국영화를 통해 자신이 할 수 없는 것을 대리적으로 상
   상했다고 말한다. 안인희, 「사랑할 때와 죽을 때」, 『사상계』, 1959. 6, 337-338쪽 참조.

24) 남자친구를 이리저리 바꿔가면서 사귀는 미국영화의 여성들을 부러워하는 영화감상
   기는 여성들의 이런 선망의 심리를 추측할 수 있게 한다. 이춘란, 「보이·한트論」, 『여
   원』, 1962. 9, 98-99쪽 참조. 여성들에게만 규범으로 적용되던 '정조관념'은 1950년대
   지배담론을 대표한다고 할 수 있으며, 여성들의 사회진출과 주체성을 통제하는 주요한
   이데올로기였다. 1955년 박인수 사건은 이를 확인하고, 강화하는 계기가 된 사건이다.
   혼인을 빙자해서 수많은 여성들을 유린한 박인수는 법정에서 사기죄만 적용되어 세간
   의 주목을 받았다. 담당판사는 "법은 정숙한 여인의 정조만을 보호할 의무가 있다"는
   유명한 말을 남기고 피해자인 여성들을 정조관념이 없는 여성들로서 질타하고 박인수
   의 편을 들어준 셈이 되었다. 정조를 잃은 여성은 국민으로서의 자격을 박탈당한다는
   것을 짐작케하는 상징적인 사건이었다. 1950년대의 여성들은 극히 사적인 섹슈얼리티
   를 사회적으로 통제당함으로써 최소한의 자유도 보장받지 못하는 상황에서 살았음을
   증명하는 사건이다. 이상록, 「전쟁의 폐허 위에 다시 세워진 정조관념」, 『20세기 여성
   사건사』, 여성신문사, 2001 참조.

25) 사실, 1950~60년대 여성들은 자신들이 처한 가부장적이고 전근대적인 삶의 방식으로
   인해 미국영화의 자유로운 삶과 기계화된 현대적인 삶을 동경할 수밖에 없었다. 1950~
   60년대의 지식인 여성들에게 있어서 '미국'의 일상생활은 절대적인 것으로 인식될 수
   있는 맥락이 있었던 것이다. 1960년대 여성지식인들의 미국지향의 사회심리적 계기에 대
   해서는 이선미의 「1960년대 여성지식인의 '자유'담론과 미국」(『현대문학의 연구』, 2006.
   6)을 참조.

26) 존 벨튼, 앞의 책 참조.

드리 헵번을 주인공으로 삼은 영화에서도 '매카시즘'의 광풍에 시달리는 미국의 현실을 엿볼 수 있다. 이 여배우들을 스타로 만든 영화감독 빌리 와일더와 윌리엄 와일러의 작품은 1950년대 미국의 냉전의식과 매카시즘, 산업화 초기의 관료주의, 백인 중산층의 허위의식을 비판하고 풍자하는 코믹물이면서 낭만적 사랑의 꿈을 간직한 멜로드라마였던 것이다.27)

또 반항아의 상징이 된 스타 '제임스 딘'을 내세운 영화 3편 역시 한국에서는 1950년대를 풍미했던 흥행 고전영화에 해당한다. 제임스딘은 영화의 줄거리보다도 반항아적인 이미지와 몇몇 유명한 장면들로 더 알려져 있다. 특히 「이유없는 반항」(1958)은 '치킨런'28)이라는 장면이 유명한데, 영화서사 속에서 이 장면은 백인 중산층 가정의 가부장적 권위주의와 부르조아적 허위의식을 비웃는 듯한 10대들의 일탈적 행동을 의

---

27) 「로마의 휴일」, 「7년만의 외출」(1955), 「뜨거운 것이 좋아」(1960), 「사브리나」(1958), 「아파트열쇠를 빌려드립니다」(1959) 등 마릴린 먼로나 오드리 헵번이 출연했던 영화들은 1950년대 뉴욕과 같은 대도시의 산업화 이후 현상과 중산층의 허위의식을 신랄하게 비판하는 면에서 풍자성이 강했다. 마릴린 먼로의 「7년만의 외출」만 하더라도 에로티시즘과 관련된 장면은 찾아보기 어렵다. 그러나 한국의 영화포스터는 "에로티시즘"을 강조한다. 실제로 영화를 본 사람들과 영화담론은 상당한 차이가 있었을 가능성이 크다. 영화사를 기술한 이영일은 마릴린 먼로의 영화를 "퇴폐적으로 보는 경향이 있으나 사실은 이와 반대로 활력 있는 일상감각을 불러일으키고 생활현실을 되찾게 하는" 역할을 했다고 호평한다. 이렇듯 이 당시 미국영화계는 에로티시즘이나 상업성보다는 당대 미국의 산업화 현상을 비판하려는 주제의식이 강했다. 이영일, 『한국영화전사』, 236쪽 참조.

28) 치킨이라는 말은 겁쟁이를 지칭하는 미국청년들 사이의 속어다. '치킨런'은 겁쟁이가 아님을 검증하는 게임으로, 영화에서는 새로 전학 온 주인공에게 그 고등학교의 '짱'인 한 청년이 게임을 제안하고, 주인공은 겁쟁이가 아님을 증명하기 위해 위험한 줄 알면서 게임을 받아들인다. 게임은 훔쳐온 차에 타고 절벽 위에서 절벽을 향해 질주하여 절벽 끝에서 가상 가까운 곳에 이르기까지 차에 타고 있었던 사람이 이기게된다. 그런데, 두 라이벌은 겁쟁이를 판별하지 못한다. 주인공은 마지막 순간에 차에서 뛰어내리지만, 나머지 한 사람은 문고리에 옷소매가 걸려 문을 열려고 주저하다가 그만 절벽으로 떨어져 죽는다. 이 장면은 영화의 극적 긴장을 고조하는 대표적 장면으로, 많은 사람들은 이 영화의 전체 줄거리보다는 이 장면으로만 영화를 기억하는 경향이 있다.

미한다.

미국 산업화의 주체세력이라 할 수 있는 중산층은 대공황기를 무사히 넘기고 안정기에 접어든다. 그런데 그들을 성공하게 한 출세지상주의적 권력욕과 그를 위한 규범적 일상문화는 다양한 자유주의적 태도를 억압하는 문화적 권위주의로 작용하고 있었다. 겉으로는 안정기에 접어든 듯 보이는 이 가족들은 산업화의 부산물인 부를 얻는 동안 소통불능의 가족관계를 방치하고 있었다. 이 가족의 구성원인 10대들은 무엇 때문인지 알 수 없는 권위에 눌려 억압당한다고 생각하며 이유없는 반항을 한다. 그러나 그것은 이유없는 것이 아니라, 미국 산업화로 인한 물질만능의 가치관과 소외된 인간관계를 거부하는 이유있는 반항이다. 이 10대들은 이후 1960년대 히피문화를 주도하며 일대 문화혁명을 일으키는 주역이 된다. 이유없이 반항만 하는 청춘의 대명사인 '제임스 딘'의 반항 기질은 1950년대 미국사회가 안고있는 가장 절박한 문제를 표상함으로써 흥행에 성공했던 스타 이미지인 것이다. 부패정치와 가부장적 권위가 판치던 1950년대 후반 한국사회의 젊은 청년(대학생)들에게 이 반항아의 이유있는 반항은 '근대성'의 체험 이상을 의미했을 것이다.

마릴린 먼로나 제임스 딘을 상품 이미지로 부각시킨 미국영화들은 이렇듯 1950년대 미국의 산업화와 중산층의 권위의식, 허위의식을 비판하는 서사적 코드 속에서 미국문명과 함께 소비되었다. 배우들의 이미지를 넘어서는 사회적 주제의식이 같이 소비되었던 것이다. 한국사회에서 미국영화는 신천지 미국을 눈으로 확인할 수 있는 시각적 체험의 통로였으며, 동시에 산업사회의 여러 징후들을 미리 체험할 수 있는 매체였다.[29] 이런 영화들은 지식인층에 의해 '미국' 이미지를 소비하는 것처

---

29) 김수남의 설문조사에 의하면, 많은 사람들이 미국영화가 문화를 통해 한국에 영향을 가장 많이 끼치며, 그 중에서도 사고방식이나 행동의 변화에 영향을 많이 끼친다고 대답했다. 사람들은 미국문화를 통해 패션이나 외양과 같은 겉모습보다는 사고방식이나 행동과 같은 정신적인 분야에서 영향을 받는다고 생각한다는 것을 알 수 있다. 김수남, 앞의 글 114-115쪽 참조.

럼 관람되었던 것이다.

그러나 이 영화들을 관람함으로써 미국을 소비하는 것이 1950년대 한국사회의 일반적인 현상은 아니다. 미국이 구체적인 일상용품과 함께 감각적 이미지를 통해 소비될 수 있는 곳은 영화관이 있고 미국물품이 교환되는 도시에서나 가능했다. 그 중에서도 전국 영화관의 50% 이상이 모여있다고 하는 대도시 서울, 그 중에서도 영화관이 밀집되어 있던 명동이나 종로와 같은 도심을 일상적으로 드나드는 도시인들에게나 가능한 것이었다. 미국영화를 관람함으로써 미국을 욕망하고 소비하는 행위는 영화체험을 넘어서서 도시체험, 근대성의 체험이 되는 '경험의 구조' 속에 놓여 있었던 것이다. 미국영화 관람은 대도시 서울의 도시성, 근대성의 의미 속에서 해명될 수 있는 사회사적 문제인 것이다.

3. 미국영화 상영관과 미국을 소비하는 복합공간으로서 대도시

1950년대 중반 이후 서울은 과잉 도시화의 길을 걷게된다. 전쟁으로 생긴 월남자와 피난민들은 그나마 사람들이 모여드는 도시에 정착해서 새 삶을 모색한다. 미망인과 전쟁고아와 같이 전쟁으로 인해 생겨난 실향민들 역시 먹고살기 위해 도시로 몰려든다. 수많은 실업자들, 이승만 정부에서 시행한 농업정책으로 인해 농촌에서 버틸 수 없는 젊은이들이 도시로 일자리를 구하며 모여들었다.[30] 또 많은 젊은이들은 역동적인 도시생활과 교육의 기회를 기대하며 대도시로 몰려들었다.[31] 전쟁 후, 1950년대 서울은 모든 문화시설이나 교육시설, 근대적인 공간의 50% 정도가 몰려있었던 과부하된 도시로 성장하고 있었다.

---

30) 김동춘, 「1950년대 한국 농촌에서의 가족과 국가」, 『1950년대 남북한의 선택과 굴절』, 역사비평사, 1998 참조.
31) 오유석, 서울의 과잉도시화과정: 성격과 특징, 『1950년대 남북한의 선택과 굴절』, 역사비평사, 1998 참조.

산업화 초기에 지식과 노동력을 제공할만한 젊은이들이 도시로 몰려
드는 것은 일반적인 현상이다. 기계화된 거대 공장지대를 구성하며 도
시화를 꾀하는 자본주의 초기의 대도시들은 이렇게 몰려드는 젊은이들
을 중심으로 역동적인 근대화의 발전논리를 구성해간다.[32] 그러나 1950
년대의 서울은 아직 산업화된 도시는 아니었다. 그렇지만 미국의 원조
로 인해, 혹은 미국의 통치에 따른 미국문화 유입에 의해 첨단의 근대
적 소비품들이 즐비한 도시로 변해가고 있었다. 서울로 몰려든 사람들
은 마땅한 일자리를 찾지는 못하지만, 다양한 볼거리 속에서 근대화된
도시문화를 경험할 수 있었다. 서울은 자본이 축적되기도 전에 소비를
먼저 배워버리게 되는 그런 공간이었던 셈이다.[33]

　　우후죽순처럼 들어선 다방들은 적당한 일자리를 찾지 못하고서 소비
만을 일삼을 수밖에 없는 수많은 젊은이들이 일을 도모할 수 있는 유일
한 안식처였다. '다방'은 자본 축적없이 일을 도모해야 하는 1950년대
대도시의 본원적 자본으로 역할한 셈이다.[34] 속칭 '부로커'로 불리는 실
업자들은 이 다방을 중심으로 미국의 원조물자를 둘러싼 각종 특혜비리
에 가담하기 위해서 '사바사바'를 배웠으며,[35] 전후의 폐허 속에서 사무

---

32) 17세기 영국의 도시화 현상은 이를 잘 보여준다. 자본축적과정을 거치며 토지에 결속
　　된 상태에서 벗어난 젊은 노동력들은 도시로 유입되어 도시 노동자로 살아간다. 도시
　　에 모여들어 주거환경이 열악한 빈민가에서 노동자로 살아가는 젊은이들에게 도시생
　　활의 안내서와 같은 형식의 이야기들은 훗날 소설의 모태로서 중요하게 취급된다. 산
　　업화로 인한 도시화와 도시 노동자들의 삶은 새로운 미디어의 형성과 새로운 도시공간
　　조성에 적극적으로 역할하는 요인들이다. J. Paul Hunter, Before Novel, W.W. Norton &
　　Company, 1990. 톰슨, 『영국 노동계급의 형성상』, 창작과비평사, 2005 참조.
33) 양품점을 통해 서울의 소비적인 도시문화에 편입되는 『자유부인』의 주인공 오선영 여
　　사의 모습은 소비도시 서울의 이미지로서 평가될 소설적 풍경이다.
34) 이 시기의 많은 소설들은 다방을 무대로 펼쳐지는 도시인들의 생활을 소재로 한다. 가
　　장으로서 생계를 유지하기 위해 다방을 경영하는 여성주인공을 통해 서울의 도시성을
　　형상화한 박경리의 『표류도』는 다방문화가 1950년대에 얼마나 중심적인 도시문화였는
　　가를 볼 수 있는 대표적인 작품이다.
35) 손창섭의 소설에는 도시에서 하릴없이 배회하는 젊은 실업자들이 많이 등장한다. 대
　　부분의 작품에 항상 무언가를 도모하기 위해 다방에서 사람들을 만나고 회사를 차리는

실도 없이 문학작품을 쓰고 문단을 움직여야 했던 문인들이나 예술가들
은 명동이나 종로의 다방을 근거지로 문화활동을 했다.[36] 서울은 직업
을 구한 사람들뿐만 아니라 장차 직업을 구할 가능성이 있는 모든 사람
들이 몰려든 소비도시였다.

미국영화를 관람하고 이 영화들에서 각인된 '미국'을 소비하는 공간
도 바로 여기였다. 단성사, 반도(피카디리), 중앙, 수도(스카라), 대한, 이
런 극장들이 보통 외화 전용상영극장이었다.[37] 극장 역시 서울에만 50%
정도가 모여있었고, 그 중에서도 종로와 명동에 대부분의 개봉관이 집
중되어 있었다. 이것은 다방 밀집현상에서 알 수 있는 것처럼, 서울의
도심지역이 근대적이고 선진화된 문화를 체험할 수 있는 공간이었음을
짐작하게 한다.

게다가 대미 의존도가 높았던 한국은 정책적으로 미국영화 수입에
특혜를 주기도 했다.[38] 국가의 정책과 대중적 인기에 힘입어 1950년대

사람들이 등장한다. 이들의 주무대는 다방이다. 손창섭, 「생활적」, 『비오는 날』, 문학과
지성사, 2005 참조.

36) 이성교는 1950년대 현대문학 활동을 회고하면서 문인들과 다방의 풍경을 중요한 문화
풍경으로 설명한다. 이성교, 『문단유사』, 월간문학출판부, 2002, 71-74쪽 참조. 다방은
당대 지식인들이 모여들던 장소였다는 점을 감안하여 다방 이름의 서구취향을 탐색한
국어학 연구논문이 나올 정도로 1950년대 지식인들과 새로운 일을 준비하는 젊은이들
이 붐비던 공간이었고, 이 공간은 대부분 도심지역에 밀집해 있었다. 이 밀집 현상을
통해서도 1950년대 한국사회의 도시화와 그에 따른 근대적 문화의 생성은 주로 대도시
서울을 중심으로 앞질러 이루어진 현상임을 짐작할 수 있다. 강헌규, 「국어생활의 실태
─다방, 극장 명칭에 나타난 그 일면」, 『국어교육』, 1969 참조.

37) 이길성 외, 앞의 글 참조.

38) 한국영상자료원, 『신문기사로 본 한국영화 1945～1957』, 공간과 사람들, 2004 참조.
특별히 미국영화 수입을 보장하던 정책은 미군정기가 더 심했다. 그러나 한국영화와의
관계에서 보면, 미군정기 미국영화에 관한 특혜와 제1공화국의 특혜는 질적으로 다른
문제이다. 미군정기 때는 미국영화를 장려하기 위한 정책이었다. 미군정, 나아가 미국
의 정책이나 이념을 선전하고 교육하기 위한 수단이기도 했다. 어찌보면, 자연스러운
현상이었고, 한국영화인들은 미국영화의 범람으로 한국영화가 피해 받는 상황을 우려
하여 적극적으로 이런 정책을 막으려 애쓰기도 했다. 대부분 성과를 보지는 못했지만,
미국영화가 외화시장을 장악하는 것을 막기 위해 중소외화배급업자들과 극장이 미국

미국영화는 수입영화의 80~90%를 차지할 수 있었다.[39] 1950년대 중반에 한국영화는 일 년에 12~20여 편 제작되었고 외국영화는 100~150편이 수입되었으며, 수입된 외국영화 중 대부분이 미국영화였다고 하니, 미국영화는 영화시장의 대부분을 차지했다고 해도 과언이 아닌 상황이었다.[40] 전국의 영화관 중 50% 이상이 몰려있었던 서울의 개봉영화 중 80~90%가 미국영화였으니, 서울은 미국영화를 통해 미국의 문명화된 일상생활을 체험할 수 있는 대표적 공간이 되는 것이다.

서울 시민들은 영화를 보고 남대문 구제품 시장을 기웃거려 미제물건을 사고 명동 양품점에서 유행하는 패션상품을 사며 근대인이 되었다는 자의식을 가질 수 있었다. '미국'은 대도시를 배회하며 이루어지는 소비행위 속에서 '근대성'으로 전화되고, 그럼으로써 최고의 근대 상품으로 의미부여 된다. 1950년대 미국영화는 미국영화 자체의 영화미학적인 요소도 중요했겠지만, 도시를 배회함으로써 충족되는 근대적인 체험의 중심으로 각인됨으로써 대중적인 인기를 끌게된다. 명동이나 종로와 같은 문화시설이 밀집된 지역은 근대 도시공간으로서 인식되고, 그 중심에 미국영화 상영극장이 자리하는 것이다. 따라서 사람들은 자꾸 도

영화 이외의 외국영화 수입에 열을 올린다. 그리하여 1946년을 지나 해를 거듭할 수록 미국영화 이외의 외국영화 편수는 점차로 증가한다. 비록 외화시장이 커진 결과가 되어 미국영화 수입도 늘어났지만, 관객들은 이로 인해서 미국영화 이외의 다른 새로운 경험을 할 수 있었다는 점에서 의의가 있다. 그러나 제1공화국 시절로 접어들면, 국가가 정책적으로 미국영화 수입을 조장하기 때문에 한국영화인들끼리의 이런 견제의식이 더욱 어려워진다. 조혜정, 위의 글, 1998, 513쪽 참조.

39) 변재란, 강인철의 앞의 글 참조.

40) 강인철 앞의 글 각주)136 참조. 외국영화의 인기는 해를 거듭할수록 증가하여 1950년대 후반인 1958년에는 174편, 1959년에는 203편이 수입되었다. 이 시기는 한국영화 부흥기여서 한국영화 제작편수도 100여 편으로 늘어났지만, 외국영화 수입은 2배에 가까웠으며, 이 시기에도 역시 미국영화가 대부분이었다. 특히 미국영화의 입장료는 한국영화의 2배를 웃돌 정도여서 극장주는 한국영화의 장기상영을 그다지 달가와하지 않았다고 한다. 미국영화는 국가의 정책이나 대중적 인기로 인해 영화시장에서 막대한 권력을 가질 수밖에 없었던 것이다. 박지연, 「박정희 근대화 체제의 영화정책: 영화법 개정과 기업화 정책을 중심으로」, 188쪽; 이길성 외, 앞의 글 참조.

심으로 몰리고, 도심에 모여든 사람들은 수요를 창출하며, 그 수요에 맞추어서 미국문화 상품은 더 공급될 수밖에 없는 '미국'소비를 둘러싼 도심공간의 소비구조가 형성되는 것이다. 이제 서울시민들은 선진화된 물질문명의 상품을 접하면서 나날이 첨단의 문명을 체험하고, 이러는 동안에 도시와 농촌간의 문화적 격차는 따라잡을 수 없을 정도로 벌어진다.

1950년대의 서울은 '산업화'라는 자본축적 과정 없이 인구밀집과 소비문화의 번성으로 '도시성'을 강화하면서 근대적 공간으로 번성해가고, 그럼으로써 한국사회의 여느 지역과 차별화된 체험이 가능한 공간이었다. 도시의 익명성과 개인성으로 인해 도시 거주민의 대다수를 차지하는 젊은이나 여성들의 개인적인 자의식이 고조될 가능성이 생겨난 것이다.[41] 거리를 활보하면서 구경거리가 되었던 몇몇 '신여성'의 시대와는 달리 서울의 직장여성들은 적어도 대도시 서울에서는 미국 여배우처럼 한껏 멋을 내고 다녀도, 또는 권위주의적 문화를 상관하지 않아도 평범한 풍경이 될 수 있었던 것이다. 1950년대의 '여촌야도'라는 정치적 결과로까지 이어지는 서울과 농촌 간의 지역 차이는 여러 요인들에 의한 것이겠지만, 이런 소비문화 공간으로서 개인성을 구축해 가는 '도시성'과도 연관될 것이다. 당시 미국영화를 통해 낭만적 사랑과 개인의식을 내포한 미국문화를 경험한다고 할 때, 미국영화의 소비를 둘러싼 대도시 서울의 도시성은 민주주의적 개인의식과 어떤 방식으로든 연결될 수 가능성이 크기 때문이다.

1950년대는 농민이 대다수를 차지하던 시대였다. 아직 산업화를 준비하지도 못했던 원조경제 하에서 도시로 이주해도 서비스업 이외에 별달리 할 수 있는 것이 많지 않았다. 역이나 시장마다 지게꾼이 늘어서

---

41) 문화적으로 도시성을 해명할 경우에는 권위주의적 질서나 일상문화를 거부하고자 하는 젊은이들이나 여성들이 도시의 익명성을 통해 개인성을 추구하는 경향을 중요하게 꼽을 수 있게 된다. 피터 손더스, 『도시와 사회이론』, 한울아카데미, 1998, 113-119쪽 참조.

있는 풍경은 1950년대 필름에서 흔히 마주치는 서울풍경이다. 피폐해져
가는 농촌에서 많은 사람들이 도시로 이주하지만, 도시도 일자리가 많
지 않아 실업인구가 사회적 문제였던 시대인 만큼 농업인구가 절대적이
었다. 그러나 농촌은 문맹률도 높고 극장과 같은 문화시설이 거의 전무
했다.42) 어찌되었건 서울과 같은 대도시에서는 각종 매체를 통해서, 혹
은 종로와 명동에서 벌어지는 일련의 미국문화 소비행위를 통해서 간접
적으로나마 '근대화'가 시도되고 있었다. 이 '근대화'에는 자유와 민주
주의에 대한 열망이 중요하게 자리잡았을 가능성이 크고, 그 계기로서
'미국적인 것'이 소비되는 것을 간과할 수 없을 것이다.

　　그러나 이런 욕망은 담론 속에서 구체화되지 못한다. 담론을 통해서
만 욕망이 구체화될 수 있다는 점에서 담론의 의미를 통해 은폐된 욕망
을 발견하는 일은 1950년대 근대성의 의미와 관련하여 중요할 것이다.

4. 선진화의 욕망과 그 담론의 분열성

　　1950년대의 한국에서 미국영화를 보고자 하는 것은 주로 스스로 갖
고있지 못한 것, 경험하지 못한 선진문화를 간접적으로라도 경험하고자
하는 욕망과 가장 가깝다. 영화관객들의 선택 기준도 그러하고 영화를
배급하는 미국영화 관계자나 한국 수입업자, 혹은 극장주들도 이런 점
을 가장 중시한다. 「모감보」의 감독 존 포드는 미국에서나 한국에서나
흥행감독이었다. 그러나 미국에서 평단의 칭찬과 흥행을 동시에 거머쥐
었던 그의 대표작 「분노의 포도」는 당시 한국에서 개봉된 흔적이 없다.
이는 미국영화가 미국 내의 의미와 다를 수 있다는 점을 간접적으로 시
사한다.43) 미국영화는 미군정기부터 정책적으로 한국 영화시장에서 보

---

42) 제주도에는 극장이 하나도 없었다고 한다. 강인철, 앞의 글 참조.
43) 「분노의 포도」와 더불어 1930년대 와이오밍주의 이민자들에 대한 미국인들의 박해를
　　소재로 한 「천국의 문」(1980) 역시 개봉되지 않은 미국영화이다. 문원립, 「해방직후 한

호받을 수 있었고, 미국정부의 후진국에 대한 미국 이미지 관리차원에서 중요한 홍보물로 취급되었다.[44] 따라서 미국에서 개봉되는 모든 미국영화가 그대로 한국시장에서 개봉되지 않았다. 사회비판적인 수위가 너무 높은 작품도, 미국을 너무 선정적이고 퇴폐적인 이미지로 보여줄 우려가 있는 작품도 검열을 통해 제외되었다. 또 사회의 어둡고 가난한 면을 보여주는 영화는 한국관객에 의해 외면당하기도 했다.[45] 한국 영화시장에서 인기를 끌었던 미국영화는 이런 여러 가지 조건과 관리망에 걸러진 '미국' 이미지였던 것이다. 미국영화는 한국에 전시된 미국 이미지의 주요 진원지였지만, 이미 미국에 의해 걸러진 미국 이미지였다는 사실은 미국영화 체험이 실제 미국과 다른 '미국'을 만들고 소비되었을 가능성을 시사한다. 1950년대의 미국영화는 미국에 의해, 그 다음에는 한국관객이 처한 상황에 의해 재맥락화되는 과정을 거쳐 구성되는 한국의 경험 속의 '미국'인 셈이다.

한국사회에서 재구성된 미국의 이미지는 한국의 대도시 사람들에게 내재된 선진화의 욕망 속에서 도시적 경험, 근대성의 경험으로 재인식되었으며, 미국영화는 이런 미국 이미지 구성의 실체로서 역할했다. 이런 과정 속에서 미국은 실제 미국보다 더 포장된 '한국의 미국'으로서 이상적인 국가, 근대화된 선진문명으로 받아들여진다.

이런 욕망은 대도시의 중심세력인 고학력의 젊은이들이 미국영화를 선호했던 것을 통해서도 확인할 수 있다.[46] 많은 영화인들은 상업성을

___

국의 미국영화의 시장규모에 관한 소고」, 영화연구, 2002, 171쪽 참조.

44) 문원립, 위의 글, 175쪽 참조.

45) 이탈리아 영화 「자전거 도둑」의 예처럼 너무 가난하고 어두운 이야기는 관객 스스로 외면했다.

46) 1950년대 이후 1960년대에 번성했던 한국영화의 주 관객은 중년여성이었다. 이들을 '고무신 부대'로 지칭하기도 한다. 미국영화는 여성관객이 많았지만 한국영화의 주 관객인 중년여성으로서의 고무신 부대와는 다른 사람들이었을 가능성이 크다. 중년여성들은 결혼생활의 갈등을 영화관람으로 해소하려는 욕망이 강했으며, 고학력자가 많지 않았던 탓에 자막을 읽어야 하는 외국영화는 대부분 기피했다고 한다. 미국영화와 같은 자막을 읽어야 하는 영화들은 주로 직장여성들이나 대학생들에 의해 관람되었다.

기반으로 한 영화산업으로서의 미국영화를 비판하면서도 미국영화를
규범으로 삼아 영화제작 기술을 익혔으며, 미국영화의 여배우 스타일은
곧바로 한국영화인들에 의해 모방되었다.

특히 자유롭게 사랑하고 결혼하는 여성들의 사랑을 주된 서사로 삼
고있는 미국영화는 결혼 적령기에 있는 고학력 미혼여성들의 절대적인
관심사였다.

> 장르와 배우가 주는 외국영화의 다양성, 낭만적인 사랑으로 감싸인 멜
> 로드라마가 여성관객들을 당시 현실에서는 요원했던 꿈의 세계로 안내했
> 다. 전후의 궁핍한 세계, 남녀의 애정표현이 쉽지 않던 시절에 외국영화를
> 보는 체험은 "산뜻하고 낭만적이고 환상적인"(손설자) 것이 되었다. 특히,
> '남녀동등, 평등의 시대'이자 '자유의 시대'에 부합하지 않는 현실에 불만
> 을 갖고 있었던 여성관객들에게 외국영화에서의 여성들의 위치는 눈이 확
> 트이는 것이었음에 틀림없다. 여성관객들은 그 현장을 부러움 어린 시선으
> 로 응시했다.

> 응답자들이 외국영화에서 부러워한 것을 한마디로 요약하면 자기 표현
> 의 욕망이다. 웃어른이나 사랑하는 사람들에게 자기 감정을 솔직하게 말하
> 지 못했던 당시 현실에서 외국영화 속의 등장인물들의 자기 표현은 진취
> 적이고 진보적으로 보였던 것이다.[47]

인용문에서 드러나듯이, 당시 미국영화[48]를 자주 관람할 수 있었던
여성관객들은 고학력이면서 주로 도시에 거주한 여성들이었다. 또 미국
영화는 저개발된 국가의 국민으로서 배워야하는 각종 선진문화를 볼 수

자기를 문화적으로 구별짓고자 하는 표지로서 혹은 자유로운 여성상에 대한 대리만족
으로서 선호했다. 즉 미국영화는 단지 취향의 문제를 넘어서서 정체성 형성의 욕망과
도 관련된 사회적 행위였다 할 수 있다. 변재란, 앞의 글 참조.

47) 변재란, 위의 글, 159쪽.

48) 인용문에서 외국영화로 표현되었지만, 실제로 이들이 예로든 영화들은 대부분 미국영
화였다. 이 시기 관객들이 말하는 외국영화는 대부분 미국영화라 봐도 별 무리가 없을
정도다. 이 논문에서 별 조건없이 같이 사용한 것은 이런 이유 때문이다.

있기 때문에 교육의 자료로서도 인식되었다고 한다. 특히 고학력 도시 여성, 혹은 1950년대 사회로 진출한 직장여성들은 미국영화를 통해 선진적인 문화를 따라하려고 미국영화에서 볼 수 있는 많은 것을 모방하기에 이른다. 미국영화는 선진적인 생활패턴의 교과서로서 역할한 것이다. 이 여성들은 감정을 솔직하게 말하는 자기표현의 방식을 가장 진보적이고 합리적인 태도로 받아들였다. 민주주의 정신이나 제도와 함께 미국문화는 밀려들어오고, 그에 따라 여성들의 의식도 급속히 바뀌어감에도 불구하고, 2호 3호 식의 축첩제도까지도 그대로 온존되어 있던 한국사회에서 도시에 거주하는 직장여성이나 젊은 여성들은 미국영화의 합리적인 일상태도와 낭만적 사랑의 방식에 매혹될 수밖에 없었던 것이다.

도시여성이나, 직장여성들 뿐만 아니라, 대학생을 중심으로 한 고학력 젊은이들 역시 미국영화를 보면서 선진화된 정체성을 확립하고자 했다.[49] 『타임』지를 옆에 끼고 다니는 것만큼이나 미국영화를 통해 정체성을 확인하고 싶어하는 욕망을 지니고 있었던 것이다.[50] 사실, 미국의 문화와 미국의 물건을 소비하는 것으로 미국적인 선진문화의 주체라는 자의식을 갖는 것은 '심리적 허영심'의 한 발로이기도 하다. 그러나 이렇게 단순화할 수 없는, 이 정체성 형성의 욕망에는 합리적인 사회에 대한 열망이 작용하는 것도 사실이다. 이런 심리의 뿌리에는 합리적인 제도와 민주주의적인 문화에 대한 선망의 심리와 열등감이 내재되어 있기도 하기 때문이다.

김수남의 미국영화의 영향에 관한 설문조사에 의하면, 한국인들이 미국영화에서 가장 영향을 많이 받은 것은 '의식'이라고 한다.[51] 이 설

---

49) 1955년 경향신문의 대학생 설문조사. 「경향신문」, 1955. 7. 23 참조.

50) 박시정의 초기소설은 대학생들의 '미국'을 향한 욕망과 열등감을 주요 소재로 삼는다. 처녀작 「초대」는 주인공의 미국을 선망하는 자기를 되비쳐보며 자괴감을 느끼는 내면 심리를 통해 확인할 수 있다.

51) 미국영화의 한국문화에 끼친 영향는 막연히 부정적일 거라는 담론이 많다. 그러나 김수남은 설문조사를 통해 미국영화가 한국문화에 끼친 긍정적인 면을 부각시킬 필요가

문조사를 통한 연구는 미국영화가 한국인들의 의식구조에 끼친 영향력이 크다는 점과 더불어 미국의 합리적인 제도나 사고방식을 통해 악영향을 끼치기보다는 긍정적인 영향을 끼쳤을 가능성이 크다는 것을 추론하고 있다. 사고방식과 행동을 규정하는 '의식'의 면에서 미국영화의 영향을 받았다고 할 때, 이것은 곧 한 사회의 '의식'을 담당하는 지식인들의 문화나 의식에 가장 큰 흔적을 남긴다고 할 수 있다. 1950년대 지식인 문화가 미국에 밀착되고, 경도되었던 것은 친미적인, 혹은 사대주의적 태도로 보기보다는 그 문화가 지닌 합리적인 측면에 대한 선망과 모방심리에 더 연결될 수 있는 것이다.

그러나 이런 심리는 그 자체 민주주의적 다원성이나 제도적 합리성과 같은 미국문화 자체에 대한 선망과 동경으로 담론화되지 못한다. 이 선망과 동경이 크면 클수록 전통을 강조하는 민족의식이 이 욕망의 건전한 발현을 억압하기 때문이다.[52]

미국문화를 접하면서 갖게되는 미국문화에 대한 선망이나 열등감은 민주주의적 다원성이나 합리적 제도, 개인의 자유와 같은 범주로 논의를 확대해나가는 것이 아니라, '전통'이나 '민족'의 회복을 통해 서구에 맞설 수 있는 자기를 개발하는 것으로 귀결되는 것이 1950~60년대 서구를 의식한 지식인 담론의 성격이다.

게다가 미군문화를 중심으로 대중문화로서 수용된 미국은 소비문화로서 폄하된 경향이 강해서 개인의 다원성을 인정하는 민주주의적인 문

있음을 주장한다. 김수남, 앞의 글, 88쪽 참조.

52) 1950년대 이후 1960년대에 '전통'의 회복과 확립에 열을 올렸던 지식인문화는 이런 점과 연관된 '서구 콤플렉스'가 반영된 복잡한 자의식의 다른 면일 수 있다. 가장 서구지향적인 의식이나 내면화가 강했던 평론가 김현조차 서구문화를 접하면서 '전통' 혹은 민족의 확립으로 귀결되는 자의식에서 벗어나 있지 않다. 김현은 전통을 통해 한국의 우월감을 확인하려 할 것이 아니라, 잘사는 나라를 만듦으로서 전통 있는 나라가 될 수 있어야 한다는 방식으로 당시의 민족주의자들의 전통 논의를 비판하고 있는 듯하지만, 결국 서구에 대한 콤플렉스를 민족의 강조를 통해 회복하려한다는 점에서는 같은 인식에 해당한다고 할 수 있다. 김현, 『김현예술기행/반고비나그네 길에』, 문학과지성사, 21쪽 참조.

화는 미국담론의 중심으로 진입하지 못한다. 특히 미국영화는 젊은 지식인들이 '미국'을 선망하고 모방하고자 했던 사회문화적 욕망의 심리적 기원을 도외시한 채, 미국여배우를 따라하는 여성들의 소비문화나, 남녀의 자유연애와 성문화를 비판하는 빌미로 담론화된다. 1950년대 미국영화는 미군문화의 퇴폐적인 성문화와 연결되어 여성들을 타락의 길로 이끄는 문화로서 비판되기 일쑤였다.

그러나 실제 미국영화는 1950년대 한국에서 상영된 미국영화의 서사적 특성이나 미국영화를 관람하고 그 문화를 동경했던 젊은 지식인들의 문화적 취향, 또는 합리적이고 평등한 사회에 대한 열망에서 추측할 수 있듯이 선진적인 제도나 휴머니즘, 자유의식 등을 중심으로 미국을 소비하는 하나의 방식이기도 했다. 미국영화는 1950년대의 미국적 이미지, 즉 낭만적 사랑 속에 내재된 자유의식과 합리적인 비판정신, 권위를 부정하는 다원적인 민주주의 의식 등 획일주의를 내세우는 권위주의 정권 하에서 자괴감에 시달리던 젊은 지식인들에게 하나의 이상으로 미국이 소비되었을 수도 있는 것이다.

분명, 1950년대는 실제 미국과 독립적으로 미국영화를 통해 미국의 이미지가 소비되고 이상화되었던 점은 부인할 수 없다. 그리고, 이런 미국 이미지는 미국의 실체를 좀더 냉정하게 바라볼 수 있는 21세기까지도 한국인의 의식에 또아리를 틀고앉아 미국을 현실의 미국과 달리 이상화하는 '미국 이데올로기'의 원인이기도 하다. 그러나 이렇게 미국을 통해 이상적인 세계를 꿈꾸는 것이 미국의 허상에 사로잡힌다는 점에서는 문제가 있지만, 한국사회가 달성하지 못하고 있는 민주주의적인 면, 자유와 관련된 결핍점을 짚어보고, 없는 것을 갈망한다는 점에서는 긍정적인 의미를 지닐 수 있다. 미국영화는 1950년대 한국사회에서 결핍의 내용을 구체화하고, 선망했다는 점에서 대도시의 민주주의적 지향과 관련된 '근대성'의 긍정적인 의미로서도 조명될 필요가 있는 것이다.

5. 결론

1950년대 한국에서 인기를 끌었던 미국영화는 주로 대도시 문화체험의 중심에 있었으며, 따라서 도시경험과 근대경험의 대표적 문화현상으로 볼 수 있다. 그리고 이것은 그저 근대의 경험이 아니라, 반공주의에 의해 억압된 민주주의적 다원성의 자아를 경험하고 문화적으로 자신을 구별지을 수 있는 체험의 공간이었다.

미국영화 체험을 따라 연쇄사슬처럼 이어질 수 있는 미국의 소비를 둘러싼 도시체험은 '양풍' 혹은 '자유부인 담론'과 연결되듯이 사회를 혼란스럽게 하는 퇴폐적 문화로 경계되기 일쑤였다. 사실, 미국영화를 소비하는 젊은이들의 미국을 향한 선망과 모방의 심리가 미국을 절대적으로 이상화시킨다는 점에서 문제가 없는 것은 아니다. 그러나 최소한의 개인적 자유나 인권의식, 절차의 합리성이 반공주의를 명분으로 무참하게 부정되기 일쑤였던 1950년대에, 다양한 개인의 욕망이나 주체의 구성을 찾아볼 수 있는 흔적으로서 미국영화와 관련된 문화체험이나 도시체험은 중요하게 취급될 만하다. 미국영화가 단지 영화관람 행위나 미국지향의식에 그치지 않고, 다원화된 주체 구성의 욕망을 지향하는 민주주의 의식이나 도시적 경험에 해당하는 사회문화사적 현상으로 해명해야될 필요성이 여기에 있는 것이다.

그러나 이 선망과 모방의 심리는 결국 그 선진문화에 대한 컴플렉스가 되기도 하고, 동시에 '전통'을 회복함으로써 자기를 확립하려는 보수적인 민족주의의 계기가 되기도 한다. 1950년대 후반부터 지식인 사이에 풍미했던 '전통론'은 이런 인식적 편력의 한 반영물이라 할 만하다. 민주주의적 다원성이나 제도적 합리성에 대한 선망은 바로 획일적인 민족적 주체를 확립하고자 하는 욕망 속에서 다시 불순한 것으로 폄하되기도 했던 것이 1950년대 미국영화와 같은 문화담론의 현주소였던 셈이다.

게다가 민족적 주체를 상관하지 않고 개인의 자유, 성적 자유를 추구하던 여성담론은 더더욱 비판되고 부정되었다. 미국영화 비판은 민족적 주체를 상관하지 않는 여성담론으로 인해 더 소비적이고 퇴폐적인 것으로 부정되었던 것이다. 전쟁으로 인해 사회로 나올 수밖에 없는 수많은 직업여성들은 미국영화 체험에서 비롯된 도시체험의 주체로 부상하면서 자유로운 개인의 의미를 추구하기도 하지만, 민족적 주체를 확립하기에 여념이 없는 '가부장적 지배담론'은 여성을 비판하기 위해 과감하게 미국영화를 그 비판의 물꼬로 삼기도 한다. 이때부터 미국영화는 그 서사적 의미로 분석되기보다 매국적인 사대주의 사상을 비판할 빌미로 활용되는 고약한 상황에 처하게 된다. '미국영화'와 '여성'이 만나서 둘 다 비판받게 되는 이런 담론적 상황이 분석됨으로써 미국영화의 문화현상에 내재된 1950년대의 의미는 총체적으로 구성될 수 있으며, 이를 통해서 이 논문의 문제의식도 완성될 수 있을 것이다.

주제어 : 미국영화, 대도시, 서울, 근대성, 도시체험, 복합공간, 소비문화, 선진화, 식민지적 자의식

◆ **참고문헌**

1. 자료

『신영화』, 『여원』, 『사상계』, 『문학예술』, 『자유문학』, 『동아일보』, 『조선일보』, 『경향신문』, 『이대학보』

한국영상자료원, 『신문기사로 본 한국영화 1945~1957』, 공간과사람들, 2004.

한국영상자료원, 『신문기사로 본 한국영화 1958~1960』, 공간과사람들, 2005.

정종화 편, 『외국영화 포스터 I 1953~1969』, 범우사, 2001.

열화당자료실 편, 『궁핍한 시대의 희망, 영화』, 열화당, 1998.

성필원 편, 『영화포스터로 보는 50~60년대 흘러간 명화』, 무비스토리, 2001.

2. 논문

강소연, 「1950년대 여성소설 연구」, 이화여대 석사논문, 1999.

강인철, 「한국전쟁과 사회의식 및 문화의 변화, 한국전쟁과 사회구조의 변화」, 백산서당, 1999.

강헌규, 「국어 생활의 실태―다방, 극장 명칭에 나타난 그 일면」, 한국어교육학회, 국어교육, 1969.

곽현자, 「미망인과 양공주: 최은희를 통해 본 한국 근대여성의 꿈과 짐」, 주유신 외, 『한국영화와 근대성』, 소도, 2005.

구영식, 「시네마 천국 40년, 그가 쏘아올린 영화와 꿈」, 『사회평론: 길』, 1997.

권용립, 「친미와 반미, 그 사이에서 숨은 그림 찾기」, 『당대비평』, 2003. 3.

권정생, 「영원히 부끄러울 전쟁」, 역사비평, 1995. 여름.

김동춘, 「1950년대 한국 농촌에서의 가족과 국가」, 『1950년대 남북한의 선택과 굴절』, 역사비평사, 1998.

김수남, 「미국영화 문화가 한국영화인과 관객의 의식변혁에 미친 영향 고찰」, 『청예논총』 6, 1992.

김영희, 「미군정기 농촌주민의 미디어 접촉 양상」, 『한국언론학보』, 2005.

김영희, 「제1공화국시기 수용자의 매체 접촉경향」, 『한국언론학보』, 2003.

문원립, 「해방직후 한국의 미국영화의 시장규모에 관한 소고」, 『영화연구』, 2002.

박명림, 「1950년대 한국의 민주주의와 권위주의」, 『1950년대 남북한의 선택과 굴절』, 역사비평사, 1998.

박완서, 「1950년대―'미제문화'와 '비로도'가 판치던 거리」, 1993. 여름.

박지연, 「박정희 근대화 체제의 영화정책: 영화법 개정과 기업화 정책을 중심으로」, 주유신 외, 『한국영화와 근대성』, 소도, 2005.

백문임, 「영화 〈성춘향〉과 전후의 여성상」, 향사설성경교수 화갑기념논문집 간행위원회, 『춘향전 연구의 성과와 과제』, 국학자료원, 2004.

변재란, 「한국영화사에서 여성관객의 영화관람 경험 연구」, 중앙대 박사논문, 2000.

오유석, 「서울의 과잉도시화과정: 성격과 특징」, 『1950년대 남북한의 선택과 굴절』, 역사비평사, 1998.

요시미 순야, 「냉전체제와 '미국'의 소비」, 『문화과학』 42호, 2005. 6.

원선호, 「1920년대 중국지식층의 미국영화 수용과 사회문제 영화」, 연세대 석사논문, 2004.

유선영, 「극장구경과 활동사진 보기: 충격의 근대 그리고 즐거움의 훈육」, 『역사비평』, 2003. 가을.

유선영, 「육체의 근대화: 할리우드 모더니티의 각인」, 『문화과학』 24, 2000.

유선영, 「황색 식민지의 문화정체성―아메리카나이즈드 모더니티」, 『언론과 사회』 18, 1997

유선영, 「황색 식민지의 서양영화 관람과 소비실천 1934~1942」, 『언론과사회』 13, 2005.

이길성·이호걸·이우석, 「1970년대 서울의 극장산업 및 극장문화 연구」, 영화진흥위원회, 2004.

이선미, 「1960년대 여성지식인의 '자유'담론과 미국―박순녀, 손장순, 박시정의 소설을 중심으로」, 한국문학학회, 『현대문학의 연구』 29호, 2006. 7.

이선미, 「한국전쟁과 여성가장: 가족과 개인 사이의 긴장과 균열」, 『여성문학연구』, 2003. 12.

이성교, 「1950년대 현대문학 출신들과 명동풍경」, 『문단유사』, 월간문학 편집부, 2002.

이수연, 「한국 관객의 미국영화 읽기: 문화제국주의 이론의 비판적 검토」, 『언론과 사회』, 1995. 12.

이신복, 「영화에 대한 정치적, 사회적 통제―미국영화를 중심으로」, 『한국언론학보』, 1976.

이종대, 「근대의 헤테로토피아」, 『상허학보』 16집, 2006. 2.

임대식, 「1950년대 미국의 교육원조와 친미엘리트의 형성」, 『1950년대 남북한의 선택과 굴절』, 역사비평사, 1998.

임헌영, 「정비석의 자유부인을 둘러싼 공방」, 『논쟁으로 본 한국사회 100년』, 역사비평, 2000.

장 훈, 「성담론의 유형과 지배담론의 구조; 문화심리학적 분석」, 『한국심리학회지』,

2000.

정성호, 「한국전쟁과 인구사회학적 변화, 한국전쟁과 사회구조의 변화」, 백산서당,
    1999.

정소영, 「할리우드 스타의 패션 아이콘－1930~1950년대 여성 스타를 중심으로」,
    이화여대 박사논문, 2005.

정일준, 「해방 이후 문화제국주의와 미국유학생」, 『역사비평』, 1991. 겨울.

정재정・리영희・이호재・임현진・조혜정・서중석・허문영, 「미국과 한반도 1945~
    1995 한・미관계 50년, 미국은 우리에게 무엇인가」, 『역사비평』, 1995. 겨울.

조영정, 「미국영화에 대한 양가적 태도」, 김소연 외, 『매혹과 혼돈의 시대』, 소도,
    2003.

조혜정, 「미군정기 극장산업 현황연구」, 『영화연구』 14호, 1998.

조혜정, 「미군정기 영화정책에 관한 연구」, 중앙대 박사논문, 1997.

주유신, 「〈자유부인〉과 〈지옥화〉: 1950년대 근대성과 매혹의 기표로서의 여성섹슈
    얼리티」, 주유신 외, 『한국영화와 근대성』, 소도, 2005.

켈리 정, 「신여성, 구경거리(a spectacles)로서의 여성성: 가시성과 접근성」, 『한국문학
    연구』 29,

함재봉, 「사대(事大)와 반미(反美)사이에서: 문화사적으로 본 한미관계」, 『사상』, 2000.
    12.

3. 단행본
강준만, 『한국현대사 산책, 1950년대 편 1, 2, 3』, 인물과사상사, 2004.

강현두・원용진・전규찬, 『현대 대중문화의 형성』, 서울대학교출판부, 1998.

고려대아세아문제연구소 편, 『한국문화에 미친 미국문화의 영향』, 현암사, 1978.

김동호 외, 『한국영화정책사』, 나남출판, 2005.

김주리, 『모던걸, 여우목도리를 버려라』, 살림, 2005.

손정목, 『서울 도시계획 이야기』, 한울, 2003.

손창섭, 『비오는 날』, 문학과지성사, 2005.

여성사 연구모임 길밖세상, 『20세기 여성 사건사』, 여성신문사, 2001.

유지나 외, 『멜로드라마란 무엇인가』, 민음사, 1999.

이성욱, 『한국 근대문학과 도시문화』, 문화과학사, 2004.

이영일, 『한국영화전사』, 소도, 2004(1969).

이임하, 『여성, 전쟁을 넘어 일어서다』, 서해문집, 2004.

한국영상자료원, 『한국영화를 말한다: 1950년대 한국영화』, 이채, 2004.

마이크 새비지, 『자본주의 도시와 근대성』, 한울, 1996.

부르디외, 『구별짓기』, 새물결, 2005.

스티븐 L. 얼리, 『미국영화사』, 예건사, 1993.

존 벨튼, 『미국영화 · 미국문화』, 한신문화사, 2000.

크리스틴 글레드힐, 『스타덤:욕망의 산업 I』, 시각과언어, 1999.

톰슨, 『영국 노동계급의 형성 상』, 창작과비평사, 2005.

피터 버크, 『문화사란 무엇인가』, 길, 2005.

피터 손더스, 『도시와 사회이론』, 한울아카데미, 1998.

J. Paul Hunter, 『Before Novel』, W.W. Norton & Company, 1990.

◆ **국문초록**

1950년대 한국에서 인기를 끌었던 미국영화는 주로 대도시 문화체험의 중심에 있었으며, 따라서 도시경험과 근대경험의 대표적 문화현상으로 볼 수 있다. 그리고 이것은 그저 근대의 경험이 아니라, 반공주의에 의해 억압된 민주주의적 다원성의 자아를 경험하고 문화적으로 자신을 구별지을 수 있는 체험의 공간이었다.

이 당시 미국영화는 현재까지도 고전으로 회자되는 다양한 명화의 시대였으며, 명감독이 배출된 시대였다. 헐리웃 스타시스템에 의해 배출된 스타들에 기대어 흥행에 성공한 영화들도 많지만, 스타 배우들의 영화라 하더라도 미국사회의 산업화로 인한 문제를 비판하는 주제의식은 여전히 강하게 드러난다. 1950년대 미국영화는 미국영화에 열광한 한국인들이 단지 오락거리나 구경거리를 위해서 미국영화를 선호했다고 할 수 없는 면모를 지녔던 것이다. 제임스 딘이나 마릴린 먼로 같은 배우들로 인해 더 알려진 영화들에서조차 당대 미국사회의 현실을 비판하는 주제의식은 뒤쳐지지 않는다. 그렇지만, 미국영화는 전체적으로 미국사회의 일상문화나 갖가지 문명의 이기들을 통해 한국관객들의 선진화의 욕망을 자극했다는 점도 간과할 수 없다. 1950년대 미국영화에 대한 한국인의 반응은 영화서사가 강하게 전달하는 주제의식과 더불어 영화를 통해 시각적으로 확인할 수 있는 미국적 문명에 대한 욕망이 함께 작용한 것이기 때문이다. 1950년대 미국영화를 둘러싼 한국인들의 이런 양가적인 반응을 염두에 둘 때, 미국영화를 통해 상상할 수 있는 한국인의 욕망은 선진문명을 모방하려는 심리뿐만 아니라, 한국사회에 결핍된 민주주의적 다원화에 대한 욕망도 같이 읽어낼 수 있을 것이다.

특히 미국영화의 관람 문제를 미국적 이미지를 소비하는 것과 연관시킬 때, '여촌야도'로까지 얘기될 수 있는 1950년대 한국사회의 민주주의적 문화풍토가 어떤 식으로 형성될 수 있었는가를 해명하는 데도 시사하는 바가 있다. 미국영화에서 볼 수 있는 소비적이고 개인주의적 문화가 '미국'적인 것으로 소비될 수 있는 기반으로서 '도시성'은 대도시를 중심으로 다양한 방식의 민주주의적 의식이 자생할 가능성을 제공하기 때문이다. 특히 기존 공동체의 권위적인 질서를 부정하고 도시로 몰려들어 자유롭게 자기를 구성하고자 하는 젊은 학생들이나 직장여성들은 미국문화를 수용하려던 의식이 강했던 도시를 선호했다. 1950년대 산업화를 거치지 않고도 미국문화의 유입을 통해 대도시의 여건을 갖추게 된 것은 미국적인 문화의 수용이나 소비와 직접적으로 연관된다 할 것이다.

그러나 미국영화 체험을 따라 연쇄사슬처럼 이어질 수 있는 미국의 소비를 둘러싼 도시체험은 '양풍' 혹은 '자유부인 담론'과 연결되듯이 사회를 혼란스럽게 하는 퇴폐적 문화로 경계되기 일쑤였다. 사실, 미국영화를 소비하는 젊은이들의 미국을 향한 선망과 모방의 심리가 미국을 절대적으로 이상화시킨다는 점에서 문제가 없는 것은 아니다. 그러나 최소한의 개인적 자유나 인권의식, 절차의 합리성이 '반공주의'를 명분으로 무참하게 부정되었던 1950년대에, 다양한 개인의 욕망이나 주체의 구성을 찾아볼 수 있는 흔적으로서 미국영화와 관련된 문화체험이나 도시체험은 중요하게 취급될 만하다. 미국영화가 단지 영화관람 행위나 미국지향의식에 그치지 않고, 다원화된 주체 구성의 욕망을 지향하는 민주주의 의식이나 도시적 경험에 해당하는 사회문화사적 현상으로 해명해야될 필요성이 여기에 있는 것이다.

✦ SUMMARY

American Films and Metropolis(Seoul) cosuming 'America'
― A Meaning of showing and watching for American Films in the 1950s' Korea

Lee, Sun-Mi

American Films in the 1950s became known by the film classic. Owing to stars produced by Star-system, Malilynmonroe, Audryheburn and Jamesdean, Korean spectators were interested in American Films. Korean spectators were regarded these stars as the ideal type. First of all, American Films in the 1950s are the distinguised films. In addition to it, a lot of people in Korea desired for American Civilization. This desire is a significant reason for the fame of American films.

The experience of American Films and of cosuming the 'American things' became the principal modern experience. Then Metropolis(Seoul) became the only space where Korean people could experience the modern civilization. Korean people, who lived in Seoul in the 1950s, could have the modern consciousness through the experience of American civilization. Well, this modern consciousness is connected to democratic pluralism.

But the desire for American civilization and cosuming the 'American culture' was criticized for the worship of the powerful. So the positive meanings of this desire was kept down. This paper intended to reveal the positive meanings of this desire. This desire involved of the many ploblems that established the modern subjectivity.

Keyword : American Films, metropolis, Seoul, modernity, urban, advanced society, colonial-consciousness, modern subjectivity

―이 논문은 2006년 7월 30일에 접수되어, 소정의 심사를 거쳐 2006년 9월 29일에 최종적으로 게재가 확정되었음.

1950년대 여성잡지에 표상된 미국문화와 여성담론*

강 소 연**

1. 서론

반세기에 걸쳐 지속되고 있는 '아메리칸 드림(American Dream)'은 이면에 반미 감정을 내포하고 있을지라도 한국의 현대문화 형성에 미국의 영향력을 빼놓고는 논할 수 없음을 반증해 준다. 문화 수용 및 그 반응은 두 나라 사이의 정치, 경제, 외교, 군사, 종교 등 다른 분야에서의 접촉과 그 관계에 의해서 크게 영향을 받기 마련이다. 해방 이후, 한국 정부는 미군정기에 이어 6·25 전쟁을 겪으면서 국가 안보나 경제적 문제로 미국과 깊은 연계를 가질 수밖에 없었다. 또한 프로테스탄티즘에서

---

* 이 논문은 2005년도 한국 학술진흥재단 지원으로 연구되었음(KRF-2005-079-AS0126).
** 이화여대 강사.

비롯된 교육 및 의료사업은 한미 문화 관계의 근간을 이루었고, 당시 유능한 대학생들은 미국 유학을 떠나 석, 박사 학위를 취득해 돌아온다. 이러한 사회 전반의 상황을 따라 1950년대 한국 지식인들은 미국을 자유 민주주의의 대명사로, 풍요로운 물질문명을 이룩한 경제대국, 혹은 문화 선진국으로 인식하면서 대중들에게도 미국의 문화를 우리가 지향해야 할 '현대화'의 표상으로 인지시킨다. 이는 당시의 문화를 반영하며 정보 확산의 통로가 되었던 신문, 잡지 등 각종 매체의 역할과 분리하여 생각하기 어려운데, 특히 여성 독자층을 겨냥하여 대중적이라 할 만한 여성잡지들이 창간되기 시작하는 것도 바로 이 시점과 맞물린다. 일상세계에 침투해 들어간 잡지 매체는 미국 이미지와 이를 표상하는 상품 가치들을 선보이면서 새로운 것, 보다 앞선 것을 욕망하는 독자들을 직접적으로 자극하게 된다.

이처럼 매체가 사회 변동의 주 요인이 될 수 있다는 자율적 역할을 전제로 할 때, 역으로 시대 상황이나 사회 구조를 반영한 매체를 분석한다면 그 사회의 문화적 틀을 읽어내는 것이 가능할 것이다. 물론 매체가 담고 있는 표상들이 단시간 내에 개인 사고의 변화까지 유도해 내진 못하겠지만, 독자들은 일정 기간 동안 매월 반복적인 출판물 속에 포함되어 있는 내용들에 대한 담론화 과정을 숙지하고 필수 교양으로 받아들임으로써 점차 내면화하기에 이른다. 여기서 표상이란 어떤 실재를 심적으로든 물리적으로든 재현전화(再現前化)한 것을 의미한다. 게다가 중요한 것은 매체를 통해 재현전화된 것으로서의 표상이 수용하는 시대, 사회, 문화에 따라 그 표상 작용을 달리한다는 점이다.[1] 매체는 한 시대의 정신을 표상하며 사회적 관심을 반영한다. 따라서 매체 연구는 곧 표상에 주목하는 것이며, 이는 그 시대 전반의 심상 지형도를 판독하는 일과 연계되어 문화의 사적(史的) 맥락까지 훑어볼 수 있을 것이다.

그런데, 미국에 관한 기존의 연구들은 대체로 한국 사회의 정치, 경

---

1) 이효덕, 박성관 역, 『표상 공간의 근대』, 소명출판, 2002, 참조.

제적인 면에 미친 영향력에 한정된 논의[2]여서 정책 관련 자료텍스트 중심의 연구가 주류를 이루었다. 다양한 인쇄, 영상 매체들이 1950년대 미국문화의 수용에 어떠한 방식으로 작용했는지, 또한 여성잡지를 통해 드러난 미국문화는 어떤 양상을 띠었는지를 총체적으로 해명하지 못했다.[3] 한국의 잡지 변천사를 검토하는 가운데 대표적인 여성지를 소개하는 수준에 그쳤을 뿐,[4] 남성 지식인들을 중심으로 미국문화 수용의 양상이 재편되면서 여성독자를 전제로 만들어진 여성잡지는 연구 대상에서 비주류 매체로 제외되었던 것이다.

하지만 1950년대 여성잡지를 여성에게만 한정된 매체로 단정짓고 연구 대상에서 제외시킨 것은 일종의 오류이다. 이때의 여성지들을 편집, 주간, 발행한 자들은 대개 남성이며, 출판사 사장이 여성인 경우도 미국유학을 다녀와서 반공정신이 투철한 교육가와 정치인을 겸하고 있는 소위 사회제도의 권력층에 속하는 인물[5]이기 때문이다. 게다가 잡지의 얼

---

2) 박호윤, 「미국의 대 동북아정책이 한반도에 미치는 영향」, 조선대 석사논문, 1983.
   김한경, 「미국의 대한군사정책과 한국의 안보」, 조선대 석사논문, 1984.
   안병준 외, 『한국과 미국』, 경남대 출판부, 1988.
   이현정, 「한국과 미국의 사회과 교육에서의 민주시민성 교육에 대한 연구」, 이화여대 석사논문, 1993.
   이삼성, 「한반도 핵문제와 미국 외교」, 한길사, 1994.
3) 진철보, 「한국인과 미국인 간의 문화적인 차이에 관한 연구」, 계명대 석사논문, 1979.
   고려대 아세아문제연구소 편, 『한국문화에 미친 미국문화의 영향』, 현암사, 1983.
   김병대, 「미국문화 인지에 영향을 미치는 요인에 관한 연구」, 고려대 석사논문, 1984.
   이 외의 한미 문화 영향관계에 관한 고찰은 대중문화 연구 부문에 포괄하여 다루는 경우가 대부분이고, 매체와 관련된 논의는 영상매체, 즉 미국영화에 관심이 치중되어 있다.
   정소영, 「할리우드 스타의 패션 아이콘: 1930~1950년대 여성스타를 중심으로」, 이화여대 박사논문, 2004.
   이 연구 또한 미국영화와 의류광고의 상관성에 주목하고 있으며, 특정 잡지매체나 여성매체를 통해 표상된 미국문화 연구는 찾아보기 어렵다.
4) 박기현, 『한국의 잡지출판』, 늘푸른소나무, 2003, 260-274쪽 참조.
5) 대표적으로 『여원』은 1955년 10월 창간, 발행인은 김익달, 주간은 김명엽이었다. 처음에는 학원사에서 펴냈으나 1956년 부사장이었던 김명엽이 독립하여 여원사를 창립한

굴 역할을 하는 권두 칼럼란은 대학의 총장이나 신문사 사장 등 남성 지식인이 장악하고 있음을 발견할 수 있다. 매체는 사회 구성원들의 의식을 정확하게 포착한 편집자의 표현이자 선택에 의한 표상이다. 게다가 한 문화가 외래문화와 접촉하여 이를 수용하는 과정은 단순히 기계적이거나 수동적인 직수입이라고 볼 수는 없다. 어떠한 외래문화도 일방적인 전달에 의해서라기보다는 수용자 사회의 저항이나 개편에 의해 굴절, 혹은 변모되어 확산된다. 그런데 그간의 잡지매체 연구들은 수용자 사회의 역사적, 시대적 필요가 외래문화 수용에 어떻게 능동적으로 작용하였는지에 크게 관심을 두지 않은 게 사실이다.

따라서 본고는 1950년대를 한국인들이 미국의 일상문화와 지식체계를 본격적으로 수용하고 내면화하기 시작한 시기로 보고, 이때 발간된 여성잡지 『여성계』(1952), 『여원』(1955), 『여성생활』(1959)을 중심으로 미국과 관련된 문화담론의 양상을 고찰하면서 발행 주체의 의도까지 파악해 보고자 한다.6) 대중매체는 사회와 단절된 상태에서 독자적으로 활동하는 조직이 아니므로 속해 있는 사회의 정치, 경제, 문화적 조건들에 의해 규정받을 수밖에 없다. 그러므로 여성잡지의 발간 배경과 특성을

이후 계속 발간하게 된다. 그리고, 1952년 여성계사의 사장으로서 잡지 『여성계』를 창간한 임영신은 일본과 미국의 유학시절을 거쳐 최초의 여성 국회의원, 상공부 장관, 그리고 중앙대학교 총장까지 역임한 인물이다. 간혹 『여성계』에 신년 인사말을 쓰거나 그녀의 왕성한 사회활동을 취재한 기사가 눈에 띌 뿐, 잡지 편집에는 크게 관여하지 않은 것으로 보인다.

6) 동시대에 발간된 여성잡지일지라도 약간의 차이를 보이는데, 『여성계』는 미국을 직접적으로 표상하는 패션, 영화에 관한 정보나 남녀의 연애상을 육감적으로 표현한 소설류를 많이 실어 상업성을 띠는가 하면, 『여원』은 할리우드 여배우, 미국유학과 여성지식인, 교양 있는 주부 등 다양한 여성상을 보여주면서 남성 지식인들의 좌담회(경제 및 통일과 관련된 주제)도 싣고 있어 지성을 가미한 여성지로 위상을 향상시키려는 복합적 의도가 엿보인다. 『여성생활』은 특히 기혼여성 독자층을 염두에 두고 미국의 선진의식 등 다양한 정보를 제공하고 있는 편이다.
하지만 세 잡지매체를 비교, 차별화된 특성을 연구하는 것은 다음 기회로 미루고, 본고에서는 '1950년대'라는 시대를 공유하면서 발간된 세 여성잡지가 미국문화를 어떻게 표상하고 있는지, 그 공통적인 양상에 초점을 맞추어 고찰하고자 한다.

고려하여 그 시대적인 추이를 살펴보는 작업이 먼저 선행되면 당시 여성의 존재 양상을 이해하는 데 도움이 될 것이다.

본 연구는 잡지에 게재된 모든 형태의 자료들을 총망라하여 유형별로 분석하는 실증적인 방법론을 택했다. 주요 기획기사 외에도 매월 꾸준히 실리고 있는 연재소설과 다양한 교양 서사물, 연구의 주변부로 밀려나 있었던 광고 및 삽화, 심지어는 발기문, 취지문 등에도 주목하는 종합적인 고찰을 시도했다. 이런 방식으로 미국문화가 매체의 여성 표상을 통해서 어떻게 1950년대 한국문화를 형성해 갔는가를 살펴보면, 매체를 생산해 낸 계층의 시각, 즉 당대 남성 지식인들이 미국문화를 수용한 동기나 방식, 그것이 여성 대중들에게 미친 결과를 해석할 수 있을 것이다. 더불어 미국을 재편하여 선보이면서 특정 형태의 여성상을 제시한 그 인식의 연원도 밝혀낼 수 있으리라 본다.

2. 여성지의 출판기구 배경과 구성

어떤 작품의 예술적 가치에 대한 평가 기준은 예술가가 창조자로서 가진 힘, 그리고 예술작품의 가치를 생산하는 '신념'의 장에서 만들어진다. 여기서 작품의 가치 생산에 참여하는 행위자들과 제도를 고려해야 할 필요성이 생긴다.[7] 창조 행위자나 장의 구조 속에서 객관화된 '지각, 평가, 성향의 체계'[8]는 개인 혹은 집단의 문화 자본의 보유나 계급적 위치와 연관되며, 동시에 그 성향을 다시 재생산해 낼 가능성이 크다. 그러므로 다양한 서사물의 의도와 가치를 파악하려면 필진과 게재된 매체

---

7) P. 부르디외, 하태환 역, 『예술의 규칙』, 동문선, 1999, 302쪽.
8) 부르디외는 이것을 아비튀스(habitus)라고 부른다. 어떤 작품을 지각, 평가하는 범주로서 아비튀스가 작동한다면 이 아비튀스는 그것을 동질적으로 소유하고 있는 집단 성원들이 공유하고 있는 출신, 학력, 성향 등으로부터 나오는 것이면서 동시에 그 성향을 다시 재생산하는 것이라고 말하고 있다. P. 부르디외, 앞의 책, 303쪽.

의 특성에 주목해야 하고, 매체의 장 역시 그것을 구성하는 출판기구의 성향이 드러나는 공간이 되는 것이다. 특히 잡지매체는 소재의 선택이나 구성에 있어서 다른 매체보다 자본이나 편집진의 영향력이 강하게 드러나는 편이며, 그 내용은 문화집단의 이데올로기 전파에 기여한다. 여기서, 문화 연구의 보편적인 문제의식을 따라[9] 1950년대 여성지의 구성과 내용을 면밀히 검토해 볼 필요가 있겠다.

식민지 시대의 대표적인 여성지『신가정』,『여성』등은 여성의 개화 및 계몽적 성격을 띠고 일제의 삼엄한 검열 가운데서도 자금력 등 모든 면에서 여유가 있었던 대규모 언론기관─동아, 조선일보사─을 통해 발간된 것[10])에 비하여, 1950년대 여성지는 독립 잡지사 형태인 사적 자본소유의 잡지이며 일본이 아닌 남한을 한때 통치했던 미군정부 등으로 인해 미국의 지대한 영향력 하에서 문화지도를 그려나간 매체이다.[11] 게다가 1950년대 여성잡지의 편집 주간을 맡은 자들은 여성이 아니라 도시의 남성 지식인이며 그들은 자본을 가진 저널리스트로서의 자부심을 가지고 매체를 소유하고 통제한다. 잡지 발간의 취지가 드러난다고 짐작할 수 있는 '권두언'란에 주목해 보면, 주요 신문사 사장이나 서울대, 연세대, 고려대의 총장 및 교수, 남성 작가들이 번갈아 가면서 장식하고 있다.

---

9) 문화 연구의 기본적인 가정, 즉 의미의 사회적 생산이 근본적으로 제도적 권력의 문제와 관련이 있다는 가정을 수용한다는 의미이다. I. Ang, 백선기 역,「문화와 커뮤니케이션」,『문화연구란 무엇인가』, 커뮤니케이션북스, 2000, 490쪽 참조.

10) 이소연,「일제강점기 여성잡지 연구: 1920~30년대를 중심으로」, 이화여대 석사논문, 2001, 참조.

11) 전후(戰後)의 상황에서는 신문사들도 경제난에 시달릴 수밖에 없었고, 문학잡지 같은 경우도 일부 발간이 중단되었다가 점차 재편되고 있는 시점이었다. 이때는 오히려 현실의 시름을 잊고 큰 지식 없이도 즐길 수 있는 영상 매체가 급부상하면서 미국영화의 수입이 증폭되고, 이에 보조를 맞추듯 시각적 이미지의 비중이 높은 여성잡지 매체가 활기를 띠게 된다. 그러다가 1960~70년대에 들어서면 또 한번 매체 지형도의 변화를 보이는데, 각 신문사가 기업적 면모를 갖추면서 상업성을 띠고 여성지를 비롯한 주간지, 일간지, 아동지 등에 이르기까지 다층적 대중잡지를 발간하는가 하면, TV라는 새로운 영상매체가 가세하면서 문화산업의 장이 크게 확장된다.

"(…) 고매한 인격과 고답적인 학식을 쌓아야 할 터인데, 이러한 학생들
의 자각인 반성이 촉구되는 반면에 가정주부들의 자녀에 대한 교육태도
에도 또한 신중을 기해야 할 것은 가정주부 자신들이 급변하는 풍조에 맹
종하고, 오랜 우리나라 생활습성에 맞지 않는 외풍에 젖어 몰지각한 행위
를 자행함으로써 감염되기 쉬운 발육기의 자녀들의 그릇된 감정을 유발케
하여 과오를 조장케 하고 있는 것은, 자녀교육에 커다란 맹점이라고 아니
할 수 없다.(…)"12)

이 짧은 글에서도 알 수 있듯이, 여대생들에게는 본분인 학업에 정
진할 것과 인격 도야를 권고하고, 가정주부들에게는 '어머니'로서 자녀
교육을 위해 본을 보일 것을 당부하는 내용이다. 전통 습속에서 벗어나
고 있는 가정주부들의 자각과 절제가 있어야만 차세대 여대생의 교육도
제대로 이루어진다고 재차 강조한다. 이는 당시 여성잡지가 표상하는
바, 여성들의 현대적 감각을 살려 주는 유행 풍조, 즉 미국문물의 확산
통로가 되고 있음이 분명함에도 불구하고, 자기 아내만큼은 화려한 구
경거리가 되지 않기를 바라는 남성들의 이중적 소유욕이 드러나는 대목
이며, 정숙하지 못한 부인은 남성이 주도하는 사회에 반(反)하기 때문에
제어를 당하는 것이다.

그런데 아이러니하게도 여성잡지 매체는 보수적인 유교 영향권 내에
묻혀 살아올 수밖에 없었던 한국 여성들에게 미국 자유주의에 눈을 뜰
수 있는 장을 마련해 주고 있다. 미국여행이나 국제부인대회를 다녀온
여성들의 보고서를 잡지에 게재하도록 허용함으로써, 여성 제도교육의
확장과 함께 권익 신장과 정신 계몽의 필요성을 외치며 여성 독자들에
게 진지한 읽을거리를 제공하기 시작한다. 이러한 면을 감안할 때, 당시
남성 출판인들도 한국 여성들이 미국의 선진의식을 수용, 각성하여 현
대여성으로 부활하는 데 여성 매체가 자극제 역할을 해야 함을 인식하
고 있었던 것으로 여겨진다.

---

12) 한창우(경향신문사장), 「대학생과 가정」, 『여원』, 권두 칼럼, 1956. 1.

그러나 막상 1950년대 초, 중반의 여성지에서는 사회의 주체로서 전문적 능력을 인정받은 여성은 찾아보기 힘들다. 대규모의 신문사에서 자금에 구애받지 않고 발간한 잡지가 아닌데다가, 분단 상황에서 자본주의 체제를 자리 잡게 하려는 의도의 연속선상에서 만들어진 여성잡지는 후원하는 기업주와 맞닿은 상업성을 띨 수밖에 없었을 것이다.13) 미국영화의 수입과 적극적인 상영으로 섹시한 미인 여배우의 화보들이 인기를 얻고, 그들의 외양 스타일이 유행의 골조를 이루면서 모방에 필요한 의상과 일상용품 등 소비를 유도하는 광고도 많은 지면을 차지한다. 1950년대 여성잡지에 실린 여성상이 이전 시대와 차이를 보이는 것은 기존의 보수적인 여성상은 자본의 이해관계에 도움을 줄 수 없다고 판단되고, 또 대중성을 띤 여성잡지의 경우, 선진 자본주의 국가의 잡지를 모방하는 편집 관행에 따라 미국, 일본 등지의 상황이 반영되었을 가능성도 있다.

이때 여성지에서 주류를 이루는 여성상은 두 줄기인데, 선망의 대상이었던 미국의 외적 이미지 좇기에 급급한 미혼 여성들과, 이와는 상반되는 미국의 에티켓을 겸비한 정숙하고 교양 있는 기혼 여성으로 뚜렷한 이분화를 보이고 있다. 이 점은 여성들에게 미국문화의 수용 통로가 되었던 여성지가 봉건적 도덕률이나 서양식 교양을 강조하든, 화려한 외모 꾸미기를 부추기든, 세계에 대한 치열한 고민의 장을 마련해 주기보다는 당시 남성들이 원하는 타자로서의 여성 입지를 분명히 하려는 편집인의 의도가 내포된 것으로 이해된다.

예를 들어, 『여원』에 특집으로 마련된 '유행을 분석한다'라는 칼럼 코너의 내용을 훑어보면, 허영심은 여성들의 것이기에 유행은 여성에게

13) 단적인 예로, 1955년 학원사에서 창간한 여성잡지 『여원』은 5×7판 180면 안팎의 분량으로 정치, 경제, 사회의 복잡하고 난해한 문제들은 가급적 싣지 않고, 오히려 교양과 재미, 오락과 생활정보 등 여성들이 쉽게 접할 수 있는 기사들로 꾸미고 있다. 요리 강습, 꽃꽂이 강습 등 당시 요조숙녀들이 배워야 할 중요한 덕목을 이벤트 사업으로 개시하는가 하면, 사생활 기사나 남녀 불륜현장 포착 등 특종을 자주 터트려 가십거리를 제공하기도 한다.

서 비롯되었다고 정의하며, 유행의 선봉지는 미국 뉴욕으로서 짧은 스
커트와 수영복을 유행 상품으로 지목하고 있다.[14] 이 글에도 빠지지 않
고 강조된 부분은 하위층의 유행(양공주의 색조 화장)이 상류계층의 부
인에게까지 번지는 현상에 대하여 우려를 표시하고 있다는 점이다. 지
식인이 쓴 칼럼이지만 여성 독자층의 대중성을 고려해서인지, 학문적
이론을 토대로 문화현상을 분석했다기보다는 역시 남성 중심의 시각에
서 당시 유행의 풍속도를 그린 글로 읽힌다.

이와 같이, 1950년대 여성잡지에는 여성 독자의 심리와 관련된 그
시대의 사회, 문화가 반영되어 있으며, 동시에 자본주의적 사회구조와
구조화된 남성 지식인들의 인식이 매체를 통해 구체적으로 표상되고 있
음을 알 수 있다.

3. 여성지에 표상된 이중의 여성모델

미국문화가 남성 출판인들의 재편 과정을 거쳐 여성잡지에 표상될
때는 이중 모델의 여성상을 창출해 낸다. 그 나뉘는 기준은 '미국'을 수
용하는 데 있어서 외양의 모방에 치중하느냐, 의식의 학습을 중시하느
냐의 문제일 것이다. 1950년대 잡지는 여성을 대중소비의 주체와 성적
대상으로 묘사하면서, 동시에 선진문화를 통해 익힌 교양으로 현모양처
가 되기를 요구함으로써 성 차별주의와 가부장제적 가치관을 제공한다.

미국 여성을 대표하듯 영상매체를 통해 가시화되는 여배우들의 외적
이미지를 그대로 답습하려는 유행 풍조가 만연한 가운데, 여전히 보수
이념과 전통적 여성관으로 이와 맞서는 담론도 만만치 않다. 다시 말해,
미국문화가 유교적 한국 사회에 내면화되는 과정에서 여성들은 정신과

---

14) 변시민 (서울대 문리대 교수), 「유행의 정체」, 백영주(화가), 「유행의 시점과 종말」, 『여
    원』(1957. 12).

육체의 균열을 경험하게 되고, 본질이 굴절된 여성상이 잉태된 것이다. 잡지에서 여성을 대상으로 하는 기사의 내용을 보면, 현모양처와 주부 예찬, 여성다움의 찬양, 성적 매력이 부각된 여성상, 전문능력을 길러 자기 일을 갖는 진취적인 여성상 등이 혼재해 있음을 발견할 수 있다. 이들이 서로 끊임없이 경쟁하면서 미국 이미지와 의식의 표상들을 다양하게 드러내고, 그 동력으로 전통성과 현대성은 충돌하며 피차간을 규제하고 있다.

1) 미국 여배우의 외적 이미지 표방

1950년대의 매체를 통해서 접촉된 외래문화 가운데 미국문화가 차지하는 비율은 압도적이다. 많은 영화나 잡지들은 미국의 생활양식을 선보이고, 특히 여성잡지 『여원』에는 '여원극장'과 '여원명화관' 같은 고정 코너에서 8~10페이지를 할애하여 정기적으로 미국영화를 소개하고 있다. 한정된 대중매체로 미국문화를 인지하고 평가하여 퇴폐향락주의 혹은 물질주의로 특징지어 버리는 편향성도 있지만, 한국 여성들에게 미치는 그 영향력은 아주 직접적이고 파급 효과도 빠르다.

여성잡지는 대체로 그 달의 미국영화 개봉작 5~10편 정도를 선정하여 영화 포스터를 게재, 간략한 문화평문을 싣고 있다. 비평문이라 해봐야 감독 및 주연배우에 대한 소개와 줄거리 요약의 수준에 그치는 게 대부분이지만 스타들의 가정환경 및 성장 스토리, 영화 속 캐릭터 분석이나 재즈음악과 춤에 관한 정보까지 곁들인 글을 보면, 특별히 새로운 오락거리가 없던 당시의 미국문화 '열풍', 그 관심과 애정을 충분히 짐작케 하는 대목이다.

영화 속에 등장한 할리우드 여배우들에 관해서는 간접적인 인물 탐방도 가능한데, 오드리 헵번뿐 아니라 진 시몬, 마리린 몬로, 엘리자베스 테일러 등을 '은막의 여왕'으로 칭하면서 그들의 사생활까지 기사화하여 여성 독자층의 호기심을 자극한다. 여배우들의 사진을 나열해 놓고 'New look in sex'라는 기사 제목으로 그들의 이미지와 성적 매력을 얼굴, 가슴, 다리 등 신체 부위별로 나누어 비교, 분석하기까지 한다.[15] 개인의 인권 및 명예 훼손의 여지가 있는 글임에도 불구하고, 기사의 객관성이나 신뢰도는 뒤로 한 채 이미 연예인들의 섹슈얼리티는 인기에 편승하여 상품화되어 팔리고 있는 실정이었다. 한국 여성들에게 헤어 및 패션 스타일의 유행을 몰고 온 1950년대 미국 여배우들은 외양의 서구화 담론을 주도한 인물들이라 할 수 있다.

잡지의 이러한 평문들은 활자에서 시각적 광고로 연결된다. 상품적 가치를 띤 미국 여배우들의 얼굴과 몸은 대형 화보로 제작되고, 한국의 '오드리 헵번'되기는 젊은 여성들 사이에 하나의 목표로 자리 잡는다. 여성잡지사는 전략적 판매를 위해 외국 유명배우들의 헤어모드를 소개, 사진으로 비교해 가면서 10대에서 40대까지 세대별로 응용할 수 있는 방법을 알려주는가 하면, 미국에서 유행하는 비치복장을 화보로 선보이며 잡지사 후원의 해수욕복 패션쇼도 개최, 취재하여 담고 있다.[16] 이러한 헤어, 의상과 관련된 화보나 기사문은 실질적인 사업체 광고를 잉태시키는데, 즉 미용실 혹은 미용사 양성소(학원)를 홍보(『여원』(1957. 9)) 하거나 싸고 화려한 옷감으로 오드리 헵번 스타일의 대중양장을 선사하겠다는 글귀의 양장점 광고(『여원』(1957. 4))도 보인다.

광고란 소비자의 취향에 맞춰 가면서도 의식을 선도할 수 있는 텍스트이기 때문에, 단순히 소비될 물건뿐 아니라 일상에 이루어가야 할 '현대화'라는 목표와 긴밀히 연관되어 있다. 하지만 화보성 광고 페이지들

---

15) 許里宇, 「성적 매력의 표준: New Look in Sex」, 『여성계』, 1955. 1.

16) 일례로, 『여원』(1957. 7)은 여름을 맞아 '올해의 수영복 모―드'라는 화보 코너를 개설한다. 수영복을 입고 야외 풀밭에서 포즈를 취하고 있는 모델의 사진 아래 다음과 같은 글귀를 달아 주고 있다.―"흑색 울, 저―지에 흰선을 친 해수욕복. 씸플하면서 매력적인 선을 가장 잘 나타내는 폼"

그리고, 같은 해 8월호에는 여원사 후원으로 반도호텔 옥상에서 열린 '햇숀 쇼'의 성과를 보도하고 있다.―"좌우에 늘어선 관객들이 응시하는 가운데 영화배우 이빈화, 김유희 양 등 10명의 모델에 의해 53점의 새로운 모―드 의상이 소개되고 있다."

은 '여자다운 여자 되기'로서의 성적 정체성과 성 역할을 미화시키고, '새 것'의 유행을 부추겨 사치성 여성문화의 대중문화를 이끌어내어 소비 성향을 촉진, 소득 증대에 발맞추어 여성을 수동적 소비자 상태에 몰아넣기 쉽다. 즉 1950년대 잡지광고로 인해 자신의 개성과는 무관하게 단순히 미국 여배우를 표방하여 외양 갖추기에만 열중하는 소모적인 여성문화를 조장할 여지가 있었던 것이다. 따라서 여성잡지가 오히려 여성 억압적 문화의 확대나 재생산 기제로 작용하여 남녀 차별화를 부각시키는 경향이 있다.

한편, 1950년대 여성잡지에 연재된 소설들을 읽어보면, 한두 편의 전쟁소설을 제외하고는 진지한 본격문학보다는 남녀의 연애 심리나 성적 욕망을 담은 스토리 중심의 오락성 강한 작품이 대부분이다. 각 여성잡지에 소설을 게재하는 작가도 거의 동일인으로 겹치기까지 한다. 이들이 쓰는 러브 스토리의 핵심은 결혼 적령기 남녀의 갈등과 극복 과정인데, 애정문제를 다루는 데 있어서 갈등의 주 요소는 여성의 신분이나 경제력과 관련이 깊다. 남자주인공은 영어교사나 외교관, 유학파 엘리트, 잡지사 편집장, 작가 등의 전문직업인 신분으로 등장하지만, 상대적으로 여자 주인공들은 가정주부이거나, 혹은 취업여성인 경우에는 대개 하위 직종에 종사하는 것으로 묘사된다. 전쟁 미망인 혹은 소녀 가장이 되어 가족 생계를 위해 무작정 몸을 던진 기생, 양공주, 모던 걸(modern girl)[17]의 출현도 잦다.[18] 소설 속 이런 여성들의 최종 목표는 경제문제 해결, 그리고 사랑과 결혼이었다.

소설은 현실의 가상적 반영이라 할 때, 여성지에 게재된 소설은 사회의 마이너리티 표상이 주류를 차지한다. 1950년대 중반만 해도 남성

---

[17] 근대 여성의 주체로 불렸던 1920~30년대의 모던 걸이 여학생을 포함하여 중등 이상의 교육을 받은 신여성 계층을 일컬었던 것에 비해, 1950년대의 모던 걸은 오히려 교육 수준이 낮은 젊은 직업여성들을 중심으로 '미국=현대'로 인식하고 그 이미지만을 좇아가는 여성들을 다소 비하시켜 일컫는 말이었다.

[18] 『여원』에서는 실제 뒷골목 여인들의 생활공간을 탐방하여 식모, 양공주, 접대부의 생태를 기사화하기도 했다. 「뒷골목 여인들의 生活 街道」, 『여원』, 1956. 1.

들이 실제 사회의 일상에서 부딪히는 여성들은 문화생활을 소비할 수 있는 지적, 물질적 기반을 가진 지식인층보다는 대개 배운 것도, 가진 것도 없는 처지에서 '돈이면 다 되는 세상이야. 돈을 준다면 뭐든지 한다'는 배금주의의 오기를 품고 거리로 나선 인물들이 많았을 것이다. 이런 현상은 전쟁 후유증의 일환일 수 있으며, 미군정기에 카페와 나이트클럽이 많이 생겨나면서[19] 형성된 퇴폐문화와도 관련 있는데, 돈이 목적인 여성들은 퇴폐업소에 몸담게 되고, 작가들은 미군문화가 잉태한 여성사회 뒷골목의 양태를 비판적인 시각으로 소설을 통해 조명하고 있는 것이다.

그런데 또 한편으로는 당시 독자들의 욕구를 반영하고 대리 만족을 위해서인지, 무조건적 미국 지향의식이 두드러지기도 한다. 소설 속 공간이 미국이거나, 재미교포 혹은 미국 유학 및 이민의 꿈을 가진 인물들을 주인공으로 설정한 작품[20]이 흔하다. 예를 들어, 김말봉의 연재소설 「방소탑」[21]에서 주인공은 하와이의 호놀루루로 이민 간 동포를 만나러 미국여행을 떠난다. 비행기 내의 여자 승무원을 '에어껄'이라 호명하고, 인물들 간의 호칭은 '미쓰터 ○', '미쓰 ○' 등이 기본이거니와, 대화에서는 영어식 어휘가 난무한다. 머물게 된 호텔의 현대식 목욕시설을 보고 감탄하는가 하면, 미국 클럽의 탱고와 훌라댄스 등 카바레 문화를

19) 가난한 한국 여성이 미군 부대 혹은 카페에서 일하다가 미군과 사랑을 꽃피워 국제결혼을 하게 된 경우도 소설이나 에세이에서 자주 발견된다. 윤정렬, 「사랑은 록키산맥을 넘어―미국독자가 보내온 사랑의 기록」, 『여원』, 1961. 10.

20) 정연희의 「목마른 나무들」(『여원』, 1961년 연재)에서 남자 주인공은 B주간지의 주간을 맡고 있고 여자 주인공은 의과 대학생이다. 현재의 일에 큰 비전을 느끼지 못하는 두 사람은 함께 도미(渡美)계획을 세우는데, 한국에서는 아직 체계적 이론 영역을 갖추지 못한 임학과 신문학을 공부하기 위해 미국 유학을 꿈꾸는 인물로 그려진다. 물론 이 여자 주인공은 남자 친구의 유학 의지를 알아채고 자신은 진로나 포부가 뚜렷하지 않은 상태에서 일단 따라나서려는 입장으로, 여성의 자아의식과 그 위상에 문제를 제기하고 있는 소설이기도 하다. 1960년 『여원』에 실린 정비석의 「산유화」, 「夜來香」 같은 소설 작품에도 영어교사, 이민을 꿈꾸는 인물 등이 등장하고 있다.

21) 1957년 2월부터 『여원』에 연재된 소설 작품.

'자유'의 일면으로 상세히 묘사하고 있다. 등장인물들 간의 논쟁거리도 한미관계에 관한 것으로, 진보파와 보수파로 나뉘어 한국은 미국의 군사적, 경제적 속국이라는 우려의 목소리와 미국의 우정 원조를 찬양하는 당시 정세 파악의 두 경향을 대변하기도 한다. 이와 같이, 50년대부터 이미 자본을 근거한 미국의 문화식민정책이 싹을 보임과 동시에, 그러한 '미국'을 선진국으로 동경, 무분별하게 모방하려는 한국인의 피지배 속성이 영화뿐 아니라 잡지소설 장르에서도 발견되고 있다.

그런데, 잡지에 실린 대부분의 소설들이 제시하는 보편적인 결론은 미국의 자유주의 혹은 자유연애 사상과는 거리가 멀다. 연애 장면을 사실적으로 묘사할 때는 남녀 주인공의 저돌적인 애정공세와 직접적인 성적 표현들이 빈번하면서도, 내용 전개상 요구하는 바는 유교사상을 바탕으로 한 보수주의 여성상이며, 남녀 신분 차등의 연애가 결실치 못함을 정당화시키고 있는 것이다.

2) 미국인의 에티켓과 선진의식 내면화

앞서 말했듯이, 1950년대 여성잡지가 권유하는 여성상은 양면성을 띤다. 미국문화를 현대적이고 세련된 것으로 인식하여 적극 확산시키면서도, 지식인층을 포함하여 여성들 사이에 대중화되어 가는 그 외래 풍조를 경계시키고 있기 때문이다.

잡지를 세세히 읽어보면 미국영화 비판의 시각도 보인다. 성 문제가 노골화된 할리우드 영화의 반나체 장면 등을 지적[22]하면서, 한국 여성들의 고유한 전통 습속을 깨뜨리게 하는 망측한 일이라는 견해를 표하고 있다. 게다가 1950년대 중반부터 이른바 '양춤'으로 불리던 댄스바람이 불어 각종 댄스홀이 속출하게 되면서 여대생뿐 아니라 가정주부, 명문가의 딸들까지 춤바람에 휩쓸리게 된다. 미국영화의 영향뿐 아니라

---

22) 「여원극장 로비-미국영화의 기만성」, 『여원』, 1960. 11.

미군의 점령기를 거치면서 그들의 향락문화가 수용되어 유행하게 된 것
이다. 이때『여원』은 "한국의 돈환, 박인수"라는 표제로 한 청년이 댄스
홀을 드나들면서 약 1년간 70여 명의 여성을 간음, 농락하였다는 사건
의 전모를 실었는데, 잡지에 게재된 판결문 중 '법은 정숙한 여인의 건
전하고 순결한 정조만을 보호한다'는 문구에 주목해 본다면, 당시의 여
성지가 미국 생활문화의 모방을 주도하면서도 이와는 별개의 관점에서
요조숙녀 이데올로기를 표방하고 있음을 알 수 있다.

또한『여성계』의 '여성시평'란에 한 남성 지식인의 '미'에 관한 칼럼
을 싣고 있는데, 그는 미의식, 실증미학 등 이론 지식을 토대로 여성의
아름다움과 화장 문화에 관한 미학적 고찰을 보여 준다. 그런데 마지막
에 덧붙인 글귀에 주목해 보면, 진한 화장과 휘황찬란한 의상의 요부형,
창부형을 비난하면서, 고전미(화장하지 않은 아름다움)를 살려 외국인들
이 칭찬하는 한국의 클래식한 의상(흰 저고리와 검정 긴치마)을 요구하
고 있다. 그것이 남성들과 조화되는 여성미라는 것이다.[23]

다시 말해, 이 시기의 여성잡지는 여성의 본분이 가정을 지키는 데
있으므로 가장 이상적인 여성의 역할이란 결혼생활을 성공적으로 유지
하고, 행복한 가정을 이끌어나가는 것임을 강조한다.[24] 이러한 관점에
보조를 맞추기나 하듯, '자신은 주부인데 여성들은 개성과 상관없이 한
가정의 현모양처로 인정받을 때 가장 행복한 법'이라고 잘라 말하는 여
성 독자의 편지글도 포착된다.[25] 이처럼 1950년대 여성잡지에 표상된
또 하나의 여성은 지고지순한 가정주부로서의 삶에 최고의 가치를 둔
존재로서, 성적인 매력과 육체적인 아름다움에 치중하는 여성은 '아내'

---

23) 공효민, 「여성의 고전미」,『여성계』, 1955. 2.
24) 심지어 여성들의 성욕을 자제시키는 발언도 보이는데,『여원』은 1957년 3월호부터
'두려움없는 사랑'이라는 코너를 신설하여 영국 심리학자 유스테이스 챗서의 저서를
번역, 연재하고 있다. 그 내용을 요약하자면, 성 평등에 대한 여성의 요구의 목소리가
높아져 가지만, 사랑의 권리와 성의 자유는 엄연히 별개이며, 특히 여성의 성적 자유에
대한 대가는 훨씬 무거운 짐을 지게 할 것이라고 주의를 주고 있다.
25) 「미혼여성에게 보내는 결혼특집」,『여원』, 1956. 2.

나 '어머니'가 될 수 없다는 전통적 사고를 강화하고 있다.

그렇다면 안정된 가정 내의 여성은 미국문화와 담을 쌓아야 하는가. 역설적이게도 아내나 어머니일 경우에는 미국의 외적 이미지가 아닌, 교양 관련의 선진의식을 습학(習學)하도록 권고한다. 몸(肉)이 아닌 '자태'(姿態)에 관심을 유도하는 것이다.

> "자기의 아름다움을 의식하고 그것을 내 휘두르는 여성한테는 사람들은 찬양은 할지언정 매력은 느끼지 않는 것이 보통이지만, 자기의 아름다움을 아는 것인지 모르는 것인지, 겸손하고 상냥한 가운데 인광같이 은은한 미를 발산하는 여성에게는 사람들은 한 없는 매력을 느끼는 것입니다. (…) 부드러우면서도 조리가 닿는 말씨, 명랑하면서도 총명이 번득이는 태도, 경쾌하면서도 예의에 벗어나지 않는 범절－이러한 새로운 여성미를 현대 사람들은 요구하고 있는 것입니다."26)

이 권두언의 논지는 다시 말해, 현대의 부인들은 육감적인 몸매보다 지적이고 우아한 자태, 그리고 적어도 아기 젖먹이는 장소를 가릴 줄 아는 에티켓은 필수교양이라는 지적이다. 요구되는 새로운 여성미의 표본은 미국 여배우가 아닌, 미국의 선진의식과 행위를 내면화한 여성을 가리킨다. 1950년대 한국의 보수적인 사회 분위기 속에서 여성의 미국 유학은 선뜻 동의를 얻지 못하고 있었지만, 미국에서 유학하고 온 남성 지식인은 한국 여성들의 미덕(美德)도 좋지만 미국 여성들에게서 배울 점이 많다고 덧붙여 강조한다.27) 친절과 애교, 명랑하고 쾌활한 성격,

---

26) 전진우(고려대학교 총장), 「새로운 여성미를」, 『여원』 권두언, 1956. 3.

27) "요새 미국에 다녀 온 분들의 의견을 들어보면 '여자는 미국 보낼 필요 없다', '여자는 미국보내면 사람버린다' 등등 여자의 미국유학에 반대하는 분들이 많다. 아니 많다기 보다 대부분인 것 같다. 도대체 어째서일가? 학교에서 배우는 학과 내용과 관련된 이야 기가 아니라, 그 이외의 문제와 관련된 말일것이다. (…) 그러면 미국 가는 여학생이 배 워 주기를 원하며 우리나라의 모든 여성들이 딸아 주기를 바라는 미국여성의 장점을 몇 가지 들기로 하자." 김조한(서울대 법학대학 교수), 「미국 여성에게 배워야 할 몇 가 지」, 『여성계』, 1955. 1.

근면함, 검소함과 안분지족의 자세, 사치 배척과 실리주의 등이 그것인데, 앞서 읽은 권두언의 내용과도 흡사함을 알 수 있다. 그런데, 사실상 한국과 미국은 의식 정립의 교육 방식부터 차이를 보인다. 남녀공학으로 제도교육이 실시되는 미국은 자율적인 학생회를 중심으로 학교가 운영되고, 남녀 차별을 지양하고 활발한 특별활동과 팀워크를 중시하는 가운데 여성도 동등한 사회 주체의 일원으로 성장될 수 있는 환경인 것이다.28)

그런데 여성잡지사로서는 한국 현실의 한계를 근본적으로 전복시킬 만한 힘이 부재하므로 단편적인 생활실습만 보충해 줄 뿐이다. 서양요리 강습, 꽃꽂이 강습 등 당시 요조숙녀들이 배워야 할 중요한 덕목을 이벤트 사업으로 개시하는가 하면, 교양 있는 주부군단을 형성하기 위해 서양 클래식음악 코너를 개설한다. 또한 20~30대 남녀를 대상으로 '원하는 신랑감, 신부감'을 조사하여 갖춰야 할 덕목들(학문, 예술, 교양 등)에 관한 정보를 제공하거나, 교수 부인 혹은 유명작가 부인들과 인터뷰하여29) 지성 있는 현모양처로서의 생활상을 긍정적으로 평가함으로 여성 독자들을 일깨우고자 한다.

같은 맥락에서, 『여성생활』은 '어머니'로서의 자세도 매월 중요 항목으로 다루는데, 무엇보다 각 분야의 전문인을 키워낸 여성들을 인터뷰하여 선진교육을 실행한 인물로 꼽는가30) 하면, 기획 특집란에 기고한 교육위원은 한국의 가정교육을 반성하면서 미국의 '어머니 의식'과 비교하여 설명하고 있다. 미국의 민주식 가정교육31)은 세계성에 중점을

---

28) 「미국의 여대생들—여대생에게 보내는 특집」, 『여원』, 1956. 1.
　　반면, 미국 유학생의 보고서에 따르면, 주체성과 자립성을 위한 조혼이 유행하고, 고등교육까지 받은 여성은 오히려 결혼이 늦어져 노처녀가 많다는 우려를 표시했다. 그리고 틴에이저의 범죄가 늘어남에 따라 10대 자녀에 대한 가정교육 및 어머니의 역할의 중요성을 강조하기도 한다. 오덕주, 「아메리카의 한국유학생」, 『여원』, 1957. 12.
29) 김정숙(이대교수 부인), 「말과 행동이 일치되는 사람」; 김영순(소설가 부인), 「결혼은 인생의 최대 사업」, 『여원』, 1956. 1.
30) 특집 「우리 어머니」, 『여성생활』, 1960. 5.

두고 있다며, 우리도 자녀를 세계적 지도자로 키워 출세시키기 위해서는 미국인의 선진화된 일상을 자연스럽게 모방, 바른 인생관과 생활철학을 수립해야 한다고 당부한다.

이상에서 말한 바, 1950년대 여성잡지가 표방하는 여성상은 당시의 특수한 시대 상황과 변모해 가는 풍속을 반영하므로 단 하나의 이미지로 집약되지 않는다. 자본을 욕망하는 직업여성[32]에게는 외적 이미지를 위주로 미국 여배우의 패션 등을 모방하게 하여 세련되고 현대화된 여성으로 부추기면서도, 실상은 시각적인 즐거움에서 그칠 뿐 남성 지식인들이 주름잡고 있는 사회활동의 중심부에 전문여성의 자리를 쉽게 허락하지는 않는다. 반면에, 교육의 혜택을 받고 있는 여대생이나 기혼 여성들에게는 양풍에 물들지 않은 단정한 차림새를 권장하면서 미국식 교양을 갖추고 남편 내조와 자식 교육에 헌신하는 '어머니'의 이미지를 갖춰 가도록 선도한다.[33]

이와 같이 1950년대 여성잡지는 당시의 여성상을 규제시키는 역할을 함과 동시에, '전통'이라는 굳어진 질서 속에 안존해 있는 한국 여성들에게 미국문화를 습합시키는 제도 장치였다. 이질적인 시·공간과 결

---

31) 여기서 지정한 '민주식 가정교육'이란 구체적으로, 어른들의 개인생활과 타인의 개인 생활까지 존중하도록 교육하는 것, 책임을 완수하는 자유의식 심어주기, 부모가 고집 하는 중매결혼이 아닌 연애결혼을 허용하는 것 등을 말하고 있다. 엄요섭(서울특별시 교육위원), 「가정교육에 대한 반성」, 『여성생활』, 1960. 4.

32) 직업여성도 두 부류로 나뉘는데, 흔하지 않지만 미국 유학 혹은 한국의 제도교육을 통해 관련 지식을 습득하고 사회로 진출한 전문직 여성이 있는가 하면, 생활고에 시달려 자본만을 목적으로 나온 직업여성도 있다. 상품화 대상으로 전락하기 쉬운 후자의 경우는 1950년대의 특수한 여성문제와도 무관하지 않은데, 앞서 살펴본 소설에서도 형상화되었듯이 전쟁 미망인, 전쟁 고아(소녀 가장)들이 겪는 소외와 빈곤이 큰 원인으로 작용하기 때문이다.

33) 「주부여성에게 보내는 결혼특집」(『여원』(1956. 3))을 보면, 시대에 따른 결혼 형태의 변천사를 설명하면서, 결혼과 인생, 결혼과 행복, 결혼과 사회 등 다양한 주제에 따라 근대적인 결혼생활의 지침을 제공해 준다.

합할 수 있는 계기를 마련하여 각자 생활 속에서 세계와 발맞추고자 하는 의지를 북돋우고, 선망하던 미국이라는 유토피아가 자신의 현실에서도 동일한 방식으로 실현될 수 있으리라는 여성들의 꿈의 생산에도 크게 기여한다.

4. 여성지의 역할과 여성의식 변모

앞에서도 언급했듯이, 여성잡지는 '여성'이라는 제한된 표적을 겨냥하여 제작, 배포되며 주로 여성 독자들이 구독한다는 점이 특징이다. 1950년대 여성잡지가 신문사를 배경으로 한 권위 있는 매스 미디어로서 자리 잡지는 못했으나, 여성의 위상에 관한 개인의 포부나 집단의 요구로 인해 발행되기 시작하면서 먼저는 여성 지식인층의 이목을 끌었다. 물론 이 시기는 지식인과 대중의 구분이 모호한 때라 넓은 의미에서 유학파 미·기혼여성, 여대생, 고졸 이상의 직장여성 모두가 소수 지식인 계층에 해당되며, 이들 대부분은 일정량의 고정 소득을 지닌 자로서 잡지 구독의 대상으로 일차 포섭된다. 그 이후 한 시대를 거치면서 여성지의 대중성이 점차 부각되고 구독층의 범위가 확대되어 다수의 독서 대중을 형성하게 되는 것이다.

이와 같이 여성잡지는 사회 변화에 따라 민감하게 변모하는 여성의 이미지를 다른 어느 매체보다 적극적으로 반영하기 때문에, 이러한 여성잡지에 표상되는 문화 코드들은 여성 대중의 의식 및 자아인식 면에서 잠재적이지만 강력한 효과를 미친다.

1) 미국 의식주 문화의 통로

1920~30년대 여성지의 경우 계몽 위주였음에 비하여 현대로 올수록 여성지는 생활 정보의 기능, 오락의 기능, 평론의 기능까지 지니고

있다.34) 1950년대 여성잡지에 꾸준히 연재된 해외 가정소설의 내용을 보면, 서양의 주부들은 우아하면서도 편리한 환경 속에서 남편의 존중을 받으며 사는 행복한 모습으로 묘사된다. 소설이 허구임을 감안한다 해도 이런 작품을 접한 한국 여성 독자들은 결혼에 대한 환상을 갖고 직업여성일지라도 전문능력을 발휘하려는 의지보다는 가정에의 안착을 꿈꾸게 된다.

그래서인지 1950년대 한국 사회는 미국과 직, 간접적으로 활발한 교류가 이루어지던 시기로서, 이때의 여성잡지는 미국 여성들의 살림살이, 자녀 교육방식, 소비문화 등 다양한 생활 정보를 가득 실어주고 있다. 동경하면서도 미국으로의 유학 혹은 이민의 기회가 없었던 한국의 일반 여성들은 미국의 구체적인 의식주 문화에 대한 궁금증을 이 여성잡지를 구독함으로써 유일하게 해소할 수 있었던 것이다.

여기에 실린 기사는 대체로 시사적인 것보다는 미혼여성, 주부들을 대상으로 하는 생활 상식이나 정보 공유가 주를 이루고 있고, 미국의 유명한 여성 연예인을 담은 사진 자료나 이를 모방한 광고, 그리고 소비적인 미국의 대중문화(헤어, 의상, 음식 등)를 소개하는 기사문 등이 지면의 상당량을 차지하고 있다. 예를 들어, 오드리 헵번의 헤어스타일 손질하는 법, 양장 설계 과정, 직업에 맞는 세련된 코디법과 개성적 화장법, 서양요리 만드는 법, 양옥 인테리어 및 주거 공간 데코레이션 등이 그것이다.

이렇게 재래식 생활방식을 청산하고 미국문화에 기대어 보다 현대식 생활을 영위하는 데 도움을 주는 기사문은, 이 정보들을 실질적으로 활용하려 할 때 필요한 상품들을 간접적으로 홍보하는 결과를 가져온다. 즉 여성잡지는 광고의 대부분이 여성을 대상으로 하고 있고, 화장품을 비롯한 미용에 관련된 약품이나 옷감, 인테리어 장식품 등의 제품광고 화보를 실어줌으로써 자본도 획득하고, 다양한 방식으로 여성들의 서구

---

34) 고정기, 「여성지의 사회적 기능」, 『여성동아』, 1976. 2, 107-111쪽 참조.

모방 욕구를 표상하여 소비를 부추기는 것이다.

광고는 자본주의 제도의 일환으로, 독자들은 잡지에 실린 광고를 따라 상품 소비에 적극성을 띠게 된다. 미국 대중문화의 가장 큰 특색은 대량생산, 대량소비인데, 1950년대 후반부터 한국에서도 본격화된 지장염가본[35]의 막대한 보급으로 잡지의 발행부수가 급증하면서 사회 문화를 선도해 나가는 주요 매체가 된다. 이미 여성을 자본주의 사회의 중요한 소비주체로 인식하고서, 1950년대 여성잡지는 여성들의 소비패턴과 소비문화를 충분히 반영하고 있는 것이다.

그 외에도, 1950년대 여성잡지에는 연애 잘하는 법, 배우자 선별 요건, 부부 성생활 상담 등 여성들이 꺼내 놓고 말하기에 쑥스러운 고민들을 해결해주는 코너를 열어 놓아, 실생활의 지혜를 선사할 만한－객관적인 근거와는 무관하게－호기심을 자극하는 읽을거리를 제공한다. 이로써 1950년대 여성잡지는 지식인층의 인사(人士)들만 쓰고 읽는 잡지가 아닌, 여성이라면 누구나 소유한 욕망의 기호들－미(美), 성(性)과 사랑, 모성(母性) 등－을 공개하는 여성 고유의 담론의 장으로서 여성 독자들을 '대중'으로 이끌어낼 토대를 마련하고 있었다.

2) 민주적 가치 교육의 장

여성잡지는 어느 사회화 과정보다도 강력하게 여성문화에 영향을 미친다고 볼 수 있다.[36] 종전에는 정치제도, 가족생활, 학교교육 등이 생활을 조절, 형성하는 중요한 동력이 되어 왔는데, 1950년대 대중적인 여성잡지가 본격적으로 발간되고부터는 여성들이 외부 세계를 접할 수 있는 색다른 문을 확보한 셈이다. 이를 통해 다양한 생활 정보를 획득할 뿐 아니라, 새로운 시대에 합당한 가치관을 정립하는 계기를 갖는다.

---

35) 종이 표지로 싼 가제본 형식의 반양장 문고본으로서 싸게 판매하는 책.
36) 이영자, 「소비사회와 여성문화」, 『한국여성학』 제12권 2호, 1996.

128

  우리나라 여성은 국가의 제도적 교육에서 배제되어 있다가 1900년
대에 들어서면서 미국 선교사에 의해 최초의 여성 교육의 장이 마련되
었다. 식민지 시대에 신여성으로 불린 자들은 학교의 제도교육과 지식
을 기반으로 새롭게 출현한 '여학생'에서 비롯된 존재였다면,37) 1950년
대는 전문 직업여성들이 소위 '현대물'을 먹은 신세대 여성으로, 유학을
계획하고 있는 한국 여대생들은 엘리트 여성으로 통한다. 이때, 각종 여
성잡지 및 출판물들은 학교 교육과 함께 신세대 여성들의 사회생활 지
침이 되는 교양정보를 포괄한 사교육의 매개체 역할을 담당한 것이다.
  그래서 1950년대 여성잡지는 미국을 경험하고 온 자들을 중심으로
민주적 가치-자유, 평등, 주체의식 등-를 전파하려는 움직임을 담아
내고 있다. 예를 들어, 『여원』(1956. 1)에서 학자, 교육가, 외교관, 법률
가, 의사, 작가, 기자, 미용사, 디자이너 등 직업별로 여성 전문인을 위
한 칼럼을 시리즈로 게재하면서, 현대 한국여성 12인을 선정하여 기사
화한 점은 인상적이다.38) 이들은 대개 미국 유학을 다녀온 여성 지식인
으로서 남편과 자식의 뒷바라지에 헌신해 온 여성들에게 자아실현에 관
한 의식을 일깨우며, 사회에 필요한 인격과 전문 재질을 갖추어 자유로
운 여성 주체로서야 할 필요성을 제기하고 있다. 또한 여성기자의 생활
을 탐방하여 기자란 '적극성, 끈기, 날카로운 정신, 지성, 건강한 육체'
가 요구되는 직업이므로 남성과 동등하게 전문성을 인정받아야 함을 강
조하는 기사문이 보이고, '비서'라는 직종도 미모와 교양어투뿐 아니라
비서학을 체계적으로 배워 여성 전문인이 될 때 사장의 잔심부름꾼에서
탈피할 수 있다는 지적은 1950년대라는 시대를 감안할 때 상당히 앞선
시각이라 여겨진다.39) 이와 더불어 잡지사는 여성작가들의 문예작품을

37) 김옥란, 「근대 여성 주체로서의 여학생과 독서 체험」, 『상허학보』 13집, 247쪽 참조.
38) 『여성계』(1955. 2)에도 전문 여성의 성공담을 탐방기사로 싣고 있는데, 일례로 전쟁 가
    운데서도 끈질기게 의학 공부에 전념하여 여의사가 된 지경옥 여사의 미국 유학 및 병
    원 체험기는 전문여성으로서의 당당함과 비전을 보여 준다. 또한 재미교포 2세인 헬렌
    황 바트린 여사가 세계적인 전문 미용사로 성공하여 할리우드에서 활약하고 있는 상황
    을 특필하고 있다.

공모하여 당선된 자에게는 집필활동의 터전을 만들어 주는가 하면, 세계 여류작가평전을 연재하여 국제적인 눈을 뜰 수 있는 기회도 부여한다.[40)

한편, 미혼의 직장여성뿐 아니라 당시의 여대생들도 여성잡지 독자 층으로서 큰 비중을 차지하고 있었다. 일류 여자대학으로 불렸던 이화 여대, 숙명여대의 여성교수들이 청탁 원고의 필진으로 등장하게 되면서 더욱 환심을 살 수 있었던 것으로 이해된다. 게다가 여대생들과 사회 여러 분야의 여성 인사들과의 만남의 자리를 좌담회 형식으로 기획한 코너도 돋보이는데, 예를 들면 이대, 숙대에서 졸업을 앞둔 여대생들 몇 명을 선발하여 그들의 진로 고민을 들어보고, 초청된 여성 인사들이 전 문인으로서의 자격을 섭렵하라고 당부하는 구체적인 내용을 특집기사 로 다룬다.[41) 여기서 눈에 띄는 대목은, 엘리트 여대생들이 소망하는 졸 업 후의 향방은 기존의 여성 영역-가정 꾸리기-에 국한되기보다 선진 지식의 강국으로 인식된 미국의 제도교육에 참여함을 선호한다는 점이 다. 이러한 면들은 당시의 여성잡지가 대중적인 미국 이미지를 표상하 면서도, 그 의식 내부의 자유와 평등의 가치를 수용하고 전문여성 지식 인을 양성하려는 의지의 단초를 보여 준다. 여성지가 여대생 및 전문직 여성들의 사회생활 길잡이 역할까지 톡톡히 해 내고 있는 것이다.

1950년대 후반에 접어들면서 여성잡지는 본격적으로 미국의 여성 운 동가의 활동상이나 성(性) 평등에 대한 강연 및 학술대회를 소개하기 시 작한다.[42) 미국인 여성 선교사가 이화여대에 한 학과를 설립하고 여성

39) 신태민, 「여인 기상도: 하이힐을 못 신는 직장 / 여비서의 위치」, 『여성계』, 1955. 3.
   좌담회, 「여기자의 사회관, 여기자의 생활」, 『여원』, 1957. 12.
40) 정창범, 「세계여류작가평전 (1)」, 『여성생활』, 1960. 4.
41) 「졸업하는 여대생의 좌담」-대학을 졸업하는 여대생에게 (특집), 『여성계』, 1955. 3.
42) 미국 인디아나 대학 내 킨제이 성 연구소 방문기: 종교적인 보수성을 지닌 미국 사회
   에서 킨제이 선풍에 반대하는 분위기도 농후하나, 성 연구의 목적과 필요성은 분명하
   다고 강조하고 있다.(『여원』, 1957. 6)
   태평양급 동남아세아 부인대회 참석 보고서: 박마리아 씨는 여기서 여권 신장에 관한
   강연회를 가지는데, 현대사회와 국가의 일을 남자에게만 맡기지 말고 여성도 사회적으
   로 공헌하는 평화실현운동을 추진해야 한다는 주장에 초점을 둔다. 그리고 각국 여성

인재 양성의 주춧돌을 세웠다는 기사를 쓰면서, 한국 여성도 교육에 대한 열의와 적극성을 본받아 현대사회와 국가의 일을 남자에게만 맡기지 말고 사회적으로 공헌하는 운동을 추진해야 한다는 주장에 초점을 둔다. 또한 국제적 학회 및 여성대회를 다녀온 교수나 여학사들이 견문록을 발표하여 여성들도 지식인으로서의 비전과 포부를 갖게 하고, 적어도 남녀 균등하게 초, 중등교육이 실시되어야 한다는 여성교육 확대의 필요성을 각인시키고 있다. 이때 게재된 특별 기고란을 살펴보면 할리우드계가 아닌 미국 일반 여성들의 소탈한 외모 스타일과 지적 소양, 부부 및 가정 존중의 자세 등을 칭찬하면서, 미국 소비문화의 무분별한 수용에 머물지 않고 여성들이 직접 단기간이라도 미국을 경험하고 오거나, 선진화된 사상이나 제도의 학술적 연구를 위한 유학을 권고한다.

이 외에도 한 여자대학 부총장이 쓴 칼럼 「우리나라에서는 여권이 존중되어 있나」[43]를 비롯하여, 교육자나 여성기자들이 나서서 여성의 위상에 대한 반성적 검토를 통해 여성인권 보장에 적극적인 관심을 보인 점을 잡지의 여러 지면에서 찾아볼 수 있다.

사실 1950년대 초반만 해도 전쟁으로 폐허가 된 상태에서 전문 능력을 배양한 여성도 적었거니와 여성 인력을 필요로 하는 직업 자체가 한정되어 있어서 아직 여성의 대중과 지식인층의 뚜렷한 분화가 이루어지지 않은 상태였다. 고로, 여성문화의 주체가 제대로 서지 않은 상황에서는 여성들의 사회적 지위도 크게 기대하기는 어려웠을 것이다. 여성운동 또한 이때까지만 해도 미국문물에 대한 견문을 지닌 상류층 여성 지식인 일부의 여가 선용적 활동에서 크게 벗어나지 못하고, 미국의 자유주의적 여권운동이 달성했던 여성의 법적, 제도적 평등조차 제대로 정착시키지 못했다.

들의 의복과 태도를 관찰하고 가정 부업 문제를 논의했으며 문화교류 차원에서 수제품 전람회를 마련했다는 참관의 내용을 담고 있다.(『여원』, 1956. 1)

43) 장경학(이대 부총장), 「우리나라에서는 여권이 존중되어있나?: 그 사회, 경제적인 기저」, 『여원』, 1956. 1.

그러나 미국문화가 지닌 모더니티(현대성)의 양면적 자질 가운데 자본주의의 영향으로 사물화 되어가는 가치관의 혼란을 겪어야 했던 '50년대', 이 시기를 거치면서 여성의식 또한 점차 변모하게 된다. 사회 주체로서의 전문인을 열망했던 당시 여성들은 미국의 자유의식을 관념으로 습득하고도 한국 사회에서 몸소 남녀 차별을 경험해야 했던 자들로서, 여성운동의 씨앗을 배태한 지식인 필자인 동시에, 이들은 여성잡지의 독서 대중으로 자리 잡게 된 것이다.

5. 결론

이상에서 언급한 바, 1950년대 미국문화는 대중성을 부각시킨 여성지들이 창간되기 시작하면서 잡지매체를 통해 확산되는데 내적, 외적으로 다른 수용 양상을 표면화시킨다. 이 때의 여성잡지들은 전국적인 조직망을 갖춘 신문사가 잡지 경영에 뛰어들기 전, 6·25전쟁을 겪고 궁핍한 상황 가운데서 영세한 개인기업 형태로 발간된 것들이었지만, 당시로선 여성들이 세계와 소통할 수 있는 유일한 통로였던 것으로 보인다.

그래서 본 연구는 당대의 사회 구조적 조건과 인식이 잡지의 내용에 영향을 크게 미친다고 보는 사회 문화적 비평방법을 활용하여, 잡지의 특정 기사만 선택하여 보지 않고 잡지 발행의 사회 문화적 기반 및 잡지 내부의 성격 등을 전체적으로 검토하는 방식을 취하였다.

1950년대 여성잡지는 여성들의 자발적인 취지와 참여 가운데 만들어 냈던 전 시대 동인지 형식의 잡지와는 달리, 남성 지식인들이 주체가 되어 사회 정보나 문화 현상을 재편하여 전달하는 화보잡지로서 여성 독자들이 점차 또 하나의 '대중' 층위로 자리 잡아 나가는 데 일조한다. 남성 편집인들이 여성잡지 매체를 통해 제시하는 미국문화와 현대적 여성상은 이분화를 보이고 있다. 미국 여배우의 외양을 흉내 낸 화려하고 섹시한 직업여성, 그리고 미국의 민주적 사고와 생활의 에티켓을 겸비한 교양 있는 여학생 혹은 부인이 그 양태(兩態)이다. 1950년대 사회적 의식은 남성의 그늘에 가려 있던 여성들에게 외래 정보를 개방하고 교육의 기회를 제공하면서 미국의 신지식과 신문화를 습득한 여성들이 자신의 입지를 구축해 가기를 요구하면서도, 여성의 외양 변화에 관해서는 미국적 표상들을 거부하거나 역으로 상품화시켜 상업적 장치로 활용하려는 의도가 엿보인다. 미국의 자유의식이 묻어나는 개방적 표상이 점철된 가운데서, 또 한편으론 남성들의 본능에 가까운 전근대적 이데올로기의 뿌리를 포착하게 되는 것이다.

하지만, 이와 함께 1950년대 여성잡지에서 주목되는 것은, 미국문화의 직·간접적인 수용을 통해 여성 타자화를 문제삼는 여성운동의 맹아가 싹텄고, 현재 한국의 여성 주체담론이 가능하도록 전초 역할을 했다는 점이다. 대개 여자대학 교수들이 앞장서서 남녀 차별의식의 지양, 여성교육의 중요성 등과 관련하여 칼럼 형식으로 글을 써 싣고 있으며, 여성단체의 미국 방문기나 특별 기고란을 읽어 보면 미국에서의 여성의 위상을 역설하면서 여성인권 수호에 대한 적극성을 띠고 있다. 이같이 1950년대 여성지에는 남성 필자가 여성 독자들에게 요구하는 여성상과 여성 필자가 여성 독자들에게 권고하는 여성의식이 대별되어 혼재해 있음을 알 수 있다.

따라서 본 연구를 단순히 잡지매체 검색이나 미국과 관련된 사회 문화적 층위에 국한시키지 않고 더 발전시킨다면, 당대의 여성교육 정책이나 사회제도에 영입하기 시작한 여성들의 위상 및 여성의식 변모 과정, 그리고 광고의 상업성 등 다방면의 문제 제기와 탐색으로 연결될 수 있을 것이다.

주제어 : 미국문화, 여성잡지, 남성편집인, 이중여성상, 외양모방, 선진의식, 여
　　　　성담론

◆ 참고문헌

1. 기본자료
『여성계』, 『여원』, 『여성생활』

2. 단행본
강성원, 『여성미학의 사회사』, 사계절, 1998.
강현두, 『현대 대중문화의 형성』, 서울대 출판부, 1998.
김건우, 『사상계와 1950년대 문학』, 소명출판, 2003.
마정미, 『광고로 읽는 한국 사회문화사』, 개마고원, 2004.
박기현, 『한국의 잡지출판』, 늘푸른소나무, 2003.
송유재, 『여성잡지에 나타난 한국여성상 분석연구』, 이화여대 한국문화연구원, 1985.
역사문제연구소 편, 『전통과 서구의 충돌』, 역사비평사, 2001.
장석정, 『미국 문화지도』, 살림, 2003.
전경옥 외, 『한국여성문화사』, 숙명여대 아시아여성연구소, 2004.
태혜숙, 『문화로 접근하는 미국』, 중명, 1998.
한철호, 『미국의 대한정책: 1834~1950년』, 한림대 출판부, 1998.
한국여성단체협의회, 『인쇄매체 광고실태 조사연구 보고서』, 1991.
백선기 역, 『문화연구란 무엇인가』, 커뮤니케이션북스, 2000.
이효덕, 박성관 역, 『표상공간의 근대』, 소명출판, 2002.
E. Stuart, 최현철 역, 『광고와 대중소비문화』, 나남, 1998.
P. Bourdieu, 하태환 역, 『예술의 규칙』, 동문선, 1999.

3. 연구논문
김옥란, 「근대 여성 주체로서의 여학생과 독서체험」, 『상허학보』 16집, 2006.
박순임, 「한국여성잡지의 성담론에 나타난 성-권력관계연구」, 이화여대 석사논문, 1992.
유선영, 「육체의 근대화: 헐리우드 모더니티의 각인」, 『문화과학』 24호, 2000. 겨울.
이명희, 「잡지 만화와 만평으로 본 여성」, 『상허학보』 13집, 2004.
이소연, 「일제강점기 여성잡지연구: 1920~30년대를 중심으로」, 이화여대 석사논문, 2001.
정소영, 「할리우드 스타의 패션 아이콘: 1930~1950년대 여성스타를 중심으로」, 이화여대 박사논문, 2004.

134

◆ 국문초록

본고는 1950년대를 한국인들이 미국의 일상문화와 지식체계를 본격적으로 수용하고 내면화하기 시작한 시기로 보고, 이때 발간된 여성잡지 『여성계』(1952), 『여원』(1955), 『여성생활』(1959)을 중심으로 미국과 관련된 문화담론의 양상을 고찰하면서 발행 주체의 의도까지 파악해 보고자 한다. 대중매체는 사회와 단절된 상태에서 독자적으로 활동하는 조직이 아니므로 속해 있는 사회의 정치, 경제, 문화적 조건들에 의해 규정받을 수밖에 없다.

1950년대 여성지는 독립 잡지사 형태의 사적 자본 소유의 잡지이며, 남한을 한때 통치했던 미군정부 등으로 인해 미국의 지대한 영향력 하에서 현대화를 표상하는 매체이다. 당대의 여성잡지를 편집, 발간한 자들은 자발적 여성보다는 도시의 남성 지식인이 대부분이며, 그들은 자본을 가진 저널리스트로서의 자부심을 가지고 매체를 소유하고 통제한다.

이때 여성지에서 주류를 이루는 여성상은 두 줄기인데, 선망의 대상이었던 미국 여배우의 외적 이미지 좇기에 급급한 여성들과, 이와는 상반되는 미국의 선진 의식을 겸비한 정숙하고 교양 있는 여성으로 이분화를 보이고 있다. 이 점은 여성들에게 미국문화의 수용 통로가 되었던 여성잡지가 봉건적 도덕률이나 서양식 교양을 강조하든 화려한 외모 꾸미기를 부추기든, 세계에 대한 치열한 고민의 장을 마련해 주기보다는 당시 남성들이 원하는 타자로서의 여성 입지를 분명히 하려는 편집인의 의도가 내포된 것으로 이해된다.

그러나 1950년대 말에 접어들면서 여성잡지는 본격적으로 미국의 여성 운동가의 활동상이나 성 평등에 대한 강연 및 국제학술대회를 소개하기 시작한다. 여성교육의 확대와 전문여성 양성의 필요성을 각인시키고 이에 따라 여성의식도 점차 변모하는 계기를 맞는다. 당시 전문직업에 종사하게 된 여성들은 미국의 민주적 가치를 관념으로 습득하고 한국 사회에서 몸소 남녀 차별을 겪었던 자들로서, 여성운동의 씨앗을 배태한 지식인 필자인 동시에 여성잡지의 독서 대중으로 자리 잡게 된 것이다.

이같이 1950년대 여성잡지에는 미국문화의 직·간접적인 수용을 통해 남성 필자가 여성 독자들에게 요구하는 여성상과 여성 필자가 여성 독자들에게 권고하는 여성의식이 대별, 혼재해 있어 한국 여성의 위상을 찾아가는 여성담론이 가능하도록 전초 역할을 한 매체임을 알 수 있다.

◆ SUMMARY

The Represented American Culture and Female Discussion in 1950's Women's Magazines

Kang, So-Yeon

This report will look at the 1950s as the age the Koreans started accommodating and internalizing the American daily culture and knowledge structure, and through the women's magazines; ⟨Yeosungue⟩, ⟨Yeowon⟩, ⟨Yeosungsanghwal⟩ of the particular period, will consider the aspects of cultural discourse and futhermore acknowledge the subject of the publication.

The editors and the publishers of the 1950's women's magazine at were mostly formed by male intellectuals than the voluntary women, and they owned and controlled the media as proud journalists of means.

The women of the women's magazines at the time can be divided into two types; one women who were eager to follow the appearances of American actresses who were objects of envy, and the other women of virtue and cultivation combined with advanced awareness of America. This fact is understood to involve the publisher's intention to establish the women's status that men at the time wanted by emphasizing conservative morals, western virtue or inciting them to garnish their appearances rather than provide a place for severe affliction.

However, setting into the late 1950s, the women's magazines seriously started to introduce lectures and international academic conventions on gender equality or American women activists' working situations. Increasement of women's education and the need to train professional women brought the female awareness to change gradually.

In this way, 1950's women's magazines is the media that took the role of the outpost for the female discussion of the Korean female phase, for it contains and classifies the type the male writer encourages the female readers to be, and the type the women writers advise the readers to be.

Keyword : American culture, Women's magazine, Male editor, Two types of women, Appearance copy, Advanced conscious-ness, Female discussion

－이 논문은 2006년 7월 30일에 접수되어, 소정의 심사를 거쳐 2006년 9월 29일에 최종적으로 게재가 확정되었음.

GI와 PX 문화를 통해 본 미국문화*

−1950년대 소설을 중심으로

김 현 숙**

1. 시작하는 말

1950년대 우리나라와 미국과의 관계는 해방과 더불어 시작되었다. 당시 우리나라는 미국식 교육을 받은 지식인들과 청교도 정신을 바탕으로 한 미국의 고급문화가 적극적으로 유입되고 있었던 시기였다. 또한 선교사들에 의해 미국식 교육이 자리를 잡아가던 시기이기도 하다.

6·25 발발 전까지 당시 문학작품의 창작 내용은 일제 강점기 이전의 역사를 작품의 소재로 삼은 작품과 해방직후의 현실을 제대로 한 작품들이 식민지 후반부부터 시작된 토속적이고 향토적인 색채로 그려지

---

 * 이 논문은 2005년도 한국 학술진흥재단 지원으로 연구되었음(KRF-2005-079-AS0126).
** 이화여대 교수.

고 있었다. 하지만 전쟁의 시작은 지금까지의 문학적 현상을 멈추게 하고 전쟁문학의 장을 열어 놓게 된다.

1950년대 문학에 대한 연구는 두 부류로 나뉘고 있다. 하나는 종군 작가[1]들의 작품에 드러나는 전쟁 상황 등을 연구하는 경우[2]로 이 연구는 1950년대 문학 연구사의 주류를 이룬다. 이 연구는 전쟁 후 종군기자들의 문학작품이 나오면서 사회문제와 관련되어 곧 연구가 시작되었다. 연구의 내용[3]은 주로 전쟁과 민족문제, 가족문제, 이산문제로 개인의 문제이기보다는 사회와 연대된 피해의 문제를 더 많이 다루고 있으며 개인의 문제인 경우에도 전쟁으로 인한 육제적, 정신적 피해와 인간의 소외 문제가 중심을 이룬다. 이 연구는 주로 남성들의 전쟁터의 현장체험 문제, 전쟁 이후의 현실과 관련된 전후소설의 양상을 밝히는데 집중되어 왔다.[4] 또 다른 문학 연구는 대부분 이 시기 새롭게 유입되고 있던 문학 사조인 실존주의나 모더니즘의 경향을 우리 문학에 접목시키는 연구를 하기 시작했다.

---

1) 한국문인들의 종군 활동은 〈비상국문선전대〉〈문총 구국대〉 그리고 〈종군 작가단〉이 있다.

　1950년 6월 28일 서울이 함락되자 문인들은 수원에 모여 〈문총 구국대〉 설립.

　1951년 3월 9일 공식적인 종군작가단이 결성됨.

　신영덕, 『한국전쟁과 종군작가』, 국학자료원, 2002, 232쪽.

2) 이 시대 작품을 연구한 대표적인 글들은 아래와 같다.

　곽종원, 김치수 외 「특집: 전쟁문학」, 『월간문학』, 1969. 10.

　김병익, 「분단의식과 문학의 전개」, 『문학과 지성』, 1979. 봄.

　김윤식, 「6·25 전쟁문학: 세대론의 시각」, 『1950년대 문학연구』, 예하, 1991.

　김종회, 「가족사의 수난에서 민족사의 비극으로」, 『동서문학』, 1989. 11.

　김　현, 「테러리즘의 문학」, 『김현문학전집 2』, 문학과지성사, 1992.

　한수영, 「1950년대 한국소설연구」, 『1950년대 남북한 소설연구』, 평민사, 1991.

3) 유종호, 「문학 속에 굴절된 전쟁경험」, 『계간 사상』, 1990. 봄.

　이재선, 「전쟁체험과 50년대 소설」, 『현대문학』, 1989. 1.

　정호웅, 「1950년대 소설론」, 『1950년대 문학연구』, 예하, 1991.

4) 백철 외 「6·25문학의 어디까지 왔나」, 『소설문학』, 1983. 6.

　하정일, 「전쟁 시대의 자화상」, 『작가연구』 창간호, 새미, 1996.

그러나, 이러한 연구들도 당시의 소설들이 미군을 중심으로 한 미국 인식을 새롭게 형성할 수 있는 중요한 매체가 되기 시작했다는 점은 주목하지 못했다. 이점은 미군을 소재로 작품활동을 하는 작가들의 작품이 한국인 사이의 갈등이 문제점과 차별화하지 못하고 있다는 데서 기인하는 결과라 여겨진다. 이후 2000년대에 와서 여성주의의 시선에서 기지촌의 문제에 관심을 가지면서 전쟁으로 양산되는 양공주의 소외의 문제5)를 사회학적인 관점에서 전쟁의 피해자로서의 양공주 문제를 연구하고 있다.

본 연구는 지금까지 본격적인 연구의 대상으로 다루어지지 않았던 1950년대 소설이 드러내고 있는 미국에 대한 표상과 그것을 통한 인식을 규명함으로써, 오늘날에까지 이어지고 있는 미군을 통한 미국문화의 인식과 우리 문화와의 관계를 살펴보고자 한다.

특히, 이 작품에는 미군의 GI와 PX가 한국인들에게 직접적으로 새로운 문화의 한 유형으로 유입되어 미국 문화로서 인식되고 있다는 점에 주목하였다. 이 시기 대부분의 서울을 중심으로 발간되는 매체들이 반공과 관련하여 숭미의 태도가 지배적이었는 데 비해 문학작품은 미군들의 행동을 통해 보여지는 그들과 한국인들의 관계를 사실적인 표현으로 보여주고 있다. 이것은 작가들의 의식에 미군들의 행동에 대한 인식이 드러나기 시작했다는 점에 관심을 갖는다.

본 연구의 방법은 미군이 주둔했던 기지촌을 소재로 한 작품들을 선정해서 미국에 대한 문학적 표현과 인식에 관한 양상들을 살펴보고 의미를 규명해 보고자 한다. 1950년대 당시 미국문화로 대표된 GI나 PX 문화와 한국 대중들의 소비문화와의 관련성도 살펴보고자 한다.

---

5) 이 연구들의 특성은 양공주들의 사회적 소외의 문제로 초점을 맞추었으며, 2003년 한국 여성 문학회가 한국전쟁과 양공주의 문제를 주제로 학술대회를 개최했고, 학술 연구집 『여성문학연구』 10집에는 논문들이 있다. 다음은 양공주 문제를 현장조사의 형식으로 펴낸 저서이다. 여성사 연구모임, 『길밖세상, 20세기 여성 사건사』, 도서출판 여성신문사, 2001.

1950년대 기지촌 주변을 소재로 다룬 다음의 작품을 분석 대상으로 삼았다.

강신재의 「관용」(1951), 「해결책」(1956), 「해방촌 가는 길」(1957), 김말봉의 「전락의 기록」(1953), 한말숙의 「별빛 속의 계절」(1956), 송병수의 「쑈리 킴」(1957), 오상원의 「난영」(1956), 「보수」(1959), 「황선지대」(1960), 정연희의 「천딸라 이야기」(1960), 이범선의 「오발탄」(1960), 오영수의 「안나의 유서」(19630), 하근찬의 「왕릉과 주둔군」(1960).

이 작품들은 첫째, 작품에 나타난 기지촌 주민들의 삶에서 느끼는 절대빈곤과 상대적 박탈감의 문제, 둘째, 미군의 전통적 윤리 의식 파괴와 그에 대한 인식의 문제를 다루고 있다.

본 연구에서는 작품 내 표현된 기지촌 주변 상황, 인물들의 욕망을 통한 한국 전통적 윤리의식의 변화를 보고, 이러한 연구 내용을 통해, 1950년대 GI와 PX를 통해 유입된 미국문화 인식의 형성 과정과 미국의 향락적 소비문화가 우리에게 어떻게 인식되고 있는지 어떤 영향을 미치고 있는지 규명하고자 한다.

2. 절대빈곤이 주는 상대적 박탈감: 미국의 물질문화

일반적으로 전후의 문학작품을 연구하고 정리하는 방법이 대체로 개별적인 작가 중심으로 이루어지고 있는 이유는 작가마다 관심사의 영역과 그 표현의 소재적 다양성에 있어 그 공통성이나 특성으로 규정할 수 없는 어려움에 있다.

그리고, 1950년대 문학 연구에서 미군이나 미국문화에 대한 연구는 많지 않다. 그러한 점은 창작 작품 숫자와도 관련이 깊다. 1950년대 종군 작가들을 포함한 대부분의 작가들의 작품에서 전쟁 체험이나 전쟁으로 인한 피해의 문제를 작품화하고 있으나, 구체적인 미군들의 문제를 다루고 있는 작품이 적은 것이 가장 큰 이유라고 생각한다. 또한 작가들의 경우 미군 문화를 소재로 다루지 못한 이유가 전쟁 발발 당시 미군들과의 문제를 천착할 정도로 시간적으로 거리화되지 못했다는 점도 있고, 당시 전쟁에 대한 사회적 불안과 전쟁문학의 특성인 전쟁에 대한 승리의 강조가 전쟁의 혈맹국으로서 협조자로 와 있는 미군들에 대한 평가를 유보하게 했으리라는 점도 생각할 수 있다. 또한 빈곤의 문제는 당시로서는 전쟁으로 인한 폐해로서 당시 보편적 사회적 현상6)이었기 때문에 미국과의 관계에서 오는 빈곤의 문제도 사회적 현상의 하나로 볼 수 있었다.

하지만 처음에는 사회적 현상으로 다루어진 미군들과의 관계에서 오는 빈곤 소재의 작품들이 휴전 후 1960년대로 진행되는 동안 미국에 대한 판단의 감정이 생기는 것을 볼 수 있다. 1950년대 문학이 사회적인 안정이 이루어지면서 형성되는 미군과 미국문화에 대한 평가에 단초적인 역할을 할 수 있으리라는 것은 분명하다. 이렇게 본다면 1950년대 문학은 작가들에게는 '유보된 판단'7)의 시기로 볼 수 있겠다.

이 당시 문학의 소재로 삼고 있는 미군 문제와 관련된 이야기는 주로 기지촌 주변을 중심으로 펼쳐진다. 전쟁의 피해로 모든 것을 잃어버린 사람들이 생존과 관련된 먹을 것을 얻기 위해 기지촌 주변으로 몰려드는 이들 모습을 오상원은 작품 「黃線地帶」8)에서 다음처럼 표현하고 있다.

OFF LIMITS YELLOW AREA
'여기는 전쟁과 함께 미국 주둔지 변두리에 더덕더덕 서식된 특수지대다. 흡사 곰팡이와 같다. 미국 군인이 먹다 버린 한 조각의 치이즈, 비스킷 귀퉁이 빵껍질에도 빈틈없이 시궁창 속 같은 습기와 함께 곰팡이는 무섭

---

6) 이은자, 『1950년대 한국 지식인의 소설 연구』, 태학사, 1995, 218-240쪽 참조.
  그 외에도 1950년대를 다루고 있는 연구자들의 경우 대부분 빈곤의 문제를 다루고 있다.
7) 권영민은 그의 문학사에서 1950년대를 '잃어버린 문학의 시대'로 명명하고 있다.
  권영민, 『한국현대문학사』 2, 민음사, 2002.
8) 오상원, 「황선지대」, 1960, 5쪽.

게 번창한다. 또 (곰팡이)는 햇볕을 싫어한다. (…중략…) 그러나 큰 길 건너 넓은 페허를 등진 이 변두리에는 이름 대신 약 십 미터 간격으로 담벽 또는 나무판자에 커다란 구형(矩形)의 표지가 붙어 있다. … OFF LIMITS YELLOW AREA

전광용은 당시 사람들이 살기 위해 어떤 일들을 하고 있는가를 작품 「진개권(塵芥圈)」을 통해 보여주기도 한다. 쓰레기와 먼지들의 장소, 그곳에서 살아내는 사람들의 이야기, 전쟁 끝난 후, 미군이 주둔하는 금화와 철원 근처를 배경으로 한 이 소설 속의 사람들은 움막에서 살고, 미군들이 버린 쓰레기를 먹으면서 산다. 쓰레기를 끓여서 만든 꿀꿀이 죽, 사람과, 돼지가 함께 먹고 사는 것이다. 그들은 미군부대에서 나오는 쓰레기차를 '손님'이라 부르고, 그 쓰레기차가 나오면 모든 일을 하던 사람들이 쓰레기차에 달려든다. 마치 그 모습이 (쓰레기) '차가 머물기 바쁘게 다람쥐처럼 매달렸다'고 표현하고 있다.9) 이렇게라도 먹고 살 수 있는 것은 미군이 있기 때문이다. 그래서 이들의 온갖 촉수는 미군의 움직임에 쏠려 있다. 미군이 철수한다고 하자 사람들의 걱정은 이들의 철수로 일어날 당장 눈에 보이는 경제적 타격이다. 군부대를 중심으로 벌어지는 큰돈이 될 만한 것들로부터 쓰레기에 이르기까지 이들에게는 이러한 것의 조달원인 미군이 필요한 것이다.

전쟁으로 나는 고아가 됐다./ 배가 고팠다. 살을 가릴 옷이 없었다. 배가 고플 때는 벽돌 조각이 고깃덩이로 헛보이기도 했다./ 철든 계집애가 살을 가릴 옷이 없었다./ 그래서 나는 안나라는 갈보가 됐다. 한끼 밥을 먹기 위해 피를 뽑아 팔 듯, 나는 내 몸둥어리를 파먹어 스물여덟을 살아왔다./ 주어진 한 생명을 성실하게 살아온 죄가 갈보라는 직업에 있다면 그건 결코 내가 져야할 죄가 아니다.10)

---

9) 전광용, 「진개권(塵芥圈)」, 『黑山島』, 을유문화사, 1959, 37-38쪽.
10) 오영수, 「안나의 일기」, 330쪽.

주인공 안나가 죽음을 앞에 두고 쓴 유서의 내용이다. 이러한 현상은 안나에게만 일어나는 것이 아니다. 이러한 현상이 생기는 것은 당시 전쟁을 막 끝낸 우리나라의 상황은 "전쟁으로 인해 전국적으로 수십만 명의 미망인이 생겨났지만 그들이 의지해 생계를 꾸릴 방법이 없는 데서 오는 문제이다. 더구나 그들에게는 평균 2명 이상의 부양 자녀가 달려 있는 모자 가정이지만, 이들을 돌보는 시설의 수용 한계는 약 5~6천 명 정도에 불과했다고 한다. 따라서 나머지 대부분의 모자 가정이나, 여성가장의 생활 대책이 절박한 상태였고, 이들을 포함한 수많은 부녀자들이 생활난으로 일반 '양공주'나 매매춘 행위자로 전락하여 전국적으로 사창이 확대되어 갔고 전국적으로 이들의 수를 약 4만으로 추계했다.11) 전쟁으로 인한 빈곤 가정의 주부들이 양공주가 되어도 사회나 마을에서 어떻게 물리적으로나 경제적으로 도와주지도 못하는 상황이고 도와줄 수도 없는 지경이다.

> 당시 미군기지 주변 일대는 지독히도 가난하다. 이 지역에는 기생적인 인구가 ··· 더럽고, 낙후된 불량한 주거환경에서 살고 있다. 그 중에서도 사창가는 최악이다. 구역이 따로 없이 번화가 한편으로 속속들이 배어 있다. 미국인만을 상대하는 "클럽들이 밀집해 있다. 거기에는 ··· 우스꽝스럽게 치장한 한국 소녀들(종종 아주 어린 소녀들이다)이 문 앞에 서 있다···
> 무엇보다 당황했던 것은 2명의 아이가 매달려 있는 중년 녀성이 거리 한복판에서, 내게로 다가와 침대에서 "놀지 않겠느냐"고 물었던 것이다.12)

이 당시가 어느 정도 처참했는가를 보여주는 글이다. 양공주는 전쟁의 피해자이면서도 그 피해의 결과가 자신에게 돌아온다는 점에서 상처가 더욱 깊은 인물들이다. 이들은 전쟁으로 비워진 가장들의 자리에서

---

11) 이효재, 변형윤 외, 「분단 시대의 여성운동」, 『분단시대와 한국사회』, 까치, 1995, 283-284쪽.
12) 브루스 커밍스(Bruce Cumings), 「조용한, 그러나 끔찍한: 한미 관계속의 성적 종속」, 『그들만의 세상: 아시아의 미국과 매매춘』, 잉걸, 2003, 203쪽.

가족을 지켜내야 하는 책임까지 갖게 되는 것이다. 이들이 지닌 꿈은 죽지 않을 만큼 먹는 것, 동생과 가족을 먹일 수 있는 정도의 물질적 욕망을 원할 뿐이다. 하지만 이들에게 돌아오는 것은 병과 죽음이다.

그러한 환경에 처해진 여인의 말로를 그린 작품이 최태응의 『전후파』[13]이다. 주인공 장동규는 지주의 아들로서 한때는 '사회주의자로 자처했던 시절'이 있었던 인물이다. 그러나. 8·15 해방으로 그러한 이데올로기의 광신에서 벗어나, 남쪽으로 와서 신문기자, 출판사 편집원, 여학교 교원생활을 하다가 전쟁으로 피난지에 피신했다가 서울로 왔을 때 폐병이 깊어져 있었고, 옛날 제자인 여옥을 만나게 된다. 여옥의 아버지는 첩을 데리고 홍콩으로 가고, 어머니는 병으로 누워 있다. 그런 어머니를 동생들에게 맡기고 돈을 벌기 위해 매음굴에 살고 있다. 또 이곳에는 여옥과 함께 살고 있는 양안나는 당시 유명했던 김유악의 옛 애인이었지만 지금은 양갈보 노릇을 하고 있고, 꿈은 연합군 장교와 결혼하는 것이다. 하지만, 뜻대로 이루어지지 않자 부산 영도 바다에 투신자살하고 만다. 하지만 신문에는 '허영에 뜬 매춘부의 말로'라는 기사로 다루어진다. 가난 속에서도 가족들의 생계를 책임져야 하고 그 결과에 대해서도 긍적적인 평가를 받기 어려운 것은 사회 인습적인 보편적 시선 때문일 것이다.

이 기지촌 주변 매매춘의 장본인인 양공주들은 자발적으로 매매춘을 직업으로 삼은 것은 아니다. 이들이 인생의 마지막 단계에 오게 되는 그 시작은 대개 전쟁고아나 절대빈곤[14]이 발단이 된다. 당시 사회적으로도 이들에 대한 무관심이 문제가 되는 것을 염상섭은 작품 「미망인」에서 "과부댁이 됐다는 것은 죄가 아니며, 더구나 전쟁미망인은 동정을

---

13) 최태응, 『전후파』, 『평화신문』, 1951. 11~1952. 4.(최태응, 『전후파』, 『한국문학 전집』 28, 민중서관, 451쪽)

14) 1950년대 양공주 문학을 이야기할 때 미군들의 성폭력인 강간과 윤간 등이 논의되는데 실제로 1950년대 출판된 작품에서보다 후에 기억으로 쓰여지는 작품에서 많이 논의가 되는 것을 볼 수 있다. 이 논문에서 분석된 작품에서는 실제 강간을 다룬 작품은 없다.

받아야 한다고 주장한다. 그리고 그들이 타락하기 쉬운 길로 끌려가는 걸 붙들어줘야 한다고 말하고 있다. 하지만 당시 국가나 사회가 이들을 돌보아 줄 수 있는 복지 시설이나, 능력을 갖추고 있지 못했기 때문이지만, 여기에서 더 문제가 되는 것은 일반인들의 시선이 미망인 당사자들에게 문제의 화살을 돌리고 있다는 점이다.15)

이들의 욕망은 우선 현실을 지키기 위한 것이지만 이곳 사람들에게는 어느 곳에도 구원이 없다. 스스로 살기 위해 애쓰지만 이들의 꿈은 이루어지는 것이 아니기에 좌절과 절망뿐이다.

처음에는 식생활 해결을 위해 모여든 기지촌이나, PX 주변에 모여든 모든 사람들은 부의 상징인 미군들에게 기대어 욕망을 이루고자 한다. 특히 양공주들이 보는 "미군 장교들도 오로지 달러 가치밖에는 아무 것도 아니었다"16)라고 표현할 정도로 양공주들의 욕망도 오로지 달러이다. 이 당시 작가들의 이러한 사회 현상을 표현하는 작품에 대해 권영민은 당시 전후 문학의 한계로 지적하고 있다.

> 이들의 작품은 상당부분 패배감과 허무의식, 무기력과 무의지의 속성을 벗어나지 못하고 있다. 어두운 현실과 그 속에 웅크리고 있는 인물이 짙은 절망적 비애의 페이소스를 자아내는 경우가 대부분이다. 이러한 특징을 1950년대적인 문학 현상으로 판단해야 한다면 바로 거기에 전후문학의 한계성이 가로 놓인다.17)

이러한 평가는 당시 문학에서 다루어지고 있는 문학 소재를 통한 문학적 형상화가 미흡한 데서 오는 '문학성 결핍'의 문제와 작가들이 식민지 시대로부터 이어져 내려온 문학적 이데올로기나, 문학작품의 효용성의 단절을 의미하는 뜻이라 생각할 수 있다. 이러한 지적에는 또 하

---

15) 여성사 연구모임 길밖세상, 『20세기 여성 사건사』, 도서출판 여성신문사, 2001, 132쪽.
16) 한말숙, 「별빛 속의 계절」, 1957, 43쪽『신화의 단애(神話斷崖)』, 사상계사 출판부, 1960).
17) 권영민, 『한국현대문학사』 2, 민음사, 2002, 189쪽.

나의 생각할 문제를 포함하게 된다. 문학을 창작하는 시대적 상황과의 관계를 생각해 볼 수 있겠다. 당시를 식민지 시대와는 또 다른 특수 시기로서 시간의 흐름에 따른 연속성 위에서 문학을 볼 수 있는 계기도 있다는 점을 생각할 수 있겠다. 즉 당시 우리나라 많은 사람들의 표면적인 목표는 사회 정치적 지표와 마찬가지로 반공과 전쟁의 승리였다. 하지만 작가들은 이런 상황에서 자신들이 서 있는 자리에서 무엇을 써야 하고 무엇을 표상화해야 하는가의 문제점들을 지니고 있었을 것이다. 이 시대 문학은 이러한 작가들의 고민이고 문학적 표현이었을 것이라는 생각이다. 폐허 위에서 식민지 시대와 또 다른 절망감 속에 작가들이 일반 독자들에게 무엇을 줄 수 있었을까를 고민했으리라는 점을 생각한다면 우리나라 1950년대 문학인들의 좌표를 생각할 수 있게 한다.

3. 전통문화의 변형과 윤리의식의 변화

미군의 주둔은 처음부터 우리와 다른 문화와의 충돌에서 시작한다. 이 문화와의 충돌 속에서 바람직한 새로움이 나오는 것이 아니라 미국문화의 속국의 형태로 이지러진 모방만 있을 뿐이다. 이에 따라 미군의 주둔은 전통적 윤리의식의 빠른 전환을 보여준다. 이러한 점은 당시 우리나라가 전쟁을 치른 후였기 때문이기도 했지만 우리가 자신을 지켜낼 수 없는 데서 오는 문제가 더 컸다. 물질문명의 거대국가, 미국은 한국 국민 위에 군림하면서 한국민들의 민족적 자존심의 좌절과 물질적 풍요로움에 대한 상대적 빈곤감을 느끼는 시기 속에서 주둔은 시작된 것이다.

전통적 윤리의식의 변화는 두 가지로 볼 수 있다. 하나는 우리가 지니고 가꾸어 온 문화 자체의 훼손과 변형이라는 점이고, 또 하나의 변화는 인간 내면의식의 변화를 보여주고 있는 것이다.

하근찬의 「왕릉과 주둔군」은 전통적 문화의 마을에 주둔한 미군에 의해 훼손되는 우리 정신적 지주의 상징인 왕릉을 지켜내겠다는 생각을 갖는 작품이다. 주민들은 미군들의 행위에 초점을 세우고 내 것을 지켜내리라는 마음을 다잡는다. 주민들은 원하지 않는 변화가 일어나는 것에 대한 두려움으로 지금까지 지녀온 가치관과 전통성을 지킬 것을 고집하지만, 그러나 이방인들은 마을을 지켜온 정신적 맥을 흔들어 놓는다.

주민들이 지키고자 하는 왕릉이 밀려들어 온 이방인들의 힘 앞에는 속수무책일 뿐이다. 이 작품에서는 우리의 문화와 다른 이질적인 것과 화합을 인정할 수 없음을 작가는 그려내고 있다. 그러나 박첨지의 딸마저도 미군을 따라가 눈이 파랗고, 머리가 노란 혼혈아를 낳아 온다. 내 것이 파괴당하는 것을 보면서도 저항하지 못하고 바라볼 수밖에 없었던 시대를 작가들은 나타낸 것이라 여겨진다.

두 번째 변화는 사회적으로 드러나기 시작하는 의식의 변화이다. 전쟁으로 인해 사회적으로 나타나는 가장 큰 변화는 여성들의 성문제이다. 여성의 강간이나 매매춘의 문제는 당시 기지촌 주변만 해당되는 것은 아니다. 하지만 사회적으로는 전쟁이 끝나고 안정 시기로 들어갔어도 기지촌 주변은 치유되지 않고 여전히 주둔한 처음의 양상들이 반복되고 있기 때문에 전쟁시 미군들의 행동 문제와 맞물려 더 큰 지적을 받는 것도 사실이다.

기지촌 주변의 양공주들은 자신들의 몸을 통해 물질적 욕망을 이루려고 하기 때문에 미군문화를 모방하는 모습도 보인다. 이러한 점 때문에 양공주는 한국에도, 미국에도 속할 수 없는 섬과 같은 존재가 되며, 자기 권리와 주체를 지닌 인격체로 대우도 받지 못한다. 이들은 육체를 팔아야만 살수다고 생각하지만 이들이 전통적이 성 윤리의 파괴자들이며 또한 가족윤리의 해체자들로 취급당한다. 「오발탄」의 철호는 미군의 지프차에 타고 있는 여동생 명숙을 본다.[18]

---

18) 이범선, 「오발탄」, 『오발탄』, 신흥출판사, 1959, 68쪽.

영숙이 미군 지프차에 탔다는 것이 무슨 행위이고 무엇을 의미하는지 철호는 안다. 하지만 그것을 말릴 방법도 권위도 없다. 이미 가정은 그렇게 각자 상처를 안고 살아갈 수밖에 없는 것이다. 당시 사회 현실은 중상류 계층을 제외한다면 생활의 모습은 처참함 그대로였다.

여성들 스스로도 성에 대한 개방적 사고가 시작되는 시기로 볼 수 있다. 처음에는 타의에 의해서였지만 매매춘 등을 통한 성의 문제는 여성들로 하여금 스스로 결정하는 당당한 권리로 생각하게 하는 점이다. 1950년대 작품에서 성의 문제를 자신의 권리와 선택의 문제로 작품을 쓴 작가가 강신재이다. 강신재의 「해방촌 가는 길」에서는 작중 여성인물인 기애가 현지처, 혹은 양공주의 생활로 어머니와 동생 '욱'의 학비를 돕는다. 어머니는 빚을 갚을 길 없어 할 때 기애가 지방에 내려가 살면서 보내는 돈이 무엇을 의미하는지, 또 기애가 지방에서 함께 동거하던 미군이 일본으로 떠나고 난 뒤 집에 돌아와 돈이 궁할 때마다 팔아서 돈을 만들라고 주는 PX 물건들에 대해 어머니는 모르는 척한다. 안다고 말하기가 더 힘들기 때문일 것이다.

미국의 선교활동으로 일부 지역에서는 구호품으로 연명하고 살기도 하지만 기지촌 주변은 허허벌판에 세워진 미군 부대만 바라보고 사는 사람들이다. 이들은 미국이라는 나라에 기대어 미군들의 물건을 훔쳐서라도 돈이 될 만한 것을 얻어내야만 한다. 그것만이 그들이 살 수 있는 길이라 생각한다.

오상원의 작품 「보수(報酬)」의 윤씨는 자기 아내가 미군과 성 관계를 하도록 하고 자신은 그짓을 들여다본다. 하지만 남들이 다 바보라고 알고 있는 윤씨의 속셈은 어떤 수로라도 한몫 잡아 기지촌을 떠나려는 생각을 갖고 있다. 그가 원하는 것은 돈 벌어 아내와 그곳을 떠나 잘 살려는 것이 아니라 어떤 수로라도 일확천금으로 한몫을 잡고 양갈보 노릇을 하는 아내도 버리고 혼자 그곳을 떠나고픈 욕망만 있을 뿐이다. 이곳을 떠나기 위해서는 도덕, 윤리, 양심과 같은 것이 있을 수가 없다. 양심은 살아가는 데 아무 도움이 되지 못한다. 그래서 그들은 서로에게

'양심(良心)이고, 윤리(倫理)고, 관습(慣習)이고, 법률(法律)이고 다 벗어
던지자[19]고 말한다.

그렇게 당시 세상은 양심을 버려도 살 수 없고, 안 버려도 살 수 없
는 세상이다. 「오발탄」의 철호는 양심을 못 버렸기에 죽은 인물이다.

한편 기지촌 주변의 일확천금을 꿈꾸는 인물들, 이들은 양심에 대한
고민 없이 자신들의 목표를 달성하기 위해 음모하고, 연합하고, 또 배반
하는 이합집산(離合集散)을 반복하면서 서로 손을 잡는다. 그들은 양심
을 버리고 군부대 물품을 실은 화물차에서 물건을 빼내기 위해 군수품
기지 창고를 털기로 작정한다. 벌판에 판자집을 지어놓고 판자집 안에
서 군부대를 향해 땅굴을 파나간다.[20] 하지만 결과는 실패이다. 실패할
뿐만 아니라 때로는 화물차를 지키는 군인들에게 총격을 받아 죽기까지
한다는 것이다.

양심을 버리고 일확천금(一攫千金)의 꿈을 꾸지만 결과는 실패이다.
이런 과정에서 음모의 시작과 결말에는 한국인들끼리의 암투가 있고,
밀고가 있고, 살인이 있다. 미군들 총에 죽더라도 잘못의 많은 부분은
한국인들에게 있다는 점이 그려지고 있는 것이다. 작가들이 현실의 절
박함이 동족끼리도 배반과 살인을 불사할 수 있음을 그렸다. 그러나 그
결과를 행복한 결말로 하지 못한 것은 작가들이 사회를 보는 시선의 윤
리성 때문이라고 생각한다. 어떤 상황이라고 하더라도 불의와 부정을
용납하지 못했던 것이 당시 작가들의 내면의식이었을 것이다.

우리나라 전통적 윤리의식의 변화와 함께 변하는 것이 당시 의식주
문화의 변화이다. 전통적인 우리의 것보다 미국의 것들을 선호하기 시
작한 우리나라 사람들에게 PX는 관심의 대상일 수밖에 없다. PX와 관
련을 갖고 있는 사람들은 우리나라 사회에서 구할 수 없는 PX 물건을
빼내다가 팔아서 한몫 챙길 수 있다는 점이다. 송병수의 〈쑈리킴〉에서

---

19) 오상원, 「보수(報酬)」, 60쪽.
20) 오상원, 「황선지대(黃線地帶)」.

는 PX를 통해서 아이들이 좋아하는 '가죽잠바', '할로 모자' '권총' '칼', 또 반질반질하고 날씬한 나일론 잠바, 짬빵 모자, 금딱지 시계, 번쩍번쩍하는 야광 시계를 살 수 있다고 말한다. 당시 PX란 달러가 흘러나오는 곳이며, 한국인들에게는 PX와 달러는 동일한 의미의 상징적인 공간[21]이며 한국의 물질적인 소비문화를 암묵적으로 주도한 곳이라 할 수 있다. PX의 물건들에 대한 관심이나, 구매욕은 일반 대중들 모두가 가졌을 것이다. 이 시대 이러한 모습을 박완서는 1950년대가 미제문화와 비로도가 판치던 거리[22]로 말하고 있다. 커피, 담배 등의 기호품, 음악테입, 운동용품, 특히 가전제품은 우리나라에서는 생산되지 않는 것들이었지만, 그 시대 많은 사람들은 그것들을 지니고 싶어했다. 온 국민의 더 나은 생활을 이루어 줄 수 있는 소비 문화의 충족을 기대하는 선망의 공간이 PX였다. 그리고 PX의 노무자들을 통해 나오는 달러와 모든 물건들을 어떤 방법으로라도 빼내어 팔아 돈을 챙기려는 사람들, 이러한 물건들을 구매자들에게 전달해주고 돈을 벌려는 사람들로 PX는 한국의 물질문화와 소비문화가 조장되는 곳이기도 했다. 당시 우리나라는 자체 TV 프로그램조차도 없던 시절이라 사볼 수 있는 것은 미국 방송의 드라마와 프로그램으로 이것은 한국문화보다 미군문화를 더 선호하게 하는 경향을 만들어냈으며, 몸은 한국인이고, 감각과 생각은 미국적인 사고를 하므로 몸과 정신의 분리를 만들어내는 결과가 되었다. 당시 이러한 영향은 기지촌과 PX에서 흘러나오는 미군문화에 쉽게 적응하도록 하는 기재가 되며, 마치 미국문화와 기지촌 문화까지도 우리문화의 일부분으로 받아들이는 현상을 만들어냈다.

---

21) PX는 미국의 달러를 암시장으로 흘러보내는 중요한 거쳐였으며 영기서 나온 달러는 운전사 경비병, 남녀 잡역부, 환전상, 양공주, 창녀들을 거쳐 수많은 사람들의 호주머니로 들어갔다. 브루스 커밍스, 앞의 책, 419-423쪽 참조.

22) 박완서는 1950년대 서울의 시각적인 변화를 말하고 있다. 가장 특징적인 것은 서울에 양장차림의 양공주가 출현했고, 안방에서까지 비로도를 입었으며 당시 신세계, 미도파 백화점이 개점을 했고, 의생활의 혁명인 나일론이 나온 때라고 말하고 있다. 「1950년대 -'미제문화 비 로도가 판치던 거리」, 『역사비평』 13호, 1991. 여름호.

또한 PX에서 열리는 행사 파티, 크리스마스 파티는 당시 우리나라 일부의 사람들에는 익숙할지 모르나, 우리나라 서민들에게는 이질적이면서도 관심의 대상이었다. 이러한 유흥의 문화를 담은 정비석의『자유부인』은 그러한 사회의 변화를 보여주는 것으로 사회의 진보적 변화라는 인식과 더불어 전통적 사고의 훼손이라는 양면적인 것으로 여성들의 춤바람의 문제[23]가 이 후에 사회문제가 되는 것도 당시 사회가 미국문화에 대해 갖고 있는 양면적인 사고의 결과라 여겨진다.

> 나는 전에는 바니, 댄스홀이니 하는 것들을 퍽 추하게 보았다. 그러나 지금의 심정은 훨씬 달라졌다. 이 합승차는 조수 노릇보다 더 천하고 고된 일은 없으리라는 생각이 들었기 때문이다. 여기서 벗어나서 제대로 밥을 먹을 수만 있다면 아무 데라도 가리라고 결심한지 오래다.[24]

기지촌을 중심으로 자행되는 폭력과 피폐하게 타락한 성(性)의 모습이나 소비적인 PX는 우리가 지니고 있었던 전통적인 사고는 아니다. 기지촌 사람들의 생각도, 행동도, 성윤리도 과거의 윤리나 도덕이 중심을 이룬 것이 아니라 이미 새로운 질서가 생성되고 있는 것이다. 기지촌의 문화를 포함하는 모든 것이 전통적 사고에서 보면 부정적이지만, 그러한 현상은 달러가 기지촌을 움직이는 힘이며, 활력소가 되고 있기 때문에 이곳의 사람들은 더 이상 과거를 되돌아보려 하지 않는다. 작품의 표면에 드러나는 끝없이 달러를 쫓는 사람들의 엮임 속에서 전통, 윤리, 도덕과 다른 미군 문화가 한국인들 속에 미국 문화의 한 지류로 자리잡게 되고, 전통 문화의 훼손과 변화라는 부정과 긍정의 문화로 인식되는 것이다.

여성들이나 남성들의 성의 노골적인 표현이나 일반화된 계기는 GI들과 부딪치면서 겪게 되는 성(sex)의 요구 때문이라는 생각이다. 그들은

---

23)「좌담회－학생 시대의 연애불가론」,『여원』창간호, 1955. 10.
24) 전광용,「영 1234」, 94쪽.

언어가 통하지 않고 이질적인 용모에서 오는 두려움을 지녔으면서 부녀 자의 겁탈의 행위는 미군들은 성(sex)적 욕구만을 위해 살고 있는 부정 적인 인종으로 인지하게 되고 그들을 상대하는 여성들조차도 양공주[25] 등의 부정적 명칭으로 보게 된다. 더구나, 미군들의 행위에서 나타나는 성폭력과 관련된 행위들은 미군 문화를 넘어 미국 문화까지도 타락한 성의 탐닉자들로 생각하게 만드는 것이다. 일본 통치로부터의 해방 조 력자이며 전쟁의 지원자로서 그들이 갖고 있는 거대한 물질, 문화 국가 에 대한 숭미(崇美) 사상이나 그 바탕을 이루고 있기 때문에 쉽게 부정 적으로 보려하지 않던 것들이 미군이 한국에 주둔하면서 인식의 변화가 일어나는 것이다. 작가들은 양공주의 성폭력 문제, 군부대 노무자들과 의 갈등 문제도 미군의 책임으로 보려하지 않고 오히려 우리들 자신들 의 문제(오상원의 「난영」)로 감당하려고 했었다.

하지만 당시 미군을 보는 시선은 공산당과의 싸움에서 반공과 승리 가 중요할 뿐 여성들이나 노무자들의 피해는 있을 수 있는 필요한 희생 이거나, 개인의 몸조심을 잘하지 못한 정조의 훼손문제로서 보고 있다. 미군의 겁탈행위에 대해 그 피해의 문제를 본격적으로 다룬 작품이 남 정현의 「분지」이다.

> 어쨌든 당신(주인공의 어머니)은 미군한테 겁탈을 당하고 미쳤다는 이러 한 소문이 파다하게 퍼지는 가운데 알몸이 되어 얼마 동안이나 식음을 전 폐하시더군요. 그리고 연방 무슨 소린지 모를 소리를 지르시며 사타구니만 을 열심히 쥐어뜯으시던 어느 날, 당신은 갑자기 목구멍이 터져라 하고,
> "이 죽일 놈들아! 날 죽여 다오."
> 애절하게 외마디소리를 치시더니 영 그냥 눈을 감고 마셨습니다.[26]

이러한 현상은 첫째는 우리문화의 변화와는 별개로 미군 문화에 대해 점검의 단계가 시작되는 점이라 할 수 있다. 또 하나는 전쟁과 더불어 시작된 반공과 승리를 위한 문학[27]의 강조가 휴전(1953)을 통해 잦아들면서 자신들에 대한 반성의 시기로 들어서고 있음을 보여주는 점이라 하겠다.

예를 들면 「별빛속의 계절」 하우스보이 영식은 캡틴이 양공주 경자에게 난폭한 행동을 하자 "씨양 개 새끼" "저 따위 개 새끼 밑에서는 일은 안할테다!"라고 한다. 「쑈리킴」에서는 "이젠 양키부대도 싫다. 아니 무섭다. 생각해보면 양키들도 무섭다. 북독같은 놈은 왕초보다 더 무섭고, 엠피는 교통순경보다 더 밉다"[28]고 한다. 이렇게 미군들과의 관계에서 벌어지는 일이 불편부당하다고 여겨졌을 때 이제는 자신의 피해가 미군의 행동의 결과라는 점을 드러내는 것이다.

이러한 변화는 일차적인 것은 외부의 영향에 의한 것에서 시작해서 인지되고 보편화되는 현상을 가져오는 것을 보여 준다. 이 시대 인간관계와 성 인식의 변화는 많은 부분 폐쇄적이고 여성들에게 억압적이었던 여성들의 성에 대한 인식에 대해 훗날 여성들이 성에 대한 자기 통제 능력과 개방적 문제로 이어지게 되는 현상을 생각한다면 미군 문화가 주는 사회변화의 촉매 작용의 양상으로 볼 수 있다.

26) 남정현, 「분지」, 1965, 어문각, 1972, 183쪽.
27) 이헌구는 문화인들의 애국심을 보다 강도 높게 주장하였다. "오늘에 있어서 만(萬)에 일(一)이라도 민족을 암흑과 살육에서 구출하는 십자군적인 이 성업에 대하여 방관적이요. 대안지화시(對岸之火視)하는 반민족적 행위가 있다면 이는 법으로써 뿐만 아니라 민족적 도의로써 준열한 벌책이 있어야 할 것이다."(이헌구, 「인류애와 동족애」, 『전시문학 독본』, 138쪽 재인용)
    신영덕, 『한국전쟁과 종군작가』, 국학자료원, 2002년 20쪽.
28) 송병수, 「쑈리킴」, 1957, 『한국현대문학전집』 14, 신구문화사, 1985, 30쪽.

4. 결론

작가 하근찬은 "6·25 후 시가 쓰여지지 않는 시대이고 인생이 아름답기는커녕 몸서리가 치도록 추하고 겁나는 게 인간들이요 세상이기 때문에 한 시대를 증언하는 작가가 되겠다"[29]는 자신의 생각을 말한 바 있다. 이것은 6·25로 인한 피폐함 속에 살았던 시대 우리나라 사람들의 공통된 생각이었을 것이다. 역으로 1950년대 우리의 문학을 통해 우리의 자화상을 보면 그 시대가 어떤 시대였는가를 공감할 수밖에 없으리라 생각된다.

당시 작가들이 미군들과 사이에서 일어나는 일에 대해 많은 관심을 가지지 않았던 것은 당시 우리에게는 전쟁의 승리가 목표였고, 반공이 우선이었기 때문이다. 전쟁으로 인한 폐허 위에 사회적 빈곤, 생존, 삶이 우선이었기에 미군의 주둔으로 인해 파생되는 문제점의 하나라고 생각했던 것 같다. 또한 군부대 주변에서 벌어지고 있는 일들도 도시를 중심으로도 일어나는 사건들과 변별된다고 보기 어려웠고 미군들의 강간이나 성 매매춘의 경우에도 우리나라 남자들의 강간과 매매춘의 행위와도 크게 다르지 않다고 생각했던 것 같다. 또한 활동했던 많은 작가들의 문학적 시대상의 형상화에서도 미군과의 관계 속에서 벌어지는 사건들은 유형 중에 하나라고 볼 수 있는 것들이다.

하지만 가장 중요한 점은 미군의 존재가 한국과 미국이라는 양국 관계 속에서 놓이는 것이 아니라 전쟁의 협조자로 보았기 때문에 그들의 모든 행위는 판단 유보되고 무슨 문제가 발생해도 전부 자국민의 문제로 덮고 가는 데서 근본적인 문제는 해결되지 못하고 쌓여져 가고 있었을 것임을 알 수 있다.

미군 문화가 미국 문화의 전부는 아니다. 그러나 아직도 우리는 많

---

29) 하근찬, 「내 문학 속의 6·25-전쟁 컴플랙스의 극복-」, 『문예중앙』, 1981. 여름호, 223쪽.

은 부분 기지촌의 중심 문화인 물질 문화, 성 문화를 미국 문화로 인식하고 있다. 기지촌의 사람들은 처음에는 우리나라가 가장 힘들었던 시기 우리를 돕기 위해 주둔했던 미군에 대해 '판단 유보'의 감정에서 풍요로운 미군들에 대한 상대적 박탈감을 드러내고 있다. 물질에 대한 소유하고 싶은 욕망에서 상대에 대한 모방심리를 갖게 되고 시간이 흐르면서 대미 감정의 변화가 구체적으로 드러나는 것을 보여주고 있다. 이것은 전쟁 치유의 기간과도 관련이 있다고 본다. 사회적으로는 전쟁에 대한 치유가 어느 정도 이루어져 가고 있는 데 비해 기지촌 주변은 여전히 주둔 당시와 외형만 변할 뿐 한국인들을 대하는 그들의 태도에 변화가 없다는 점에서 갖는 상대적 박탈감과 정부로부터 인정받지 못하는 소외감의 문제라 할 수 있겠다.

이 시대 작가들은 기지촌을 중심으로 그곳 주민들의 삶의 욕망과 좌절을 그리고 있다. 또한 빈곤의 상황에서 도움을 받고 꿈을 이룰 수 있도록 하는 구원자라는 생각에서 행동한다. 하지만 현실적으로 그들은 좌절만 있을 뿐이다. 이들은 당시의 현실에서 피해를 받아도 개인적 운명으로 받아들여야 한다고 표현하고 있다.

또한 부분에서는 우리의 전통적 윤리의식과 미군들의 소비 문화와의 관련성이다. 미군은 우리나라에 주둔하면서 전통적인 것과 인습적인 것을 훼손했다. 뿐만 아니라 미군의 향락 소비문화가 유입되면서 우리의 현실적인 궁핍함은 도덕성을 파괴시켰다. 작중 인물들의 이러한 현상에 대한 인식은 미군의 출현이 전통 문화의 훼손과 변화라는 점과 또 우리나라 사람들의 성 윤리의식의 변화가 행동에 미치는 인식의 변화를 가져오는 것을 보여주고 있다.

작가들의 이러한 문학적 형상화에 대한 평가는 지금까지 문학사의 집필자들이나 연구자들의 언급대로 '1950년대가 이 시대 문학을 패배감과 허무의식 무기력과 무의지 속성 속에 남겨져 있는 한계성을 지닌 문학'임을 인정하더라도 이 시대 문학이 이후 1960년대의 다양한 문학이 나오게 하는 의식의 변화와 배경 사상을 이끌어내는 하나의 견인차 노릇을 하고 있다는 점이다. 이전 식민지 시대부터 있어온 이데올로기의 대립 속에 나타났던 직접적인 사회적 저항의 문학으로 보기는 어렵지만 모든 것이 혼돈인 전쟁의 시기이며, 더구나 사회적으로 형성된 문학 외적인 여건으로 인한 '판단 유보'의 시대로서 훗날 '기억의 문학'으로서의 충분한 역할은 해줄 수 있다는 점에 의의를 둘 수 있겠다.

주제어 : 1950년, 소설, 문학사, GI, PX, 미군, 양공주, 전통문화, 이데올로기, 패배, 좌절

♦ 참고문헌

1. 기본자료

강신재, 「관용」, 1951; 「해결책」, 1956; 김말봉, 「전작의 기록」, 1953; 남정현, 「분지」, 1965; 박순녀, 「엘리제의 抄: 노랴질하다」, 1965; 선우휘, 「깃발없는 기수」, 1959; 송병수, 「쇼리킴」, 1957; 오상원, 「난영」, 1956; 「보수」, 1959; 「황선지대」, 1960; 오영수, 「안나의 유서」, 1963; 이범선, 「오발탄」, 1960; 전광용, 「진개(塵芥)권」, 1959; 정비석, 「자유부인」, 1954; 정연희, 「천딸라 이야기」, 1960; 최태응, 「전후파」, 1956; 하근찬, 「왕릉과 주둔군」, 1963; 한말숙, 「별빛속의 계절」, 1956.

2. 단행본

강인철, 「한국전쟁과 사회의식 및 문화의 변천」, 『한국전쟁과 사회구조의 변화』, 백산서당, 1999.
권영민, 『한국현대문학사』 2, 민음사, 2002,
김윤식, 「6·25 전쟁문학: 세대론의 시각」, 『1950년대 문학연구』, 예하, 1991.
김정자, 「한국 기지촌 소설과 소외된 여성상」, 『소외의 서사학』, 태학사, 1998.
김 현, 「테러리즘의 문학」, 『김현문학전집』 2, 문학과지성사, 1992.
박종성, 「자본주의의 확산과 한국 농촌의 해체: 해방, 전쟁, 빈곤, 매춘의 정치사회화」, 『한국의 매춘』, 인간사랑, 1994.
여성사 연구모임 길밖세상, 『20세기 여성 사건사』, 도서출판 여성신문사, 2001.
이은자, 『1950년대 한국 지식인의 소설연구』, 태학사, 1995.
이임하, 「한국 전쟁 전후의 성담론」, 『성, 사랑 상황』, 지식의 날개, 2006.
이효재, 「분단시대의 여성 운동」, 『분단시대와 한국사회』, 까치, 1995.
정호웅, 「1950년대 소설론」, 『1950년대 문학연구』, 예하, 1991.
하정일, 「전쟁 시대의 자화상」, 『작가연구』 창간호, 새미, 1996.
브루스 커밍스, 「조용한, 그러나 끔찍한: 한―미관계속의 성적 종속」, 『그들만의 세상: 아시아의 미국과 매매춘』, 잉걸, 2003.
캐서린 H. S. 문, 이정주 역, 『동맹속의 섹스』, 삼인, 2002. 6. 15.

3. 연구논문

곽종원·김치수 외, 「특집: 전쟁문학」, 『월간문학』, 1969. 10.
김병익, 「분단의식과 문학의 전개」, 『문학과 지성』, 1979. 봄.

158

김복순, 「1950년대 여성소설의 전쟁인식과 '기억의 정치학'」, 『여성문학연구』 10집, 한국여성문학회, 2003.

김연숙, 「양공주가 재현하는 여성의 몸과 섹슈얼리티」, 『페미니즘연구』 3호, 동녘, 2003.

김은실, 「민족담론과 여성: 문화, 권력, 주체에 관한 비판적 읽기」, 『한국여성학』 10집, 1994.

김은하, 「탈식민지화의 신성한 사명과 '양공주'의 섹슈얼리티」, 『여성문학연구』 10집, 한국여성문학회, 2003.

김종회, 「가족사의 수난에서 민족사의 비극으로」, 『동서문학』, 1989. 11.

박완서, 「1950년대 – '미제문화 비로도가 판치던 거리」, 『역사비평』 13호, 1991. 여름호.

백철 외, 「6·25문학의 어디까지 왔나」, 『소설문학』, 1983. 6.

서울지역 여학생대표, 「기지촌」, 『외세의 성침탈과 매춘』, 서울지역 여학생대표협의회.

여성사 연구모임 길밖세상, 『20세기 여성 사건사』, 도서출판 여성신문사, 2001.

유종호, 「문학속에 굴절된 전쟁경험」, 『계간사상』, 1990. 봄.

이재선, 「전쟁체험과 50년대 소설」, 『현대문학』, 1989. 1.

정호웅, 「1950년대 소설론」, 『1950년대 문학연구』, 예하, 1991.

최성실, 「국가주의라는 괴물과 성정치학」, 『문학과 사회』, 2003. 여름.

──, 「전쟁소설에 나타난 식민주체의 이중성」, 『여성문학연구』 10집, 여성문학회, 2003.

최정무, 「민족과 여성: 혁명의 주변」, 『실천문학』 69호, 실천문학사, 2003.

태해숙, 「성적주체와 제3세계의 여성문제」, 『여성이론』 1호, 여이연, 1998.

하근찬, 「내 문학 속의 6·25 – 전쟁 컴플랙스의 극복」, 『문예중앙』, 1981. 여름호.

하정일, 「전쟁 시대의 자화상」, 『작가연구』 창간호, 새미, 1996.

황영주, 「파편화된 기억과 완충지대로서의 식민지화된 여성의 몸: 미국기지의 양공주 다시보기」, 『비교한국학』 5집, 국제비교한국학회, 2004.

브루스 커밍스, 「조용한, 그러나 끔찍한: 한–미관계속의 성적 종속」, 『그들만의 세상: 아시아의 미국과 매매춘』, 잉걸, 2003.

◆ 국문 초록

　한국전쟁기 우리나라 작품은 종군작가들의 작품과 후방에서 창작하는 작가군
의 작품으로 크게 대별될 수 있다. 종군작가들은 전쟁을 체험한 도시인의 절망적
상황을 본격적으로 작품화하기 시작했다. 사회전체가 전쟁으로 인한 폐허를 살아
내는 사람들의 이야기를 소재화 하고 있다.
　작품들은 기지촌 주변에 몰려든 사람들은 굶주린 삶의 해결방법을 군부대에서
흘러나오는 쓰레기로 연명할 수밖에 가난의 모습을 보여주고 있고, 이러한 와중에
발생하는 GI들의 퇴폐적인 생활과 인간성 유린 등을 그려내고 있다. 당시 여성들
은 가장으로서 가족의 생계를 위해 돈을 벌기 위해 미군을 상대로 매춘을 할 수밖
에 없었던 실상을 보여주기도 한다. 미군의 주둔은 우리 문화와 전통 윤리의식에
변화를 가져왔다. 먼저, 기존 윤리의 붕괴로 우선은 여성들의 성 윤리의식의 변화
를 보여준다. 처음은 강간과 같은 미군들의 폭력에서 시작되었다고 하더라도 여성
들이 더 이상 스스로 삶의 주체로서 극복하려하지 않고, 미군들의 폭력을 인정하
고 받아들여 양공주라는 직업으로 살아가게 되는 것이다. 하지만 도시 여성들의
경우 성에 대해 자기 주체적으로 선택하는 모습을 보여주고 있다.
　6·25로 인한 피폐함 속에 살았던 시대 우리나라 사람들의 공통된 생각이었을
것이다. 역으로 1950년대 우리의 문학을 통해 우리의 자화상을 보면 그 시대가 어
떤 시대였는가를 공감할 수밖에 없으리라 생각된다.
　당시 작가들이 미군들과의 사이에서 일어나는 일에 대해 많은 관심을 가지지
않았던 것은 당시 우리에게는 전쟁의 승리가 목표였고, 반공이 우선이었기 때문이
다. 전쟁으로 인한 폐허 위에 사회적 빈곤, 생존, 삶이 우선이었기에 미군의 주둔
으로 인해 파생되는 문제점의 하나라고 생각했던 것 같다. 또한 군부대 주변에서
벌어지고 있는 일들도 도시를 중심으로도 일어나는 사건들과 변별된다고 보기 어
려웠고 미군들의 강간이나 성 매매춘의 경우에도 우리나라 남자들의 강간과 매매
춘의 행위와도 크게 다르지 않다고 생각했던 것 같다. 또한 활동했던 많은 작가들
의 문학적 시대상의 형상화에서도 미군과의 관계 속에서 벌어지는 사건들은 문학
형상 유형 중에 하나라고 볼 수 있는 것들이다.
　하지만 가장 중요한 점은 미군의 존재가 한국과 미국이라는 양국 관계 속에서
놓이는 것이 아니라 전쟁의 협조자로 보았기 때문에 그들의 모든 행위는 판단 유
보되고 무슨 문제가 발생해도 전부 자국민의 문제로 덮고 가는 데서 근본적인 문

제는 해결되지 못하고 쌓여져 가고 있었을 것임을 알 수 있다.

이 시대 작가들은 기지촌을 중심으로 그곳 주민들의 삶의 욕망과 좌절을 그리고 있다. 또한 빈곤의 상황에서 도움을 받고 꿈을 이룰 수 있도록 하는 구원자라는 생각에서 행동한다. 하지만 현실적으로 그들은 좌절만 있을 뿐이다. 이들은 당시의 현실에서 피해를 받아도 개인적 운명으로 받아들여야 한다고 표현하고 있다.

또한 부분에서는 우리의 전통적 윤리의식과 미군들의 소비 문화와의 관련성이다. 미군은 우리나라에 주둔하면서 전통적인 것과 인습적인 것을 훼손했다. 뿐만 아니라 미군 향락 소비문화가 유입되면서 우리의 현실적인 궁핍함은 도덕성을 파괴시켰다. 작중인물들의 이러한 현상에 대한 인식은 미군의 출현이 전통 문화의 훼손과 변화라는 점과 또 우리나라 사람들의 성 윤리의식의 변화가 행동에 미치는 인식의 변화를 가져오는 것을 보여주고 있다.

작가들의 이러한 문학적 형상화에 대한 평가는 지금까지 문학사의 집필자들이나 연구자들의 언급대로 '1950년대가 이 시대 문학을 패배감과 허무의식 무기력과 무의지 속성 속에 남겨져 있는 한계성을 지닌 문학'임을 인정하더라도 이 시대 문학이 이후 1960년대의 다양한 문학이 나오게 하는 의식의 변화와 배경 사상을 이끌어내는 하나의 견인차 노릇을 하고 있다는 점이다. 이전 식민지 시대부터 있어온 이데올로기의 대립 속에 나타났던 직접적인 사회적 저항의 문학으로 보기는 어렵지만 모든 것이 혼돈인 전쟁의 시기이며, 더구나 사회적으로 형성된 문학 외적인 여건으로 인한 '판단 유보'의 시대로서 훗날 '기억의 문학'으로서의 충분한 역할은 해줄 수 있다는 점에 의의를 둘 수 있겠다.

◆ SUMMARY

Inssersion of American culture into Korea through GI and PX, and the image and recognition of America

– Understanding from novels of the 1950s

Kim, Hyun-Sook

1950s were the time when Korea was suffering from the chaos war (6 · 25) has left behind. The recovery of damages from the war was proceeded with the help of the America. Our relationship began as America gave Korea military support and this continued on to economical help and moreover educational support which influenced much of the thoughts of the early educated ones.

One of the leaders of Korean culture then were the writers. House boy who believes assisting the wealthy American soldiers is a high post, barber in American military unit, prostitutes, and character who tries to escape poverty by stealing from the GI were portrayed in their works.

The Koreans' view on Americans portrayed in these novels of the 1950s are below.

First, we can see the GI's corrupted lives and infringement of humanity. The novels try to imply negative views upon America from portraying the brutality the GIs showed upon Korean women who has to do prostitution for living.

Second, we can also see the eagerness and miscarriage of Koreans' desire to follow Americans to America. This is well shown in novels dealing with prostitutes and house boys.

Third, the rage against wealthy Americans and the break down of ethics can be easily seen amongst Korean men around the American military units. This strong anger is aroused as wealthy Americans and

162

relatively poor Koreans suffering from the loses of war are compared.
However, the culture of GI and PX didn't end there but continued on until 1960 and now and still affects our amusement culture.

Keyword : GI, PX, American Culture, Sex, business-wonan

－이 논문은 2006년 7월 30일에 접수되어, 소정의 심사를 거쳐 2006년 9월 29일에 최종적으로 게재가 확정되었음.

II

이태준 연구

이현식 · 1930년대 이태준 소설의 특성 연구

1930년대 이태준 소설의 특성 연구
−현실 전유 방식을 중심으로

이 현 식*

목 차

---

1. 문제의 제기

이 글은 이태준이 거둔 소설적 성과를 1930년대 단편 소설들을 통해 그가 현실을 소설적으로 전유하는 방식을 중심으로 살펴본 결과물이다. 주지하는 바와 같이 이태준만큼 우리 소설사에서 평가가 다양한 경우도 많지 않다. 문학의 순수성을 옹호한 미학주의자,[1] 단편소설의 완성자,[2]

---

* 인하대 강사.

1) 비판적인 의미에서나 긍정적인 의미에서나 이태준을 두고 이런 식으로 언급하는 경우가 과거에 많았다. 임화나 김기림 역시도 이 범주에 든다고 할 수 있다.

2) 백철이 『조선신문학사조사−현대편』(백양당, 1947)에서 그런 언급을 한 이후에 이태준에 대한 가장 일반적인 평가가 단편 소설의 미학에 충실한 작가라는 것이다.

반근대의식을 통해 근대를 비판한 처사(處士)로 평가받는가 하면3) 저항적 사회의식을 유지해 간 비판적 민족주의자로 평가받기도 한다.4) 이런 평가가 나름대로 타당한 근거와 이유를 갖고 있는 것은 이태준의 문학과 삶 자체가 실제로 다양한 굴곡을 보여주기 때문일 것이다. 통속적인 장편 소설이나 상고취미(尙古趣味)의 소설들을 쓰면서도 현실과의 비판적 긴장을 쉽게 놓치지 않는 빼어난 단편들을 끊이지 않고 창작하였고, 구인회(九人會)에 참여하여 카프(KAPF) 계열의 문인들과는 거리를 두고 살았던 것처럼 보이지만 해방직후에는 오히려 조선문학가동맹에 참여, 급기야 월북까지 감행하기에 이르렀던 것이다.

한편, 문학사 혹은 소설사의 측면에서 1930년대를 생각해 볼 때에도 이 시기는 문제적이다. 통념적으로 이 시기는 1920년대 염상섭(廉想涉), 현진건(玄鎭健), 나도향(羅稻香) 류의 사실주의(寫實主義)적 경향의 소설을 지나 신경향파를 거쳐 카프의 대두로 리얼리즘이 본격적으로 발전하는 과정이었다. 아울러 이상(李箱), 박태원(朴泰遠) 등 구인회 멤버로 상징되는 모더니즘 계열 소설의 등장 역시 이 시대의 문학사를 규정하는 중요한 측면이다. 그리하여 1930년대 한국소설사는 리얼리즘 계열의 소설과 모더니즘 계열의 소설이 양립하는 때로 인식되곤 한다. 바야흐로 한국의 근대 문학사는 1930년대 들어 본격적인 근대문학으로서 성장할 수 있는 발판을 마련하는 시기로 평가되는 것이다.

이 같은 소설사의 측면에서 보더라도 이태준은 매우 문제적이다. 그가 구인회에 가담한 사실로 미루어 모더니즘 계열의 순수소설가로 소설사에서 위치 지으려는 경향이 있는가 하면 다른 한편으로는 이태준의

---

3) 김윤식, 서영채, 황종연 등이 이런 경우에 속한다. 각각 김윤식, 『한국근대문학사상비판』, 일지사, 1978; 서영채, 「두개의 근대성과 처사의식」, 『이태준 문학연구』, 깊은샘, 1993; 황종연, 「반근대의 정신」, 『비루한 것의 카니발』, 문학동네, 2001.

4) 이런 계열에 속하는 연구로 강진호, 「이태준 연구」, 고려대 석사논문, 1987; 이선미, 「이태준 소설 연구」, 연세대 석사논문, 1990; 박헌호, 『이태준과 한국 근대소설의 성격』, 소명출판, 1999; 문학과사상연구회 편, 『이태준 문학의 재인식』, 소명출판, 2004 등이 있다.

비판적 사회의식을 놓고 카프를 보완할 수 있는 비판적 사실주의, 혹은
진보적 민족주의 계열의 소설가로 평가하려는 노력이 있기 때문이다.
이런 평가들은 나름의 근거를 갖고 있는 것이기는 하다. 그만큼 이태준
소설은 한국근대소설사의 여러 모습을 갖고 있는 작가이다. 오히려 그
런 다면성을 다면성 그대로 이해하는 일이 타당해 보이기도 한다.

그런 점에서 이 글은 이태준의 소설들을 작품 자체로 읽으면서 그의
소설의 주요 특징들을 검토하고 그것이 갖고 있는 소설사적 의미를 타
진해 보려는 것이다. 즉 이태준의 몇몇 소설들에 국한하여 작품을 분석
하면서 그의 소설에서 나타나는 주요한 국면들을 주목하고 그것이 동시
대 한국근대소설사에서 어떤 의미를 지니는가를 시론적(試論的)으로 고
찰하자는 데에 목적을 두고 있다. 특히 이태준 소설에서 나타나는 특징
이 현실을 드러내는 방식에 있다고 판단하고 그것이 동시대 다른 작가
들의 소설과 어떻게 구별되는지, 만약 구별되는 점이 있다면 그것의 의
미는 무엇인지 생각해보고자 한다. 그런 과정을 통해 이태준의 소설들
이 동시대 소설사에서 차지하는 그만의 특징 또한 드러날 것으로 기대
한다.

그런데 이를 위해 이 글에서는 각각 시기를 달리 하는 이태준의 두
작품, 즉 「봄」(1932)과 「장마」(1936)를 분석대상으로 하되, 김남천(金南
天)의 「공장신문」(1932), 박태원의 「소설가 구보(仇甫) 씨의 일일」(1934)
을 함께 비교하여 이태준만의 특징을 드러내도록 하였다. 이렇게 이 두
작품을 주목한 까닭은 「봄」이 식민지 시대 노동자들의 평범한 일상을
다뤘기 때문이고 「장마」 역시 작가가 특별한 주제의식을 투영하기보다
작가 자신으로 이해되는 소시민 지식인의 일상적인 하루 일과를 소재로
삼아 가급적 그것을 평탄하게 보여주려 했기 때문이다.

한편 김남천의 「공장신문」은 「봄」과 거의 비슷한 시기에 발표된 작
품으로 노동계급의 투쟁을 다룬 작품이다. 같은 시기에 노동자의 문제
를 이 두 작가가 어떻게 접근하고 있는지 살펴봄으로써 이태준이 현실
을 드러내는 방식의 특성을 비교적 뚜렷하게 보여줄 수 있다고 판단하

였다. 특별히 김남천을 선택한 이유는 이 작품이 카프의 노선에 충실하다는 당시의 평가를 고려했기 때문이다. 노동자의 현실 문제를 접근하는 당대의 대표적 경향의 하나로 김남천의 「공장신문」을 꼽는 것은 그렇게 무리는 아니라는 생각이다. 아울러 박태원의 「소설가 구보 씨의 일일」 역시 「장마」와 유사한 서사구조와 모티프를 갖고 있다. 지식인 작가의 경성 시가지 산책이 주제인 이 두 작품을 통해 마찬가지로 이태준이 박태원과는 어떻게 현실을 다르게 인식하고 드러내는가가 명확해질 수 있을 것으로 기대한다. 1930년대 초반 카프 계열의 특성을 뚜렷하게 보여주는 「공장신문」과, 이상의 「날개」와 더불어 한국 모더니즘 소설의 대표 격인 「소설가 구보 씨의 일일」을 이태준의 소설들과 견주어 분석함으로써, 한편으로는 이태준이 현실을 드러내는 방식의 특성을 보다 잘 조명할 수 있을 것으로 판단하였고, 다른 한편으로 이태준이 이 시기 차지하는 소설사의 위치에 대해서도 시사받을 점이 있을 것으로 생각한다. 이런 결과를 토대로 이태준이 1930년대 소설사에서 차지하는 위상을 조금 더 깊이 있게 천착하는 계기로 삼을 예정이다.

물론 이런 접근법이 작품의 소재에 착목하는 소재주의적 발상이라고 비판받을 소지가 전혀 없는 것은 아니다. 그러나 이 글이 문제삼는 것은 소재의 문제가 아니다. 소재란 작품의 재료일 뿐이지 그것이 작품의 내부로 들어오게 되면 작품을 구성하는 다양한 요소로 기능한다. 요컨대 작품에 반영된 현실로서, 혹은 작가가 현실을 소설적으로 전유하는 방식의 문제를 따져보자는 의미가 강한 것이다.

2. 「봄」이 표현하고 있는 현실 - 「공장신문」과 비교하여

1932년 4월 『동방평론』이라는 잡지에 발표된 「봄」이라는 소설은 매우 흥미로운 문제들을 내포하고 있다. 이 소설이 발표될 무렵에 김남천은 「공장신문」(1931. 7)과 「공우회」(1932. 2)를, 이북명은 「질소비료공장」

(1932. 5)을 발표하고 있다. 노동문제를 본격적으로 다룬 소설들이 발표되는 가운데에 이태준은 어느 도시 노동자의 휴일 하루를 다룬 소설을 발표하였다. 물론 이 소설은 「손거부(孫巨富)」, 「달밤」 등과 같이 소외된 주변부의 인생을 다룬 소품이면서 창작 기법 면에서는 아이러니를 채택한 작품군에 들어간다.5) 이태준에게 아이러니 기법은 예외적인 것이 아니다. 그래서 「봄」은 이태준의 소설 세계라는 관점에서 보자면 다른 소설들과 특별하게 차이점이 두드러지지 않는다. 그러나 시야를 돌려 동시대의 김남천이나 이북명의 노동 소설들과 견주어 보면 생각할 것이 없지 않다.

우선 김남천의 「공장신문」을 먼저 보기로 하자. 두루 아는 바와 같이 이 작품은 김남천이 1930년 평양고무공장 노동자 총파업에 관여한 경험을 바탕으로 쓴 소설이다. 아울러 카프 볼셰비키 논쟁의 와중에서 '노동계급 전위의 눈으로 세계를 보라'는 모토 아래에 창작된 작품이기도 하다. 이 소설은 '관수'라는 진보적 의식을 가진 노동자가 어용화되어가는 노동조합에 맞서 전위 조직의 도움을 받아 공장신문을 발간하고 노동자가 주체가 되는 독자적인 노동자 대중 조직을 만들어간다는 이야기이다.

작품 발표 당시에도 논란이 있었지만 「공장신문」은 소설적으로 성공을 거두지는 못했다. 노동자들의 조직화 과정, 의식화 과정이 생략되고 어느 날 갑자기 공장신문이 대다수 노동자들에게 배포되는 이야기 줄거리는 현실을 지나치게 낙관적으로 그린 것일 뿐만 아니라 단순화시킨 것으로 평가된다. 아울러 전위의 활동도 소설 속에 뚜렷하게 그려지지 못하였으므로 현실의 변화가 실감 있게 그려지지 못했다. 다시 말해 현실이 노동 계급에 의해 변화되는 전과 후는 그려져 있지만 노동자들의 계급적 각성과 조직화, 전위의 역할 등이 이 과정에 어떻게 실천적으로 관여해서 현실이 변화하게 되는지 그려지지는 못한 것이다.

---

5) 이태준의 아이러니에 대해서는 박헌호, 앞의 책을 참조할 것.

그러나 이 소설에는 과거 소설에서 발견할 수 없었던 노동 계급의 현실 변화에 대한 적극적인 의지, 그들의 낙관성 등이 그려져 있다는 점은 분명하다. 단편적이기는 하지만 수돗물 값을 아끼기 위해 점심 식사 후에 수돗물 먹는 것까지 금지하는 회사 간부에 맞서 싸우는 장면이나 어용노조에 대항하여 노동자가 주체가 되는 조직을 준비하기 위해 노동자들에 의해 열리는 총회 장면은 우리 소설사에서 일찍이 볼 수 없었던 대목이다.

> "그건 그 직공의 태도가 건방져서 일시 감정에서 나온 것이지, 결코!"
> "듣기 싫다! 물 먹겠다는 것이 건방져?"
> 앞에서 누군가 소리쳤다. 일동은 그 소리에 가슴이 뭉클하고 갑자기 피가 얼굴로 오르는 것 같았다. 지난여름 파업 이래 전무를 그렇게 욕해 보기는 이것이 처음이었다.[6]

> 박수 소리가 마당 안에 가득 찼다. 모임은 지금 한창 진행 중이었다.
> "자— 그러면 우리끼리 준비위원을 선거합시다!"
> 또 박수 소리가 났다.
> (…중략…)
> 이렇게 하여 아홉 사람 준비위원이 선거되었다.
> "누구 연설해라!"
> 하고 소리가 나매 뒤를 이어 박수 소리가 났다. 창선이가 쑥 머리를 내밀고 좀 높은 데 올라섰다.
> "여러분 이제야 우리들은 우리끼리 선거한 지도부를 가졌습니다. 우리들 아홉 사람 (…생략…) 준비위원회는 죽을 힘을 다하여 끝까지 여러분들의 의견을 대표하여 싸우겠습니다. 여러분 자— 일동이 (…생략…) 준비위원회 만세—."
> "만세—"
> "만세—"[7]

---

6) 김남천, 「공장신문」, 『조선일보』, 1931. 7. 9. 인용문의 맞춤법과 띄어쓰기, 단락나누기는 현대표기법과 문맥에 맞게 인용자가 모두 고친 것이다. 이하도 모두 마찬가지이다.
7) 김남천, 앞의 소설, 『조선일보』, 1931. 7. 15. 인용문 중의 (…중략…)은 인용자가 편의

한편 「공장신문」에는 노동자들이 왜 이렇게 투쟁의 길에 나서게 되는지에 대한 현실적 근거나 그들의 생활 조건, 혹은 문제의식이 설득력 있으면서도 농밀하게 그려져 있지 못하다. 작품 안에서는 그 계기를 수돗물을 둘러싼 갈등 정도에서 찾을 수 있을 뿐이다. 어용 노조 간부인 재창이나 회사 간부인 최전무 역시 뚜렷하게 안타고니스트의 면모를 드러내지 않는다. 단편이라는 한계를 감안하더라도 작품이 현실을 풍부하게 포착해낸 것으로 보기 어렵다. 이 소설에서 드러난 현실은 그래서 매우 일면적이다. 볼셰비키론을 작품 안에 논리적으로 구현하기 위해 의도적으로 짜놓고 단편 소설 안에 꿰어 맞춘 현실이지, 작가의 현실주의적 시각에 의해 직조된 역동하고 필연적으로 변화하는 실체로서의 현실은 아닌 것이다.

그렇다면 이에 비해 이태준의 「봄」은 어떤가. 재미있는 것은 「봄」이 다루고 있는 소재가 노동자의 휴일이라는 점이다. 그것도 1930년대 초반 식민지 체제 하의 서울에서 살아가는 노동자의 휴일이다.8) 휴일을 통해 이태준이 포착하고 있는 것은 노동자의 일상적 삶이다. 공장 안에서 일하고 투쟁하는 노동자의 모습은 아니지만 이들이 어떤 삶을 살아가고 어떻게 노동자가 되었는가를 「봄」을 통해 이태준은 성공적으로 그려내고 있다. 그리고 이런 점이야 말로 삶의 세목(細目)에 관심을 잃지 않는 산문가(散文家)로서 이태준의 미덕이기도 하다.

「봄」은 아내를 잃고 어린 딸마저 휴일날까지 연초공장으로 내보낼 수밖에 없는 '박'이라는 한 중년 노동자의 쓸쓸한 휴일을 부각시키는데 성공한다. 화창한 봄날 도시의 휴일이라는 배경과 대비되어 골방 구석에 처박혀 지낼 수밖에 없는 노동자의 처지는 더없이 비참하다. 그는

상 내용을 건너 뛴 부분이다. (…생략…)은 원본상에 '略'으로 처리된 것을 그렇게 표현한 것이다. 아마도 검열에 의해 삭제된 것으로 추정된다.

8) 제도화된 휴일은 시간이 근대적으로 구획되면서 탄생한 것이다. 공휴일, 여가와 관광이라는 개념은 그만큼 노동이 조직화되고 통제됨으로써 나타난 생활의 한 측면일 것이다. 1930년대에 이미 그런 공휴일과 휴일날의 향락이 서울이라는 도시 생활에 자리잡아가고 있음을 「봄」에서 가외로 확인할 수 있다.

골방의 이불을 뒤집어쓰고 이렇게까지 전락한 자신의 삶을 반추한다. 시골을 떠나 서울로 오기까지의 과정이나 장질부사에 걸려 아내를 잃게 되는 과정은 서울의 빈민층들이 겪는 보편적인 삶의 모습일 것이다. 이태준은 그들의 처지가 얼마나 애처로운가를 매우 설득력 있게 형상화하여 독자들의 감성에 호소하고 있다. 열 살 난 딸아이를 공장에 보낼 수밖에 없는 아비의 심정, 딸의 외로움 때문에 야근하는 것이 고통스러운 아비의 심정을 이태준은 독자들의 감성에 다가갈 수 있도록 묘사하고 있다.

아버지가 밥을 짓고 있으려니 하고 "아버지!" 하며 뛰어들었다가 컴컴한 부엌이 텅 비어 있으면 어린 것이 얼마나 허전하리, 얼마나 쓸쓸하리, 고픈 배를 졸라 가며 물을 떠다 밥이라고 지어 놓고 혼자 앉아 떠먹을 때 어찌 어미 생각인들 나지 않으리, 이런 것들이 박을 밤일에 슬프게 하는 것이었다.9)

딸의 얼굴이 그다지 창백한 것은 박도 처음 느끼는 듯하였다. 쌔근쌔근 하는 힘에 가쁜 숨소리, 거기에서 피어오르는 그윽한 담배 향기, 그것은 어린 딸의 눈물겨운 직업의 냄새라 생각할 때 박은 코허리에 강렬한 자극을 느끼며, 딸에게서 눈을 돌리고 말았다.

'이렇게 살면 무얼 하나? 몇 해를 가야 햇볕 한 번 못 보는 시멘트 바닥에서 종 치면 일하구 종 치면 집에 오구, 집에 와선 저렇게 곯아떨어져 자구…… 또 내일도, 모레도, 일평생을…… 그런다고 돈이 뫼길 하나……'10)

이런 노동자들의 삶의 처지는「공장신문」이 보여주지 못한 것들이다. 독자 대중들이 이태준의「봄」을 읽으면서 식민지 시대 하층 계급의 삶의 곤궁함을 피부로 느낄 수 있을 만큼 그의 현실 포착은 예민한 데가 있다. 그의 시선은 생활과 일상을 향해 열려있다. 그리고 그 안의 삶

---

9) 이태준,「봄」,『이태준문학전집 1, 달밤』, 깊은샘, 1995, 155쪽.
10)「봄」, 앞의 책, 155-156쪽.

의 예민한 감성들을 포착해낸다. 그것은 일상에서 전개되는 삶과 생활이고 그것이 그의 소설의 육체를 구성한다. 소외 계층에 대한 이런 연민과 온정주의는 기본적으로 그의 사실주의적 정신에 뿌리를 내리고 있다. 그는 이런 삶을 미화하거나 열심히 일하면 희망이 열린다는 근거 없는 낙관이나 계몽으로 현실을 분식(扮飾)하지 않는다. 그들의 삶이 왜 그렇게 되었는가에 대한 관심과 더불어 그들의 처지를 온정주의적 시각에서 직조하여 제시한다. 물론 그의 온정주의가 그들의 곤궁한 삶을 감상적으로 극대화시켜 오히려 그들을 복지(福祉)의 대상, 동정의 대상으로 객체화시키는 면이 없지는 않다. 그렇지만 이태준이 이들의 삶을 소설적 현실로 포착하는 힘은 그들의 삶의 실체와 일상에 대한 관심에서 비롯되고 있다는 점 역시 부인할 수 없다.

그렇지만 「봄」은 엄밀하게 말해 노동 소설이라고 보기는 어렵다. 노동자의 삶을 주제로 했으되 그것이 노동자의 시각으로 그려진 것이 아니기 때문이다. 「봄」의 주인공인 박은 인쇄소에 근무하는 노동자이고 그의 딸도 담배공장에 다니는 노동자이기는 하지만 「봄」에 등장하는 현실은 굳이 노동자가 아니라 하층 계급의 일반적인 삶이라고 해도 다를 게 없을 것처럼 보인다. 포착된 현실은 소시민 지식인이 노동자의 삶에 대한 온정적 시각에 의한 것이지 노동계급의 입장에서 그려진 것이 아닌 것이다. 소시민 지식인에게는 공장 노동자나 가난한 카페 여급이나 식모나 다른 존재들이 아니다.

이는 앞의 「공장신문」과 비교하면 보다 분명해진다. 노동자로서 스스로가 공동의 운명체라는 자각, 노동자들이 단결하여 현실을 변화시킬 수 있다는 믿음은 둘째 치더라도 전망이 없는 삶에 대한 철저한 좌절이 계급적 자각의 계기를 내포하지 못하고 있다. 주인공 박이 스스로 좌절하는 위의 두 번째 인용에서도 그는 결코 개인으로 좌절하고 있을 뿐인 것이다. 계급으로서 노동자의 처지에 대한 자각이 전혀 없다고 말하기는 어려워도 작가가 그것을 적극적으로 살려내지는 못하고 있다. 그런 점에서 박이 시골서 올라올 때 준비해 온 천원이라는 거금(巨金)이 어떻게 사라져 버렸는지에 대해서도 이태준은 구체적으로 설명하지 못한 다.11) 왜 노동자가 되었는가에 대해 그 사회적 계기를 포착하지 못하고 있는 것이다. 아내에 대한 그리움과 딸의 처지에 대한 안타까움 역시 매우 절실하게 다가오면서도 그것이 개인의 운명 안에서 맴돌고 있을 뿐 해결의 전망을 찾기 위한 작가적 노력은 보이지 않는다.

결국 이태준이 그린 「봄」에는 양심적인 지식인 작가가 사회 하층 계 급에게 보내는 온정과 애정이 그들 삶의 일상적 현실과 함께 실감 있게 그려져 있는 것이지, 그것이 노동소설로서 주인공들의 계급적 자각으로 발전하는 과정이 그려진 것이라고 보기는 힘들다. 「봄」에는 양심적 지 식인이 그들의 삶에 대해 보내는 최대한의 애정과 동정은 있을지언정 그것을 넘어설 수 있는 가능성은 전혀 없다. 벚꽃을 꺾다가 산지기에 들켜 혼나는 대목은 그런 점에서 이태준다운 소설적 처리이며 그런 울 분에 더하여 집에 들어와 꽃이 꽂힌 술병을 발로 차버리는 행위는 출구 없는 노동자가 보일 수밖에 없는 자조적 행위이다.

그렇게 본다면 이태준은 양심적 지식인, 소시민 지식인으로서 스스 로의 처지에 오히려 문학적으로 솔직했었다고 보는 편이 옳을 것이다. 어설픈 관념으로 현실을 재단하기보다 스스로의 위치에서 현실에 대한 비판적인 관심에 충실한 소설을 쓰는 것이 소설로서도 성공할 수 있도 록 만들어 주는 요인이 아니었나 하는 것이다. 지식인 작가로서 스스로 에게 솔직함으로써 소설에 그려진 현실이 지식인 작가로서 관념화되지 않아 사실주의적 성취를 거둘 수 있었다. 그런 솔직함이 묘사와 서사의 짜임에서도 소설 미학적 성과를 거두도록 만들었다는 평가가 가능하다 는 것이다.

---

11) 당시 설렁탕 한 그릇 값이 15전 내외였다는 사정을 감안하면 1원은 지금 화폐가치로 약 30,000원 내외일 것으로 추정된다.

3. 산책자로서의 소시민 지식인 - 「장마」와 「소설가 구보 씨의 일 일」의 비교

1930년대 소설에서 특징적인 것은 구인회 소속 소설가들을 중심으로 일상의 내면(內面)이 소설 속에 전면적으로 등장하였다는 데에 있다. 그 대표적인 첫 작품이 박태원의 「소설가 구보 씨의 일일」이다. 이 소설은 내용으로나 형식으로나 한 지식인 작가의 특별할 것 없는 하루 일과를 시간 순서에 따라 배치하고 그에 따라 작가의 내면에 떠오르는 상념들을 뚜렷한 서사적 인과 관계 없이 나열함으로써 한국 근대 소설의 새로운 경지를 열었다. 전통적인 의미의 이야기라는 사건의 연쇄적 사슬로서의 줄거리는 이 소설에서 찾아볼 수 없다. 인간들의 드라마로서 소설이 아닌 것이다.

그리하여 이 소설을 통해 개인의 내면도 소설의 대상으로 등장하는 시대가 되었다. 일상을 살아가는 개인의 내면의식은 그동안 통념적으로 생각했던 것처럼 일관된 질서가 있는 것이 아님을 이 소설은 보여주었다. 이 점은 1930년대 이전의 카프 계열 소설이나 그렇지 않은 다른 소설들에서 찾아보기 힘든 새로운 세계였다.

박태원의 「소설가 구보 씨의 일일」이후로 이렇게 개인의 내면을 다루거나 평탄한 일상을 다룬 소설들이 구인회 멤버들을 중심으로 한국 근대 소설사에서 하나의 흐름으로 등장한다. 박태원의 「천변풍경」(1936), 이상의 「날개」(1936)를 비롯한 여러 소설들, 그리고 이태준의 「장마」(1936)도 그 축에 끼는 소설들이다. 이런 소설들을 통해 도시의 일상이 소설의 전면에 나서게 되었으며 지식인의 내면 의식이 소설의 주된 소재로 등장하였다.

근대적 삶의 장소로서 '도시'가 이 소설들에서는 자각적(自覺的)으로 인식되고 도시를 형성하는 유무형의 근대적 제도와 문물들이 타자(他者)가 아닌 생활의 일부로 자연스럽게 등장하고 있다. 백화점, 전차, 다방, 카페, 기차역, 전화, 전보, 유성기, 커피, 버스 등은 이제 삶과 생활을 구성하는 요소로 소설 속에 자연스럽게 등장하고 있다. 이를 다른 측면에서 생각해보자면 소시민의 시각에서 바라본 일상이라고도 이해할 수 있을 것이다. 일상을 일상(everyday-life)으로 보는 것은 소시민이다. 도시에 거주하는 소시민의 등장은 우리 소설에 일상이 전면화되게 만들었다.12) 도시 소시민에게 현실은 대상들이 균질화된 공간이거나 다양한 편린들의 연속적인 흐름으로 존재하는 시간이다. 현실은 더 이상 주체에 의해 구조화되거나 체계화된 '내용'이 되어 소설 안으로 들어오지 못한다.

그러나 그렇다고 해서 이런 소설들이 모두 균질적인 것은 아니다. 생활의 단편, 의식의 조각들이 나열되어있다고 해서 그것이 원칙 없이 늘어져 있는 것은 아니다. 결국 그것을 기록하고 쓰는 것은 작가들이기 때문에 그렇다. 의식의 절대적인 자동기술(自動記述)이란 가능하지 않다. 작가는 선택하고 취재하고 그것을 작품으로 '쓰는' 주체들이다. 그렇기에 이들 작가들에 의해 드러난 현실 역시 모두 같다고 볼 수는 없는 일이다. 우리는 도시화가 진행되고 있는 서울에서 근대 문명과 자본주의적 삶의 체계에 대해 날카로운 대립으로 소설적 긴장감을 잃지 않았던 이상이라는 뛰어난 작가를 기억하고 있다. 이태준의 「장마」와 박태원의 「소설가 구보 씨의 일일」을 비교하는 것도 그래서 의미 없는 일이 아닌 것이다.

박태원의 「소설가 구보 씨의 일일」은 1934년 『조선중앙일보』에 연재되었던 작품이다. 두루 아는 바와 같이 이 작품은 박태원 자신의 다른 이름인 구보(仇甫)의 하루 일과를 다루고 있다. 낮 열두시나 한시 쯤 집을 나와 다음날 새벽 두시 무렵까지 서울 이곳저곳을 배회하는 것이 주요 내용이다. 앞에서도 말한 바도 있듯이 하루의 일과를 시간의 흐름과 장소의 이동, 그리고 그 과정에 만난 사람들, 떠오르는 상념과 추억

---

12) 염상섭의 「전화」(『조선문단』, 1925. 2) 역시 도시 중산층 소시민의 삶을 다룬, 이 시기의 흔치 않은 소설이다. 그러나 이 소설에서 등장하는 것은 '전화'를 둘러싼 중산층들의 자잘한 욕망들이지 일상은 아니다.

들을 중심으로 나열하고 있다. 공간을 이동하면서 장소와 그곳의 특성에 따라 떠오르는 기억들, 작가의 상념들이 소설의 주조를 형성한다.

이 소설에서 구보는 목적 없이 서울 거리를 배회한다. 할 일 없이 이곳저곳을 배회하고 특별한 약속도 없이 다방을 전전한다. 그는 행복을 찾아 이곳저곳을 방황한다고 스스로 생각하고 있지만 정작 자기가 생각하는 행복의 정체에 대해서도 확신을 갖고 있지 못하다. 이 친구 저 친구를 만나고 밤에 카페에서 친구와 술을 마시고 여급과 노닥거리다가 새벽녘에야 집으로 돌아온다. 돌아오면서 그는 지금과 같은 생활에 환멸을 느끼고 소설가로서 새로운 삶을 시작할 것을 다짐한다.

> 이제 나는 생활을 가지리라. 생활을 가지리라. 내게는 한 개의 생활을, 어머니에게는 편안한 잠을 ─ 평안히 가 주무시오. 벗이 또 한 번 말했다. 구보는 비로소 그를 돌아보고, 말없이 고개를 끄덕하였다. 내일 밤에 또 만납시다. 그러나 구보는 잠깐 주저하고, 내일, 내일부터, 나 집에 있겠오, 창작하겠오─
> "좋은 소설을 쓰시오."
> 벗은 진정으로 말하고, 그리고 두 사람은 헤어졌다. 참말 좋은 소설을 쓰리라.[13)]

표면적으로 보았을 때 이 소설은 룸펜 지식인이나 다름없는 한 소설가가 무료한 일상에 지쳐 새롭게 소설가로서 자신의 삶을 다짐하는 내용이다. 소설의 대부분은 주인공의 그런 무료한 일상을 보여주는 데에 할애되고 있다. 그러나 우리가 주목해 보아야 할 것은 무료한 일상이 아니다. 무료해 보이는 소설가의 눈에 비친 1930년대 경성(京城)의 일상과 자신의 내면인 것이다. 이 소설을 통해 우리는 온전한 근대적 개인으로서의 한 인간을 만날 수 있다. 신경쇠약과 중이염을 앓으면서 평범한 가족의 행복을 부러워하며, 세속적인 가치를 쫓는 사람들에 대한 환

---

13) 박태원, 「소설가 구보씨의 일일」, 『소설가 구보씨의 일일』, 문장사, 1938, 295쪽.

멸과 부러움, 옛사랑에 대한 추억과 이성에 대한 그리움, 어머니에 대한
애틋한 마음 등 복잡한 내면을 갖고 있는 단독자로서 '개인'이 이 소설
의 주인공이자 내용이다. 그런 복잡한 내면을 갖고 있는 개인이 바라보
는 경성의 현실도 단순치 않다. 몇몇 대목을 뽑아 제시해 본다.

　　어디로— 구보는 한길 위에 서서, 넓은 마당 건너 대한문을 바라본다.
아동 유원지 유동(遊動) 의자에라도 앉아서…… 그러나 그 빈약한, 너무나,
빈약한 옛 궁전은, 역시 사람의 마음을 우울하게 하여 주는 것임에 틀림없
었다.

　　그리고 이 시대의 무직자들은, 거의 다 금광 브로커임에 틀림없었다. 구
보는 새삼스러이 대합실 안팎을 둘러본다. 그러한 인물들은, 이곳에서 저
곳에도 눈에 띄었다. 황금광 시대— 저도 모를 사이에 구보의 입술은 무거
운 한숨이 새어 나왔다. 황금을 찾아, 황금을 찾아, 그것도 역시 숨김없는
인생의, 분명히, 일면이다.

　　다방에 들어오면, 여학생이나 같이, 조달수(曹達水)를 즐기면서도, 그래
도 벗은 조선 문학 건설에 가장 열의를 가지고 있었다. 그러한 그가 하루
에 두 차례씩, 종로서와, 도청과, 또 체신국엘 들르지 않으면 안 되었던 것
은 한 개의 비참한 현실이었을지도 모른다. 마땅히 시를 초하여야만 할 그
의 만년필을 가져, 그는 매일같이 살인강도와 방화 범인의 기사를 쓰지 않
으면 안 되었다.

　　구보는 포도 위에 눈을 떨어뜨려, 그 곳에 무수한 화려한 또는 화려하지
못한 다리를 보며, 그들의 걸음걸이를 가장 위태로웁다 생각한다. 그들은,
모두가 숙녀화에 익숙하지 못한 것은 아니다. 그러나 그러함에도 불구하
고, 그들은 모두들 가장 서투르고, 부자연한 걸음걸이를 갖는다. 그것은,
역시, '위태로운 것'이라고 밖에 말할 수 없는 것임에 틀림없었다. 그들은,
그러나 물론 그런 것을 그네 자신 깨닫지 못한다. 그들의 세상살이의 걸음
걸이가, 얼마나 불안정한 것인가를 깨닫지 못한다.[14]

14) 박태원, 앞의 책, 위로부터 각각 245, 251, 259, 265쪽.

　방관자로서 구보는 경성에서 만나는 여러 장소, 장면, 사람을 보며 자기의 생각들을 위 인용문에서처럼 다양하게 드러낸다. 방관자이므로 어떻게 보면 가장 자유롭게 자신의 상념을 펼쳐내 보일 수 있는 것이기도 하다. 그러나 박태원이 보여주는 이런 세계와 상념의 질은 분명 형식의 새로움은 있으나 상식적인 판단을 넘어서는 것들은 아니다. 복잡한 내면을 갖고 있는 개인 또한 의미가 없는 것은 아니지만 그 복잡함 안에는 긴장감이 없다. 생각과 상념이 흘러가는대로 평범한 윤리관을 드러내거나 소설가로서의 평균적인 자의식을 내비칠 뿐이다. 도시의 문명에 대해 예민하게 반응하는 것도 아니고, 상식과 세속에 대해 날카롭게 문제를 제기하는 바도 별로 발견되지 않는다. 그것을 느낄 때도 있지만 곧이어 다른 장소, 다른 장면, 다른 상념들이 끼어든다.

　그래서 소설 안에서 어떤 긴장감이 형성되지는 않는다. 작가가 현실과 대면하는 날카로운 대결의식은 이 소설 안에 응집되어 제시되지 않는다. 이는 주인공이 여러 장소로 이동한다고 해서 그런 것만은 아니다. 장소를 이동하고 여러 상념이 머리에 떠오른다고 해도 응집력이 떨어지거나 현실과의 긴장감이 형성되지 못하는 것은 아니기 때문이다. 이런 느낌이 드는 이유는 그의 상념들이 단편적으로 흩어져 있기 때문이다. 물론 이 소설을 읽다 보면 구보가 경성 시내를 배회하면서 도시 문명과 그 속에서 살아가는 군상들, 요컨대 당대 현실에 대한 불편한 관계가 보이는 것은 사실이다. 그러나 그것은 막연한 불편함 그 이상은 아니다. 자신이 만난 사람들, 방문한 장소에 따라 여러 상념들이 편린처럼 떠오를 수 있는 것은 사실이나 그 상념들에서 어떤 일관된 흐름 같은 것은 발견되지 않는다. 위의 인용들도 구보의 상념 중 그래도 의미 있을 법한 것들을 간추린 것인데, 그리 대단할 것은 없다. 그러다 보니 소설 안에서 작가의 자의식이 그가 대면한 사람들과 장소 등과 견주어 긴장감을 형성하지 못하는 것이다. 결국 「소설가 구보 씨의 일일」의 빈약한 내용은 형식의 신선함을 뒷받침해주지 못하고 있다.

　「소설가 구보 씨의 일일」과 비슷한 모티프를 갖고 있는 이태준의 「장마」는 그런 점에서 시사하는 바가 많다. 이 작품은 1936년『조광』10월호에 발표된 작품이고 쓰여지기는 그해 8월이다. 실제로 그 해 장마 때 구상해서 소설을 썼을 거라고 추측된다. 「장마」는 이태준 판 「소설가 구보 씨의 일일」이다. 문인들의 실명이 등장하고 누가 보더라도 주인공이 현실 속의 상허(尙虛)라는 사실을 단박에 알아차릴 수 있을 정도로 실제에 바탕을 두고 쓴 소설로 보인다.

「장마」는 이슬비가 부슬부슬 내리는 장마철 서울의 하루를 수채화처럼 묘사해 놓은 작품이다. 그 역시 구보처럼 특별한 목적 없이 집을 나와 서울 시내를 한가롭게 주유한다. 그러다 보니 소설의 줄거리라고 할 것도 딱히 없다. 아내와 아옹다옹하는 지리한 장마철 가정 풍경으로부터 버스정류장까지 걸어가면서 발견하는 동네의 이런저런 풍경들, 버스정류장에서 버스를 기다리며 떠오르는 상념들, 신문사에서 바삐 움직이는 사람들, 다방 '낙랑'의 풍경과 스치듯 지나가는 이런 저런 사람들에 대한 기억들, 어쩌다 만난 중학시절의 속물이 다 된 동창생 모습이 소설의 대강을 이룬다. 「소설가 구보 씨의 일일」보다 돌아다닌 거리가 짧고 거리를 배회한 시간이 길지 않을 뿐이다. 시간과 장소에 따라 생각의 흐름도 자유롭게 흘러가고 그러다 보니 여러 상념의 편린이 흩어져 존재한다.

그러나 「소설가 구보 씨의 일일」과는 매우 특별한 차이가 있다. 그것은 단도직입적으로 말한다면 상허의 상념과 구보의 상념이 가진 차이이다. 그런데 그것은 상념의 차이를 넘어서서 이 두 소설에서 드러나는 현실의 모습과 그 질이 다르다는 데에 더 중요한 의미가 있다. 「소설가 구보 씨의 일일」에는 1930년대 중반 경성에서 살아가는 사람들의 모습이 그냥 파노라마처럼 투영되어 있다면 「장마」에는 그것이 훨씬 더 긴밀하게 조직되어 있다. 두 소설 모두 단독자로서 개인의 복잡한 내면이 살아있으면서도 「장마」에는 식민지 조선의 수도 경성의 삶이 더 날카롭게 포착되어 독자들에게 제시되고 있다. 상허 역시 이곳저곳을 목적 없이 배회하고 그에 따라 여러 생각과 기억들이 오가지만 이 소설에서 작가 개인의 내면과 그 내면에 비친 현실은 살아 움직인다.

「장마」의 주인공 역시 소시민이다. 아내와 아웅다웅하는 장면을 보면 소시민 가장(家長)의 모습이 여실하게 드러나 있다. 장마철에 밖에 나가 노는 딸 아이를 두고 빨래해서 옷 입히는 일이 힘들어 아이를 탓하는 아내와 아이들이란 밖에서 뛰어놀아야 건강하게 크는 법이라는 나 사이의 다툼은 소시민들의 전형적인 일상의 모습이다. 그런 소시민이면서도 지식인 작가로서 현실을 예리하게 관찰하는 눈은 빛이 난다. 작가로서의 자의식이 긴장감 있게 꿈틀거리고 있어서 작은 에피소드들이 연결된 이 소설에서도 작품은 어떤 일관된 체계를 이루고 있으며 작가의 내면 의식 속에서도 합리적 핵심이란 것이 존재하는 것처럼 느껴진다. 길을 걸으면서도, 버스를 타서도, 커피를 한잔 마셔도 친구를 만나면서도 그는 일상의 자질구레한 것에 대해 예민하게 반응한다. 대목 대목에서 몇 장면을 뽑아 인용해 본다.

“빨래하기 좋겠다!” 하였다. 이런 맑은 물을 보면 으레 ‘빨래하기 좋겠다!’나 느낄 줄 아는, 조선 여성들의 불우한 풍속을 슬퍼한다.

안국동서 전차로 갈아탔다. 안국정이지만 아직 안국동이래야 말이 되는 것 같다. 이 동(洞)이나 리(里)를 깡그리 정화(町化)시킨 데 대해서는 적지 않은 불평을 품는다. 그렇게 비즈니스의 능률만 본위로 문화를 통제하는 것은 그릇된 나치스의 수입이다.

선미(禪味) 다분한 여수(麗水)가 사회부장 자리에서 강도나 강간 기사 제목에 눈살을 찌푸리고 앉았는 것은 아무리 보아도 비극이다. 동아(東亞)에선 빙허(憑虛)가 또 그 자리에서 썩는지 오래다. 수주(樹州) 같은 이가 부인 잡지에서 세월을 보내게 한다.

클로크에 들어서 모자를 벗는 것을 보니 머리는 상고머리요, 레인코트를 벗는 것을 보니 양복저고리 에리에는 일장기 배지를 척 꽂았다. 테이블을 정하고 앉았더니 그는 그 일장기 꽂힌 옷깃을 가다듬고, (…후략…)

"본부라니?"

나는 간부(姦婦)와 대립되는 본부(本婦)는 아닐 줄 아나 그것도 무엇인
지 몰랐다.

"허, 이 사람 서울 헷있네 그려, 본불 몰라? 총독불!"

하고 사뭇 무안을 준다.15)

위 인용문을 보면 작가는 현실과 편안한 관계를 맺지 못하고 있음이
드러난다. 조선 민중들의 문화수준을 탄하기도 하고 문인들이 생업전선
에서 뛰어야 하는 현실을 슬퍼한다. 식민 당국 자체나 그들의 정책을
비꼬기도 하면서 거기에 재빠르게 영합하는 무리들을 마뜩찮은 시선으
로 바라본다. "일장기 배지를 '척' 꽂았다"는 묘사나 총독부를 지칭하는
본부를 '간부(姦婦)'와 대비 시키는 것은 분명 의도적인 것이다. 몇몇 대
목만을 인용했을 뿐이지만 「장마」는 작품 전편에서 이런 긴장감이 넘쳐
흐르고 있다. 식민지 조선의 현실이 구조화되어 드러나 있지는 않지만
친구와 가족에 대한 작가의 반성적인 의식으로부터 시작해서 세태와 문
명에 대한 비판적인 시각, 가정을 팽개치고 연애에 정신 팔린 다방 주
인을 바라보는 편치 않은 마음, 현실에 무력한 문인들, 세속적인 가치에
재빠르게 영합하는 중학 동창의 모습, 그냥 아무 것도 모른 채 평범한
일상을 살아가는 꼽추 부부에 대한 부러움 등을 통해 식민지 조선의 현
실을 중층적으로 보여주고 있다.16)

---

15) 이태준, 「장마」, 『이태준 문학전집 2, 돌다리』, 깊은샘, 1995. 각각 위로부터 52, 58,
59, 67, 68쪽.

16) 그런 점에서 황종연이 "흥미롭게도 그의 신변담에서 사회적, 문화적 변화의 현장은
탐사되지 않은 채로 스쳐 지나가는 반면에 해묵은 것, 친근한 것, 정태적인 것은 세심
하게 조명된다"(황종연, 앞의 책, 앞의 글, 434쪽)는 지적에는 동의할 수 없다. 「장마」에
서도, 「패강냉」이나 「토끼 이야기」에서도 사회적, 문화적 변화의 기미는 매우 예민하게
포착되고 있다. 혹은 황종연의 이런 언급이 이태준을 해묵은 것, 통틀어 반근대적인 것
에 대한 지향을 염두에 두고 그렇게 평가한 것이라고 이해하더라도 과연 그런 것인지
는 생각해 보아야 한다. 위 첫 번째 인용에서 현실 변화에 둔감한 채로 살아가는 조선
아낙네들에 대한 비판적인 언급을 생각해 보자. 황종연의 지적은 일면적으로는 타당한
면이 없지 않지만 그것을 이태준 전체의 문학적 지향으로 해석하는 것은 무리가 있다

「장마」는 그런 점에서 「소설가 구보 씨의 일일」과 비슷하면서도 구별된다. 개인의 복잡한 내면을 간과하지 않으면서 현실에 대해 예리한 비판의 끈을 놓지 않고 있다. 그가 제시한 세계는 근대 문명을 탐닉하는 것도 아니고 그것을 형식적으로 비틀어 그에 도전하는 것도 아니다. 그렇다고 반근대(反近代)에 대한 지향도 아니다. 아울러 현실을 비판한다고 해서 어떤 관념적인 틀을 미리 상정해 놓고 단순하게 재단하는 것도 아니다. 이것은 앞에서 살펴본 「봄」과 유사한 세계이다. 그가 「장마」에서 드러낸 현실과 작가의식은 일률적으로 언급되기는 힘들지만 반성적인 자기의식과 식민지와 물질주의에 대한 비판의식이라고 말할 수 있다.

이런 비판이 가능할 수 있었던 것은 그가 1930년대 후반 양심적인 소시민 지식인으로서 현실의 변화에 대한 비판적 거점을 충실하게 확보하고 있었기 때문이다. 식민지 조선을 살아가는 양심적인 지식인 작가라면 강화되는 파시즘 체제 아래 경성이라는 도시에서 살아가는 여러 인간 군상에 대한 비판과 애정이 불가능한 일은 아니었다. 현실과 대결하는 예민한 작가의식을 갖고 있는 이태준에게 경성의 일상마저 평탄하게 보였을 리는 없다. 이에 반해 박태원이 경성의 여러 곳을 배회하며 도시 풍경을 포착해내 그것을 새로운 형식의 소설로 선을 보인 것은 분명 평가할 만한 일이지만 그에게 그 도시 풍경과 대결하는 내면의 의식은 이태준만큼 뚜렷하게 드러나 있지 못한 것이다.

4. 1930년대 소설사에서 이태준 소설이 시사하는 것들

지금까지 우리는 이태준의 「봄」과 「장마」를 각기 김남천의 「공장신문」과 박태원의 「소설가 구보 씨의 일일」과 비교해서 검토해 보았다.

는 생각이다.

그렇게 한 것은 이태준의 소설이 어떻게 현실을 전유하고 있는가 하는 특징을 조금 더 입체적으로 조명해보려는 의도였다. 더구나 「공장신문」 과 「봄」, 「장마」와 「소설가 구보 씨의 일일」은 소설의 제재나 모티프가 유사하여 비교의 관점을 더욱 뚜렷하고 의미 있게 확보하는 면이 있었다고 생각되었다. 즉 유사한 현실에 대해 어떻게 작가가 반응하고 그것을 소설적 내용으로 직조해내는가를 비교해 볼 수 있다는 것이다. 아울러 「공장신문」은 1930년대 초 카프의 노선에 가장 충실한 작품으로 평가받았으며 「소설가 구보 씨의 일일」은 새로운 양식의 소설이 탄생하였음을 조선 문단에 알린 작품이다. 요컨대 이들은 1930년대 소설사의 흐름을 상징적으로 보여주는 작품이므로 이들과 이태준의 소설들을 견주어 보는 것은 이 시대 소설사의 문제와 관련해서도 생각할 거리를 제공해준다고 판단하였다.

그런 관점에서 이태준의 「봄」과 「장마」를 각각 그 두 작품과 비교해 보았을 때 이태준은 「공장신문」과는 확연히 구별되고 「소설가 구보 씨의 일일」과도 같지 않은 그만의 특징을 보여주고 있음이 드러났다. 이태준의 「봄」은 비록 노동계급의 시각에서 노동자의 삶의 현실을 보여주지는 않고 있지만 「공장신문」이 결락하고 있는 세계, 노동자들의 생활현실, 그들의 삶이 구체적으로 어떤 모습인가를 실감 있게 제시해주고 있다. 아울러 「장마」 역시 「소설가 구보 씨의 일일」이 제시한 단독자로서 개인의 내면의식, 도시적 삶의 양상을 유사하게 포착하면서도 그것이 간과하고 있는 현실에 대한 보다 의식적인 비판의 거점을 확보하고 있는 것으로 나타났다.

그런 점에서 이태준 소설은 '카프 계열의 리얼리즘 소설'과도 구별되지만 그렇다고 '구인회 식의 모더니즘 소설가'로도 분류하기 힘들다. 이태준은 1930년대 들어와 일상의 소소한 현실에 착목하면서도 그것의 의미를 간과하지 않는다. 그럼으로써 그가 소설 속에서 포착하고 있는 대상은 더욱 넓어지고 깊어졌다. 다시 말해 현실을 식민지 조선의 소시민 지식인인 '자기(自己)의 눈'으로 바라보면서 소설의 리얼리티를 살리면서 현실에 대한 비판의식을 유지해갈 수 있었던 것이 아닌가 하는 것이다. 여기에서 '자기의 눈'이란 소시민 지식인의 계급적 한계 안에서나마 자신이 살아가는 곳이 다른 어느 곳도 아닌 식민지 조선이라는 곳임을 성실하게 인식한 지식인을 의미한다. 조금 과도하게 도식화시키자면 카프 계열 문인들처럼 목적의식적으로 노동자 계급의 관점을 애써 현실에 접합시키려고 의식적으로 노력하지도 않고, 일부 모더니스트들처럼 서구의 혹은 일본에 의해 수입된 문학론이나 문명에 대해 집착하지 않은 채 식민지 시대를 살아가는 소시민 지식인의 관점에 성실한 작가가 이태준이라는 것이다. 소설 속에 나타난 현실의 구체성은 그런 자기 의식에 충실함으로써 가능할 수 있었던 것이다. 「봄」이나 「장마」가 보여준 세계는 이태준의 그런 작가적 특성과 소설사적 위치를 입증한다고 생각한다. 결국 식민지 조선의 지식인으로서 어떤 관념을 앞세우기보다 조선의 현실에 충실하려는 자세가 이태준의 소설적 성공과 맞닿아 있다. 그런 상상력과 형상적 사유가 이태준의 소설로 하여금 관념에 물들지 않고 동시대 살아있는 현실감과 비판 의식, 구체성을 모두 확보할 수 있도록 한 동인(動因)이 아닌가 하는 것이다.

이것을 소설사적으로 생각해 보면 이광수, 최남선 류의 계몽주의 시대를 거쳐 염상섭이나 현진건, 나도향 등이 확보한 사실주의의 세계를 이태준이 1930년대적인 방식으로 이어받고 있다는 평가도 가능해진다. 요컨대 '카프 계열의 리얼리즘'도 아니면서 '구인회 식의 모더니즘'도 아닌 1920년대 소시민 지식인 작가들이 이뤄냈던 소설적 성과를 건강하게 계승하고 있는 작가로 이태준을 위치지어 볼 수 있다는 것이다. 앞에서 살펴보았듯이 「봄」과 「장마」는 그런 이태준의 지점을 보여주고 있다는 생각이다. 물론 염상섭은 「만세전」이나 『삼대』를 통해 식민지 조선의 현실을 더욱 깊이 있고 웅장하게 드러냈다는 점에서 현진건이나 나도향과는 구별된다. 이태준을 염상섭에 비하면 어떨 것인가는 더 생각해 보아야 하겠지만 적어도 「만세전」의 '이인화'나 『삼대』의 '조덕기' 적인 면모가 이태준 소설의 주인공 '김윤건'(「고향」), '현'(「패강랭」, 「토끼 이야기」), '송빈'(『사상의 월야』)에게서 변주되어 발견된다는 것은 지나친 비약만은 아니라고 생각된다. 물론 「봄」이야 이태준의 소설 세계 전체를 놓고 말할 때 소품에 들어가는 작품이겠지만 「고향」, 「꽃나무는 심어 놓고」, 「장마」, 「패강랭」, 「영월영감」, 「농군」 등을 놓고 보면 오히려 3·1운동 이후 소시민 지식인들의 비판적 현실 인식을 1930년대에 들어와 충실하게 잇고 있다는 평가는 크게 잘못된 것으로 보이지 않는다. 여기에 한국 근대 단편소설의 미학을 더욱 세련되게 발전시킨 것은 전적으로 이태준의 공로이다.

더구나 일본 제국주의의 파시즘적 지배 체제가 강화되는 1930년대 후반에 들어와 이태준의 현실 비판의식이 더욱 강화되는 것은 그가 오히려 이 시기에 양심적인 소시민 지식인 작가로서 특별한 관념을 내세우기 이전에 현실 그 자체에 충실하였기에 가능한 것이다. 파시즘에 대해 적대적인 것은 비단 노동계급만이 아니라 소시민 지식인들 역시 예외일 수 없는 것이다. 물론 그 억압이 더 폭력적이 되면서 그런 비판은 현실에 대한 타협으로 전화되어가는 면도 있지만 그런 비판의식은 더욱 강렬하게 작동될 가능성도 있다. 그런 점에서 파시즘이 득세하는 시대 고강도의 비판이 힘들어지게 된 현실에서 이태준 류의 예술적 완성도가 높으면서도 저강도 비판의식에 입각해 창작된 소설이 빛을 발하고 있었다는 점은 주목되어야 하는 것이다.[17]

결국 이태준 식의 식민지 조선의 지식인 소설가로서의 작가 의식은 다시 한 번 평가받아야 한다. 「봄」과 「장마」에서 볼 수 있었듯이 그런 관점과 의식은 식민지 시대에 비판의 구체적 거점을 확보하면서도 소설의 육체성을 얻을 수 있는 가능성을 담지하고 있기 때문이다.

두루 아는 바와 같이 1930년대 한국의 근대문학은 두 가지의 과제를 앞에 두고 있었다. 이를 조금 도식화시켜 말하자면 하나는 일제의 물리

---

17) 앞의 강진호나 이선미, 박헌호, 그리고 문학과사상연구회의 연구들은 큰 틀에서 그런 관점을 취하고 있다.

적, 비물리적인 파쇼적 탄압기구에 맞서는 일이었고, 다른 하나는 본격화된 자본주의적 물질문명에 대해 반응하는 일이었다. 식민지 조선의 소시민 지식인 작가라면 이 문제에 대해 예민하게 반응할 수밖에 없었다. 이태준이야 말로 그런 의식에 충실한 작가였고 그렇기에 그는 동시대 현실과 긴밀하게 대립하면서 자기의 창작 활동을 이어갔다. 그랬기 때문에 그는 1930년대 뛰어난 작품들을 창작할 수 있었고 어떻게 보면 1930년대 한국 근대 소설사의 중심에 자기의 작품을 올려놓을 수 있었던 것이다.

주제어 : 현실, 소시민 지식인, 1930년대, 사실주의, 비판의식

◆ 참고문헌

1. 기본자료

김남천, 「공장신문」, 『조선일보』, 1931. 7. 5~15.
박태원, 『소설가 구보씨의 일일』, 문장사, 1938.
이태준, 『이태준문학전집 1, 달밤』, 깊은샘, 1995.
이태준, 『이태준 문학전집 2, 돌다리』, 깊은샘, 1995.

2. 단행본

김윤식, 『한국근대문학사상비판』, 일지사, 1978.
문학과사상연구회 편, 『이태준 문학의 재인식』, 소명출판, 2004.
민충환, 『이태준 연구』, 깊은샘, 1988.
박헌호, 『이태준과 한국 근대소설의 성격』, 소명출판, 1999.
상허문학회 편, 『이태준 문학연구』, 깊은샘, 1993.
황종연, 『비루한 것의 카니발』, 문학동네, 2001.

3. 연구논문

강진호, 「이태준 연구」, 고려대 석사논문, 1987.
이선미, 「이태준 소설 연구」, 연세대 석사논문, 1990.

◆ **국문초록**

본 논문은 1930년대 이태준 소설의 특성을 고찰하기 위하여 동시대 다른 작품들과 비교분석을 시도하였다. 연구 대상으로 삼은 것은 이태준의 「봄」과 김남천의 「공장신문」, 이태준의 「장마」와 박태원의 「소설가 구보 씨의 일일」이다. 이들 작품을 비교 대상으로 삼은 이유는 우선 이들 작품이 발표된 시기가 유사하고 소설의 제재와 모티프가 유사하기 때문이며 그를 통해 이태준 소설이 현실을 반영하고 표현하는 방식이 더욱 효과적으로 드러날 수 있을 것으로 판단했기 때문이다. 여기에서 더 나아가 이런 비교를 통해 1930년대 이태준 소설이 문학사적으로 차지하는 위치에 대해서도 시사점을 얻을 수 있을 것으로 기대했다.

연구 결과 이태준의 「봄」과 「장마」는 「공장신문」과는 확연히 구별되고 「소설가 구보 씨의 일일」과도 같지 않은 그만의 특징을 보여주고 있음이 드러났다. 이태준의 「봄」은 비록 노동계급의 시각에서 노동자의 삶의 현실을 보여주지는 않고 있지만 「공장신문」이 결락하고 있는 세계, 노동자들의 생활 현실, 그들의 삶이 구체적으로 어떤 모습인가를 실감 있게 제시해주고 있다. 아울러 「장마」 역시 「소설가 구보 씨의 일일」이 제시한 단독자로서 개인의 내면의식, 도시적 삶의 양상을 유사하게 포착하면서도 그것이 간과하고 있는 현실에 대한 보다 의식적인 비판의 거점을 확보하고 있는 것으로 나타났다.

그런 점에서 이태준 소설은 '카프 계열의 리얼리즘 소설'과도 구별되지만 그렇다고 '구인회 식의 모더니즘 소설'로도 분류하기 힘들다. 이태준은 현실을 어떤 관념에 의한 것이 아니라 식민지 조선의 소시민 지식인인 '자기(自己)의 눈'으로 바라보면서 소설의 리얼리티를 살리면서도 현실에 대한 비판의식을 유지해갈 수 있었다고 판단된다. 즉, 카프 계열 문인들처럼 목적의식적으로 노동자 계급의 관점을 애써 현실에 접합시키려고 의식적으로 노력하지도 않고, 일부 모더니스트들처럼 서구의 혹은 일본에 의해 수입된 문학론이나 문명에 대해 집착하지 않은 채 식민지 시대를 살아가는 소시민 지식인의 관점에 성실하려 했던 작가가 이태준이라는 것이다. 소설 속에 나타난 현실의 구체성은 그런 자기 의식에 충실함으로써 가능할 수 있었던 것이다. 그런 상상력과 형상적 사유가 이태준의 소설로 하여금 관념에 물들지 않고 동시대 살아있는 현실감과 비판 의식, 구체성을 모두 확보할 수 있도록 한 동인(動因)이었다.

◆ SUMMARY

A Study on the Special Quality of Lee, Tae-jun's Novel in the 1930's

Yi, Hyun-Shik

In this thesis I analysed Lee, Tae-jun's two short stories, 'Bom(spring)' and 'Chang-ma(the rainy season)' in 1930's. I would like to demonstrate a special quality of Lee, Tae-jun's novel. Especially, I made a comparative study. I selected Kim, Nam-cheon's 'Kong-jang-shin-mun(Factory Newspaper)' and Park, Tae-won's 'One day of Novelist Mr. Kubo' to compare with Lee, Tae-jun's novel. In brief, it's like as follows.

First, realities of life expressed by Lee has concreteness and critical consciousness about social circumstances in 1930's. Both 'Bom' and 'Chang-ma' successfully reflected everyday life under Japanese colonial period.

Second, such a results made Lee, Tae-jun of distinguished novelist through Korean modern literary history. He is different from KAPF (Korean Artists of Proletariat Federation) realist, and modernist, too. He took his own literary character.

Third, He created novel within the framework of the petit-bourgeois intellectual. He got rid of his prejudice against ideological class consciousness and western-style literature. He tried to stick by his own thinking.

In conclusion, he could accomplish as a novelist in Korean modern literary history, that is, realism.

Keyword : realities of life, petit-bourgeois intellectual, 1930's, realism, critical consciousness.

- 이 논문은 2006년 7월 30일에 접수되어, 소정의 심사를 거쳐 2006년 9월 29일에 최종적으로 게재가 확정되었음.

III
일반논문

근대 인쇄 매체와 수양론·교양론·입신출세주의
—근대 주체 형성 과정에 대한 일고찰

소 영 현*

목 차

1. 머리말
2. 근대 인쇄 매체와 입신출세주의
3. 입신출세주의의 성립과 분화
4. 입신출세 담론의 유포와 독자 참여 메커니즘
5. 입신출세주의의 양가성
```

## 1. 머리말

(1) 元來 白潤玉은 至今부터 五年前 東京에온後로 얼마동안 準備를 하여가지고, 곳 어느大學法科에 들어가 熱心으로 工夫하야 해마다 優等成蹟으로 進級되야 이해七月이 卒業期限이라. 오래지안아 여러해동안 애쓰던 工夫도 마치고, 오래 막혓던 故鄕에도 돌아가 보게됨으로 째째 親舊들사이에 조켓다는말을 들을째는 입이 빙긋이 열니며 스사로 터져나오는 깃븜을 못익여한적이 만핫더라. 그럼으로 집에도 이제 몟달이 안이여서 돌아간다고 오래동안 客地에 苦生하던 니약이와 將次 집에 돌아가는 날이면 반가울일을 가초가초 편지하얏더라.[1]

---

* 포항공대 대우전임.
```

(2) 惠善은女子大學을卒業하고 自己는明春에佛蘭西에가서三四年後에 巴里大學을맛친후 滋味잇는家庭을일우리라하얏다. 곳景致조흔곳에三層洋屋을짓코 自己는詩와小說을쓰는外에 某大學敎授가되고 惠善은 某女學校長이되는同時에 音樂과繪畵을힘쓰리라하얏다. 그리하고春秋에는旅行을하고夏期에는海水浴을가리라하얏다.[2]

『청춘』3호에 실린 현상윤의 소설 「박명(薄命)」은 외국 유학을 떠났던 한 청년의 이국땅에서의 죽음을 다룬다. 청년 '윤옥'은 계모의 구박을 한 몸에 받을 아내를 두고도 처가의 도움을 받아 도망치듯 유학을 떠나게 된다. 그에게는 꺼지지 않는 향학열이 있었고 '출세'로 귀결되는 금의환향의 열망이 있었기 때문이다. 소설의 말미에서 현상윤은 발문의 형식을 통해 "이것이 과연사실이냐."(138쪽)는 독자의 의구심을 일축하고 있으며, 구체적인 정황을 제시하며 이 소설이 직접 경험한 사실을 토대로 한 것임을 강조한다. 발문의 형식을 덧붙인 이 소설은 '사실과 문학'의 상관성을 둘러싼 양식 논의를 불러들인다. 그러나 이 소설이 소설과 문학의 범주가 구축되는 이른바 형성기에 놓여 있음에 주의한다면, 이 발문 형식에서 확인할 수 있는 것은 '사실'의 차원 즉 이 시기 청년들의 유학과 금의환향에 대한 열망이라는 당대 분위기이기도 하다. 당연하게도 당대 청년들의 열망이 뜻대로 실현되었던 것은 아니며, 인용문이 말해주듯 어처구니없는 실패(죽음)로 귀결하기도 했다. 그러니 당대 청년들의 출세와 금의환향에 대한 열망의 이면에는 실패와 탈락에 대한 공포가 자리하고 있었다고 말할 수 있는데, 이는 그들의 열망이 단지 그들만의 열망은 아니었기 때문이기도 하다. 이 소설이 말해주는 바, 그의 죽음 혹은 실패의 여파는 '출세'로 요약되는 그의 열망을 공유했던 아내까지 자살로 몰고 가는 것이었다. 그렇다면 실패의 위기를 극복한 청년들은 어디서 무엇을 하게 되는가.

---

1) 小星, 「薄命」, 『청춘』3호, 1914. 12, 134-135쪽.
2) 盧子泳, 「漂迫(1)」, 『백조』창간호, 1922. 1, 6쪽.

『백조』창간호에 실린 노자영의 소설 「표박(漂迫)」에는 유학을 떠나
는 혹은 열망하는 또 따른 부류의 청년들이 등장한다. 청년 '영순/혜선'
은 「표박」의 '윤옥'과 마찬가지로 자신을 포함한 당대의 청년 남녀가
학력을 높임으로써 자신들이 회구하는 삶을 획득할 수 있을 거라고 확
신한다. 그러나 '영선'이 꿈꾸는 미래는 '윤옥'(「표박」)의 것과는 매우
다르며 무엇보다 구체적이다. '영순'이 꿈꾸는 미래는 삼층집과 여행과
해수욕이라는 구체적인 일상으로 상상된다. 한편으로 그 삶은 시와 소
설, 음악과 회화 그리고 학력이라는 비물질적인 것으로 채워져 있기도
하다. 그런데 '물 좋고 산 좋은 곳, 자연미가 갖춰진 곳에 스윗트 홈
sweet home'을 꾸리겠다는 열망만으로 시와 소설, 음악과 회화에 힘쓰는
삶이 이루어지지는 않을 것이며, '어떻게'에 대한 구상이 없다는 점으로
본다면 '영순'이 희망하는 삶은 여전히 추상적인 차원에 머물러 있는
것이기도 하다. 요컨대 '영순/혜선'이 꿈꾸는 삶은 학력을 통해 획득되
는 문화적 삶으로 압축된다. 여기서 눈여겨보아야 할 점은 '영순'과 같
은 1920년대의 청년들이 학력을 통한 직업 획득을 열망했던 동시에 직
업을 통한 신분상승 이상의 것을 꿈꾸기도 했다는 점이다.

　사실, 1920년 전후로 '동경 유학파'들이 주축이 되어 구축되기 시작
한 청년 문화는 유학파 청년들의 안정적인 사회적 지위를 토대로 한다.
사회적 부를 획득할 수 있는가의 여부와는 무관하게, 당대 청년들 다수
가 문학에 대한 열망을 드러내기도 했으며, 무엇보다 당대 사회에서 소
설가 혹은 예술에 종사하는 일은 이미 하나의 '직업'으로 인식되기도
했다. 이들 청년에게 '문예'는 "만히쓰고―만히읽고, 만히배워, 그로써
立身"해야 하는 '천직'3)으로 받아들여지고 있었던 것이다. 때문에 동인
지에 실린 소설들이 형상화하는 '예술에 종사하는' 청년들은 당대 청년
들에게 '이상적 청년상'이자 일종의 우상일 수 있었다. 표류하는 당대
청년의 일면을4) 보여주는 소설 「표박(漂迫)」에서 주인공 '영순'이 '미소

---

3) 春城, 「나의항상思慕하는漂迫의길우에게신牛涎愛兄에게」, 『백조』2호, 1922. 5, 36쪽.

년'이자 '소년예술가'로 칭송받을 수 있었던 것도 직업으로서의 문필업
에 대한 당대의 인식 변화와 무관하지 않다. 신문기자이자 소설가인 '영
순'에게 '표박'은 무목적적인 방황이 아니었으며, 사회적 지위를 위협하
지 않으며 표면화되지 않고 예술로 승화될 수 있는 '내면의 표류'였던
것이다.

이 글은 「박명」의 '윤옥'과 「표박」의 '영순'과 같은 당대 청년들에게
학력에 대한 열망을 부추겼으며 서로 다른 내용의 삶을 추구하게 한 것
이 무엇인가에 대한 의문에서 시작된다. 공히 이들을 성공에 대한 열망
과 실패에 대한 공포에 시달리게 했던 관념은 무엇이며, 근대적 인쇄
매체는 이 관념의 유포와 어떻게 관계 맺고 있는가. 이 글에서는 청년
으로 상징되는 근대적 주체 형성의 기초에 입신출세주의가 놓여 있음을
확인하고 1910년대의 근대적 인쇄 매체에서 강조되었던 수양론과 교양
론을 중심으로 그 영향 관계를 추적하고자 한다. 『청춘』에 실린 다양한
글쓰기, 특히 '독자참여란'에 주목함으로써 근대적 주체 형성에 기여한
담론들을 통해 당시 구축된 청년 문화의 일면을 확인해볼 것이다. 이를
통해 소설가(예술가)를 포함한 근대 주체 형성 메커니즘이 전개되는 한
단면을 구체적으로 확인할 수 있을 것이다.

2. 근대 인쇄 매체와 입신출세주의

1) '독자 공동체', 청년 '양사우(良師友)'의 형성

최남선이 『소년』지 발간 1주년을 기념하는 자리나[5] 잡지 발간 십년

---

4) 白岳, 「神秘의幕」, 『창조』 창간호, 1919. 2; 極態, 「黃昏」, 『창조』, 창간호; 長春, 「天
痴? 天才?」, 『창조』 2호, 1919. 3; 稻香, 「젊은이의 시절」, 『백조』 창간호, 1922. 1. 등
당대 청년의 일면을 확인할 수 있는 글은 동인지에 다수 실려 있다.
5) 「帝國萬歲－第壹記念辭」, 『소년』 12호, 1909. 11, 5-7쪽.

을 맞이하는 발간의 변을 말하는 자리에서 밝힌 바 있듯이[6] 『소년』, 『청춘』, 『아이들보이』, 『붉은저고리』 등 『신문관』을 통해 발행된 근대 초기의 인쇄 매체들은 계몽의 기획에 입각해서 근대적 주체상을 만드는 작업을 적극적으로 주도해나갔다. 근대적 '문학' 개념의 형성 과정을 고찰하면서 김동식이 지적한 바 있듯이, 근대 초기의 제도화 과정은 문자와 관련된 지적 영역 전반에서 이루어진 것이며, 계몽의 기획이 표방하던 일반 보통교육의 이념과 깊게 연관된 것이기도 했다.[7][8] 『소년』, 『청춘』 등의 잡지가 지식 소비자를 생산하고 이 집단의 구성양식을 구축하고 변화시키기 위해 독자 공동체를 확립하고자 했던 노력은 이러한 맥락에서 이해될 수 있다. 『소년』은 '신대한 소년'의 출현을 독려하는 방식으로, 『청춘』은 '학생 청년'의 영역을 특화하는 방식으로, 이들 잡지는 근대적 학문 제 분야에 관한 상식 차원의 정보와 전문적인 지식을 제공하고 당대 청년들에게 백과전서식 지식 체계를 경험하게 했다. 근대 주체의 경계를 설정하는 동시에 다양한 독물(讀物)을 통해 청년의 내적 자질을 교육하고자 했던 것이다.

또한 『신문관』을 통해 발행된 잡지들은 사설 교과서의 역할을 했을 뿐 아니라 출판물 시장이 형성되는 과정에서도 구심점 역할을 했다. 잡지에 연재되었던 글들이 단행본으로 묶여 출간되었으며, 발간 초기부터 『소년』과 『청춘』 지에는 『신문관』에서 출간된 잡지와 서적 광고가 지속적으로 실렸다. 이러한 노력으로 출판물에 대한 인식은 『청춘』 지에 이르면 '잡지 매체'를 자본에 기초한 하나의 상품으로 이해하는 수준으로까지 변하게 된다. 주도면밀한 계몽 기획에 따라 『신문관』을 중심으로 출판 시장이 개척되었다고 할 수 있는데,[9] 구체적으로 살펴보면 『청춘』

---

6) 六堂, 「十年」, 『청춘』 14호, 1918. 6, 4-9쪽.

7) 김동식, 「한국에서 근대적 문학개념 형성과정 연구」, 서울대 박사논문, 1999, 75-80쪽.

8) 최남선의 잡지 발간 노력에 대한 홍일식의 평가에서도 확인할 수 있듯이, 근대 초기의 잡지 발간 목적은 민족정신을 계몽하고 국민 일반의 지식수준을 향상하는 방향으로 수행될 수밖에 없었다. 홍일식, 『육당연구』, 일신사, 1959, 57쪽.

1호에 실린 어린이 대상 월간지 『아이들보이』지(誌)나 『청춘』 3호에 실린 『새별』지 광고 등을 통해서도 계몽과 출판 경영 차원의 기획이 동시적으로 수행되고 있었음을 확인할 수 있다.10)

兒童雜誌 아이들보이
本雜誌는兒童敎育에對ᄒ야深大ᄒ期待로써發行ᄒᄂ者니一篇材料―다極擇精選ᄒ것이라記事는, 小說, 古談, 敎訓, 學藝, 傳記, 遊戲等 여러方面이오文章은平易ᄒ며圖畵는精美ᄒ야智德涵養上最緊切ᄒ機關이되오니滿天下父母及子弟諸位는갓치愛護ᄒ실義務가有ᄒ다ᄒ나이다(大正二年九月創刊)
每冊價六錢, 六冊先金參拾四錢, 拾貳冊先金六拾七錢, 地方郵稅每五厘必要先金〈初號부터 拾貳號까지 壹年分을 合付結冊ᄒ餘部가有ᄒ와每冊特價六拾錢에願讀者에게頒홈〉(『청춘』 1호, 광고)

月 새별 刊
本誌는舊「붉은져고리」以來로少年文學의先驅가되어江湖의歡迎을久蒙한者―라 十一月로부터 內容外形에一大革新을加하고程度를稍高하야進學益智上無等한良師友를作케하얏스며더욱 新文章造成에主力하야우리語文의精華를發揮케하얏스니最廉한價로最大한益을得할者는 本雜誌外에 更無할지니라

9) 이 계몽 기획의 영향을 『청춘』을 통해 직접 확인할 수도 있다. 예컨대, 『청춘』 14호에 실린 다음의 독자투고문은 『신문관』에서 출간한 출판물이 독자에게 끼친 영향 즉 계몽의 효과를 단적으로 확인할 수 있는 사례이다. 「大例外를發見함」, 『청춘』 14호, 104쪽. "眞情의 말슴이지 文學上 아모意義 업고 藝術上 아모價値업는 時下의 小說은 참 靑年者流의 決코 갓가히 할것아니니 우리의 時間을 盜賊하며 우리의 양囊을 減輕케함은 작은일이라할지라도 그째문에 우리의 純潔한 마음과 貞固한 뜻과 健全한 精神이 더러워지고 어지러워지고 흔들리고 病들림은 實로 恢復할수업는 大創傷이오 忍受치 못할 大損失이라 아니치 못하겟나이다 (…) 小說에 對한 이 생각으로 말하오면 오늘도 오히려 前日과 갓사외다마는 先生의 「불상한동무」로 因하야 一大例外의 發見됨을 先生의 直告치 아니치 못하겟나이다."
10) 물론 이것이 1910년대 잡지 광고물의 일반적인 형태는 아니며, 잡지 광고물이 보여주는 공통적 속성도 아니다. 동인지 형식의 잡지에 실린 광고문과 비교하면서 확인할 수 있듯이, 이는 다분히 『청춘』지 광고문만의 특성이다.

本誌에連載하는「읽어리」는이미京城各私立高等程度學校의必須參考書로採用을蒙하얏스며地方에서도漸次로採用함(『청춘』3호, 광고)

잡지에 대한 소개이기도 한 『청춘』지의 광고 문안에 따르면 『아이들보이』나 『새별』지는 아동교육에 목적을 두고 새로운 문장을 조성하는데 주력한 잡지들이다. 다양한 읽을거리를 제공하는 『아이들보이』의 경우도 마찬가지였지만, 여기서는 특히 『새별』지의 「읽어리」 란(欄)이 사립고등 정도 학교의 필수 교과서로 채택될 정도로 교육적 효과가 높았음을 강조한다. 『새별』지의 가치를 실용적인 활용도의 측면에서 강조하고자 한 점도 눈에 띄는 특징 중의 하나이다. 구체적으로 『새별』지는 저렴한 가격으로 양질의 교육 효과를 얻을 수 있는 잡지 매체로 소개되었는데,[11] 『청춘』지의 이러한 기조는 청년 문화 구축의 기초가 될 독자 공동체를 구축하고자 하는 기획 속에서 유지될 수 있었다. 이는 지식 소비자를 창출함으로써 『청춘』지를 근대 미디어로 자리매김하기 위한 의식적 노력의 일환이었다.

광고문을 통해 확인할 수 있는 바, 『청춘』지는 독자 공동체를 구축

---

11) 물론 『창조』에도 다양한 잡지 광고가 실린다. 이때 소개되는 잡지는 대부분 동경 유학파 출신 지식인들이 주축이 되어 발간된 잡지들이다. 그런데 『창조』에 실린 『태서문예신보』에 대한 광고문이 보여주는 바, 여타의 잡지들(『개척(開拓)』, 『삼광(三光)』, 『농계(農界)』, 『여자계』, 『기독청년』 등)에 대한 광고문에는 가격과 발매소를 제외한 판매에 관한 어떤 내용도 포함되어 있지 않다. 동인지의 성격상, 광고문들은 대체로 잡지의 목차나 잡지가 지향하고자 하는 바와 담고자 하는 내용을 중심으로 기술되었던 것이다. "文壇의衰微와思潮의冷****極을極한今日에此를振興ᄒ고此를鼓吹홈에는文壇을建設ᄒ야潮의統一을謨ᄒ고文藝를樹立ᄒ야精神의復興을計홈이最히緊急홈으로此의目的과使命을執ᄒ고昨秋에第一號가發行된後以來 四海健全活兒의歡呼欣叫裡에萬丈千碍를突破ᄒ고本二月一日에 第十七號까지發行되엿사온바本報의主要內容은歐羅巴의藝術的精髓를選擧ᄒ야長短篇小說, 詩, 歌, 曲, 散文, 脚本等과 世界的成功家의實驗談과泰西逸話와世界의寄風異俗과最新學理, 論文等을諸文學大家의精銳혼筆鋒으로――히原文을直接翻刊ᄒ오며其外에創作, 論壇等無比思潮의木鐸, 藝術의明星이외다. 世界的耳目을俱全ᄒ시려거든―靑年다운靑年이되시려든噴然講讀ᄒ시오"(『창조』창간호, 『泰西文藝新報』광고)

하고자 하는 동시에 지식 소비자의 출현을 이끌고자 했다. '독자 공동체 =지식 소비자'의 유치에 적극적이었던『청춘』지는 다양하게 잡지 구성을 실험하고 광고란을 통해 판매 전략을 세우는 방식으로 출판 자본을 구축하고자 했던 것이다. 이 과정에서『소년』과『청춘』지는 당대 학력 엘리트층을 중심으로 독자의 스승이자 벗(良師友)의 자리를 차지할 수 있었다. 이후 4장에서 확인할 수 있는 바, 입신출세주의는 노력론과 성공론, 수양론과 교양론 등의 다양한 논의와 결합하면서 입신출세 담론으로 변주되었고, 근대 주체 형성 과정에 관여하면서 인쇄 매체를 통해 당대 사회 전반에 빠르게 유포되었다. 입신출세 담론의 확산은『신문관』으로 대표되는 근대적 인쇄 매체가 독자 공동체를 구축하고자 했던 노력과 긴밀하게 연관되어 있었던 것이다.

2) 입신출세주의의 토대,『자조론』

『신문관』에서 출간된 잡지 매체들은 독자 공동체를 구축하는 작업과 함께 독자 공동체의 내적 자질을 함양시킬 수 있는 방법의 문제에 지속적인 관심을 기울여왔다.『청춘』지의 경우, 독자 공동체인 청년 '양사우良師友'의 구축을 둘러싼 이러한 관심에서 '무엇을 어떻게' 교육할 것인가에 대한『청춘』지 나름의 지향을 파악해볼 수 있다. 특히『청춘』지가 지향하는 주체 형성 기획의 일단에 대해서는『자조론』의 대대적인 소개를 통해서 확인가능하다.

'자조'라는 역어는 1906년에서 1908년 사이 신문과 잡지 매체를 통해『자조론』이 소개되면서 사회 일반에 널리 퍼지게 되었다. 잘 알려져 있듯이, 사무엘 스마일즈(Samuel Smiles)의『자조론Self-Helf』(1859)은 영국뿐만 아니라 일본과 우리나라에서도 선풍적인 인기를 끌었으며, 일본에서 1871년에 나카무라 마사나오(中村正直)에 의해『서국입지편西國立志篇』으로, 1906년에 아제카미 켄조(畔上賢造)에 의해『자조론自助論』으로 번역된 바 있다.

양계초에 의해『淸議報』(1899)에 소개된 이후, 우리나라에서는 1906
년 6월 25일에『朝陽報』창간호에서 처음 소개되었고, 1906년에서 1908
년 사이에『대한매일신보』,『서우』,『대한학회월보』,『소년』등을 통해
번역 소개되었다. 이때『조양보』에 실린 '자조론'은『자조론』의 번역이
었다기보다 집필자가 '개인의 자조'를 '국가의 자조'로 이해하고 국민을
각성시킬 의도로 새롭게 기술한 것이라고 해야 하는데, 1900년대 전후
의 '자조론' 소개는 이 범주를 크게 벗어나지 않았다. 때문에 여기서
'자조'의 의미는 '자강'에 보다 가까웠다.[12]

『자조론』은 이후 1918년 4월에 최남선에 의해 전체 13장 중 6장을
발췌한 번역본이 단행본으로 출간되었으며,『청춘』지에 번역자의 서
문이 실리면서 특집 기사로 다루어졌다. 특히『자조론』발간을 전후로
『청춘』13호와 14호에는『자조론』에 대한 전면 광고가 여러 번에 걸쳐
실렸는데,『자조론』을 집중적으로 소개한 근저에는『자조론』의 내용이
『소년』지에서『청춘』지에 이르기까지 이 잡지들이 주목하고자 했던
근대 주체의 정신 개조나 수양의 문제와 밀접하게 연관되어 있었기 때
문이다.

이 시기에 소개된 '자조론'은 일본에서와 마찬가지로 청년 주체들에
게 근대적 의미의 입신출세주의에 눈뜨게 하는 계기가 되었다.[13] 본래
'입신'이라는 용어는『효경』을 통해 널리 사용되었는데, 이때의 '입신'
은 '효'의 범주에서 '올바로 자기 몸을 간수하다'라는 의미였다. 즉 '몸
을 올바로 간수하고 도를 행하여 후세에까지 이름을 드날림으로써 부모
님을 드러나게 하는 것이 효의 끝맺음'이라는 의미 맥락에서 이해되었
던 것이다.[14] 여기서 알 수 있듯이 근대적 주체 형성 과정의 추동력이

---

12) 나카무라 마사나오(中村正直)의 번역본이 그러하듯이, 최남선의『자조론』도 Self-Help의
　　번역본이라기보다 '序' 형식의 글과 '변언(弁言)'이 덧붙어 있는 '편역서'에 가깝다. Self-
　　Help는 이후 1923년에 홍난파에 의해『靑年立志篇――名 自助論』이라는 제목으로 다
　　시 한번 번역된다. 최희정, 「한국 근대 지식인과 '自助論'」, 서강대 박사논문, 2004; 소
　　영현, 「미적 청년의 탄생」, 연세대 박사논문, 2005. 참조.
13) 前田愛, 유은경·이원희 옮김,『일본 근대독자의 성립』, 이룸, 2003, 116-142쪽 참조.

204

었던 '입신출세'라는 말은 메이지(明治) 시대에 '입신'과 '출세'가 결합
되어 새롭게 개념 규정된 일본산 신조어이다. 신분사회였던 에도(江戶)
시대에는 지행의 수양을 쌓는 것이 입신을, 가업을 확장하고 가산을 증
대하는 것이 출세를 의미했다. 이 시대에는 신분의 고하에 따라 신분상
승에 대한 열망을 지칭하는 용어가 달랐는데, 이는 결국 신분사회에서
자신의 신분에 맞지 않는 상승 욕망이 억압되고 배제되어야 할 것으로
취급되었음을 말해준다. 근대 이후 신분제에 변동이 생기고 직업선택이
나 거주가 자유로워지면서15) 그들의 욕망을 지칭하는 용어에도 변화가
생기게 되는데, 일본의 경우에는 메이지 시대 이후로 부의 획득을 포함
한 사회적 신분의 상승 이동 전반을 가리키는 용어로 '입신출세'가 사
용되기 시작했다. 이와 함께 점차 입신출세를 지향하는 태도, 뜻을 세우
고 넓혀서 세상에 나아가 출세한 후 고향에 금의환향하는 인간이 고평
되는 분위기가 조성되었다. 이렇게 해서 바야흐로 입신출세의 시대가
열리게 된 것이다.16)

이러한 변화는 신분 중심 사회에서 인간 중심 사회로 바뀌는 과정에
서 발생한 자연스러운 현상이다. 우리의 경우에도 사회가 근대적으로
재편되는 과정에서 당대 청년들이 입신출세주의의 열풍에 휩싸이게 된
다. 이때 이 열풍을 직간접적으로 주도한 번역서가 바로『자조론』이었
다.『자조론』은 위인들의 사례 모음집으로 '최선을 다해 노력을 한다면
누구에게나 입신출세의 길이 열려 있다'는 내용을 위인의 삶을 통해 간
접적으로 제시한 책이다. 구체적으로『자조론』은 '노력'의 축적이 곧 입
신출세이며, 이 방법은 누구에게나 해당되는 것이라고 말한다. 요컨대,

14) 김학주 편저,『新完譯 효경』, 명문당, 2006, 62쪽. "立身行道揚名於後世以顯父母孝之
終也".
15) 특히 신분상승은 부의 축적과 긴밀하게 연관된다. 17세기 이후 상민층 가운데 부농들
은 합법, 비합법적 수단으로 신분상승을 성취했으며, 이 과정에서 구양반층과 신흥양
반층간의 사회문화적 대결구도도 뚜렷해졌다. 이효재,『조선조 사회와 가족』, 한울,
2003, 247-303쪽 참조.
16) 竹內洋,『立身出世主義』, 世界思想社, 2005, 1장 참조.

『자조론』은 '학문에 정진하고 신체를 단련하고 정신을 수양한다면 신분 고하를 막론하고 사회적 신분 상승의 꿈을 이룰 수 있다'는 식의 내용을 반복적으로 강조했던 것이다.

　『자조론』에 대한 소개의 통로를 살펴보는 것과 함께 『자조론』의 논의가 『청춘』 지에 미친 영향을 고찰하는 것도 반드시 필요한데, 『청춘』에 실린 「귀천론」, 「노력론」 등의 다양한 논의는 철저하게 『자조론』의 논리를 소개하고 유포하는 글이라고 해야 한다.17) 그때까지 받아들여졌던 당연한 이치, 즉 사람의 귀천이 하늘에서 내린 것이라는 입장이 당연한 것이 아니라는 주장이나 귀천을 구별하는 표준이 지위나 품계, 직업이나 문장이 아니라 사용가치("功用效益", 11)에 있다는 주장을 담고 있는 「귀천론」(『청춘』 12호), 인류 문명과 역사가 모두 인간의 노력의 흔적이며 그것이 곧 실력 획득과 국가 번영의 지름길이라는 주장을 담고 있는 「노력론」(『청춘』 9호)에는 출세주의의 시작점이기도 한 기회 균등의 논리가 전제되어 있다. 이러한 논리에 따르면, 진정한 귀족 혹은 성공한 자는 "自己의動業이大聲自證하는者오 (…) 人生의本務를盡하고 宇宙의至化를贊하야진실로功益이有"18)한 자이며, 이러한 논리에 따라 "最良한組織으로써最大한努力을하는者"가　바로 "現代의最優者最强者19)가 되는 것이다.

---

17) 그 밖에 『자조론』의 영향을 확인할 수 있는 글로는 「財物論」(『청춘』 8호, 1917. 6); 「我觀: 修養의三段階」(『청춘』 8호, 1917. 6); 「我觀: 修養과旅行」(『청춘』 9호, 1917. 7); 「努力論」(『청춘』 9호, 1917. 7); 「文明의發達은偶然이아님」(『청춘』 10호, 1917. 9); 「十代奮鬪的偉人」(『청춘』 10호, 1917. 9); 「勇氣論」(『청춘』 11호, 1917. 11); 「藝術과勤勉」(『청춘』 11호, 1917. 11); 「貴賤論」(『청춘』 12호, 1918. 3) 등을 들 수 있다.

18) 「貴賤論」, 『청춘』 12호, 1918. 3, 13쪽.

19) 「努力論」 『청춘』 9호, 1917. 7, 30쪽.

3. 입신출세주의의 성립과 분화

1) 입신출세주의와 수양론의 결합

『소년』과 『청춘』 지 등을 통해 '자조론'의 논의에 기초한 입신출세주의를 실제로 지탱했던 대표적인 두 가지의 담론은 수양론과 교양론이다. '자조론'의 논리가 '수양론'으로 이해되었던 것은 '자조론'이 우리나라에 소개될 때 '개인'의 자조의 측면이 성품과 품행에 대한 논의, 즉 유교의 '수신'의 차원으로 이해되었기 때문이다.[20] 최남선을 포함한 한말 지식인들이 『자조론』을 서구적 정신의 핵심을 배울 수 있는 통로로 여겼던 것도 '자조론'과 '수양론'의 결합을 촉진시키는 역할을 했다. 특히 『소년』과 『청춘』지를 통해 '자조론'의 논의가 침윤된 수양론과 교양론이 저변 확대되었는데, 이는 『소년』과 『청춘』에 의해 수양론과 교양론이 정신 개조를 목적으로 하는 윤리 교육의 일환으로 이해되었기 때문이다. 이에 기초해서 한국의 엘리트 주체 형성 작업이 활력을 얻게 되었다.

大抵靑年時代는곳修養時代니,[21]

修養이 무엇이뇨 쉽게 말하면 鍛鍊한다는말이라 意志의 鍛鍊이 便是精神의 修養이란것이오 知能의 鍛鍊이 便是 學問의 修養이란것이오 筋骨의 鍛鍊이 便是 身體의 修養이란것이니 修養이란것이 鍛鍊을 意味함은 엇더한 境遇에서든지 마치한가지니라[22]

동경에서 발간된 유학생 단체의 기간지 『학지광』을 제외한다면, 『청춘』 지는 『신문계』와 『반도시론』과 더불어 1910년대를 대표하는 종합

---

20) 최희정, 「한국 근대 지식인과 '自助論'」, 서강대 박사논문, 2004, 43쪽.
21) 孤舟, 「少年論壇: 今日我韓靑年의境遇」, 『소년』 3년 6권, 1910. 6, 26쪽.
22) 我觀, 「修養과旅行」, 『청춘』 9호, 1917. 7, 5쪽.

잡지이다. 1914년 10월에 창간호를 낸『청춘』지는 격월간 잡지를 표방하고 1918년 9월까지 발간되었지만, 1915년부터 1917년까지 정간되었다가 속간된다. 정간 시기를 전후해서『청춘』지는 이상협, 민태원 등의 필진이 보강되고 문학 관련 글쓰기의 영역이 확대되는 등의 변화를 겪는다. 그렇기는 하지만『청춘』지 전반에 걸친 기조나 지향하는 바에 커다란 변화는 없었다.

『소년』이나『청춘』지는 그 시대적 차이에도 불구하고 수양(修養)의 문제를 일관되게 강조했다. 이때 수양은 정신수양만을 의미하지 않으며 신체 단련에서 학문에 정진하는 자세에 이르기까지 근대적인 인간형을 만들어내는 전 분야를 포함했다. 수양의 목적은 '자기수양에 전진해서 인격향상을 도모하는 것'이었고, 구체적인 방법으로는 스스로 땀 흘려 일하고 노동의 소중함을 경험하는 것, 명상으로 일컬어지는 정신 수양을 통해 유혹과 욕망을 버리고 마음을 다스리는 것, 마지막으로 위인의 전기를 통해 고매한 정신과 삶의 태도를 배우고 실천하는 것이었다.[23]『소년』지에서 '모험'이,『청춘』지에서 '여행'이 강조되었던 것은 이 때문이었다.[24] 무엇보다『소년』지에서『청춘』지에 이르기까지 수양론에 의해 강조된 것은 게으름에 대한 경계와 노력(/인내)의 필요성이었다.

물론『소년』지와『청춘』지에서 강조된 수양의 함의가 전적으로 동일했던 것은 아니다. 이는『소년』지와『청춘』지의 사이, 좀 더 폭넓게 말하자면 1900년대와 1910년대라는 시대 맥락의 차이인데, 비교적 짧은 시기이기는 하지만 국권상실이라는 대전환의 계기를 맞이하면서 1900년대 전후에서 1910년대에 걸쳐 당대가 요구하는 근대 주체의 형상과 자질이 달라졌기 때문이다. 또한 입신출세주의의 영향은 당대 청년들 개개인의 내적 욕망에만 한정되지 않으며, 입신출세의 함의가 변하면서 점차 바람직한 청년 상(像)도 달라졌기 때문이다.[25]『소년』과『청춘』이

---

23)「冷罵熱評」,『청춘』4호, 1915. 1;「我觀」,『청춘』6호, 1915. 3. 등.

24) 어빙先生,「文範: 내가유로바에漫遊한動機」,『청춘』4호, 1915. 1;「我觀: 修養과旅行」,『청춘』9호, 1917. 7. 등.

208

강조하는 수양론의 차이는 사실상『자조론』을 포함한『자조론』류의 논의를 소개하는 방식의 차이와 연동한다. 수양론을 검토하는 자리에서『자조론』에 주목해야 하는 까닭이 이것이다. 『자조론』의 기술 방식은 철저하게 위인 소개를 중심으로 이루어진다. 즉 위인의 업적을 통해 교훈을 전달하는 방식이다. 따라서 그 변화와 차이는 위인을 소개하는 방식과 태도에서 발생한다.

　『소년』에서도『자조론』류의 논의에 대한 소개는 드물지 않다. 가령, 「소년시언(少年時言)」란을 통해 인내와 노력의 중요성이 반복적으로 강조된 바 있다. 또한 「現代少年의 新呼吸」, 「新時代 靑年의 新呼吸」란을 통해 후쿠자와 유키치(福澤諭吉)의 「수신요령(修身要領)」이나 프랭클린(Benjamin Franklin)의 좌우명이 소개되었으며, 스마일스(Samuel Smiles)의 「용기론」의 일부가 소개되기도 했다. 좀더 구체적으로 살펴보면, 「新時代 靑年의 新呼吸」란에서는 주로 동서양 위인들의 수양법이 소개되었다. 이 수양법의 소개는 '위인'의 출현을 독려하기 위한 장치였다. 예컨대,『소년』2년 10권(12호, 1909. 11)에 실린 글인 「少年時言」은 수양의 독려가 위인 탄생을 요망하는 시대 요청 속에서 이루어지는 것임을 말해준다. 이 글에서 최남선은 '수양'을 '워싱톤, 가리발디, 공자, 그리스도'와 같은 각계각층의 인사들에게서 공통적으로 '배울 수 있는/ 배워야 하는 것'으로 강조하는데, 이때 '수양'의 내용은 '나를 잊어버림'으로 압축된다. 이 글의 논지에 따르면 수양의 목적은 감정이 단순하고 욕망이 유일한, 그러니까 순진무구하게 어떤 일에 자신의 열정을 바칠 수 있는 존재를 만들어내는 것으로 귀결되어야 한다는 것이다.

　따라서 여기서 '위인'은 영웅적 주체상을 상징한다. '위인'들은 문명

25) 앞에서도 강조한 바,『소년』이나『청춘』이 엘리트 청년상을 만들어내는 과정에서 적극적인 역할을 한 것은 주지의 사실이다. 이들 잡지가 수양론을 강조한 것은 엘리트 청년의 정신적 기반을 정초하려는 노력과 긴밀하게 연결되어 있다(소영현, 「미적 청년의 탄생」, 연세대 박사논문, 2005, 3장 참조). 그러므로『소년』과『청춘』에서 드러난 수양론의 강조점 차이를 검토하는 작업은 근대적 청년상의 구축 과정을 고찰하기 위한 기초 작업이 될 것이다.

화의 위업을 이끌 이 시대의 엘리트 지도자 상을 지시하며, 『소년』 지
에서 이들이 갖추어야 할 자질로 제시되는 것은 '지선(至善)의 노력'[26]
이다. 요컨대, 『소년』 지의 지향은 새로운 영웅상의 창출과 밀접하게 연
관되어 있는 것이다. 이는 근대적 국민을 이끌 영웅상에 대한 시대적
갈망의 표현물이다. 그렇기 때문에 『소년』은 동서양의 위인 가운데서도
국민국가의 위업을 이룬 인물들을 집중적으로 소개했던 것이다.

그러나 『청춘』 지는 『소년』 지와는 매우 다른 배치의 정치학을 보여
준다. '위인'에 대한 함의도 달라지며 이에 따라 '위인'에게 요청되는 자
질에도 변화가 생기게 된다. 『청춘』 1호의 목차만 잠깐 훑어보아도 『청
춘』 지가 백과전서식 사전형 잡지를 지향하고 있음을 쉽게 간파할 수
있다. 『청춘』 지에서는 근대적 지식 소개가 여전히 강조되지만 고전을
새롭게 해석하고 발굴 · 소개하는 작업이 상당한 비중을 차지하면서 지
속되는가 하면, 과학 관련 담론들이 소개되고, 다른 한편으로 국어에 대
한 관심, 인종 · 종교 문제나 역사 · 지리를 포함한 문화 관련 소개 등 유
형화하기 어려운 관심이 다양하게 펼쳐진다. 그렇기 때문에 『청춘』 지
에 실린 개별 글을 통해 각 꼭지들이 선택된 이유나 그 내적 타당성을
간파하기는 쉽지 않다.

그럼에도 불구하고 『청춘』 지에 이르면, 수양론에서 강조하는 수양
의 대상이 근대적 인식을 수용한 청년들 '모두'에게로 확대되고 있음을
분명하게 인지할 수 있다. 이는 『자조론』 류의 논의가 '영웅'이 아니라
'범인'을 중심으로 이루어지기 시작한 것에서도 확인할 수 있다. 예컨
대, 증기기관의 발명자를 소개한 「제임스 와트」(『청춘』 6호)의 경우와
마찬가지로, 『청춘』 10호에서 특집으로 다루어진 『자조론』의 서술은 교
훈의 내용을 압축적으로 전달하고자 했던 『소년』 지와는 달리, 개별 위
인들이 고난을 이겨낸 '일화'를 중심으로 수양에 관한 논의를 '간접적으
로' 전달하는 방식을 취한다. 『청춘』 10호에 실린 글 「십대분투적 위인

---

26) 「少年時言: 偉人이란무엇?」, 『소년』 3년 2권, 1910. 2, 24쪽.

210

(十大奮鬪的偉人)」의 소제목인 〈人道에 殉한 大統領 린컨〉, 〈勤勉의 篤學者 파라듸〉, 〈刻苦한 畵家 메소니에〉, 〈平民의 福音宣傳者 무듸〉, 〈博愛의 大商業家 피보듸〉, 〈石油王 럭펠러〉, 〈鋼鐵王 카네기〉(『청춘』 10호) 등에서 알 수 있듯이, 이들 위인은 각 전문 분야에서 일가를 이룬 이들이지만 어떤 분야에서 어떤 위업을 달성했는가의 여부보다 각고의 노력을 했다는 점에서 위인으로서의 가치를 부여받고 있다.

> 然하다 努力이니라 努力일 짜름이니라 强烈한 生存意志로써 透徹한 生存努力을 爲 함이 有할 짜름이니라 現苦로 氣를 縮하는일업시 外勢로 心을 亂하는일업시 生存盛榮의 大經大法을 一遵하야 文明으로 實力으로 努力邁往할 짜름이니라[27]

『소년』지를 통해서도 충분히 확인할 수 있었던 바, 수양론의 핵심은 '노력론'이다. 1900년대 이후 '노력론'을 강조하는 경향은 실제적인 '실행'이 강조되는 1910년대의 시대 경향과 결합하면서 '성공론'의 논리로 보다 폭넓게 확대된다. 이렇게 해서 1910년대에 걸쳐 '노력'의 축적이 곧 입신출세로 이어질 수 있다는 논리가 수양론의 핵심으로 자리잡기 시작한다. 이런 의미에서 '노력론'의 대두는 입신출세주의가 내면화되는 주된 계기였다고 할 수 있다. 민족의 갱생과 역사적 발전, 문명의 획득뿐 아니라 개별 개인들의 부와 명예의 획득까지, 모든 것을 가능하게 하는 것이 바로 자신의 한계를 극복하고자 하는 '노력'이라는 논리로 수렴되면서, 이로부터 입신출세를 개인의 열망으로 환원할 수 있는 논리적 출구가 열리게 되었던 것이다.

2) 입신출세주의의 분화, 교양론의 대두

그러나 엄밀하게 본다면, 『청춘』지에서 수양론이 강조되었던 것은

---

27) 「努力論」, 『청춘』 9호, 1917. 7, 42쪽.

입신출세주의를 내면화하는 행위가 곧 사회에서 입신출세를 실제로 획득하는 결과로 직결될 수 없었던 시대 상황 때문이기도 하다. 당대의 청년들이 하루 일과를 학교 수업이나 학과 공부를 중심으로 개조할 필요가 있었음을 단적으로 보여주는 「試驗과腦쓰는법」(『청춘』 창간호)과 같은 글을 언급하지 않더라도, 엘리트 청년의 자질은 학력과 긴밀하게 연결되어 있었다. 『청춘』지에서 사립학교나 학생 문화와 관련된 다양한 기사가 여러 번에 걸쳐 다루어졌던 것도 이와 무관하지 않다. 하지만 국권상실 이후인 1910년대는 실질적인 입신출세의 길이 차단된 시대였으며 이와 대조적으로 입신출세주의를 내면화한 학력 엘리트의 층이 점차 두터워지기 시작한 시대이기도 했다. 말하자면 실질적인 사회활동의 활로를 찾지 못한 엘리트층이 사회적 지위를 획득하지 못한 채 좌절/실패의 경험을 맛보기 시작한 시기였던 것이다.[28]

『청춘』에 소개된 학교탐방기 대부분이 각 학교가 강조하는 정신 교육의 함의를 확인하는 것에 집중되어 있는 것 또한 이러한 상황과 무관하지 않다. 각 학교들은 '수양시대에 있는 청년'들에게 '덕성 배양'을 강조하거나(「學校訪問記: 오성학교」, 『청춘』 6호), 인격과 지능의 원만한 발달을 도모하면서 체육과 수양을 강조한다. (「學校訪問記: 중앙학교」, 『청춘』 8호), 정신과 품성을 도야하는 수양론은 학과 공부와 함께 점차 사립학교의 교육 이념으로 자리잡아갔던 것이다. 이 밖에도 『청춘』지에는 이러한 경향을 강화하는 글들이 다수 실렸다. 예컨대, 최남선은 「冷罵熱評(냉매열평)」란을 통해 학문으로서의 공부뿐 아니라 수양법에 대한 공부가 필요하다는(「冷罵熱評」, 『청춘』 4호) 입장을 적극적으로 피력한 바 있다.

『청춘』 6호에 실린 글인 「高尙한快樂」은 '쾌락'을 '정의 만족'으로 정의하는 것에서 시작된다. 그러나 실상 이 글이 강조하는 것은 쾌락의

---

28) 정종현, 「'민족 현실의 알리바이'를 통한 입신 출세담의 서사적 정당화」, 『한국문학연구』 23호, 2000. 정종현이 지적하고 있듯이, 근대적 주체는 내면화된 입신출세주의를 민족 현실에 대한 개조 의지라는 명분으로 감싸는 양상을 보여준다.

212

의미를 감각적 쾌락의 영역에 한정하는 논리를 비판하면서 쾌락에 윤리적 성격을 덧입히는 것에 있다고 해야 한다. 고등 감각과 열등 감각을 구분하고 각각을 군자의 쾌락과 소인의 쾌락에 해당하는 것으로 기술하는 것은 이러한 이유에서이다. 그리고 취미를 기르는 것이 곧 수양을 쌓는 것이라는 논리가 이로부터 도출되는데, 곧바로 이 논리는 "趣味의 修養이 잇는 그의 職業이 스스로 快樂"29)이라는 논리로 이어진다.

> 그러나 職業 즉 快樂 地境에 들어가기는 좀처럼 쉽지 아니하며 쪼 사람이란 平生이나 終日 本業을 잡을수 업나니 각금 休養할 必要가 잇스리로다 이 休養할 째가 卽 吾人에게 가장 危險한 째니 무섭은 墮落의 毒菌은 흔히 이 機會에 侵入하는지라 忙에 處하고 道가 잇슴과 가티 閒에 處하는 道도 잇서야 할 것이 實로 이 째문이로다 閑暇한거란 酒色 생각도 나고 낫 잠도 자고 博奕도 하고 雜談도 하야 心身을 消耕하나니 이에 健全한 逍遙法이 必要하도다 그럼으로 文明國에는 高尙한 公園, 劇場, 動植物園, 公會席가튼 것이 잇고그中 公園에는 여러 가지 有益한 자미 잇는 娛樂器具가 잇스며 한집에도 그 힘에 相當한 娛樂機關이 잇스며 各個人에 各各 제 趣味에 맛는 娛樂이 잇나니 假令 집에는 樂器와 寫眞帖과 幻燈과 花壇과 讀書會 詩會 舞蹈等이 잇서 (…)30)

결국 이 논의는 교육과 수양이 충분한 사람은 직업을 통해 쾌락을 얻을 수 있다는 주장으로 귀결된다. 이런 논리적 귀결은 수양론과 입신출세주의 사이의 관계를 해명해줄 수 있는 흥미로운 실마리인데, 일단 「고상한 쾌락」 논의의 새로움은 수양론의 빈틈을 인정한 것에 있다. 이 논의는 수양을 통해 취미와 직업을 일치시키고 여기서 쾌락을 찾으려는 노력을 다한다 해도 수양과 쾌락 사이에는 메울 수 없는 간극이 존재한다는 점을 밝힌다. 덧붙여 그 간극을 채울 또 다른 논의가 요청된다는 점도 승인한다. 이 논의에 주목해야 하는 것은, 수양론의 한계를 인정하

---

29) 「高尙한快樂」, 『청춘』 6호, 1915. 3, 56쪽.
30) 「高尙한快樂」, 『청춘』 6호, 1915. 3, 60-61쪽.

는 이 자리에서 교양에 관한 논의가 새롭게 시작되기 때문이다. 이 논의에 따르면 수양론의 빈틈은 문화적 생활을 가능하게 하는 교양을 통해 채울 수 있는 것이 된다.

말하자면 이 논의는 수양으로 다할 수 없는 자기 규제 작업을 교양을 통해서 완성해야 하며, 이를 위해 취미를 가져야 한다는 주장으로 요약된다. 이러한 논의 맥락에서 필자(최남선)는 청년 학생들에게 독서 취미를 가질 것을 권고하기도 한다. 이렇게 본다면 「고상한 쾌락」에서 주장되는 '고상한 취미'란 전형적인 '교양'을 의미하는 것이라고 보아도 무방하다. 수양론 내부로부터 교양론의 필요성이 대두되고 있음을 확인함으로써, 여기서 우리는 이 지점이 근대적 주체성 내부의 분화가 시작되는 분기점이자 이에 따른 교육 대상의 분화가 시작되는 지점이기도 하다는 것을 확인할 수 있다. 그럼에도 불구하고 사실상 이러한 주장은 단지 학력을 갖추거나 그에 준하는 '노력'을 한 후에도 직업을 가질 수 없거나 직업에 만족을 느낄 수 없는 경우에 대한 대비책으로 제안된 것이라고 해야 한다. 교양에 대한 논의나 청년 문화의 필요성에 대한 논의는 수양론의 한계 즉 수양론이 해소할 수 없는 근대적 주체 형성의 빈틈을 채우기 위한 내적 요청으로 대두되었던 것이다.

1910년대에는 정치로 귀결되는 사회 참여의 통로가 봉쇄되었기 때문에, 실질적으로는 수양론이 대중적인 처세론으로 변형되는 경향을 보여주었다.[31] 1910년대 이후, 수양론은 세속화된 수양론이나 교양론과 뒤섞이는 특이한 양상으로 나타났는데, 가령 『청춘』 11호에 실린 글 「藝術과勤勉」 등의 논의들은 이 혼종 상황을 그대로 보여준다. 이 글에 따르면 예술의 발전은 예술가의 지식과 품격에 의해 좌우된다. 따라서 예술가의 품격은 예술의 품격을 확보해줄 수 있고 국가와 민족의 발전도 도모할 수 있는 (예술 발전의) 가장 중요한 요소가 된다. 이러한 논리에

---

31) 여기서 1910년대의 대중적 출판물 다수가 처세에 관한 것들이었음을 굳이 상기할 필요는 없을 것이다.

의거해 필자는 예술가의 인격 수양과 그 기초로서의 근면한 태도를 중시하면서, 예술의 내적 창조력까지 근면한 태도로 획득할 수 있는 것이라고 주장하게 된다. 이 논리 전개를 통해 확인할 수 있는 바, 이제 입신출세주의와 결합한 수양론의 여파는 예술에 대한 논의조차 '노력'과 '성공' 담론에 수렴시킬 수 있는 데까지 이르게 된다. '노력론', '성공론', '수양론', '교양론'의 형태로 나타나는 입신출세주의는, 이런 방식으로 즉 정치·사회·문화 등 다양한 층위에서 반복적으로 재기술(reinscription)되는 방식으로 그 담론적 영향력을 강화해갔던 것이다.[32]

4. 입신출세 담론의 유포와 독자 참여 메커니즘

그렇다면 『청춘』이 구축하고자 했던 '독자 공동체-지식 소비자'에게 실제로 입신출세주의는 어떤 영향을 미쳤는가. 이 장에서는 독자 공동체를 구축하기 위한 실제적인 노력이었던 '현상문예' 기획을 통해 그 영향 관계를 파악해보고자 한다. 2-1장에서 살펴본 바와 같이, 『신문관』 측은 『소년』 지에서부터 독자 참여를 유도하고자 하는 다양한 시도를 해왔다. 먼저 『소년』 지를 살펴보면, 『소년』 지는 「소년문단」과 「소년통

---

32) 1920년대 문화주의 시대의 산물로 여겨졌던 교양론이 수양론의 내부에서 배태되었음을 확인하는 것은 근대 청년 문화의 속성을 파악하는 자리에서 매우 귀중한 관점을 제공해주는 것이라고 해야 한다. 수양론과 교양론의 상관관계를 검토해 봄으로써, 학력 엘리트층이 처세론과 결합한 입신출세주의와 매우 친밀한 관계에 놓여 있었음을 확인할 수 있기 때문이다. 그런데 교양론에 관한 이런 관점에 서면, '문화-교양' 담론을 앞세우면서 등장하는 1920년대의 예술가 주체 또한 처세론과 결합한 입신출세주의와 무관하다고 말하기 어렵게 된다. 그리고 이로부터 1920년대에 새롭게 규정된 주체들이 정치 논리와 계몽의 기획에서 예술의 영역을 철저하게 재구축할 수 없었던 것은 그들이 민족이 처한 위기를 최종심급으로 승인했기 때문이지만, 무엇보다 그들 개별자 내부에 속화된 형태의 입신출세주의가 침윤되어 있었기 때문인 것은 아닌지 추정해볼 수 있게 된다. 1920년대 이후 입신출세주의의 속물화가 강화된 측면에 대한 논의는 다른 자리에서 본격적으로 검토하고자 한다.

신」란(欄)을 통해 독자 참여 프로그램을 시행한 바 있다.「소년문단」에
서는 감회를 쓴 것, 견문을 기록한 것, 일기, 고향의 풍토를 기록한 것,
선배의 경력을 기록한 것, 시조, 서간 등 형식을 불문하고,〈거짓이 아
니며, 수미상접한 글을 뽑는다〉는 취지를(「少年文壇」,『소년』창간호,
78쪽),「소년통신」에서는 명승, 고적, 특수한 풍습, 방언, 속담, 인물, 산
물, 기이한 자연 현상, 학교 교훈, 동요, 전설에 관한 독자의 글쓰기를
뽑고자 한다는 취지를 각각 밝히고 있다.(「少年通信」,『소년』창간호,
78쪽) 물론 독자군 자체가 형성되지 않았던 시기이기 때문에, 실제적으
로 이러한 취지에 맞는 응모나 투고는 거의 이루어지지 않았다.

반면,『소년』과 비교한다면『청춘』의 '현상문예쟁선' 기획은 대성공
을 거두었다.『청춘』의 '현상문예' 기획은 응모시『청춘』지를 통해 확
보할 수 있는「청춘독자증」의 첨부를 요구하는 등 응모와 투고 요령,
그 요구 항목들에서 매우 체계적 형식을 보여주었다.[33] 시조, 한시, 잡
가, 신체시가, 보통문, 단편소설 등 개별 응모 항목이 요구하는 형식, 자
수(字數), 행간, 문체에 대한 설명까지 덧붙어 있는데, 이 구체적인 요구
에 대한 호응도가 높았던 점을 고려한다면,『청춘』의 '현상공모'는『청
춘』이 구축하고자 했던 독자 공동체의 구체적 양태를 다각도로 검토해
볼 수 있는 매우 유효한 자료라고 할 수 있다.[34]

그런데 엄밀하게 말하자면『청춘』의 성공은 상대적인 것이거니와 그
효과 면에서 그렇다고 보아야 한다.『청춘』의 '현상문예쟁선' 기획이 대

---

33) 심지어 한 사람이 여러 편을 응모할 수 있으며 이때에는 그 가운데 한 원고에만 독자
증을 첨부하면 된다는 내용까지 서술되어 있다.

34) 물론 당대의 인쇄 매체들 대다수가 '독자참여' 방식을 통해 계몽 기획을 추진하고자
했다.『매일신보』의 경우도 그러했지만,『신문계』는 적극적으로 제재를 제시하고 그에
관한 글을 응모/투고하도록 유도함으로써『신문계』가 의도하는 청년 문화를 구축하고
자 하는 의도를 명백히 한 바 있다. 엄밀하게 고찰하자면, 개별 인쇄 매체가 구축하고
자 했던 근대적 주체상은 서로 달랐으며, 이 차이를 고찰하는 작업은 근대적 주체상을
검토하는 작업에서 주의 깊게 다루어져야 할 문제이다. 이 글에서는 엘리트층의 형성
과 긴밀하게 연관되어 있는『신문관』에서 발간된 잡지를 중심으로 '독자참여' 방식의
의미를 검토하고자 한다.

대적인 광고를 통해 독자층의 호응을 이끌고는 있었지만, '이상춘, 유종석, 김윤경, 방정환(ㅅㅎ생), 노문희, 배재황'[35] 등 선정자가 매번 겹치는 것에서도 알 수 있듯이, 당시는 '현상문예'에 응모할 수 있는 수준의 글쓰기 능력이 독자들 모두에게 보편화된 시대가 아니었다. 그렇기는 해도 많은 응모자들의 글쓰기 스타일을 『청춘』지 '현상문예쟁선'의 기획의도대로 정립할 수 있었다는 점에서, '현상문예쟁선' 기획은 『청춘』지가 요구하는 글쓰기 형식을 청년 독자들에게 내면화하게 하는 동시에 청년의 자의식을 재생산할 수 있는 영향력 있는 통로 역할을 했음에 분명하다. 게다가 겹치는 선정자들 이외에도 많은 응모자들이 지속적으로 가작(佳作)과 선외가작(選外佳作)으로 선정되고 있음을 통해서도 확인할 수 있듯이, 여기서 〈독자문예〉에 참여했던 응모자들은 일시적인 응모자들이 아니라 탄탄하게 구축된 『청춘』지의 독자 공동체의 일원이었던 것이다.

『청춘』지는 표절에 대한 지침을 첨부하고 있을 뿐 아니라 그것을 신고하는 사람에게 대신 포상하겠다는 식으로 표절 금지에 대한 강력한 태도를 취하고 있으며, 응모 형식이나 내용에 따른 심사위원과 선정 기준을 미리 밝히고 있다. 이러한 장치들을 통해 '개인'의 '창작물'이 만들어지는 장이 제도적으로 정비될 수 있었으며, 이를 통해 최남선과 이광수는 글쓰기의 모형과 사상적 경향을 빠르고 강력하게 유포시킬 수 있었다. 예컨대, 〈自己 近況을 報知하는 文〉과 〈故鄕의 事情을 錄送하는 文〉은 최남선이, 〈短篇小說〉은 이광수가 선정한다는 것을 광고를 통해 밝힘으로써, 『청춘』지는 응모작의 내용과 형식을 미리 조율할 수 있었던 것이다.

---

35) 盧文熙(10호, 11호, 12호, 13호), 柳錘石(10호 2편, 13호), 羅始奎(11호, 12호, 13호, 15호), 李常春(10호 2편, 11호, 13호), 金允經(10호, 11호, 12호, 13호, 15호 2편), 方定煥(10호, 12호, 13호, 15호 2편) 외 車用運, 薛亨植, 裵在晃 등 많은 선정자들이 매호마다 선정되었고, 종종 한 호에서 한 편 이상의 글이 선정되기도 했다.

自己의近況을報知하는文

學生이면工夫生活과農民이면耕作生活과其他엇더한生活을하는이든지
自己가最近에經歷한바感想한바覺悟한바中무엇이든지情趣잇는筆致로寫出
하야親知에게報知하는文이니 아못조록眞率을守하고誇虛를避함이可함

短篇小說

學生을主人公으로하야猥雜에流치아니하는範圍에서體裁, 意匠은任意로
할것이며滑稽味를帶한것도無妨함

　　응모작의 성격을 범주화하고 있는 이 글들의 영향은『청춘』10호에
실린 선정작의 경향을 통해 구체적으로 확인할 수 있다.『청춘』10호에
소개된「현상문예」의 결과물을 검토해보면, 〈단편소설〉이라는 항목의
경우에도 학생 청년을 주인공으로 하는 소설 형식과 청년이 갖추어야
할 수양의 덕목을 밝히는 에세이 형식의 글쓰기가 동시에 선정되었음을
알 수 있다. 이는 소설 형식이 청년 대다수에게 일반적으로 받아들여진
형식이 아니었기 때문이다. 〈고향의 사정〉을 알리는 글쓰기를 제외한다
면, 대체로 〈현상문예〉에 응모된 글쓰기(/선정된 글쓰기) 형식은 감상을
토로하는 에세이류, 필자와 구별되는 인물이 등장하는 소설류, 계몽 의
식을 드러내는 에세이류로 분류할 수 있다.36) 이러한 경향의 원인은 일
단 〈현상문예〉 기획의 근본 취지가 '시문체(時文體)'의 확립에 있었다는
점에서 찾을 수 있다. 말하자면 당시에 형식보다 우선적으로 표준화해
야 할 영역은, 글쓰기에 관한 한, 문체였던 것이다.37)

---

36) 예컨대,『청춘』10호의 경우, 1) 감상 토로 형식, 2) 소설 형식, 3) 논설 형식의 글쓰기
　　는 1) 盧文熙,「初夏夕景」; 崔承澤,「知己의無함을歎함」2) 柳鍾石,「冷麪한그릇」; 李
　　常春,「두벗」, 裵在晃,「쏘쑤라그늘」. 3) 梁宙永,「成功의要道」; 鄭龍謨,「細川」; 柳鍾
　　石,「大賢大愚說」; ㅈㅎ생,「一人과社會」로 분류할 수 있다.
37)『신문관』10년 기념호인『청춘』14호에는 지면 관계상「讀者文藝」에 선정된 원고들
　　이 실리지 못한다는 내용과 함께 응모 현황에 대한 간단한 분석과 응모를 독려하려는
　　공지문이 실린다. 이를 통해 확인할 수 있듯이 응모자가 늘고 문조(文藻)가 진보하고
　　있지만, 응모작에서 절실하게 요청된 것은 문체 수련이었다.

이와 함께 감상과 계몽 형식을 취한 글쓰기가 다수 선정된 현상은 결국 〈현상문예〉 기획이 잡지 구독률을 높이기 위한 장치였음[38]을 말해주며, 이는 또한 〈현상문예〉 기획이 '독자 공동체'의 성격 구축 문제와 밀접하게 연관되어 있었음을 알려준다. 〈독자문예〉란을 통해 선정자와 작품을 소개하는 것과 동시에 가작, 선외가작에 해당하는 응모자에 대한 소개를 덧붙인 것도 이러한 이유에서이다. 선정자의 글쓰기의 수준을 보여주는 한편 대내외적으로 그 참여도를 드러낼 필요가 있었던 것이다.

　　　술안먹고담배안피우고節儉貯蓄하고讀書하고名勝地旅行하고養蚕의目
　　　的으로뽕나무심어 매각구고그밧게도조흔것은한아둘式實行하여보자는規約
　　　가잇스며[39]

금주, 금연을 권유하고 절약하고 저축하는 자세를 강조하거나 독서하고 명승지를 여행하는 등의 수양의 필요성을 강조하는 위의 인용문을 통해서 단적으로 확인할 수 있듯이, 선정작 대부분은, 학생 청년이 화자 혹은 주인공이 되어 교육·수양의 필요성을 강조하는 〈자조론〉식의 논의를 반복한다. 응모작들은 대체로 응모자가 참조해야 할 지시사항들 혹은 『청춘』지가 지향하는 사상적 경향을 고스란히 반영한 바, 학생 신분으로 경험하는 일상, 농촌생활이 불러오는 자기반성, 일상으로서의 자연이 주는 교훈－성실, 근면, 분투의 필요성 등을 기록하고 있는 것이다.

　　　元來貧寒한집에生長하얏스나 學問을닥가 훌늉한사람이되겟다는큰뜻을

---

38) 실제로 『청춘』지는 곳곳에서 '우리청춘'이라는 용어로 독자를 결집시키려는 노력을 보여 주었으며, 『청춘』 8호에 "우리 동무를 느립시다. 각각 독자를 느립시다. 한사람이 한사람식 하여도 왼 천하를 다 동무케 되겟소"라는 식으로 독자 확보를 독려하는 문구를 싣기도 했다.

39) 李慶, 〈故鄕의事情을錄送하는文〉, 『청춘』 11호 부록 〈特別懸賞文藝〉, 1917. 11, 37쪽.

품고 二三年前에 京城에올나와서 土地調査局에晝勤을하고 某夜學校에通
學하며 되도록儉素質朴한 努力的生活을 하엿더라
　　그러나 슬프다―이냉낙헌세상은 그에게 幸福의 成功을 주고저안이함인
지―不幸히 再昨年녀름에 父親의病報를듯고 내려갓더라
　　내려간후未幾에 父親은멀고먼黃泉의길을써나고 홀로된母親과 어린동생
을다리고 一家를維持하야 하루하루식 恨만코 서름만은 生涯를 보내더라[40]

　　果然君은天才이엿다. 朝鮮社會의將來에不少한光明이잇섯슬것이다. 光
明잇는일군이되엿슬것이다. 아아君은어대잇나! 朝鮮社會는웨이러케도不幸
한가?![41]

　　이때 주목해야 할 점은, 선정작 가운데 계몽의식을 드러내는 논설
형식의 산문이 낙관적 어조로 이루어져 있는 반면 학생 청년을 주인공
으로 하는 소설들은 비관적인 정조를 드러낸다는 점이다. 후자의 경우,
학생 청년들은 학문에 정진했음에도 입신에 실패하거나 병사(病死)하고
또 여러 사정으로 학문을 계속할 수 없는 상황에 처하게 된다. 유종석
의 「冷麪한그릇」(『청춘』 10호), 배재황의 「쏘쏙라그늘」(『청춘』 10호), 이
상춘의 「岐路」(『청춘』 11호), ㅅㅎ생의 「牛乳配達夫」(『청춘』 13호), 백
낙영의 「試驗을畢하면서」(『청춘』 13호) 등의 소설이 그러하며, 완성도
가 높은 소설의 경우에 이러한 경향이 더 강하게 나타난다. 예컨대, 선
정된 소설의 주인공들은 '영어를 자습하기 위해 시간표를 따라 독본과
문법을 공부하기도 하고'(朱基徹, 『청춘』 11호), '거지학생'이라고 불려
도 아랑곳하지 않고 여름에는 약을 팔고 겨울에는 서점에서 일을 하면
서 학업에 열정을 쏟기도 하며(「岐路」, 『청춘』 11호) "不滿足으로하여
금滿足함을어들것이고, 저悲哀로말미암아快樂을 지으리라"(金炯元, 「그
래도 「不滿足」」, 『청춘』 13호)는 신념으로 신고를 견디면서 노력하고
각고면려(刻苦勉勵)한다.

---

40) 柳鍾石, 「冷麪한그릇」, 『청춘』 10호, 1917. 9, 108쪽.
41) 白樂㬚, 「試驗을畢하면서」, 『청춘』 13호, 1918. 4, 108쪽.

그러나 이들이 자신의 신념을 뜻대로 실현하기는 쉽지 않았는데, 이
들의 아버지 세대의 삶 즉 그들을 둘러싼 전근대적 상황들이 그들을 짓
누르고 있었기 때문이다. 시대 흐름에 뒤떨어져서는 안 된다는 불안감
이나 자신들의 신념을 지키기 위해서 뚫고 가야할 난관이 불러온 공포
때문에 이들은 불행하고 우울한 존재로 그려지게 되었던 것이다. 사실,
이러한 경향은 선정 작품들의 특질만은 아니었는데, 최남선 자신도 선
평(選評)을 통해 우울하고 비극적인 정조를 응모작들의 한 특징으로 지
적하고 있거니와 이러한 경향이 독자공동체인 학생 청년들에게 끼칠 영
향까지 우려한 바 있다.[42]

지금껏 살펴본 바, 노력론과 성공론, 수양론과 교양론과 결합하면서
다양하게 변주되었던 입신출세주의는 한편으로 『소년』과 『청춘』지 등
을 통해―특히 독자 참여 형식을 통해―독자 쪽으로 빠르게 전달되고
널리 유포되었다. 다른 한편으로 입신출세 담론은 독자층 내부에서 시
대 현실이라는 맥락을 획득하면서 비극적 정조를 띤 작품으로 잡지 매
체에 되돌려지게 되었다. 이러한 입신출세 담론의 순환을 가능하게 했
던 것이 인쇄 매체를 통해 구축된 독자 참여 메커니즘이었다. 잡지 매
체와 독자 공동체의 관계를 긴밀하게 만들어주었던 독자 참여 메커니즘

---

42) 崔南善, 「兩文考選의 感」, 『청춘』 11호 부록 〈特別懸賞文藝〉, 1917. 11, 39쪽. "自己
의 近況을 敍述한 文에 共通되는 特色은 첫재 境遇와 志望의 懸隔한 不調和로서 由來
하는 苦悶懊惱의 聲이니 時代의 變移가 엇더케 靑年者의 心裏에 投影된것을 짐작할것
이라. 그中에 深切한 省察과 應化하려는 努力이 明見됨은 크게 人意를 强케하는것이
며 둘재 自己改化에 對한 眞摯한 策勵―니 中心업는 社會의 先輩업는 靑年이 善方向
으로 나아가는 巡路―맛당히 이러할지라 그 意氣―더욱 壯하다 할지로다 다만 이 兩
點이 時代의 靑年을 모라다가 半身以上을 幽鬱의 坑塹에 陷入함은 적지아니한걱정이
라할지니 光明과 爽快는 實로 그네의 渴求하는 目的일지로다." 최남선의 선평에 따르
면, 자기의 근황을 밝히는 글에서 우울한 정서에 사로잡히는 경우가 많은데, 이는 시대
상황과의 상관성 속에서 이해되어야 할 현상이라는 것이다. 그는 소설에 나타나는 우
울하고 비관적인 정조를 시대가 불러온 문제, 이상과 현실의 부조화를 경험하는 청년
들의 진솔한 감정의 토로와 깊이 연관된 것으로 이해했다. 말하자면 그는 배우고 따를
만한 선배를 갖지 못한 청년들이 겪게 되는 불가피한 시대 경험이 소설 속에서 우울의
정서로 표출되었다고 본 것이다.

을 통해 입신출세 담론은 청년 엘리트층을 성공에 대한 열망과 실패에 대한 공포로 추동되는 진보적 시간의 선분 위에 올려놓게 되었던 것이다. 그리고 순환되고 반복되는 메커니즘에 의해 입신출세 담론은 근대적 주체를 형성하는 주된 구성 요소 가운데 하나로 자리 잡게 되었던 것이다.

5. 입신출세주의의 양가성

京城은只今 좁은길을넓히고 낡은집을허러새집을짓는中임을알앗다 한편으로破壞하며 또한편으로建設하는中임을알앗다 文致明은自己를한번생각하야보앗다 自己를녀와가치破壞하고 새로히 自己를 建設하여야하지아니할가하는생각이얏다 前日의낡은 自己로는 到底히될수업슴을깨다랏다모든 사람이 다―새로建設되고自己만 낡은채로잇는것갓다 섭섭한 마음이지나서 한 恐怖를깨다랏다 압길에獅子가입을벌니고 달려오며 뒤로虎狼이가으르렁거리고 쏘차오는듯한 恐怖를깨다랏다[43]

致明은 그父親의命令대로 그學業을中止하고故鄕으로 나려갈가생각하앗다 아니내려가면 父母의令을억이는不孝子로생각하앗다 그러나致明은참아學業을바릴수업는것으로確認하얏다 設或一時의不孝를敢히할지라도學業을繼續함이正當한줄로自信하얏다 自己의집은 그兄致仙으로因하야 亡함을免치못할줄을알앗다 그兄이亡하야노은後에는 自己에게復興할義務가도라올줄로確信하얏다 自己가一時의不孝를끼치지아니하면自己의집은永久히亡할것으로認定하얏다[44]

요컨대, 『청춘』 11호에 실린 이상춘의 「岐路」가 분명하게 보여주고 있듯이, 학문에 정진해서 학력을 쌓으면 이를 토대로 신분 상승과 함께 가세를 일으킬 수 있다는 믿음으로 요약되는 입신출세 담론은 한편에서

---

43) 李常春, 「岐路」, 『청춘』 11호 부록 〈特別懸賞文藝〉, 1917. 11, 42쪽.
44) 李常春, 「岐路」, 『청춘』 11호 부록 〈特別懸賞文藝〉, 48쪽.

이유를 불문하고 근면·성실하게 학업에 임해야 한다는 식의 수양론(노력론)에 의해 유포된다. 동시에 입신출세 담론은 실패에 대한 공포와 좌절 경험을 통해 강화된다. 「岐路」의 '문치명'식으로 말하자면, 입신출세 담론은 시대의 흐름에 적극적으로 동참하고자 하는 노력에 의해 각인될 뿐 아니라 낡은 시대에 갇혀버릴지도 모른다는 공포에 의해 내면화되는 것이다. 이때 빈한한 생활과 가족으로 대변되는 낡은 시대는 입신출세 담론의 출발지이자 목적지가 된다. 『창조』 3호에 실린 전영택의 소설 「운명」에서 주인공 동준이 '전근대적인 아내'로 상징되는 낡은 것을 떨치고 떠난 동경 유학 끝에 어렵게 공부를 하고 졸업을 했음에도 "별노깃븐마음도 업고 나라에 도라가고십흔생각도업"(『창조』 3호, 50쪽)다고 말하는 것은 이러한 맥락에서 이해되어야 한다. 결국 입신출세 담론은 청년 엘리트층을 끊임없이 목적지로서의 미래를 위해 현재를 유예시키면서 주어진 현실에 충실하게 하는 세속적 논리가 될 수밖에 없었던 것이다.

> 希望은 間斷업시 人의 心에 宿泊하고 人은 間斷업시 希望을 有함으로써 恒常幸福을 期待하나니 團欒한 家庭에서 被逐한 人이라도 又는 圓滑한 社會에서 除外된 人골이라도반드시 明日에 來할 幸福의 家庭이나 幸福의 社會를 腦裏에 畵하면서스사로 慰藉를 其中에 求하야 未來界로 向하는도다[45]

『청춘』 9호에 실린 글인 「希望의 力」에서 강조되고 있듯이, 희망은 행복한 가정이나 사회를 상상할 수 있는 미래계로 향하게 하는 기제이며, 현실에서 불가능한 일에도 노력을 투여할 수 있게 하는 힘이다. 그러니까 '희망론'은 현재의 위치와 상황에 만족하지 않고 일보이보씩 향상과 진보를 위해 노력하게 하는 원동력 즉 입신출세주의 논리의 한 축이다. 그러나 그 이면에는 현재 상황을 미래를 위해 인내하고 견인해야

---

45) 鮮于緣東, 「希望의力」, 『청춘』 9호, 1917. 7, 10쪽.

할 주어진 운명으로 받아들이게 하는 순응의 논리가 은폐되어 있다. 어떤 어려움도 개인의 노력을 통해 스스로 타개할 수 있다는 식의 이러한 논리는 사회의 현상태를 뒤흔드는 어떤 불만이나 비판도 용납하지 않는 부동의 윤리의 뒷면인 것이다. 이후 입신출세주의의 양가성을 인지하고 사회 속에서 스스로의 지위를 찾으려는 존재들은 1920년대 동인지 중심의 잡지 매체를 통해 개인의 환상 형식을 취하면서 근대문학의 주인공으로 등장하게 된다. 청년문화의 기초는 여기에서 다져진 것이다.

주제어 : 입신출세주의, 수양론, 교양론, 근대, 주체, 형성, 독자, 공동체, 지식소비자,『자조론』

◆ 참고문헌

1. 기본자료

『소년』, 『청춘』, 『신문계』, 『창조』, 『백조』

2. 단행본

이효재, 『조선조 사회와 가족: 신분상승과 가부장제문화』, 한울, 2003.

홍일식, 『육당연구』, 일신사, 1959.

前田愛, 유은경·이원희 역, 『일본 근대 독자의 성립』, 이룸, 2003.

Lynn Hunt, 조한욱 역, 『프랑스 혁명의 가족 로망스』, 새물결, 1999.

筒井淸忠, 『日本型「敎養」の運命』, 岩波書店, 1995.

竹內洋, 『立身出世主義』, 世界思想社, 2005.

3. 연구논문

김태윤, 「1910년대 단편소설과 '유학(留學)'의 문제」, 연세대 석사논문, 2004.

김미정, 「근대초기 현상공모 일고찰」, 『반교어문학회』 18호, 반교어문학회, 2005.

소영현, 「미적 청년의 탄생」, 연세대 박사논문, 2005.

정종현, 「'민족 현실의 알리바이'를 통한 입신 출세담의 서사적 정당화」, 『한국문학
연구』 23호, 2000.

조은숙, 「한국 아동문학의 형성과정 연구」, 고려대 박사논문, 2005.

최기숙, 「'신대한소년'과 '아이들보이'의 문화 생태학」, 『상허학보』 16집, 2006.

최희정, 「한국 근대 지식인과 '自助論'」, 서강대 박사논문, 2004.

한기형, 「근대잡지 『신청년』과 경성청년구락부」, 『서지학보』 26집, 2004.

──, 「최남선의 잡지 발간과 초기 근대문학의 재편―『소년』, 『청춘』의 문학사적
역할과 위상」, 『대동문화연구』 45집, 2004.

──, 「근대잡지와 근대문학 형성의 제도적 연관―1910년대 최남선과 죽내록지조
(竹內錄之助)의 활동을 중심으로」, 『대동문화연구』 48집, 2004.

◆ **국문초록**

이 글은 「박명」의 '윤옥'과 「표박」의 '영순'과 같은 당대 청년들에게 학력에 대한 열망을 부추겼으며 서로 다른 내용의 삶을 추구하게 한 것이 무엇인가에 대한 의문에서 시작된다. 공히 이들을 성공에 대한 열망과 실패에 대한 공포에 시달리게 했던 관념은 무엇이며, 근대적 인쇄 매체는 이 관념의 유포와 어떻게 관계 맺고 있는가. 이 글에서는 청년으로 상징되는 근대 주체 형성 과정의 기초에 입신출세주의가 놓여 있음을 확인하고 1910년대의 근대적 인쇄 매체에서 강조되었던 수양론과 교양론을 중심으로 그 영향 관계를 추적해본다. 또한 『청춘』에 실린 다양한 글쓰기, 특히 '독자참여란'에 주목함으로써 근대적 주체 형성에 기여한 담론들을 통해 당시 구축된 청년 문화의 일면을 점검한다. 이 과정에서 입신출세주의가 양가적인 의미로 유포되는 과정을 거쳤음을 확인한다. 즉 입신출세주의는 학문에 정진해서 학력을 쌓고 이를 토대로 신분상승을 할 수 있을 것이라는 믿음과 시대의 흐름에 적극적으로 동참하지 않을 때 낡은 시대에 갇혀버릴지도 모른다는 공포 양자를 통해 유포된 메커니즘임을 확인한다. 결과적으로 입신출세주의 담론이 유포되는 과정을 통해 소설가(예술가)를 포함한 근대 주체 형성 메커니즘의 또 다른 한 단면을 확인한다.

226

◆ SUMMARY

Modern Print Media and
Moral-culture discourse · Culture discourse · Careerism
- A Study on the Formation of Subject

So, Young-Hyun

This writing treats that young men like 'Yoon-Ok' of 「Packmoung(薄命)」 and 'Young-Sun' of 「Peobak(漂迫)」 desire to have academic ability. And originated in the question what makes young men to seek the different life. What is the idea that had them desire success and tremble with fear about failures? What is the relationship between modern print media and widespread of this idea? This writing will make certain that the foundation of 'the formation of modern subject' represented 'young men' is 'careerism' and will pursue the influence through 'moral training discourse' and 'education discourse' which had underscored in modern print of 1910's. Also by focusing on the various writing, especially 'reader section' in『chungchun(靑春)』, I will check up the aspect of youth culture built through discourses which contributed 'the formation of modern subject'. I could make certain that careerism spread through both their confidence which they could rise social position by scholastic ability and their fear which they could be behind the times if they won't join the current of the times. I could confirm another section of 'the formation of modern subject' mechanism include novelists(artists) through the propagation of careerism discourse.

Keyword : moral-culture discourse, culture discourse, careerism, modern, subject, formation, reader, community, knowledge consumer, 『self-help』

─이 논문은 2006년 7월 30일에 접수되어, 소정의 심사를 거쳐 2006년 9월 29일에 최
종적으로 게재가 확정되었음.

1920년대 근대 창작동요의 발흥과 장르 정착 과정

—『어린이』수록 동요를 중심으로

박 지 영*

1. 서론

식민지 시대『동아일보』학예면의 독자투고란을 가장 많이 점유하고 있었던 장르는 무엇이었을까? 그것은 바로 동요와 시조(한시)였다.[1] 이러한 실증적 연구 결과는 식민지 시대 '동요'가 차지하는 위상을 다시 한 번 재고하게 만든다.

아동문학사에서는 1920년대가 '동요의 전성시대'였다[2]고 인정하고

---

* 덕성여대 강사.
1) 이혜령,「동아시아 근대지식의 형성과 문학과 매체의 역할과 성격; 1920년대『동아일보』학예면의 형성과정과 문학의 위치」, 성균관대 동아시아학술원 대동문화연구원,『대동문화연구』52집, 2005. 12, 참조.

있지만, 이러한 수치는 당대 동요를 아동문학사라는 한정된 공간이 아니라 한국 근대문학사라는 거시적 시각에서 다시 한 번 고찰해야 할 필요성을 제기한다. 아동문학이라는 장르적 경계를 넘어 1920년대 '동요'는 당대 청년들의 문학적 열정을 쏟아 붓게 한 대표적 장르 중 하나였다. 이는 지금의 현실 속에서는 '동요'가 '아동 교육용 노래'라는 한정된 효용성 속에서만 취급되고 있는데 비하면 매우 대조적인 결론인 것이다.

물론 이러한 현상은 '동요'라는 장르의 특수한 성격과도 관련이 깊은 문제일 수밖에 없다. 즉 이는 당대 아동문학의 특수한 위상과도 관련이 깊은 문제이며, '노래의 가사'라는 장르적 성격과도 관련된 문제이기도 하다.

童謠는 말 그대로 '아동의 노래'이다. 아동문학개론에서는 '아이들의 감정이나 심리를 나타낸 노래'로 '아동이라는 인간상을 재인식하고, 그 인간 형성을 뒷받침하려는 적극적인 의도에서 출발하였다'고 규정[3]하고 있다. 그런데 문제는 이 '아동'이라는 주체의 발견이 근대에 이르러서야 이루어졌다는 것이다. 근대적인 '아동의 발견'과 그들에게 대한 계몽적 의지가 없었다면 '동요'라는 근대적 장르는 존재하기 힘들었을 것이다. 모든 아동문학이 그러하듯, 동요는 근대적 관념과 제도에 의해 규범이 정립된 장르이다.

물론 근대 이전에도 '동요'라는 용어는 이미 존재하고 있었다. 그러나 '민요'와 의미면에서 거의 구별이 없이 사용되었던 '동요'라는 용어[4]

---

2) 이재철, 『한국현대아동문학사』, 일지사, 1978, 참조.

3) 석용원, 『아동문학원론』, 동아학연사, 1982, 188쪽 참조.

4) 1907년 『대한매일신보』 잡보란에는 '동요'라는 제목을 가진 시가들이 상당수 등장한다. 이 기사들에서 '동요'는 '민요'와 의미면에서 별로 다르지 않게 쓰인다. 이러한 점을 보았을 때에도, 근대 이전에 '동요'는 아동의 노래이기보다는, '민요' 즉 '구전되는 노래'라는 의미였을 가능성이 크다. '민요' 역시 근대에 들어 만들어진 개념이라는 점은 이미 연구사를 통해서 밝혀진 바 있다(임경화, 『근대한국과 일본의 민요 창출』, 소명출판사, 2005, 참조). 이러한 점에서 식민지 조선에서 '민요' '동요'라는 개념은 1900

는 근대에 이르러 남녀노소에서 아동으로 향유주체가 변화함에 따라 그 의미가 새롭게 규정된다. 근대에 이르러 동요는 근대적인 아동문학의 하위 장르로서 의미상의 재정립을 요구받게 된 것이다.

그리고 동요가 이처럼 근대적 장르로 안착되어 가는 데 가장 큰 역할을 수행한 것은 근대 '미디어'이다. 이전의 '동요(민요)'가 구전으로 창작되고 향유되었던 데 비해, 근대에 이르러 '동요'는 활자화된 매체를 통해 문자언어로서 창작되고 향유되기 시작했기 때문이다. 묵독하는 근대적 독자의 등장은 전통적인 구비문학장르였던 동요(민요)의 장르적 변환을 유도할 수밖에 없었다. '불리워지는' 노래가사에 머물지 않고 동요는 이제 눈으로 '읽는' 시의 한 장르로서의 성격을 갖추어 나갈 수밖에 없게 된다. 여기에 근대적 '창작 동요'가 유입되면서 동요는 작가의 창작물로, 당당하게 근대적 문학 장르로 인정받게 된다.

그리고 '동요' 장르적 변환과 대중적 보급 역시 근대 미디어에 의해 이루어진다. 아동문학잡지나 일간지의 학예면을 통해서 동요는 독자와 만나고, 점차 자기 위상을 획득하게 되는 것이다. 당대 대표적 잡지『어린이』의 중심 필진이었던 방정환, 정순철 등의 노력에 힘입어 창작동요의 신선함은 당대 청년들의 문학에 대한 열망과 부합되어 이 땅에 동요 창작 붐을 이루는데 중요한 역할을 한다. 여기에『동아일보』등 일간지 신문의 학예면은 '동요'의 대중화에 폭발적인 도화선 노릇을 했다고 해도 과언이 아니다. 이미『동아일보』학예면 연구가 이 지면이 아동과 여성 독자를 위해 기획된[5] 것이었다는 점을 밝혀준 바, 이러한 점을 종합적으로 살펴볼 때 1920년대 이러한 활약상은 '동요'가 당대 대중의 문학에 대한 열망과 미디어의 대중화 전략이 합치된 지점에 놓인 장르였음을 추측하게 한다.

이처럼 식민지 시대 '동요'의 문화사적 위치를 다시금 실증적으로

넌대 이후에 차차 그 의미가 분리되어 개념화되었다고 볼 수 있다.

5) 이혜령, 앞의 글 참조.

추적하는 일은 이전과는 다른 연구 성과를 기대하게 한다. 이 땅 근대
적 동요의 위상을 실증적으로 다시 살피는 일은 단지 아동문학의 한 장
르의 현상적 발전 과정을 살피는 데 그치지 않고 근대적 개인 혹은 국
민으로서의 '아동'의 발견이라는 근대적 인식의 형상과 대중적 미디어
의 등장과 역할이라는 1920년대 문화적 환경을 살펴보는 데 기여할 것
이다. 그리고 1920년대는 문단권력이 정비되어 장르적 위계질서가 형성
되기 전이었다는 점을 감안하면 이 시기 근대시 장르로서 '동요'를 살
피는 일은 당대 시단의 한 풍경을 섬세하게 살피고 그 안에서 시 장르
의 하부 위계 질서가 형성되어가는 과정을 들여다보게 하는 하나의 방
식이 될 것이다.

　그리고 그럴 때만이 식민지 시대 '동요' 연구는 객관성을 가질 수 있
는 것이다. 이미 식민지 시대 동요 연구의 토대를 닦아 놓은 연구사가
존재하기 때문에6) 이러한 연구는 더욱 시급히 요청된다.

　그리하여 본고는 당대 대표적 아동잡지인 『어린이』 수록 동요를 표
본으로 삼아 연구를 진행시키도록 한다. 1920년대 아동문화운동 선상에
서 이 매체의 중요성은 새삼 재론할 여지가 없을 것이다.

2. '창작동요'의 유입과 확산 – 동요 '독자투고란'의 활기와 창작동
요 작가의 출현

　한국 아동문학사는, 본격적인 아동문학 운동은 1923년 『어린이』誌의

---

6) 이재복의 성과는 그것이 실증적 검증 속에서 이루어졌다는 점에서 의미가 깊다. 연구
범위를 계급주의 아동문학까지 넓히고 있다는 점도 평가할 만하다. 그럼에도 불구하고
이 연구의 시각은 그간의 아동문학계의 민족주의적 관점, 즉 예를 들면 당대 아동문학
의 슬픔이 당대가 식민지였기 때문에 어쩔 수 없었다는 식의 시각에서 탈피하지 못했
다는 점에서 아쉬움이 남는다. 이는 당대 아동문학을 문화적인 객관적 토대나 전체적
인 문단사적인 조류 속에서 파악하지 못했기 때문에 일어난 문제라고 본다(이재복, 『우
리 동요, 동시 이야기』, 우리교육, 2004. 7).

발간과 함께 시작된다[7]고 기록한다. 방정환의 등장은 곧 이 땅 소년 운동과 아동문학 운동의 신호탄이었지만 그가 실제적으로 운동을 시작한 것은 잡지 『어린이』를 발간하기 시작한 때부터였기 때문이다. 왜냐하면 당대 아동문학은 〈개벽사〉에서 발간한 『어린이』誌에 대한 대호응[8]과 방정환의 번안동화집 『사랑의 선물』이 11쇄까지 발간되는 위력이 없었다면 그만큼의 존재성을 얻을 수 없었을 것이다. 아동문화운동을 비롯하여 1920년대의 문화운동, 계층운동은 근대적 미디어를 발간하는 일과 매우 중요하게 연관되어 있었다.

방정환은 이 점을 잘 알고 있었던 사람이다. 그는 아동문학작가이기 이전에 개벽사의 주요 잡지인 『어린이』, 『신여성』, 『학생』 등의 주요 편집인으로 문화운동을 전개하여 그 나름의 역사적 소명을 완수해 냈기 때문이다. 아동을 근대적인 사회적 주체로 만들기 위한 그의 프로젝트는 미디어와 발간과 함께, 강연, 동화구연회 등을 통해서 직접 어린이를 만났던 그의 열정으로 일구어진다. 그리하여 이러한 그의 활동은 아동문학의 대중화를 이끄는 데 중요한 견인차 역할을 하게 한다.[9] 당대 아동들은 어머니의 손을 잡고 구연에 몰입했으며 이러한 풍경은 여학생들이 신파극, 활동사진에 눈물을 흘리고 축음기를 들었던 1920년대 또 하나의 중요한 문화현상이다. 이러한 아동문화운동의 활발한 활동은 다른 아동문학잡지들의 발간을 추동하였으며[10] 앞에서 설명한 대로 당대 일간지

---

7) 이재철, 앞의 책 참조.

8) 『어린이』지 '편집을 마치며'란은 늘 3판을 찍었다느니 하면서 호들갑스럽게 독자들의 놀라운 호응을 자랑하곤 했다.

9) 이에 힘입어 방정환은 32세의 젊은 나이에 과로사할 정도로 쉴새없이 순회 동화구연회를 다녔다. 여기에 대한 호응은 늘 '왜 우리 지역에는 오시지 않느냐'고 요구하는 수많은 아이들의 편지가 전해준다. 예를 들면, "경성도서관에서 공일날 저녁마다 열리는 방정환 선생님의 동화회에 네 번이나 갓건만 두 번밧게못드러가고 두 번은 시간전에 갓건만 만원되어서못드러가고 도로쫓겨와서 엇지나 섭섭한지모르겟서요. 좀 더넓은데서햇스면요.(관철동 오인영)"와 같이 동화구연에 대한 열망이 높음을 드러내주는 글이 여러 편 있다(『어린이』 2권 1호, 1924. 1, 참조).

10) 잡지 『어린이』의 성공과 소년 운동에의 열망으로 1920년대에는 아동잡지의 발간이 매

들도 '학예면' 등을 통해 이러한 문화적 동향에 적극적으로 반응하게 된다. 1920년대 '동요의 전성기'도 이러한 기반에서 출발했음은 물론이다.

잡지 『어린이』에서는 동요의 이 매체는 투고란을 독자적으로 개설할 정도로 '동요'의 창작을 장려하고 있었다. 창간한 다음 해부터(2권 2호) 동요 투고란을 상설화 한다. 원래 아동문학잡지는 독자투고란을 중시하는데 이는 아동을 문학으로 계몽하고자 하는 잡지의 이념에 부합하는 일이기 때문이다.11) 1924년 3월에 시작된 독자투고란에는 거의 매회 평균 5편 정도의 동요가 실리게 된다. 1934년 폐간될 때까지 월간지로 『어린이』가 발간되었다고 할 때 거의 매회 개설된 동요투고란에 실린 동요의 수는 매우 어마어마한 숫자가 될 것이다.

이러한 양적인 성과도 있지만 『어린이』 동요란의 가장 큰 의미는 이 란을 통해서 많은 동요작가들이 생산되었다는 점이다. 윤석중(「옷둑이」, 『어린이』 3권 4호, 1925. 4), 서덕출(「봄편지」, 『어린이』 3권 4호), 최영애(「꼬부랑 할머니」, 『어린이』 3권 4호), 윤복진(「별따러가세」, 『어린이』 3권 9호, 1925. 10), 최순애(「옵바생각」, 『어린이』 3권 11호, 1925. 11), 이정구(「나는 가요」, 『어린이』 3권 12호), 신고송(「우체통」, 『어린이』 3권 11호) 등이 어린이 동요란을 통해서 등장한 동요작가들이다. 그런데 이처럼 1920년대 중반, 윤석중, 서덕출 등 아동문학사의 대표 작가들이 대거 등장하는 형상은 이미 예고된 것이었다고 한다.

왜냐하면 이미 1920년대 초반부터 아동문학창작에의 열망이 시작되었기 때문이다. 『청춘』, 『소년』, 『학생계』 등 1910년대부터 1920년대 초반, 매체의 독자투고란으로 쇄도하던 문학에 대한 열망은 예비 문학 청년들에게 아동문학에 대한 열정도 부추겼다. 게다가 그들은 '동요'는 본격 문예물보다는 상대적으로 창작하기 쉬운 장르로 여겨졌던 모양이다.

우 활발하였다(이에 대해서는 석용원, 앞의 책 참조).

11) 이에 대해서는 박현수, 「잡지 미디어로서 『어린이』의 성격과 의미」, 『대동문화연구』 50 집, 2005. 4) 졸고, 「방정환의 천사동심주의의 본질 - 잡지 『어린이』를 중심으로」, 『대동문화연구』 51집, 2005. 9) 참조.

미디어 '독자투고란'에 동요가 몰린 것도 그 이유 때문이었다고 볼 수 있다.12)

1924년 경, 경성에서 윤석중 중심으로 「기쁨사」 동인, 윤복진, 서덕출, 최순애, 신고송, 이원수 등 스타 작가가 될 이들은 이미 스스로 『기쁨』이라는 등사판 잡지를 1년에 4번 발행하고 『굴렁쇠』라는 회람작품집을 이따금 엮어서 돌려볼 정도로 아동문학 활동에 열정적이었다.13) 그러므로 당대 아동문학작가 최고의 등용문이었던 『어린이』 동요 투고란에 이들이 등장한 것은 어쩌면 '형식적' 수순이었을지도 모른다.

이밖에 1930년대에 이르면 『문장』지에 정지용의 추천으로 등단하기 이전 이미 박영종이라는 동요작가로 이름을 날리고 있었던 박목월 역시 『어린이』 독자 투고란(「통딱딱 통딱딱」, 『어린이』, 1933년) 출신이라고 한다.14)

게다가 이들이 거의 10대 중반에 투고한 작품들은 한국 아동문학사에서 거의 정전으로 살아남아 있다. 윤석중의 「옷둑이」, 최순애의 「옵바 생각」 등은 이제는 너무 대중적이어서 이 동요들이 아동문학 투고작이란 사실은 다소 의외의 일일 것이다. 우리 문학사에서 문학청년 시절의 투고 작품이 문학사의 정전이 된 경우는 아마 『문장』의 추천작이었던 조지훈의 「승무」15) 이외에는 거의 드물 것이다. 이는 당대 『어린이』 독자투고란의 위력이 얼마나 대단했는가를 증명해 준다. 그리고 이러한 성과는 문학사에 그대로 반영된다.

이들을 작가로서 문단 내에 자리잡게 만들어준 것은 『개벽』과 『동아일보』 등 당대 미디어들의 연관관계, 그리고 그 안에서 이루어지는 문

---

12) 『동아일보』의 경우도, 류도순(『봄』), 이헌구((별)이 '본사일천호기념현상당선동요'(1923. 5. 25)로 수록되고 李學仁(『귀곡새』)은 新春文藝當選童謠 選外佳作(1925. 3. 13)으로 수록된 것을 보면 당대 문학청년들에게 '동요'가 중요한 창작 장르였음을 알 수 있다.

13) 윤석중, 『어린이와 한평생』, 범양사, 1985, 참조.

14) 정확한 등단날짜와 텍스트는 확인하기 어렵다. 왜냐하면 현재 『어린이』 영인본에서는 박영종의 이 작품을 찾을 수 없다.

15) 「추천시－조지훈, 승무」, 『문장』 제11호, 1939. 12, 119-120쪽 참조.

단의 인적네트워크[16)의 힘이었다. 『어린이』 독자투고란의 단골 투고자
였던 윤석중은 이후 방정환의 눈에 들어 이후 〈개벽〉사의 기자가 될 수
있었고, 그 때 만들어진 인연으로 방정환의 사후에는 『조선일보』의 부
록이었던 『소년조선』의 편집을 맡아 할 수 있었다. 그리고 『어린이』를
통해 맺은 인연으로 정순철, 윤극영 등은 그의 동요에 곡을 붙여주었
고[17) 그 결과 윤석중의 동요는 정전화될 수 있었다.

한편 1920년대 초반 일본 유학길에 오른 방정환이 동경에서 조선 아
동문화 운동의 발흥을 위해 한 일은, 아동문학과 매체를 연구하는 것 이
외에[18) 함께 할 동지를 규합하는 일이었다. 여기서 결성된 모임이 「색
동회」이다. 이 색동회의 일원으로는, 정순철 등 음악 전공자가 합류되어
있었는데 당시 동양대학에 유학 중이었던 정순철과 이후에 합류한 윤극
영 등은 동요의 제작과 보급에 앞장서게 된다. 특히 정순철의 경우는
방정환의 동화구연회나 강연회 등에서 동요 분야의 책임자로 기록되어
있는데 이러한 점은 그가 『어린이』 동요운동의 중요한 주체였음을 알
수 있게 한다.[19) 그러나 그는 주로 작곡을 담당하여 이 연구의 대상으
로 삼기 어렵다. 윤극영의 경우 동요 작사와 작곡을 함께 하고 있지만
그 역시 동요 작가라기보다는 동요 작곡가로 보는 것이 옳다. 윤극영은
특히 1924년부터 '다알리아회'라는 동요보급 단체를 이끌면서 동요작곡
과 보급에 힘쓰면서 동요의 전성시대를 이끄는 데 큰 역할을 했다고 한
다.[20) 그리고 초기 『어린이』에는 주로 류지영(『고드름』 창작) 유도순 등,

---

16) 이미 이광수, 주요한, 김억 등 『개벽』의 주요필진과 『동아일보』 학예면의 주체들이 거
   의 일치한다는 점은 밝혀진 바이다. 또한 그들은 잡지 『조선문단』의 주체들이기도 했
   다. 이 관계는 동인지 시절부터 시작된 문단 내의 긴밀한 관련성을 의미한다.
17) 『어린이』 7권 9호에는 윤석중의 글에 윤극영이 곡을 붙인 동요 「끈떠러진 나막신」이
   실려있다. 정순철이 작곡한 윤성중의 동요로는 「졸업식의 노래」가 대표적이다.
18) 방정환의 동경생활에 대해서 자세한 것은 박현수, 「문학에 대한 열망과 소년운동에
   의 관심—방정환의 초기 활동 연구」, 『민족문학사연구』 28호, 민족문학사학회, 2005. 8,
   참조.
19) 『어린이』 3권 6호, 「편즙실 이약이」에는 "울산에 동요의 정순철 선생님과 함께 가는
   방선생 기대하시라"라는 구절이 나온다.

시 창작과 신민요 혹은 가요 작사를 병행하고 있는 작가들이 동요의 작사가로 등장한다.[21] 그리고 김기진, 박팔양, 정지용 등 시인들도 동요 작사가로 등장한다.[22] 박팔양과 정지용은 아동문학사에서도 중요하게 논의되는 동요(동시)작가들이기도 한데 이들의 동요 창작은 당대 동요 창작이 차지하는 위상이 지금과는 달랐을 것이라는 점을 증명해 주는 것이기도 하다. 그러나 정지용[23]을 제외하고 유도순, 류지영, 김기진 등에게 동요는 전문적 활동분야가 아니었다. 그리고 의외로 아동문학계의 대부 역할을 자임했던 방정환은 동요에는 전력투구하지 않았다. 『어린이』지에 실린 동요도 거의 대부분 창작물이 아니라 번역물이었던 점을 보아도 그러하다.[24]

그러다가 본격적으로 동요 창작을 자신의 천직으로 삼는 작가가 등장하는 데 그들이 바로당대 미디어의 독자투고란을 통해서 등장하는 윤석중, 한정동 등이다. 한정동의 경우는, 비록 1925년 『동아일보』 신춘문예를 통해서 등단[25]하지만 그의 대표 작품 「당옥이」를 그해 『어린이』지

20) 동요창작 못지 않게 동요를 작곡하고 부르는 이들의 활동들 역시 1920년대 중반 동요의 황금기를 이끄는데 중요한 역할을 한다(이재철, 『한국현대아동문학사』, 256쪽 참조).

21) 류지영과 유도순은 한국 가요사에도 등장하는 중요한 대중 가요 작사가이다.

22) 박팔양의 「까막잡기」는 윤극영의 작곡으로, 김기진의 동요는 정순철 작곡으로 『어린이』 2권 3호에 수록되어 있고 정지용의 동요 「산에서 온 새」는 『어린이』 4권 11호에 수록되어 있다.

23) 최근 정지용의 동시에 대한 관심이 일기 시작하는데, 그의 문학세계에서 동요(동시) 창작이 가지는 의미가 남달랐기 때문이다. 이러한 논의의 대표적인 예로 권정우, 「정지용 동시연구」, 김신정 편, 『정지용의 문학세계연구』, 깊은샘, 2001; 진순애, 「정지용 시의 내적 동인으로서 동시」, 『한국시학연구』 7집, 2002, 참조.

24) 최근에 밝혀진 방정환의 동요 연보 작업에 의하면, 『어린이』에 실린 방정환의 동요 작품, 「가을밤」(2권 9호-사이죠 야소의 시), 「여름비」(4권 7호-사이죠 야소의 시), 「산길」(4권 8호)은 번역 작품으로 밝혀졌다. 그러므로 그의 창작 작품은 「나뭇잎배」(2권 6호), 「귀뚜라미 소리」(2권 10호), 「허잽이」(2권 10호), 「늙은 잠자리」(2권 12호), 「눈」(8권 7호) 등 5편에 지나지 않는다. 이나마도 번역 작품일 가능성이 많다(자세한 것은 심명숙, 「다시 쓰는 방정환 동요 연구」, 『아침햇살』, 1998. 가을 참조).

25) 한정동은 1925년 3월 9일자 신문에 신춘문예 당선동요로 1등작에 「소금쟁이」, 3등작에 「갈닙배」가 당선되면서 등단한다.

5월, 11월에 두 번씩이나 개재하면서 이 매체에 등장한다. 이후 질적인 면은 차치하고라도 등재 회수에서만도 월등하여 『어린이』 동요란의 수석 동요 작가로서 손색이 없다. 결국 이 논문이 연구의 초점을 맞추고자 하는 전문적 창작동요 작가는 1920년대 중반 『어린이』, 『동아일보』 등 미디어의 독자투고란이나 신춘문예 등을 통해서 비로소 탄생한 것이라고 볼 수 있다.

그런데 이처럼 미디어의 독자투고란을 통해서 근대 동요 시단이 형성되어가는 방식은 일본 아동문학계의 제도적 생산 방식과 비슷하다. 일본에서 '예술 동요'라는 용어를 처음 사용하면서 '예술 동요 운동'을 시작한 스즈키 미에키치(鈴木三重吉)는 순수 아동문학 잡지 『붉은새(赤い鳥)』(1918)를 창간했고 그 휘하에 키타하라 하쿠슈(北原白秋), 사이조 야소(西條八十), 노구치 우조(野口雨情) 등 당대 최고의 시인들이 동요를 썼다. 이 때부터 일본 근대 동요의 전성기가 시작된다고 한다.

거기다가 키타하라 하쿠슈의 주재로 '응모동요선'란을 마련하여 『赤い鳥』에서는 성인이 아동을 위해 창작한 동요와 아이들 자신의 창작한 작품을 게재하고 있다. 이러한 시작업은 『赤い鳥童謠集』(1930)에서 집대성되기도 하였는데[26] 이러한 작업은 일본 예술 동요의 대중화에 크게 이바지하게 된다.

일본 아동문학 미디어의 이러한 운용방식은 방정환이 주재하는 『어린이』 이외에도 여러 아동잡지에 영향을 끼쳤을 것으로 보인다. 키타하라 하큐슈나 사이조 야소, 노구치 우조가 조선의 문학계에 끼친 영향력은 이미 입증된 바가 있다. 『어린이』 실린 버들쇠의 동요론 「동요짓는 법」(2권 4호)은 필자가 확인한 바에 의하면 노구치 우조의 『童謠十剛』의 동요론 중 한 글을 번역한 것이다. 또한 박목월의 회고에서 드러난 것처럼 당대 동요작가들은 사이조 야소의 동요를 즐겨 읽었다는 점[27]

---

26) 鳥越信 편저, 「제8장 唱歌から 藝術童謠へ」, 『日本兒童文學史』, ミネルヴァ書房, 2001, 참조.

27) 키타하라 하쿠슈와 정지용의 관계는 이미 널리 알려진 사실이다. 정지용은 키타하라

등은 일본 아동문학의 대가들이 조선의 아동문학들에게 끼친 영향력이 매우 크다는 점을 증명한다. 그리고 이러한 작가들과의 개인적 친분을 떠나서 일본 유학 도중에 이미 『어린이』를 창간했던 방정환이기에 그가 일본 유학시 일본 아동문학 잡지의 운용방식에 관심이 많았을 것이라는 점은 쉽게 짐작할 수 있다. 거기다가 1910년대 『청춘』, 『유심』 등의 잡지의 단골 독자투고자였던 방정환은 이러한 잡지 운용방식의 위력을 잘 알고 있었다.28)

그런데 독자투고란의 투고작 선정에는 잡지 주재자의 문학적 입장이 그대로 투사되기 마련이다. 그러므로 동요 독자투고란의 운용에 누구보다도 열성적이었던 『어린이』 편집진들의 문학적 취향29)은 이들 '동요' 투고란에도 적용될 수밖에 없었다고 본다. 그러면 이러한 제도를 통해서 만들어진 동요의 장르적 특성은 무엇인지 알아보아야 할 것이다.

3. '감성'의 주조와 장르적 전범의 탄생

우선 동요작품들의 문학적 경향을 분석하기 전에 『어린이』지의 편집

하쿠슈(北原白秋)의 詩誌 『근대풍경』에 역시 일어로 작품이 소개되기도 하면서 점차 시인으로서 명성을 얻게 된다. 문학적으로도 많은 영향을 받았다고 한다. 또한 박목월, 이원수 등은 사이조 야소의 영향을 많이 받았다고 스스로 회고하고 있다(이원수, 『아동 문학입문』, 소년한길, 2001; 박목월, 「문학적 자서전」,『M으로 시작되는 이름에게』, 문학과비평사, 1988, 285쪽 참조). 그밖에 키타하라 하쿠슈와 김소운의 관계도 널리 알려진 사실이다. 김소운은 자신이 채집한 조선 민요와 동요를 키타하라 하쿠슈에게 보여주고 그에게 인정을 받아 일본문화계와의 친분을 쌓을 수 있었다고 한다(김소운, 『하늘 끝에 살아도』, 동화출판사, 1968, 참조).

28) 박현수, 「문학에 대한 열망과 소년운동에의 관심―방정환의 초기 활동 연구」, 앞의 책 참조.

29) 현재로서는 동요란의 책임 운용은 누가 했는지 정확히 밝히기 어렵다. 잡지 『어린이』 에서는 2권 2호 동요(입상)란에 '柳志永 先生添削 選'이라고 밝혀진 것이 전부이다(『어린이』 2권 2호, 1924. 2, 24쪽 참조). 이를 볼 때 류도순, 류지영, 정순철 등이 동요란을 주재하지 않았을까 추측할 수 있다.

진들이 가지고 있었던 동요관을 살펴볼 필요가 있다. 그 대표적인 예로 류지영의 동요론을 살펴보기로 한다.『어린이』2권 2호, 2권 4호에 두 차례에 걸쳐 실린 동요론은 버들쇠 류지영이 일본잡지에 실린 野口雨情의 글30)을 토대로 다시 정리한 글이다.

> 동요 동요는 참조흔것이올시다. 자미잇고 리로운거시올시다 어린이 세 상에는 이것이 잇기 째문에 쓸쓸치안슴니다. 그리고 어린이들의 깃부고 노 여웁고 슯흐고 질거음에 늣기는정을 가라치고 키워주는 큰 힘이올시다… 우리됴선의 녯적부터 뎐해오는 동요는―동요쑨안이라 동화도 그럿치만은 ―모다 망처노앗슴니다. 달니망처노흔 것이 안이오 어린이세상에서는 용 납하지못할 어른들의 꾀와 뜻이 붓게되여서 망처진것임니다. 이제나는 망 처진 녯적동요는 도라보지말고 새동요가 만히 생겨서 어린이여러분의 복 스러운 세상을 한칭더 꼿다웁게 꿈이게 하고십흔 뜻으로 동요짓는데 알어 두실 것을 몃가지말슴하랴고 함니다.
> …(중략)… '一. 동요는 순전한 속어(입으로하는 보통말)로 지어야함니 다… 글투로 짓거나 문자를 느어지은 것은 못씀니다. 노래로 불을수가 잇 스며 그에 맛처서 춤을 출수 잇게 지어야함니다. 격됴(格調)가 마저야함니 다… 二. 노래로 불을수도 업고 쏘 춤도 출수 업게지은 것은 못씀니다…… 四. 어린이의 마음과 어린이의 행동과 어린이의 성품을 그대로 가지고 지 어야 함니다… 어린이 세상에서 버서나거나 무슨 뜻을나타 내랴고 쓸데업 는 말을쓰거나 억지의 말을 쓰거나 엇절수업는경우가 아니데 음상사가 좃 치못한 글짜를 써서지은 것은 못씀니다. 五. 영절스럽고 간특하지안케 맑 고 순진하고 신선하고 건실한 감정을 생긴그대로 지어야 함니다… 이약이 처럼 엇지엇지 되엿다는 내력을 설명하는 것을 대두리로 삼ㅅ지 말고 심 긔(心氣)를 노래한 것이랴야함니다… 어린이들의 예술교육(예술교육)자료 가되게 지어야 함니다.31)

30) 이재복에 의하면 이러한 글들은『早稻前文學』에 실린 동화특집을 참고로 한 것이라 고 한다. 그리고 류지영의 논리는 필자가 발견한 바에 의하면 野口雨情,『童謠十講』, 金の星出版部, 1923, 60-61쪽에 실린 '正風童謠'의 정의와 거의 흡사하다.
31) 버들쇠, 「동요짓는 법」,『어린이』2권 2호, 1924. 2, 23-27쪽 참조.

동요는 우선 아동이 '불을 수 잇'고 춤출 수 있게 한다는 점에서 '즐거움'을 위한 아동문학의 소명에 가장 충실한 장르일 수 있다. 가창을 위한 장르이기 때문에 동요는 구어로 써야 하고 격됴(格調)가 마저야' 한다. 이러한 점은 동요가 '아동의 노래'라는 장르적 성격에서 나온 항목들이다.

그런데 이 글에서 요구하는 동요에는 『어린이』 편집진들이 받아들인 아동관이 투영되어 있다. 좋은 동요는 장르상 '순진하고 신선하고 건실한감정을 생긴그대로', 즉 '어린이의 마음과 어린이의 행동과 어린이의 성품을 그대로' 나타내여야 한다. 이러한 논리는 어린이가 태생적으로 '맑고 순진'하다고 바라보고 이를 존중하는 천사동심주의 아동문학관의 전형적인 관념에서 나온 것이다. '조흔 것, 자미잇고 리로운 것' 이어야 한다는 점 역시 그러하다. 『어린이』 편집진들의 아동문학관의 핵심은 아동을 즐겁게 하는 동시에 이들을 '조흔 것, 리로운 것'으로 계몽하는 데 있었기 때문이다.[32] 그래서인지 이 글이 설명하는 동요의 주요 지향점도 아동에게 '깃부고 노여웁고 슲흐고 질거움에 늣기는 정'을 '감정으로 제절로 알게' 하는 것이다. 그리고 이처럼 어떤 면에서 동요는 '조흔 것 리로운 것'을 아동이 '감정으로 제절로 알게'하는 데 매우 중요한 장점을 가진 장르이기도 할 것이다. 이것이 '노래'의 위력이며, 정서적인 측면으로 어필할 수 있는 시 장르의 강점이기도 하기 때문이다. 그래서 당대 아동문학가들에게 동요는 마지막의 표현대로 훌륭한 '예술교육의 자료'였다.

그러면서 동요는 아동의 '심긔(심기)'를 노래한 것'이어야 한다는 점

---

32) 대표적으로 방정환의 천사동심주의적 문학관이 그러하다. 그래서 이 논리를 표면적으로 살펴보면 이들이 순문학을 지향하는 것처럼 보이지만 정작 동화를 분석해보면 이 이념의 본질은 '천사'인 아동을 민족의 주체로 길러야 한다는 계몽적 강박이 훨씬 강한 것이었다. 그리고 이러한 계몽적 강박이 동화의 감상성을 만들어내기도 한다. 감상성과 통속성은 서로 통하는 정서이기 때문이다. 그리고 이러한 특성으로 동화는 정서교육의 도구가 될 수 있었다. 자세한 것은 졸고, 「방정환의 천사동심주의의 본질-잡지 『어린이』를 중심으로」, 앞의 책 참조.

242

에서 '예술' 장르, 즉 '개인의 정서'를 드러내야 하는 근대적 시문학 장르였다. 동요는 '노래'이기도 하면서도 '근대시(예술)' 장르인 것이다. 가창 장르라는 전근대적인 요소와 근대적 개인의 내면을 표상하고 '읽히는' 시라는 근대적 요소는 1920년대 근대 동요의 성격을 매우 복합적으로 만든다.

이러한 동요의 특수성이 '오늘날의 동요는 음악에서 분리되어 재출발'[33] 한다는 결과론적 해석도 가능하게 한 것이다. 그러면 이러한 동요의 이론적인 맥락은 작가들의 창작에는 어떻게 적용이 될까? 그리고 여기서 강조된 '순진하고 신선하고 건실한', '어린이다운' 감정의 정체는 무엇일까? 이는 실제 작품 분석을 통해서 알아보아야 할 것이다.

兄弟별
1. 날저므는 하늘에 별이 삼형데 빤작빤작 정답게 지내데니
2. 왼일인지 별하나 보이지않코 남은 별이 둘이서 눈물흘닌다

　　-동요로 가장 곱고 어엽브고 보들어운 것으로 나는 이 노래를 데일 조하함니다.(정순철)[34]

「형제별」은 『어린이』(8호)에 실린 최초의 창작동요이다. 거기다 특히 천도교 소년 운동에서 '동요' 부분을 담당하고 있었던 정순철의 특별한 소개글까지 실려있는 것을 볼 때 노래는 그가 '조하하'는 노래, 소개하고 싶은 동요의 전범에 가까운 것이었다고 볼 수 있다. 정순철은 여기에 '형제별'을 소개하며 '가장 곱고 어엽브고 보들어운 것'이라고 한다. 바로 이 '곱고 어엽브로 보들어운' 것이 '순진하고 신선하고 건실한', '어린이다운' 감정의 정체일 것이다.

'곱고 어엽브고 보들어운'이라는 구절은 '천사적 아동'의 표상에 반

---

33) 이재철 , 앞의 책, 88쪽 참조.
34) 「형제별」, 『어린이』 1권 8호, 1923. 9. 15, 6쪽 참조.

드시 등장하는 키워드이다. 『어린이』지에 혹은 동화집의 광고에 끊임없이 등장하는 이 이념적 용어들은 동요에도 어김없이 적용될 수밖에 없을 것이다. 그런데 중요한 것은 '가장 곱고 어엽브고 보들어운' 이 동요의 정서가 매우 슬프다는 것이다. 그리고 그 슬픔은 '정답게 지내던 형제의 죽음'이 제조해내는 상실감과 거기서 발생하는 안타까움이 근원이다. 이것이 정순철에게는 '곱고 어엽브고 보들어운 것'으로 받아들여졌을 것이다.

그런데 이러한 애상적 정서는 우리에게 매우 익숙한 것이다. 1920년대의 근대시들, 특히 소월시와 같은 민요시에서 등장하는 '애상'의 정서와 이 동요들의 정서는 매우 흡사하다. 소월 시에서 등장하는 '애상'적 정서는 님을 상실한 데서 온다. 결합을 희구하는 대상의 결핍, 그것이 소월시의 정서적 기원이라고 할 때 이 동요들은 상실의 대상을 '님' 대신 '가족'으로 대체할 뿐이다. 이런 면에서 동요는 당대 근대시들이 추구하는 정서적 특성을 그대로 따르고 있었다고 볼 수 있다. 즉, 주어진 현실적 굴레 혹은 어쩔 수 없는 운명의 굴레 속에서 벗어나고자 번민하는 개인적 정서, '비애'를 표출하는 것 그것이 근대 문학의 주요한 규범적 요소[35]였기 때문이다. 이처럼 당대 동요도 '개인의 내면적 정서' 특히 '비애의 표출'이라는 근대 문학의 규범을 그대로 따르고 있었다.

일본의 동요 작가들이었던 키타하라 하쿠슈, 노구치 우조 등도 모두 근대시 운동과 관련이 깊은 작가들이다. 이들이 실현하고자 했던 근대적 국민 시가 중 하나가 '동요'였다는 점 역시 우리의 경우에도 적용될 수 있는 문제일 것이다. 일본과 조선의 동요작가들이 모두 자신들이 추구했던 근대시 의식을 '창작동요'에 그대로 투사했던 것은 이런 측면에서 당연한 것이라고 할 수 있다. 그들에게 동요 역시 근대적 시장르였기 때문에 굳이 구별할 필요를 못 느꼈을 것이다. 그리고 이러한 애상

---

35) 廚川白村, 「近代の悲哀」, 『近代文學十講』(廚川白村集; 第1卷), 東京: 廚川白村集刊行會, 1924, 132-160쪽 참조.

적 정서가 '가장 곱고 어엽브고 보들어운' 동요의 근원이 된 것 역시 '아동'을 근대적 국민으로 키우고 싶었던 당대의 열망이 투사된 결과라고도 볼 수 있다. 이러한 정서는 동요뿐만이 아니라 아동문학 전반을 지배하는 정서이기도 했기 때문이다. 예를 들면 이러한 특성은『어린이』誌에 실린 아동 창작의 수필에서도 드러난다.『어린이』지에 투고된 작품에는 '병'의 은유가 존재한다. 어린이는 아파죽겠다는 말보다는 외롭다, 고독하다라면서 애어른 같은 글을 쓴다. 어린이 고유의 정서가 무엇인지 미처 탐구하지 못했던 근대 초기 아동문단의 인식적 혼란, 그리고 근대문학의 규범을 그대로 수용했던 상황은 '병의 물리적 아픔보다 외로움을 표현하는 것'이 문학이라고 생각했던 당대 아이들의 수필36)이 증명한다. 우리의 경우 근대 동화의 주요한 경향 중 하나가 비극적 결말이었다는 점 역시 이와 관련된 부분이다.

이러한 점은『어린이』에 실린 번역(번안) 동요들을 살펴보면 더욱 분명하게 드러난다.

가을밤-방정환(번역)

착한아가 잠자는 벼개머리에/ 어머님이 혼자안저 뀌애는바지/ 뀌매여도 뀌매여도 밤은안깁허// 기럭이는나라간뒤 잠든한울에/ 둥근달님혼자써서 저즌얼골로/ 빗치여도 빗치여도 밤은안깁허// 지나가든 소낙비가 적신집웅에/ 집을닐흔부엉이가 밤이깁헛네.

-『어린이』 2권 9호

산ㅅ 길-잔물(번역)

『여긔가 어데가는 산길임닛가』/『어머니 머리우의 가루맘니다』
『잠간만 이이로 가게하세요』/『일업는 사람은 못보냄니다』
『각씨태운 마차를 썰고가게요』/『어데서 어데까지 갈터이닛가』/『눈섭에서 쪽위까지 갈터임니다』
『얼른가요 속히가쇼 넌즛이가쇼/ 가기는 가지만은 오진못해요/ 어머니

의 낫잠이 깨시닛가요』

—『어린이』 4권 8호

우는 갈맥이[37]

1. 둥근달밝은밤에 바닷가에는/ 엄마를차즈려는 우는물새가/ 남쪽나라 먼고향 그리울째에/ 느러진날개까지 저저잇고나

2. 밤에우는 물새는 슬픈신세는/ 엄마를 차즈려고 바다를 건너/ 달빗밝은나라에 헤매다니며/ 엄마엄마부르는 적은갈맥이

—『어린이』 1권 10호

주로 창작보다는 번역(번안)을 했던 방정환의 동요들을 보면 대부분 잔잔한 애상적 정서가 느껴진다. 이는 가난한 집 엄마의 고단한 삶과 애틋한 사랑, 어머니에 대한 아이의 섬세한 마음, 엄마 잃은 아기 물새의 절망적 슬픔 속에서 뿜어져 나온다. 정순철이 「형제별」을 전범으로 꼽았듯 그의 심미안도 역시 이 관념에서 멀리 떠나온 것이 아니었다.

그리고 이러한 인식이 어떻게 당대 동요에 적용되었는지는 식민지 시대 대표적인 창작 동요들을 통해서 볼 수 있을 것이다.

두룸이(당옥이)

보일듯이보일듯이 뵈이도안는/ 당옥당옥당옥소래 처량한소래/ 쩌나가면 가는곳이 어데이더뇨?/ 내어머님가신나라 해돗는나라// 잡힐드시잡힐듯이 잡히지안는/ 당옥당옥당옥소래 구슯흔소래/ 나라가면가는곳이 어데이더뇨?/ 내어머님가신나라 달돗는나라//

약한듯이 강한듯이 쏘연한 듯이/ 당옥당옥당옥소래 적막한소래/ 흘너가면가는곳이 어데이더뇨?/ 내어머님가신나라 별돗는나라// 나도나도소래소래 너가틀진대/ 달나라로해나라로 쏘별나라로/ 훨훨활활쩌다니며 꿈에만보고/말못하던어미님의 귀나울닐걸

—『어린이』 3권 5호

---

37) 이 동요는 유명한 일본 동요작가 카시마메이 슈우가 작사하고 히로타 류우타로가 작곡한 동요라고 한다(이재복, 앞의 책, 참조).

246

童謠 「반달」－윤극영 作歌作曲

푸른하늘 은하물 하얀 쪽배엔/ 게수나무 한나무톡긔한마리/ 돗대도 아니
달고 삿대도업시/ 가기도 잘도간다 西쪽나라로// 은하물을 건넛 구름나라
로/ 구름나라 지나선/ 어대로가나/ 멀리서 반짝반짝 빗초이는 것/ 샛－별
燈臺란다 길을 차저라.

－『어린이』 2권 11호

「당옥이」에서는 엄마를 잃은 시적 화자가 따오기의 울음소리에 자기
감정을 투사하여 그 슬픔을 노래한다. 전형적인 상실의 슬픔이다. 「반
달」에는 상실의 슬픔만큼의 외로움이 투사되고 그 고독은 존재론적인
것이다. 존재론적 고독을 짊어지고 살아야 할 시적 화자는 '돗대도 아
니달고 삿대도업시' 나아가야 한다. '당옥이' 역시 '내어머니 가신나라'
로 가야하듯 그 길의 끝은 '西쪽나라'이다. 존재론적 고독과 죽음에의
초월, 이러한 낭만적 의식 역시 동요가 1920년대 초반 『동인지』의 미적
인식, 혹은 소월 시 등 민요시에서도 드러나는 낭만적 인식과 공유하는
부분이다.

그리고 이러한 전형적 인식은 『어린이』에 실린 다른 작품이나 동요
독자투고란에도 그대로 투사된다.

비

비가와요 비가와요/ 부슬부슬 비가와요/ 하늘에서 비가와요/ 햇님달님
눈물와요/ 저녁비는 달님눈물/ 아츰비는 햇님눈물/ 무슨서름 눈물인가/ 비
가와요 눈물와요－

－동요(입상), 류지영 선생첨삭 選, 『어린이』 2권 2호

눈먼 닭

눈멀어서압못보는 닭한마리가/ 언제던지 쑥꾸꾸꾸 울어댐니다/ 엄마압
바 슯히웁니다/ 작난심한애들은 인정도업시/ 소경닭아소경닭아 놀려댐니다/
나는나는그소래가엇지슯흔지/ 두눈에서눈물이 새여남니다/ 이럭저럭한두달
지내는동안/ 소경닭은슯흔恨을/ 가슴에안고/ 이세상을영영히 써낫슴니다/
불상하고불상한 소경닭을요/ 곱고고흔비단에 싸고감어서/ 잔잔하게 흐르는

시내가에다/ 눈 뜬닭이 되라고 빌고빌면서/ 소경닭을 곱게곱게 묻어습니다.
　　　　　　　－私立攻玉學校 邊利鉉『어린이』2권 5호 당선동요

　첫 번째 글은 독자투고란의 選者였던 류지영의 첨삭이 가미되어 있
는 글이라 흥미로운데[38] 위의 두 작품 역시 슬픈 정조를 띠고 있다. 전
자의 경우는 그 근원을 알 수 없는 아련한 슬픔을 두 번째 동요는 가족
의 상실과 육체적 불구라는 이중적인 존재론적 상실감을 표현하고 있
다. 이러한 점은 당대 대중들은 동요의 전범, 즉『어린이』지를 통해서
작가로 등단할 수 있는 묘책을 이미 어느 만큼 기술적으로 숙지하고 있
었음을 증명한다.

　그런데 이러한 정서적 특징은 동요가 노래의 가사였다는 점과도 연
관이 있는 문제이다. 당대 동요는 그 노래 가락 역시 '애상적'이었다. 애
상적 가사는 그 가락과 어울려 더욱 심화된 정서를 유발한다.[39]

---

38) 그 첨삭과정을 살펴보면 내용적인 수정보다는 주로 율격을 맞추어가는 과정에 초점을
　　맞추고 있다. 버들쇠, 「동요짓는 법」, 앞의 책. 23-27쪽 참조.
39) 음악적인 측면에서 살펴보면 1924년 윤극영이 작곡한 최초의 창작동요 「반달」은 '요
　　나누키 장음계'라고 한다. '요나누키 음계'는 흔히 일본 창가풍이라고 하는 음계이다.
　　요나누키 음계란 서양음악의 7음계(도-레-미-파-솔-라-시)에서 '파'음과 '시'음을 뺀 5
　　음계(도-레-미-솔-라)를 말한다. 어원상으로 살펴보면 요나누키(ヨナヌキ)는 '도'음으로
　　시작하는 장조로 '히(또), 후(레), 미(미), 요(파), 이(솔), 무(라), 나(시)' 중 '요(파)' 음과
　　'나(시)'음을 제외(누키ヌキ)한다는 뜻이다. 보통 서구에서도 이러한 음계가 있었는데,
　　보통 「작별」로 알려진 스코틀랜드 민요의 경우가 이 음계로 작곡된 것이라고 한다. 그
　　러나 일본의 경우는 서구의 것도 좀 다르다고 한다. 일본 아악의 음계와 관련된 5음계
　　를 서양 음계로 바꾼 것으로 다소 기계적으로 만들어진 음계라고 한다. 일본음악(아악)
　　과 서양음악을 절충해서 만들 새로운 음악을 국악으로 삼아 '관'과 '민'이 하나가 될
　　수 있는 일본 국민음악을 널리 보급하게 되었다. 1988년 「메이지 창가」에서부터 요나
　　누키 음계로 창작된 창가가 등장하고 엔카를 통해서 확산된다. 1912년 이후 '라'음으로
　　시작한 단조의 요나누키 음계도 사용하게 된다. 히(사)후(시)미(도)이(미)무(파)의 5음계
　　로 네 번째음인 '요(레)'음과 일곱 번째 음이 '나(솔)'음이 빠진 음계이다. 이러한 음계
　　는 일본의 새로운 모든 근대음악의 토대가 된다. 「여우야, 여우야」, 「아침바람」, 「셋셋
　　세」 등 우리에게도 매우 익숙한 일본동요들도 이 음계이다(이상 홍양자, 『빼앗긴 정서,
　　빼앗긴 문화』, 다림, 1997, 참조).
　　홍난파, 현제명 등 우리나라의 대표적 작곡가들은 모두 이 요나누케 음계를 사용해서

같은 노래 가사였던 식민지 시대 대중가요에서도 비슷한 점이 발견된다. 대중가요의 가사에도 역시 '비애'의 정서, 신파적인, '마음 속에 바람은 포기하지 못하면서 행위는 타율적인 현실 논리에 스스로 순응하는 이율배반과 그로 인한 자학과 자기 연민이 뒤범벅된 과잉된 눈물과 탄식이 외향적으로 표현된 것'40)이 많았다. 동요도 마찬가지이다.

『신여성』에 실린 한 글에서는 여학생들에게도 동요를 권하면서 '고흔동요를한구절부르면 그만마음이시원하고도고요해지고 씀즉이깨긋해지는 것을 투철히늣'기고, '남의부르는것을엽혜서 듯고만잇서도 마음이 순화(純化)되고 정화(淨化)되는 것을 늣'긴다고 하였다.41)

이처럼 마음을 '순화'시키고, '정화'시키는 것이 동요의 효용성이라면 이들 동요에서 느껴지는 외롭고 심지어 '처량한' 정조가 그 역할을 한다는 논리가 성립된다. 서러움을 느끼면서 카타르시스를 느끼는 것, 그것이 동요를 향유하는 데서 오는 정서적 효과였던 것이다.

그래서 화자가 늘 현실에 대해 소극적 태도로 일관한다는 대중가요 가사에 대한 비판적 평가 역시 동요에도 적용된다. 아동들은 애상적 정조로 일관하는 동요를 향유하면서 현실에 대응하는 힘을 얻기보다는 '순화되고 정화되'어갈 뿐이었을 것이다.

그런데 동요에는 이렇게 슬픈 정서만이 불려지는 것은 아니었다.

봄편지-울산 서덕출
연못가에 새로핀/ 버들닙을 짜서요/ 우표한장 붓쳐서/ 강남으로 보내면/ 작년에간 제비가/ 푸른편지보고조선봄이 그리워/ 다시 차저옵니다
　　　　　　　　　　　　　　　－입선동요, 『어린이』3권 4호

───────────

작곡을 했다. 예를 들어 대표적 동요 작가인 박태준, 「오빠생각」, 「고드름」 역시 이 일본창가풍의 동요이다. 이러한 처량함 역시 유입된 일본적 정서와의 관련성을 탐구할 필요가 있다(신정혜, 「한국동요에 나타난 일본 창가의 영향」, 상명대 석사논문, 2002, 참조).
40) 이영미, 『한국대중가요사』, 시공사, 1998, 69-71쪽 참조.
41) 정순철, 「童謠를권고합니다」, 『신여성』 2권 6호, 1924. 8, 53쪽 참조.

꼬부랑 할머니－수원북문내 최영애

꼬부랑 쌍쌍이 할머니는/ 집행이 집고서 어데가나/ 꼬부랑 고개를 넘어가서/ 솔방울 쥬스러 가신단다// 꼬부랑 쌍쌍이 할머니는/ 저녁에 어대서 혼자오나/ 꼬부랑 고개를 넘어가서/ 솔방울 니고서 오신단다

－입선동요, 『어린이』 3권 4호

소곰쟁이－1등 진남포 한정동

창포밧 못가운데/ 소곰쟁이는/ 1234567/ 쓰며 노누나// 쓰기는쓰지만두/ 바람이불어/ 지워지긴하지만/ 소곰쟁이는// 실타고도안하고/ ㅆㅐㅇㅆㅐㅇ 돌면서/ 1234567/ 쓰며노누나

－『동아일보』 1925. 3. 9.

옷둑이－윤석중

책상우에 옷둑이 우습고나야/ 검은눈은성내여 뒤뚝거리고/ 배는불러내민꼴 우습고나야//

책상우에 옷둑이 우습고나야/ 술이취해얼골이 빩에가지고/ 비틀비틀하는꼴 우습고나야//

책상우에 옷둑이 우습고나야/ 주정피다아래로 써러저서도/ 아얍흔체하는꼴 우습고나야

－입선동요, 『어린이』 3권 4호

위의 동요들 역시 한국 근대 동요의 대표작으로 손꼽히는 문제작들이다. 그런데 「꼬부랑 할머니」, 「소곰쟁이」, 「옷둑이」 등 이 동요들은 앞에서 설명한 상실의 정서와는 거리가 먼 가사들이다. 이 동요들은 '소곰쟁이'와 '옷둑이'처럼 시적 대상이 가지고 있는 한 가지 특성을 의인화시키고 그 특징을 劇化시켜 표현한다. 「꼬부랑 할머니」의 경우 '꼬부랑'이라는 의태어가 연출하는 상징적 감각성을 반복적 리듬을 통해 살리고, 「소곰쟁이」의 경우는 소곰쟁이가 물에서 노는 모양을 숫자로 표현하면서 율동감을 살리고, 「옷둑이」는 배가 불뚝한 채 움직이는 모양을 생동감있게 표현하고 있다. 이렇듯 대상의 개성적 특성이 감각적으로 형상화되는 이러한 동요는 앞에서 설명한 슬픈 동요만큼 많은 양을

차지하고 있다.

윤석중은 회고록에서 애초부터 '우리나라 동요는 왜 이렇게 슬픈가'에 대한 반기를 들고 동요 창작을 시작했다고 한 바 있다.

"슬픈동무끼리 모이자!" 이것이 어려서(열세 살 때)만든 '꽃밭사'와 '기쁨사'의 모토였다. 언 손도 서로 쥐면 녹는다는 생각이 들었던 것이다. 우리들의 생각을 환한 데로, 밝은 데로 돌리기 위하여 그 모임의 이름부터 우선 '꽃밭'이니, '기쁨'이니 하고, 환하게 밝게 지어 불렀다.42)

이러한 '기쁜 동요'의 등장은 동요의 전성기였던 1920년대 중반에 이미 시작되고 있었다. 그러면서 그는 우리나라 동요를 슬픔과 눈물에서 벗어나게 한 작품으로 위에서 인용한, 자신의 절친한 동료 서덕출의 작품 '봄편지'를 꼽고 있다.43) 최영애의 「쏘부랑 할머니」의 경쾌함도 이와 관련이 깊은 것이다. 윤석중과 그 동료들의 출현은 확실히 동요계의 새로운 바람이었다. 이렇게 하여 식민지 시대 동요는 '슬픈' 동요와 '기쁜(즐거운)'동요, 이 두 가지 양상으로 향유된다.

이후 『어린이』의 독자투고란에는 재기발랄하고 즐거운 동요들이 자주 등장하게 된다. 같은 시기에 등장한 한정동의 등단작 역시 발랄한 느낌의 '소금쟁이'였다는 점은 당대에 동요는 크게 두 가지 경향으로 인식되고 있었다고 볼 수 있다.

그리고 아이러니하게도 한정동의 등단작인 『소금쟁이』가 일본 작가 작품의 번안일 것이라는 표절 시비44)는 이처럼 생기발랄한 동요 역시

---

42) 윤석중, 「나의 동요반세기」, 『아동문학』 창간호(석용원, 『아동문학원론』, 동아학연사, 1982에서 재인용).

43) 윤석중, 위의 글.

44) 이 논쟁은 虹波라는 이가 한정동의 「소곰장이」가 보통학교 6년생 하기휴학학습장의 日文詩와 유사하다고 주장(「당선동화 「소곰장이」는 번역인가」, 『동아일보』, 1926. 9. 23)에서 시작되어 1926. 10. 27일까지 10여 회에 걸쳐 이루어진다. 중간에 한정동이 「소금쟁이는 번역인가」(『동아일보』, 1926. 10. 9~10)라는 글로 자신의 결백을 주장하고, 심사자 김억의 글(「소곰쟁이에 대하여」, 『동아일보』, 1926. 10. 8)이 실릴 정도로 이 논쟁

일본 작가의 동요를 통해서 학습된 경향이라고 추측하게 한다.

'슬픔' 일색인 동요에 대한 반발은 슬픈 정조를 중시하던 당대 계몽 위주의 문학관에 대한 반발이기도 했다. 슬픈 정조에 대한 반발은 물론 윤석중의 회고에 따르면 '시국이 어느땐데 슬픔에만 빠져있는가'하는 식의 다분히 민족주의적 인식의 발로로도 볼 수 있지만 이러한 시도는 '아동'특유의 정서, 아동 특유의 노래에 대한 고민을 좀 더 다차원적으로 진행시키고자 하는 의욕이라는 점에서 그 의미가 있다고 하겠다.

물론 그들은 이 땅의 아동들에게 기운을 주고 싶었던 것이다. 그리하여 기쁜 동요 덕분에 이 땅의 아동들은 동요를 부르면서 즐거움, 정서적 해방감을 가질 수 있었다. 그러면서 예쁜 정서, 밝고 깜찍한 성격으로 순화되었는지도 모른다. 이것이 1920년대 본격적으로 시작된 우리 동요의 가장 중요한 의미일 것이다.

그러나 이 역시 1920년대 아동문학운동의 이념, 즉 순수한 어린이의 '동심'을 표현하는 또 다른 방식이었다. 아동의 생각을 반드시 '환한 데로 밝은 데로'만 향하게 해야 한다는 지금도 존재하는 어른들의 강박 역시 아이를 '천사'로만 키우고 싶어하는, 또다른 극단적인 인식 편향이기 때문이다.

그러나 일찍이 아리에스는 아동에게 부여된 천사라는 정체성은 훈육이 필요한 존재라는 의미에서 부여된 것이라고 했다. 아동을 훈육의 대상으로 인식하기 시작하고, 학교제도를 만들 때쯤 부여된 이 천사라는 후광은 지켜야할 아름다움이 아니라 연약하고 순진해서 보호해야 한다 혹은 세상의 불순한 논리에 물들지 않도록 울타리를 치고 가르쳐야 한다는 의미에서 주조된다.[45] 근대라는 괴물 앞에 순수함은 때론 무지함이나 미숙함인 것이다.

부정하고 싶지만 1920년대 우리 아동관, 『어린이』誌의 '천사' 이데

의 열기는 뜨거웠다. 「문단시비」, 『동아일보』, 1926. 9. 23.
45) 필립 아리에스, 문지영 역, 『아동의 탄생』, 새물결, 2003. 9, 참조.

올로기도 이와 다르지 않다고 말해 준다. 이들에게 천사는 비판적 인식이 제거된 착한 아이들, 계몽적 논리를 잘 흡수하는 흰도화지와 같은 존재였다.[46] 슬픈 동요를 통해서는 정서적 응전력과 '착한' 성품을 기를수 있었는지도 모르지만 그 노래를 부르면서 현실에 체념하는 방법을 내면화했을지도 모르는 것처럼 이 기쁜 동요 역시 아동들로 하여금 어쩌면 그들도 겪고 있을 현실에서 벌어지는 여러 고뇌에는 눈을 감게 했을 것이다.

아이라고 해서 삶의 고통이 없는 것은 아니다. 단지 논리적으로 해석할 수 없을 뿐인지도 모른다. 1920년대 동요작가들은 당대 아동들이 겪고 있을 고통에 대해서 매우 안타까워했고 아동들에게 행복과 힘을 주고자 노력했지만 구체적으로 그것을 극복할 정서적, 인식적 능력을 키워주고자 하는 데까지는 이르지 못했다. 이것이 1920년대 동요 장르의 이원화된 규범이 만들어 낸 한계이다.

4. 문학사적 의의

1920년대는 '동요의 전성시대였다. 소년 운동이 발흥함에 따라 아동문학이 성행하고 창작동요라는 근대적 시장르가 유입되면서 전문적 동요 작가도 탄생한다. 이러한 성과에 가장 많은 기여를 한 것은 『어린이』, 『동아일보』 등 당대 미디어의 독자투고란이다. 대표적으로 『어린이』의 경우, 동요란을 독자적으로 개설할 만큼 당대 동요에 대한 독자들의 열망은 높았다. 『동아일보』의 경우도 학예면의 가장 많은 부분을 차지하는 장르는 동요였다.

당대 미디어 독자투고란에 대한 열정적인 대중들의 반응은 그만큼 당대 대중들의 문학에 대한 관심이 매우 넓고 보편적인 것이었음을 입

---

46) 졸고, 「방정환의 '천사동심주의'의 본질」 참조.

증한다. 그 중에서도 동요는 대중들이 다른 본격문학 장르에 비해 상대적으로 쉽게 받아들였던 듯하다. 그리하여 당대 '동요'는 문학청년들의 열망을 충족시켜 줄 가장 보편적인 문학 장르였다.

이러한 당대의 현실적 토대는 드디어 전문적인 동요작가를 탄생시킨다. 이 때 등장한 동요작가로는 윤석중과 한정동 그리고 그 외에 이원수, 일찍 작고한 서덕출(1940년 작고), 최영애 등이 있다. 이들은 모두 미디어의 동요란을 통해서 자기의 위상을 높이며 동요 창작을 자신들의 업으로 삼았다. 이는 1930년대에는 당대 최고의 동요(동시) 작가인 박영종이 여기에 만족하지 않고 『문장』을 통해서 성인문단의 문을 두드렸던 현상과는 대조적인 것이다. 정순철 등 「색동회」의 일원들 모두가 당대 최고의 인텔리들이었던 것처럼 1920년대에 '동요작가'란 명함은 현재와 달리 여느 순수작가의 위상만큼 높은 것이었다. 그래서 그들은 '동요작가'란 정체성에 충분히 자부심을 가질 수 있었던 것이다.

그리고 이러한 자부심 하에 1920년대 동요는 점차 장르적 전범을 만들어가게 된다. 애상적 정서의 동요와 윤석중이 말하는 기쁜 동요란 두 가지 양상이 그것이다. 이 두 가지 양상으로 동요는 가창 장르로서의 고유의 성격과 근대적 시장르로서의 성격을 혼용하면서 복합적인 장르적 성격을 완성해간다. 이러한 장르적 성격은 지금까지도 전범으로 유지되고 있다.

그러나 이러한 동요 장르의 선전은 그리 오래가지 않는 듯하다. 1930년대에 이르면 상황은 다소 달라진 듯하다. 제일 먼저 윤석중을 중심으로 한 천사동심주의 계열의 동요작단에 위기기 닥친다. 이는 물론 동요뿐만이 아니라, 아동문학 전체의 운명에 큰 영향을 준 사건이다. 바로 31년 방정환의 죽음인데 그의 죽음과 『어린이』의 발매소이자 소년운동의 중심이었던 〈개벽사〉의 점진적인 몰락은 아동문학의 암울한 운명을 암시하는 것이었다. 이후 『조선일보』사에서 윤석중 중심으로 잡지 『소년』을 창간하기도 하지만 당대 『어린이』만큼의 위용을 갖추지는 못했던 모양이다. 여기에는 물론 복잡한 맥락이 숨어있다고 볼 수 있다.

1930년대에는 기획된 아동문학 텍스트 『사랑의 선물』과 같은 베스트셀러가 등장하지 않는다. 더 이상 아동문학은 근대적 문학 텍스트의 상징이 되지 못했다. 여기에는 1930년대 분화된 독자층의 영향도 있다. 1920년대에는 미처 독자층이 분화되기 이전이어서 아동문학은 청년들, 여성들 모두가 향유하는 문학장르였다. 이에 비해 독자층의 분화가 이루어진 1930년대에는 아동문학은 순수하게 '아동의 것'이 된다.[47) 그러나 아동문학은 오히려 장르의 규범을 완성하고 자기 본연의 독자층을 확보하면서 문단의 권력에서 밀려난다. 이는 문화통치 이후에 점차 힘을 잃어가는 문화운동, 청년(계층)운동의 현황과도 관련이 될 것이다.

이러한 상황에서 대항담론으로서 출발했던 '아동문화 운동'은 그 주도권을 학교, 즉 제도권에 넘기게 되는데 이러한 점도 아동문학의 신성한 가치를 떨어뜨린다.

거기에 천사동심주의에 대한 프로문학의 공격, 그리고 1930년대 중반 이후 역량이 점차 전문화되어가는 순수문단의 발전 역시 아동문학계에 영향을 끼친다. 그래서 본격 문학 중심으로 문단권력이 정비되면서 아동문학은 자체 내의 변모를 꾀하지 않을 수 없었다고 볼 수 있다. 이에 대한 논의는 훗날로 미룬다.

주제어 : 동요, 근대 미디어, 『어린이』, 『동아일보』, 독자투고란, 동요란, 창작동요, 슬픈동요, 기쁜 동요, 근대시, 장르적 전범, 천사동심주의

---

47) 졸고, 「1920년대 '책광고'를 통해서 본 베스트셀러의 운명―미적 취향의 계열화와 문학사의 배제」, 『대동문화연구』 53집, 2006. 3, 참고.

♦ **참고문헌**

1차 자료

『어린이』, 『동아일보』, 『개벽』, 『신여성』, 『조선일보』 등

2차 자료

권정우, 「정지용 동시연구」, 김신정 편, 『정지용의 문학세계연구』, 깊은샘, 2001.

김소운, 『하늘끝에 살아도』, 동화출판사, 1968.

박목월, 『M으로 시작되는 이름에게』, 문학과 비평사, 1988.

박지영, 「방정환의 천사동심주의의 본질-잡지 『어린이』를 중심으로」, 『대동문화연구』 51집, 2005. 9.

─────, 「1920년대 '책광고'를 통해서 본 베스트셀러의 운명-미적 취향의 계열화와 문학사의 배제」, 『대동문화연구』 53집, 2006. 3.

박현수, 「잡지 미디어로서 『어린이』의 성격과 의미」, 『대동문화연구』 50집, 2005. 4.

─────, 「문학에 대한 열망과 소년운동에의 관심-방정환의 초기 활동 연구」, 『민족문학사연구』 28호, 민족문학사학회, 2005. 8.

석용원, 『아동문학원론』, 동아학연사, 1982.

신정혜, 「한국동요에 나타난 일본 창가의 영향」, 상명대 석사논문, 2002.

심명숙, 「다시 쓰는 방정환 동요 연구」, 『아침햇살』, 1998. 가을.

윤석중, 『어린이와 한평생』, 범양사, 1985.

이영미, 『한국대중가요사』, 시공사, 1998.

이원수, 『아동문학입문』, 소년한길, 2001.

이재복, 『우리 동요, 동시 이야기』, 우리교육, 2004. 7.

이재철, 『한국현대아동문학사』, 일지사, 1978.

이혜령, 「동아시아 근대지식의 형성과 문학과 매체의 역할과 성격; 1920년대 『동아일보』 학예면의 형성과정과 문학의 위치」, 『대동문화연구』 52집, 2005. 12.

임경화, 『근대한국과 일본의 민요 창출』, 소명출판사, 2005.

진순애, 「정지용 시의 내적 동인으로서 동시」, 『한국시학연구』 7집, 2002.

홍양자, 『빼앗긴 정서, 빼앗긴 문화』, 다림, 1997.

필립 아리에스, 문지영 역, 『아동의 탄생』, 새물결, 2003. 9.

鳥越信 편저, 「제8장 唱歌から 藝術童謠へ」, 『日本兒童文學史』, ミネルヴア書房,

2001.

野口雨情, 『童謠十講』, 金の星出版部, 1923.

廚川白村, 「近代の悲哀」, 『近代文學十講』(廚川白村集; 第1卷), 東京: 廚川白村集刊
　　　行會, 1924.

♦ 국문초록

1920년대는 '동요의 전성시대'로, 당대에 동요는 근대적 미디어의 독자투고란을 가장 많이 점유하는 대중적 장르였다. 이러한 점은 당대 동요를 아동문학사라는 한정된 공간이 아니라, 한국 근대문학사라는 거시적 시각에서 다시 한 번 고찰해야 할 필요성을 제기한다.

1920년대에는 창작동요라는 근대적 시장르가 유입되고 소년운동의 발흥에 따른 아동문학의 전성시대와 맞물려 전문 동요 작가가 탄생한다. 이러한 성과에 가장 많은 기여를 한 것은 『어린이』, 『동아일보』 등 당대 미디어의 독자투고란이다. 이 때 등장한 동요작가로는 윤석중과 한정동 그리고 그 외에 이원수, 일찍 작고한 서덕출, 최영애 등이다. 이들은 모두 미디어의 동요란을 통해서 자기의 위상을 높이며 평생 자부심을 가지고 동요 창작을 하게 된다. 정순철 등 「색동회」의 일원들 모두가 당대 최고의 인텔리들이었던 것처럼 1920년대에는 '동요작가'란 명함이 현재와 달리 여느 순수작가의 위상만큼 높은 것이었기 때문이다.

그리고 이러한 자부심 하에 1920년대 동요는 점차 장르적 전범을 만들어가게 된다. 애상적 정서의 동요와 기쁜 동요란 두 가지 양상이 그것이다. 이 두 가지 양상으로 동요는 가창 장르로서의 고유의 성격과 근대적 시장르로서의 성격을 혼용하면서 복합적인 장르적 성격을 완성해간다. 이러한 장르적 성격은 지금까지도 전범으로 유지되고 있다.

그런데 이들 동요의 두 가지 편향은 작가들의 이념, 즉 순수한 어린이의 '동심'을 표현하고자 하는 '천사동심주의'의 자장 안에서 형성된 것이다. 그래서 당대 동요의 의의와 한계 역시 여기서 발생한다. 슬픈 동요를 통해서는 정서적 응전력과 '착한' 성품을 기를 수 있었는지도 모르지만, 그 노래를 부르면서 현실에 체념하는 방법을 내면화했을지도 모른다. 또한 기쁜 동요 역시 아동들에게 즐거움과 정서적 해방감을 안겨주었지만, 어쩌면 그들이 겪고 있을 현실에서 벌어지는 여러 고뇌에는 눈을 감게 했을 것이다.

아이라고 해서 삶의 고통이 없는 것은 아니다. 단지 논리적으로 해석할 수 없을 뿐인지도 모른다. 1920년대 동요작가들은 당대 아동들이 겪고 있을 고통에 대해서 매우 안타까워했고 아동들에게 행복과 힘을 주고자 노력했지만, 구체적으로 그것을 극복할 정서적, 인식적 능력을 키워주고자 하는 데까지는 이르지 못했다. 이것이 1920년대 동요 장르의 이원화된 규범이 만들어 낸 한계이다.

◆ SUMMARY

The Rise of Modern Children's Song and
the Establishing Process of its Genre in the 1920s
−Focusing on the Children's Songs Published in *Children*

Park, Ji-Young

The 1920s, it was marked as the 'time of children's song' and children's song was a popular genre so that it was frequently referred to in the reader's column of the modern media. These facts bring forward the need of examining the children's songs in the 1920s within the context of the history of Korean modern literature instead of within the limited view of the history of children's literature.

Modern children's song, the modern poetic genre, and professional children's song writers were introduced in the 1920s, the era that children's literature was blooming as a result of the rise of children's movement. The reader's column of the media such as *Children*, a magazine, and *Dongailbo*, a daily newspaper, played the essential role to achieve those. Among the children's song writers who were newly introduced in the children's literature society include Yoon Suk-Joong, Han Jung-Dong, Lee Won-Soo, Suh Duk-Chool, and Choi Young-Ae. These writers published their works in the children's song columns of the media and had their names up, and they kept producing children's songs throughout their lives. Unlike today, a 'children's literature writer' was regarded with high respect like any other serious literature writers. For example, all the members of Saekdong Association, such as Chung Soon-Cheol, were highly educated people at that time.

Encouraged by such social atmosphere, children's song gradually established the model of its genre: the elegiac children's song and the joyful children's song. Children's song with these two distinguishing patterns developed its genre that possessed complex characteristics by mixing the characteristics of two different genres-traditional musical genre and modern poetic genre. This characteristics has been the model of the genre till today.

These two distinguishing patterns of children's song were built within the 'Theory of Children's Innocence as Angels' that attempted to express the innocent mind of children. Hence the limits and the meaning of children's song in the 1920s also had their roots in the theory. The children in that epoch would cultivate emotional adaptable power and good nature through elegiac children's songs, but they might also inter-nalize the realities as their fate while they were singing these songs. Likewise, while joyful children's songs brought the children the feeling of freedom and joy, they led the children to be blind to the harsh realities.

It is not that children do not have the pain of life. Only, it seems that it can not be logically interpreted. Although the children's song writers in the 1920s sympathized with those children and attempted to get them to have strength and happiness, they did not reach the stage of helping the children to strengthen themselves emotionally and per-ceptionally in order to overcome their difficulties. This is the limits that the dualized pattern of the children's song genre had in the 1920s.

Keyword : children's song, modern media, *Children*, *Dongailbo*, reader's column, children's song column, modern children's song, elegiac children's song, joyful children's song, modern po-etry, model of genre, Theory of Children's Innocence as Angels

－이 논문은 2006년 7월 30일에 접수되어, 소정의 심사를 거쳐 2006년 9월 29일에 최종적으로 게재가 확정되었음.

검열논리의 내면화와 문학의 정치성*

임 경 순**

1. 검열과 작가, 문학의 위치

우리 문학사에서 검열은 문학의 창작, 유통과 수용 모두에 절대적인 영향을 미친 중요한 조건이다. 사전검열이 문학이 반드시 통과해야 할 제도로서 행해졌던 강점기는 말할 것도 없지만 해방 이후라고 해서 사정이 크게 다른 것은 아니다. 국가건설을 둘러싼 정치투쟁이 극심했던 해방기와 그것이 극단적인 형태로 드러난 한국전쟁, 억압적인 국가기구의 필사적인 탄압사와도 같은 현대사에서 문학을 포함한 문화전반은 통제와 감시의 대상이었다. 시기에 따라 그 정도가 다르기는 하지만 각종

---

　* 이 논문은 2005년도 한국 학술진흥재단 지원으로 연구되었음(KRF-2005-079-AM0037).
　** 성균관대 강사.

필화와 문인들의 검거 구금으로 얼룩진 문학사는 검열이 우리 문학에 미친 영향을 단적으로 보여준다.

하지만 해방 이후 문학사를 검열과 관련하여 살펴보는 것에는 난점이 있다. 검열의 범위를 어떻게 설정할 것인가 하는 문제이다. 그 실질이 무엇이건 해방 이후 제도로서의 사전검열은 철폐되었고 텍스트에 구체적인 검열의 흔적이 남아 있는 것이 아니다. 때문에 검열이라는 범주로 접근할 수 있는 대상이 지나치게 확장되거나 축소될 가능성을 가지게 된다. 그 범위를 광범위하게 잡는다면 이데올로기적 법적 기제, 통치기구의 성격, 출판자본, 지배이데올로기와 저항이데올로기의 역관계 등이 검열의 차원으로 접근될 수 있다. 즉 문학을 둘러싼 사회적 환경 모두가 검열의 층위에서 다루어질 수 있는 것인데 이 경우 검열은 사회시스템의 차원으로 확장되어 버릴 위험에 처하게 된다. 한편으로 범위를 축소시킬 경우 검열의 현상적 표증인 판금 압수 구금 등의 필화를 중심에 놓을 수 있다. 사전검열이 사라진 해방 이후 검열에서 특히 필화는 검열의 가장 직접적인 현상형태이다. 그러나 필화를 중심으로 검열을 접근하게 되면 그 폭압성은 여실히 파악할 수 있지만 검열이 한국문학사에 미친 영향을 체계적으로 파악하기가 쉽지 않다. 이밖에 추천제나 문학의 창작과 유통, 수용의 통로인 매체의 성격 등 보다 직접적인 문학의 생산방식과 작가들의 내면검열까지를 검열과 연관시키게 되면 문제가 한층 복잡하다. 이러한 요소들 모두는 검열과 연관되어 있으나 같은 층위에서 다루어질 수 있는 것은 아니다. 적절한 분류와 제한이 필요할 것이며, 궁극적으로는 이들 검열의 구성 요소가 문학사 전개에 어떤 영향을 미쳤는지가 규명되어야 할 것이다.

이 글 역시 이를 목적으로 하고 있으나 검열의 층위를 체계적으로 분류하거나 문학과의 연관성을 총체적이고 입체적으로 조명하지는 못했다. 이를 위해서는 시간을 좀더 기다려야 할 듯하다. 이 글에서는 1945~53년의 남한문학을 대상으로 다음 세 가지 사항을 중심에 놓고 검열이 문학에 미친 영향을 고찰하고자 한다.

첫째는 가장 기본적인 것으로 검열이 어떤 형태로 진행되었는지를 살피는 것이다. 이 시기의 검열에 대해 본격적인 연구가 진행되지는 않았다. 하지만 해방기의 경우 남한문단의 구성과정이나 문학운동을 다루는 글에는 언급되어 있는 바가 있다.[1] 이 글에서 정리한 검열사항들이 이들 글에서 언급된 것들을 크게 벗어나지는 않는다.[2] 그러나 초점이 검열과 문학의 관련에 있는 만큼 정치권력에 의한 탄압사나 문단사와의 연관이 아닌, 검열이 어떤 형식으로 진행되었고, 시기적 특성이 무엇이었는지를 중심으로 서술하였다. 여기에는 검열의 기본적인 물적 조건인 법령의 문제도 주요하게 다루어질 것이다. 해방기는 말할 나위도 없고 1950년대 내내 통치기구는 정비된 법률체계나 행정체계를 갖추지 못했다. 이는 문화 분야도 마찬가지여서 검열의 최소한의 합리성인 합법성이나 검열기관의 일원화가 성립되지 못했다. 이것이 정비되는 것은 1960년대 이후로 박정권은 헌정 중단 기간 동안 법령을 모조리 정비한다. 실상 1945~53년, 혹은 1950년대까지 검열의 물적 조건을 살펴보는 것은 매우 흥미 있는 일일 것이라고 생각된다. 1950년대 국가가 겉으로는 그 폭력성으로 인해 강성국가인 듯 보이나 실제로는 자원 추출, 반응, 규제, 분배, 상징조작, 침투 등 제반 능력의 면에서 체제가 잡히지 않은 연성국가였다는 점에서[3] 이 시기 문학의 사회적 역할과 성격을 보다 정밀하게 파악할 수 있는 통로일 것이기 때문이다. 이를 이 글에서는 법령을 중심으로 접근하였다.

---

1) 해방 후 검열에 대한 전반적인 연구로는 이봉범, 「반공주의와 검열 그리고 문학」(『상허학보』 15집, 2005)이 있다. 그리고 해방기의 검열에 대해 참조할 수 있는 글로는 임헌영, 「미군정기의 좌우익 문학논쟁」(『해방전후사의 인식』 3, 한길사, 1987)과 김철, 「한국보수주의 문예조직의 형성과 전개」(『한국전후문학의 형성과 전개』, 태학사, 1993)가 대표적이다. 또한 이중연의 『책, 사슬에서 풀리다』(혜안, 2005)에는 해방기의 출판문화 상황이 광범위하게 다루어져 있다. 이 책의 관점에 동의하는 것은 아니지만 많은 시사와 감명을 받았다.

2) 검열사항 정리에는 이들 글과 함께 계훈모 편, 『한국언론연표』 II(관훈클럽신영연구기금, 1987) 『한국언론연표』 III(1993)을 참조하였다.

3) 김동춘, 『전쟁과 사회』, 돌베개, 2005, 128쪽.

둘째는 기본적으로 파악된 검열사항과 물적 조건을 토대로 검열에 대한 작가들의 인식을 파악하였다. 이 글에서 대상으로 삼고자 하는 1945년 해방과 한국전쟁, 휴전회담이 성립된 1953년까지의 기간은 강점기의 검열체계가 해체, 재구성되고 이후 검열의 원형이 성립되는 시기이다. 해방은 모든 사회영역에 대중의 지지에 근거한 합리적인 체계와 절차가 구성될 수 있는 계기였고, 이는 검열에서도 마찬가지다. 일제의 패망으로 사전검열은 사라졌고, 이는 정당한 절차와 문화적 합의를 통한 부르디외 식의 구조적 검열망이 짜여질 수 있는 계기였다. 그러나 주지하다시피 해방이 곧 독립은 아니었고, 남한에 주둔한 미군정은 해방군이 아닌 점령군이었으며, 이 뒤틀린 시작은 전쟁과 분단으로 이어진다. 때문에 사전검열의 철폐가 이후 문학이 보다 자유로운 상황에 놓이게 되었다는 손쉬운 결론을 유도하는 것은 아니다. 차라리 일제시대가 나았다는 식의 회고담은 이 시기가 좌우익 충돌과 전쟁으로 얼마나 혼란스럽고 처참했는지를 잘 알려준다. 특히 한국전쟁은 해방 후 검열의 가장 기본적인 기준인 반공주의가 내면화되는 결정적인 계기였다. 그러나 사전검열이 반드시 거쳐야하는 제도적 장치였던 강점기와 그것이 특수한 경우에만 행해지거나 혹은 암묵적으로 행해졌던 해방 이후의 검열은 비록 이러한 변화가 가져다준 운신의 폭이 매우 제한되고 왜곡된 것이었다고 해도 그 성격이 다르다고 할 수 있다.

가장 큰 차이는 검열체계에서 피검열자인 작가가 차지하는 위상이다. 이승만 정권은 대중적 기반이나 정당성 여부를 떠나 선거를 통과한 통치기구였다. 이는 정치권력 혹은 국가와 작가의 관계에 근본적인 변화를 가져온다. 강점기의 검열체계 형성에 작가가 개입할 여지가 협소했다면 해방 이후 검열체계에서 작가는 보다 적극적인 역할을 하게 되는 것이다. 특히 해방기의 경우 국가건설을 둘러싼 좌우익의 헤게모니 투쟁이 치열했고, 작가를 포함한 문화인 전반은 이 투쟁에 직간접적으로 관여하였다. 해방기 문학은 문학의 선전적 정치적 성격이 전면화되어 있었으며, 이는 조선문화건설중앙협의회(1945. 8. 18), 조선문학가동

맹(1945. 12. 13), 조선문화단체총연맹(1946. 2. 24), 전조선청년문학가협
회(1946. 4. 4), 조선문화단체총연합회(1947. 2. 12), 한국문학가협회(1949.
12. 17) 등의 단체구성과 문인 개개인의 정치활동이나 문학적 담론으로
표출된다. 해방된 민족이 지향해야 할 문학개념을 둘러싸고 문학내부의
헤게모니 투쟁이 치열하게 진행된 것으로 이 과정에서 검열에 대한 작
가들의 인식도 표출된다.

　실상 사전검열이라는 질곡에서 해방된 작가들에게 사상·표현의 자
유는 누구나 희구하고 동의할 수 있는 명제였다. 그러나 문제가 그렇게
간단한 것은 아니다. 사상·표현의 자유라는 일견 단순해 보이는 어구
가 실상은 복잡한 속사정을 거느리고 있기 때문이다. 사상과 표현의 자
유가 보장되어야 한다는 추상적인 명제에 동의하기는 쉽다. 그러나 이
를 구체적인 어떤 사안으로 좁혀 논의하게 되면 자유로워야 할 ‘사상과
표현의 내용’은 각기 달라진다. 좁게는 인식주체의 태도에 따라 달라지
고, 넓게는 당대의 문화적 풍토나 권력관계에 따라 그 범위가 한정된다.
사상·표현의 자유가 문자 그대로 관철되는 공간은 어디에도 없으며,
그것은 여러 요인에 의해 한정되어 드러난다. 이는 뒤집어 보자면 부당
한 검열과 정당한 검열이 있는 것으로 ‘검열’, ‘사상·표현의 자유’라는
개념은 정치적 속성을 띠지 않을 수 없다. 실제로 이 시기 작가들의 검
열에 대한 인식은 이후 검열의 원형을 성립시킨 중요한 요소였다고 보
인다. 즉 이 시기 검열체계는 단지 통치기구에 의해서만 형성된 것이
아니라 작가들의 적극적인 참여에 의해서도 만들진 것이다. 때문에 이
시기에 작가들의 검열에 대한 인식이 어떤 것이었으며, 검열체계의 수
립에 어떤 역할을 하였는지를 고찰할 필요가 있다.

　세 번째로 사회전반적인 검열체계와 그 안에서 문학의 위치가 어떠
했는지를 염두에 두었다. 검열과 관련하여 문학을 생각할 때 흔히 떠올
릴 수 있는 구도 중의 하나는 검열의 최전선에 문학이 위치했을 것이라
는 설정이다. 그러나 이는 남정현이나 김지하, 양성우 등으로 대표되는
필화사건의 상징성, 유신시대의 자유실천문인협의회의 활동 등의 이미

지가 소급되어 적용된 것으로 사실에 부합하지 않는다. 문학은 때로는 검열의 최전선에 위치하기도 했지만 그렇지 않기도 했다. 이 전선은 당대의 사회적 분위기와 피검열자들의 창작경향과 조직화 여부, 정치권력의 검열 정도 등에 따라 결정될 것이다. 때문에 영화나 연극, 가요 등의 대중적인 공연물이나, 같은 문자매체이지만 문학보다 대중적 파급력이 훨씬 큰 신문의 경우를 각각 비교해보면 검열과 맞부딪치는 전선이 서로 다르게 그어질 것이라고 생각된다. 단적인 예로 해방기의 경우 문학, 신문 등의 문자매체는 사전검열이 철폐되어 지속되었지만 연극, 영화 등의 공연예술은 사전검열이 1946년에 부활한다. 또한 상영중지, 압수, 인신구속 등의 국가권력에 의한 압력이 문학에 비해 훨씬 일찍부터 가혹하게 진행되었다. 이는 대중적 파급력이 문학에 비해 훨씬 큰 매체이므로 당연한 일이었을 것이다.

이 글에서 특히 염두에 두었던 것은 신문과 문학의 비교이다. 신문과 문학이 걸어간 길을 살펴보면 흥미 있는 현상 하나를 발견할 수 있다. 전쟁 이전의 시기에는 신문이나 문학 모두 검열과의 충돌이 심했다. 물론 그 구체적인 발현 양상은 다르다. 문학에 대한 검열이 단정 이후에 본격적으로 시작되었다면 신문의 경우는 좌익계 신문의 정간, 폐간 등 정치권력과의 사투가 훨씬 일찍부터 진행된다. 그러나 충돌이 가시적이고 지속적으로 있었다는 점에서는 동일하다. 달라지는 지점은 1950년대부터이다. 1950년대의 신문이 정치권력과의 불화가 극심했던 것에 비해 문학은 그렇지 않았다. 또한 1960년대에 신문이 점차 순치의 길에 접어들기 시작하는 데 비해 문학은 검열체계와 부딪치기 시작하며, 신문의 침묵이 깊었던 유신 이후부터 검열과 본격적으로 충돌한다. 신문과 문학은 서로 정반대의 길을 걸어간 것으로 정치권력의 억압성 정도가 문화의 모든 분야에 동일한 영향을 미치는 것은 아니다. 검열자와 피검열자는 권력의 측면에서는 일방적이지만 그 구체적인 양상에서는 검열을 받는 측의 사회적 속성이나 반작용이 반드시 개입된다. 때문에 문학이 어째서 이러한 길을 걸어갔는가는 구명될 필요가 있다. 이는 문학사 전개를 보다 심층적으로 탐색하는 데에 도움이 될 수 있을 것이라고 생각된다. 따라서 이 글은 1945~53년에 행해진 문학검열을 그것이 진행된 방법과 검열에 대한 작가들의 인식, 전반적인 검열체계 내에서 문학의 위치가 어떠했는지를 중점에 두고 고찰하고자 한다.

2. 정치투쟁으로서의 검열: 1945~48

해방기 검열의 물적인 조건을 살펴보기 위해서는 먼저 법령을 살펴볼 필요가 있다. 해방은 사상·표현의 자유와 연관된 일제의 억압적인 법령이 폐지되고 민주적인 법이 새롭게 탄생할 수 있는 계기였다. 또한 군정 초기 검열을 하지 않는 것은 물론 언론의 자유에 대하여 절대 간섭하지 않겠다는 정책이 선언되기도 했다.[4] 그러나 짐작할 수 있듯이 이는 실현되지 않았다. 군정법령 11호(1945. 10. 9)로 출판법, 치안유지법, 예비검속법 등 7개의 법이 폐지되었지만 신문지법과 보안법은 제외되었다. 신문지법은 언론의 허가제 규정을 등록제로 바꾼 군정법령 19호의 내용과 상치되는 내용을 지니고 있었음에도 폐지되지 않은 것이다.[5] 실상 등록제의 실시는 언론자유를 수호하기 위한 것이라기보다는 남한의 언론과 출판의 이념적 성향과 구성원을 파악하기 위한 것이었다.[6] 때문에 등록제는 곧 허가제로 전환된다. 1946년 미소공위(1946. 3. 20~5. 8)의 휴회를 기점으로 자유의 범위가 대폭 축소되기 시작하여, 불법 포스터나 삐라의 처벌을 명시한 군정법령 72호(1946. 5. 4)가 포고된다. 살상을 교사하거나 선동적 내용, 군정을 훼방하는 내용, 미국 혹은 소련의 군인이나 정치지도자를 비방하는 내용을 기재한 것은 엄중 처벌한다는 것으로 많은 비판을 받았다.[7] 정판사 사건(1946. 5. 15) 직후

---

4) 계훈모 편, 『한국언론연표』 II, 관훈클럽 신영연구기금, 1987, 6쪽.
5) 정진석, 『한국현대언론사론』, 전예원, 1992, 248-249쪽.
6) 김해식, 『한국언론의 사회학』, 나남, 1994, 48-49쪽.

에는 군정법령 88호의 포고(1946. 5. 29)로 등록제가 드디어 허가제로 돌아서고, 용지부족을 이유로 신규허가가 실질적으로 금지된다.(1946. 7. 8) 신규허가 금지는 다시 법령으로 제정되는데 정기간행물허가정지에 관한 건8)이 그것이다. 이어서 정간물에 대한 통제를 더욱 효과적으로 하기 위한 입법조치인 신문 기타 정기간행물법이 1947년 9월 19일 입법의원 회의를 통과한다. 그러나 신문지법을 개정한 것에 불과하다는 거센 비판에 부딪혀 폐기된다.9) 단정수립 이후인 1948년 9월 22일에는 7개항의 언론단속조항이 포고되는데 ① 대한민국의 국시국책을 위반하는 기사 ② 정부를 모략하는 기사 ③ 공산당과 이북 괴뢰 정권을 인정 내지 비호하는 기사 ④ 허위의 사실을 날조 선동하는 기사 ⑤ 우방과의 국교를 저해하고 국위를 손상하는 기사 ⑥ 자극적인 논조나 보도로서 민심을 격앙 소란케 하는 외에 민심에 악영향을 끼치는 기사 ⑦ 국가의 기밀을 누설하는 기사를 단속한다는 것으로 이 법규 발표 후 남로당의 지하조직이 몰래 발행하던 『노력인민』, 『종』, 『깃발』 등이 정부의 단속으로 모두 사라진다.10)

이러한 사정은 영화의 경우도 크게 다르지 않았다. 이미 1946년 2월에 사전검열이 예고되었고, 4월 12일 법률로 제정된다.11) 이어 10월에는 영화공연 전 그 적부를 심사하여 상영여부를 결정할 수 있다는 군정법령115호(1946. 10. 8)가 제정되는데 공보부가 영화공연 전 그 적부를 검사하여 상영을 금지할 수 있으며, 이를 위반하는 경우 영화를 몰수할 수 있다고 규정하고 있다. 이때에 공연은 입장료의 유무를 막론하고 15인 이상의 집회에서 영화를 상영하는 것을 지칭했다. 이는 좌익집회에

---

7) 군정장관 러취는 이 법령이 광범위한 규정인 포고 제2호에 대하여 어떤 행위가 위반 행위가 되는지 구체적으로 알 수 없다는 불평이 있기 때문에 발표한 것이지 죄목을 더 추가하기 위하여 만든 것은 결코 아니라는 성명을 발표하기도 하였다.

8) 1947. 3. 26 공보부령 제1호, 『한국언론법령전집』, 관훈클럽 신영연구기금, 20쪽.

9) 정진석, 앞의 책, 256쪽.

10) 김민환, 『한국언론사』, 사회비평사, 1997, 397-398쪽.

11) 군정청법령 68호. '활동사진의 취체'.

서 영화가 상영되는 것을 막으려는 의도를 띠고 있었다.12) 1947년 1월 30일에는 영화를 통한 정치선전을 금지하는 장택상 고시가 포고된다. 장택상 고시는 흥행장소에서 오락을 칭탁하여 정치선전을 하거나 통행장소에서 정치선전 하는 것을 불법으로 규정하고 있어 많은 반발을 불러일으켰다.13)

이처럼 언론 영화 등의 분야가 연속적으로 포고되는 법령으로 강력한 통제를 받았던 데 비해 이 시기 문학은 비교적 자유로운 상황에 놓여 있었다. 특히 문자에 머물러 있었던 문학의 경우가 그러했다. 문자로서의 문학에 대해서만 한정시켜 생각하면 문맹에서 발행예정으로 인쇄 중이던 시집 『인민항쟁』의 압수(1947. 3. 3)와 문맹기관지 『문학』의 판금조치(1947. 3), 임화 시집 『찬가』중 일부 삭제 지시(1947. 5. 24), 이태준의 『소련기행』 압수(1947. 11. 13) 정도가 이 시기 문학에 대한 검열의 전부이다. 그러나 해방기 문학을 문학운동과 떼어놓고 생각할 수는 없다. 때문에 범위를 확장시키면 그 숫자는 늘어난다. 『조선문학』 주간 지봉문의 피검(1946. 6. 11), 국제 청년데이 회의에서 「누구를 위한 벽찬 젊음이냐」를 낭독한 유진오의 검거(1946. 9. 1), 남로당 문화부장 김태준 피검(1947. 10. 10), 문련 주최의 예술제나 문화공작단 지방순례에 대한 테러행위 등이 그것이다.

문제가 된 작품이나 인물은 모두 좌익계열로 이는 정치운동에서 좌익이 수세에 몰려가는 과정과 일치한다. 1차 미소공위 휴회를 기점으로 등록제가 허가제로 전환된 것과 동일하게 1차 미소공위가 휴회되고 정

---

12) 좌익계 단체인 조선영화동맹은 대중화운동의 일환으로 상설영화관이 없는 산간벽지에 이동영사대를 파견하여 〈해방뉴스〉, 〈민족전선〉 등의 영화를 상영했는데 이 규정은 이러한 이동영사대의 활동을 규제하기 위한 장치였다(조혜정, 「미군정기 조선영화동맹의 활동연구」, 한국영화사학회, 『한국영화사』, 새미, 2003, 257-260쪽 참조).

13) 정치사상의 선전금지는 곧 예술 그 자체에 대한 금지라 하여 조선문화단체총연맹, 조선문학가동맹, 연극동맹, 영화동맹 외 8단체(음악동맹, 무용예술협회, 과학자동맹, 사회과학연구, 과학기술연맹, 법학자동맹, 국학원, 조선문화협회)에서는 고시의 취소를 요구하는 건의서를 군정장관 러취에게 제출하였다.

판사 사건이 일어난 직후부터 좌익계열 문학에 대한 압력이 가시화된 것이다. 그러나 이는 좌익문학계 전체를 겨냥한 체계적인 것은 아니었 다. 신문의 경우를 살펴보면 1946년 초부터 좌익배제작업이 적극적으로 전개되었으며 이는 5월 이후 공산주의 및 진보주의 언론을 철저히 배제 하는 매우 공격적인 정책으로 표면화된다.14) 이로 인해 1946. 9~1947. 8월 사이에 습격, 파괴된 언론기관이 11개소, 피습당한 언론인 55명, 검 거된 언론인이 105명에 달했다.15) 또한 영화는 사전검열이 일찌감치 법 제화되어 있었다. 이러한 사정에 비추어 문학분야에 대한 압력은 산발 적이고 강하지 않았다. 즉 문학계의 좌우익 싸움에 대하여 당시 통치기 구가 좌익문학에 대한 압력을 가중시켜 나간 것은 필지의 사실이지만 그것이 본격적이고 체계적으로 이루어진 것은 아니었던 것이다. 물론 문학이 홀로 독립된 공간에 속하지 않은 바에야 이러한 사회문화적 분 위기는 강력한 영향을 미칠 수밖에 없다. 또한 단행본의 경우 문제가 된 서적들이 있었으며 1947년 11월 13일에는 좌익관계서적이 압수되기 도 한다. 그러나 상대적인 관점에서 볼 때 문학은 비교적 자유로운 공 간 하에 있었던 것이다.

이 시기 검열체계가 문학에 대해 느슨했던 것은 물론 본질적으로 그 러한 속성을 지향했기 때문은 아니다. 대중적인 영향력이나 정치집회에 서의 효과적인 이용가능성, 선동성 등의 측면에서 신문이나 영화보다 문학이 뒤처질 수밖에 없기 때문이라고 추측된다. 이는 문제가 된 작품 들의 대부분이 시라는 것에서도 알 수 있다. 해방기가 시의 시대이기도 했지만 본질적으로는 시의 선동성, 집회에서의 낭독가능성이 문제가 된 것으로 문자로 머물러 있지 않았던 문학, 문학운동을 통제한 것이다. 이 는 문학계 전반에 대한 통제라기보다는 영화나 신문에 대한 통제와 같 은 맥락의 것이다. 또한 김태준의 피검이나 『문학』의 판금조치는 정치

---

14) 김민환, 앞의 책, 391쪽.
15) 정진석, 앞의 책, 254쪽.

적인 사안에 보다 직접적으로 결부되어 있다. 김태준은 8·15폭동사건에 연루되어 있었고, 『문학』은 10월 인민항쟁을 특집으로 다루고 있었다. 통치기구의 입장에서 보자면 좌우익의 역관계가 성립되어 있었던 시기였던 만큼 보다 시급한 다른 일들이 많았기 때문에 문학계 전반에 대한 검열은 뒤로 미루어져 있었던 셈이다. 이는 문학의 간접적이고 이차적인 성격과 문자매체라는 속성에서 기인한 결과일 것이다.

이처럼 문학은 검열망의 후위에 위치해 있었지만 검열의 기준이 정치적 성향에 달려 있다는 점에서는 다른 분야와 동일했다. 대상의 정치적 성향이 좌익인가 우익인가에 따라 검열을 통과시킬 것인가 그렇지 않은가가 결정된 것인데 사실 이는 상식에 속하는 일이다. 문제는 이 논리가 문학계 내부에서도 그대로 통용되었다는 데 있다. 국가건설을 둘러싼 정치투쟁에 문학계 전반이 직간접적으로 연관되어 있었기 때문에 이 시기 문학에서 가장 중요했던 것도 정치적인 논리였다. 이는 문학의 조건과 떼어놓고 생각할 수 없는 표현의 자유, 검열에 대한 인식에서도 동일하다. 좌우익 모두 사상과 표현의 자유를 주장하였으나 이때 자유로워야 할 '사상과 표현의 내용'은 각기 달랐던 것으로 이는 철저하게 정치적인 논리에 종속되어 있다.

남한문단에서 일어난 일은 아니지만 47년 초 북조선문학예술총동맹에서 시집 『응향』을 판금조치 하고 그 전말이 문맹 기관지 『문학』3호에 대서특필되자 우익문단에서는 개인의 정서표현에 국가 권력이 개입하는 것에 대해 강하게 비판한다.[16] 그러나 1947년 7월 4일에 문총을 포함하여 우익계열의 88개 단체로 이루어진 연합체인 애국단체연합회에서는 남로당 기관지 『노력인민』을 폐간시킬 것을 하지에게 요청하고 있다. 이유는 언론자유의 미명 하에 "우리 민족의 지도자 이승만 박사와 김구 선생에 대한 모욕을 상습적으로 하고 반미선전과 파괴선동을 일삼"고 있다는 것이었다.[17] 검열에 대한 근본적인 고찰 없이 대상에 따

---

16) 구상, 「시집 『응향』 필화사건전말기」, 『구상문학선』, 성바오로출판사, 1975, 406-407쪽.

라 검열의 부당성과 정당성이 가려졌던 것으로 이는 좌익문단도 동일했
다. 문학가동맹은 임화의 시집『찬가』에서「깃발을 내리자」가 삭제되자
5월 28일 이의 부당성을 제기하는 성명서를 발표하고[18] 문련 산하의 각
단체가 군정장관 러취와 민정장관 안재홍을 방문하여 진정서를 제출하
였다.[19] 검열의 부당성을 탄하고 있는 것인데 대상이 달라지면 이는 검
열의 정당성으로 전환된다. 문맹에서 안재홍을 방문하여 친일파인 이광
수의『꿈』과 박영희의『문학의 이론과 실제』의 발매금지와 출판사에 대
한 엄벌을 요구하는 건의서를 전달하고 성명서를 발표했던 것이다.[20]
물론 이는 해방 후 민족적 과제였던 친일잔재 청산과 얽혀 있기 때문에
단지 검열의 문제로만 해석하기에는 문제가 복잡하다. 그러나 문제를
제기하고 있는 문맹도 친일에서 자유로운 입장이 아니었으며, 문학계에
서 친일문제가 본격적으로 거론된 것도 아니었다. 또한 문맹의 발매금
지 요청은 우익 측의『노력인민』폐간 요청과 같은 날짜인 1947년 7월
4일에 이루어졌다. 문맹의 요청을 다루고 있는 신문기사의 제목인 '시
집의「깃발」은 삭제해도 이광수의「꿈」은 나와야할까?'[21]라는 어구가
시사하듯이 친일에 대한 문제제기보다는『찬가』삭제에 대한 정치적인
대응의 성격이 강했던 것이다.

　　실상 세밀히 따져보자면 사상출판의 자유에 대한 요구의 강도가 더

---

17)『조선일보』, 1947. 7. 6.

18)『찬가』삭제 지시는 큰 반향을 불러일으켰다.『조선일보』(1947. 5. 29),『민보』,『자유
　　신문』,『독립신보』에 각각 기사가 실려 있으며,『민보』에는 문맹의 성명서 전문이,『독
　　립신보』에는 일부가 실려 있다.

19)『민보』, 1947. 5. 31.

20) 성명서는 다음과 같다. "매국노에게 언론의 자유를 주다니 천만부당이다. 남조선에서
　　친일파의 전횡이 일제를 연상할만치 정치, 경제 심지어 문화영역에까지 파렴치한 행동
　　을 계속하고 있는 이때에 이(李), 박(朴) 두 왜구들이 머리를 들고 일어난다는 것은 그
　　좋은 예이다. 민족문화건설에 애국시인 임화 씨의 시는 삭제되고 우수한 상연극단의 각
　　본내용은 삭제를 당하고도 친일파의 저서가 시장에 나와야 할 이유가 어데 있는가. 전
　　민주주의문화인의 이름으로 단호한 처분을 요구하는 바이다."(『우리신문』, 1947. 7. 8)

21)『우리신문』, 1947. 7. 8.

강했던 것은 좌익이었고, 검열요구의 강도가 더 강했던 것은 우익이었다. 이는 당시 상황이 문화계는 좌익 쪽 세력이 강한 데 비해 검열체계는 우익에게 일방적으로 유리했기 때문에 필연적인 것이었다. 1947년 11월 13일 좌익관계서적이 압수되자 문련은 합법적 출판물을 압수 혹은 발매금지 한 것에 대해 공보부장 김광섭에게 진정서를 제출한다.22) 이에 비해 우익 쪽에서는 조선통신사에서 발행한 『1948년도 조선연감』에 대한 판매중지 요구가 문총에 의해 다시 한번 제기된다.23) 조선민주당과 조만식에 대한 기록이 사실과 상위될 뿐 아니라 고의적으로 왜곡되어 있다는 것이 이유였다. 그러나 검열에 대한 논리가 근본적인 고찰 없이 정치적인 영역에 종속되어 있었던 것은 좌우익이 동일하다. 문예단체가 어떤 작가나 작품, 매체에 대해 그 부당성을 탄하는 글이나 성명서를 발표하는 것과 통치기구에 판금 등의 행정조치나 담당자 처벌을 진정하는 행위는 차원이 다른 문제이다. 좌우익을 막론하고 보편적인 의미의 표현의 자유나 검열 자체에 대한 인식은 부차적인 것이었고 거론될 틈도 없었던 것이다. 만일 국가건설의 과정이 사회적 합의 하에 진행되었다면 검열과 표현의 자유의 범위 역시 합의될 수 있는 기회와 공간을 가질 수 있었을 것이다. 하지만 이 기회는 단정수립과 전쟁으로

---

22) 1947. 11. 13 동대문서에서 무허가간행물을 단속한다는 빌미로 좌익서적을 압수하였는데 『모택동선집』과 『소련기행』 등 75종 5백여 권을 압수하였다.(『한성일보』, 1947. 11. 16) 이 조치로 물의가 일자 납본치 않은 무허가간행물에 대한 압수조치를 일선에서 오해한 것이라는 경무부 공보과의 해명과(『우리신문』, 1947. 11. 22) 몰수서적을 반환하도록 수도청에 요청하겠다는 공보국장 함대훈의 언명이 있었다(『조선일보』, 1947. 11. 22). 그러나 이는 지켜지지 않은 듯하다. 압수 한 달 쯤 뒤인 12월에 문련과 산하단체가 신임공보국장 김광섭을 방문하여 일제 때에도 압수 혹은 금서의 조치는 임의대로 하지 않았다고 하면서 합법 출판물의 반환과 해금을 요청하고 있기 때문이다(『조선중앙일보』, 1947. 12. 16). 이후 이 사건에 대한 기사는 더 이상 찾아볼 수 없어 이 책들의 반환이 이루어졌는지에 대해서는 알 수 없다. 다만 『소련기행』의 경우 1948년 12월에 공식적인 판금조치가 행해진다. 이는 실질이 어떠했건 공식적으로는 판금조치가 아니라고 부인했던 1947년의 압수와는 성격이 다른 것으로 압력이 한층 강화된 것이다.

23) 『민중일보』, 1948. 1. 25.

송두리째 사라진다. 검열의 논리는 일반적인 차원에서 탐색될 수 있는 기회를 상실한 채 정치적인 논리에 온전히 종속되며, 이는 정당한 것으로 강요되고 관철된다.

3. 배제와 동원: 1948~50

문학에 대한 통제가 본격화된 것은 단정이 수립되고 여순사건이 일어난 이후이다. 여순사건은 남한 반공 제체의 기본적인 구조와 작동원리를 제시한 분기점이었다.[24] 이를 기점으로 문학계의 좌파적 성향을 밑바닥부터 긁어내는 정책이 실시되기 시작한다. 이는 세 가지 종류로 나뉘는데 순차적으로 이루어진다.

첫째는 잡지, 작품의 압수, 판금 등으로 가장 먼저 행해진 조치이다. 1948. 12~1949. 4월 사이에 집중적으로 이루어진다. 먼저 1948년 12월 10일 수도관구경찰청에서 『문장』 속간호(통권 제3권 5호), 문맹 기관지 『문학』, 문맹 서울지부 기관지 『우리문학』, 이태준의 『소련기행』과 『농토』에 대해 판매금지지령을 내린다.[25] 이어 박문서의 시집 『소백산』 판금 및 압수(1949. 1. 23),[26] 조벽암의 『지열』 판금(1949. 2. 16),[27] 『세계뉴스』 『신세계』 압수(1949. 4)[28]가 시행된다. 1949. 9. 15일에는 교과서에서 '국가이념과 민족정신에 위반되는 저작자와 저작물'이 지적됨으로써[29]

---

24) 김득중, 『여순사건과 이승만 정권의 반공이데올로기 공세』, 성균관대 박사논문, 2004.
25) 『조선중앙일보』, 1948. 12. 12.
26) 『동아일보』, 1949. 1. 23.
27) 『동아일보』, 1949. 2. 25.
28) 『한국언론연표』 II, 766쪽.
29) 문교부 장관명의로 각 중등학교에 삭제할 저작자와 저작물의 내용을 지적하였다. 목록은 다음과 같다.
　　중등국어(1): 가을밤(박아지) 고양이(박노갑) 연(김동석) 봄(박팔양) 채송화(조운) 고향(정지용) 부덕이(김남천)/ 중등국어(2): 금붕어(김기림) 선죽교(조운)/ 중등국어(3): 예스글 새로운 정(정지용) 춘보(박태원) 경칩(현덕) 전원(안회남) 궤속에 들은 사람(이근영) 오랑 좌파적 성향의 작품, 혹은 그러한 작가의 작품은 자취를 감추게 된다.

둘째는 문맹원 및 문련관련자, 남로당문화부 관련자의 구금으로 작품에 대한 검열이 일단락된 뒤에 행해진다. 『문장』의 판금으로 문장사 사장 김연만과 편집자 정지용이 1948년 12월 불구속 송청되지만 대부분의 구금 사건은 1949. 6~49. 10월에 일어난다. 문학가동맹원 안기성, 김동희, 우종령, 백인숙, 채성하, 유순자, 송청(1949. 6. 20), 김태준 체포(7. 26), 문맹인천지구 소설부장 송종호 검거(8. 8), 문련관련 이상선, 성필현 외 4명 검거(8. 9), 문맹관련 조익규, 진용태, 박용상 외 19명 송청(9. 27), 문련 서기장, 김진환 연극동맹원 등 40여 명 검거(10. 8), 문맹 조익규 외 17명 검거(10. 17), 남로당 문화부 김성택 외 13명 문련 관련자 등 33명 송청(10. 26) 등이 이 시기에 일어난 사건이다. 이는 정당 단체에 대한 등록 취소(1949. 10. 18)로 일단락 된다. 정당 단체에 대한 등록취소는 공보처장 이철원이 133개 정당 단체에 대하여 등록을 취소한다고 발표한 것으로 여기에는 문련과 문맹, 조선영화동맹 등이 포함되어 있다. 이때 적용된 법조항은 군정청 법령 55호 제2조 가항으로 사상 관계가 아닌 정당 단체 등록의 행정적 요건과 관련되어 있다.[30] 문련이

케꽃(이용악) 삼월일일(박노갑)/ 중등국어(4): 소곡(정지용) 시와 발표(정지용)/ 국어(1): 잠자리(김동석) 살수꽃(현덕) 향토기(이선희) 진달래(엄홍섭)/ 국어(2): 채송화(조운) 양○(오장환) 연(김동석)/ 중등국어(1): 잠자리(김동석) 잠언한마리(김윤제)/ 중등국어(2): 죄고리와 국화(정지용) 나의 서재(김동석) 노인과 꽃(정지용)/ 중등국어(3): 크레용(김동석) 조이십매(김○준) 별들을 일허버린 사나이(김기림) 첫기러기(김기림)/ 중등국어(3): 초춘음(신석정)/ 중등국어(4) 황성의 가을(조중용) 한하원(김철수) 신천(정지용) 소곡(정지용)/ 신생중등국어(1): 말별똥(정지용) 부덕이(김남천) 진달래(엄홍섭) 봄의선구자(박팔양)/ 신생중등국어(3) 大깐듸의 私邸(김용준)/ 중등국어작문: 32면 김남천, 62면 김동석, 67면 정지용, 70면 안회남, 134면 조군흡/ 현대중등글짓기(3): 41면 오기영/ 중등국어(1): 향토기(인성희) 소(박찬모)(『조선일보』, 1949. 10. 1)

30) 가항의 사항은 다음과 같다. "각 정당은 공칭하는 당명을 보지할 사, 신본부사무소는 정확한 주소와 제반기재사항이 서류우편을 통하여 등록될 때까지 등록부의 기록한 본부를 이전치 못함. 각 정당은 각 지구 또는 합동된 정당의 사무소를 등록할 사 각정당 본부가 신주소의 등록없이 본부 혹 지부의 사무소를 이전하는 경우에는 공보국장은 해 정당의 해체를 명할 수 있음. 해체명령 후의 행한 해정당간부 또는 당원의 정치활동은

276

나 문맹 관련자들을 국가보안법으로 검거한 후 이미 유명무실하게 된 관련단체를 행정적으로 처리한 것으로 좌익계열의 문화단체는 남한에서 정치적 근거는 물론 행정적으로도 근거를 상실하게 된다.

셋째는 좌파계열 작품과 잡지, 문인들을 제거한 후에 체제 내에 남아 있는 문인들을 길들이기 위해 행해진 일련의 후속조치들이다. 먼저 좌익계열 문화인의 등급분류(1949. 11. 5)가 실시된다. 서울특별시 경찰국에서 발표한 것으로 모두 3급으로 분류하였는데 1급이 월북한 자이고 2급과 3급의 차이는 명시되어 있지 않지만 각각 29명, 22명이다. 이들에 대해서 좌익계열 자수 기간 내에 자수하여야 하며 만일 그렇지 않을 때에는 이미 간행한 서적을 전부 압수할 것이며, 앞으로도 간행, 창작 등을 못하게 할 것이고, 명단을 신문사, 잡지사 및 문화단체에 배부하여 창작 발표 투고 게재 등을 금지할 것이라는 지침이 명시되었다.31) 이어서 월북문인저서판금(1949. 11. 8)32)과 전향문필가의 집필금지 및 원고심사(1949. 11. 29)33)가 발표된다. 많은 문인들의 보도연맹 가입도 이 시기에 이루어졌다.34)

이러한 일련의 조치들은 법적 근거를 가지고 있기도 했고, 그렇지 않기도 했다. 여기서 잠시 언론 출판에 대한 통제의 법적 근거를 살펴

본령에 위반됨. 단 해치사무 또는 공보국장이 발포한 규칙에 의하여 정당의 등록을 갱신할 시에는 차한에 부재함. 본조규정을 준수치 아니하고 공연히 또는 은밀히 정치적 활동을 하는 단체에 가담한 자는 본령에 위반함." 『미군정법령총람』, 한국법제연구회 편, 170쪽.

31) 『자유신문』, 1949. 11. 6.
32) 『동아일보』, 1949. 11. 7.
33) 집필금지가 실시된 정확한 날짜는 알 수 없으나 원고심사제와 함께 실시되었거나 그 무렵에 실시된 것으로 보인다. 집필금지의 해제는 1950. 2. 4, 원고심사제는 1950. 4. 7. 해제되었다.
34) 보도연맹에 가입한 문인들은 김기림, 김병욱, 김상훈, 김용호, 김철수, 박노아, 박영준, 박태원, 백철, 설정식, 송완순, 양미림, 양주동, 엄흥섭, 염상섭, 이무영, 이병기, 이봉구, 임학수, 정인택, 정지용, 최병화, 황순원 등이다. 이에 대해서는 김재용, 「냉전적 반공주의와 남한 문학인의 고뇌」(『역사비평』, 1996. 겨울)를 참조할 것. 명단은 김재용의 글과 『동아일보』 기사(1949. 12. 1)를 참조한 것이다.

볼 필요가 있다. 당시 정권은 지지기반의 취약성으로 인해 사회전반을 장악하거나 체계적인 통치기구를 만들어낼 수 없었다. 이는 언론 출판에 대한 법령에서도 그대로 드러나는데 이 법령들은 식민지 법률과 군정청 법률이 혼재된 것이었다. 단정을 수립할 수는 있었지만 식민지법률이나 군정시기의 법률에 기대지 않고는 언론 출판을 통제할 수 없었던 것이다. 때문에 광무신문지법은 여전히 존속하고 있었고, 군정법령 역시 국회의 힘에 밀리거나 대체법안을 염두에 둘 때에만 폐기된다. 미군정이 실시되면서 곧바로 선포되었으며, 그 포괄적인 내용 때문에 시국사범과 언론 출판인 처벌의 법적 근거로 광범위하게 활용된 미군정기 최고의 악법인 포고 2호[35]는 정부수립 2년 후인 1950년 4월 21일에 폐지된다. 신문지법은 1952년에야 폐지되는데[36] 이는 당시 반정부 성향이 강했던 국회가 통과시킨 것이었다. 결국 이 시기 언론 출판에 대한 단속은 식민지 법률인 신문지법, 군정기 법령인 포고 2호와 군정법령 88호,[37] 그리고 국가보안법에 의거하고 있었다.

이러한 상황에서 당시 정부가 문학계 정비에 주로 사용한 법령은 국가보안법이었다. 국가보안법은 여순사건 이후 좌익척결을 명목으로 만들어졌지만 예비검속의 성격을 강하게 띠어 정부측에서조차 이의가 제기되었던 법률이다.[38] 이러한 염려는 현실에서 그대로 실현되어서 1949

<hr>

35) 1945. 9. 7. 선포된 '태평양미국육군총사령부포고제2호'로 그 내용은 다음과 같다. "항복문서의 조항 또는 태평양미국육군최고지휘관의 권한 하에 발한 포고, 명령, 지시를 범한 자, 미국인과 기타 연합국인의 인명 또는 소유물 또는 보안을 해한 자, 공중치안, 질서를 요란(擾亂)한 자, 정당한 행정을 방해하는 자 또는 연합군에 대하여 고의로 적대행위를 하는 자는 점령군군법회의에서 유죄로 결정한 후 동회의의 결정하는 대로 사형 또는 타형벌에 처함."(『미군정법령총람』, 2쪽)
36) 신문지법폐지에 관한 법률(1952. 4. 4)이 국회를 통과하면서 폐기된다.
37) 이 법령은 4·19로 헌법이 개정되면서 자동 폐기되며, 5·16 이후 '외국정기간행물수입배포에 관한 법률'이 포고되면서 명시적으로 폐기된다. 이승만 정권 소멸시기까지 남아 있던 군정청 법령은 이와 함께 정당등록에 관한 법률인 55호이다. 이들 법령이 적용되는 것이 적법한 것인가에 대한 논란이 1950년대 말에 제기되기도 하였다.
38) 김득중, 앞의 글, 279쪽.

년 한 해에만 국보법 위반으로 입건된 숫자가 118,621명이었다. 법 자체가 법률로서의 정당성을 구비지 못한데다 수사기관의 난립과 고문으로 사건조작이 횡행하였기 때문에[39] 실상 불법적인 법이었다고 할 수 있는 것이다. 독립적인 헌법을 선포한 국가에서 식민지 시기와 군정기의 법령을 함께 사용하고, 불법적인 법을 제정하여 운용하였기 때문에 법적 근거가 없는 정책이 시행되는 것 역시 전혀 이상한 일이 아니었다. 1949년 11월에 행해졌던 전향문필가의 집필금지가 그것이다. 이 정책이 오래 시행된 것은 아니다. 1950년 2월에 해제되었으며, 실질적인 적용을 염두에 두었다기보다는 금지했다 풀어준다는 상징적인 효과를 노린 정책이었을 것이다. 그러나 따지고 보자면 소위 자유민주주의를 국가이념으로 내건 통치기구가 특정한 작가, 그것도 남한의 국가이념에 찬동한다는 전향의 사를 표방한 작가에게 집필금지명령을 내린다는 것은 매우 기이한 일이다. 하지만 법적근거가 무엇이냐는 기자단의 질문이 한 차례 있었을 뿐[40] 문학계 내부에서는 아무런 이의제기가 없었다. 물론 좌익작가, 작품들이 제거되고 좌익계열 문화단체 구성원들이 연속적으로 검거되는 상황에서 이 조치는 별다른 것이 아니었을 것이다. 그러나 이에 대해 문학계 내부에서 아무런 문제제기가 없었다는 것은 짚고 넘어가야 할 대목이다.

　여기에는 두 가지 이유가 있을 수 있다. 하나는 당시 문인들에게 검열이 그 대상에 따라 정당성을 획득한다는 논리가 학습 강화되어 있었다는 것이다. 즉 일제의 사전검열은 사라졌지만 해방기의 좌우대립과 헤게모니 싸움을 거치면서 검열의 논리가 문인들 내부로 파고든 것으로, 검열이 정치적인 논리에 철저하게 종속되어 사상·표현의 자유라는 의제 자체가 소멸되어 버린 것이다. 이는 여순사건 얼마 후에 문총 주최로 개최된 민족정신앙양전국문화인총궐기대회(1948. 12. 27~28)에서 채택된 결정서 내용에서 단적으로 드러난다. 총 6항으로 된 결정서 내

---

39) 박원순, 『국가보안법연구』 2, 역사비평사, 2004, 15-19쪽.

40) 이에 대해 당시 검찰총장 김익진은 아직 법적으로 연구하여 보지 않았으며 앞으로 연구하여 보겠다는 답변을 제출한다.(『한국언론연표』 II, 780쪽)

용 중 5항에는 잡지『신천지』,『민성』,『문장』,『신세대』와 출판사 백양
당, 아문각이 인공의 심장적 기관으로 고발되어 있다.[41] 물론 이전에도
이러한 요구는 있어왔다. 그러나 남한 내에 좌파가 궤멸되고 지하로 숨
어든 상황에서 행해진 이러한 지적은 이전과는 강도가 다르다. 이전의
것이 좌우 양쪽의 헤게모니투쟁이었다면 여순 사건 이후 문총의 고발은
정치권력을 등에 업은 것이었다. 조연현은 이 결정서로 인해 서울신문
사가 문단주체세력으로 개편되고, 언급된 잡지가 속간되지 못하고, 출
판사가 문을 닫고, 문교장관 안호상이 국어교과서를 전면적으로 개편하
는 조처를 취하였다고 회고하고 있다.[42] 물론 이 결정서 하나 때문에
벌어진 일들은 아니었겠으나 이러한 현실적 맥락이 충분히 염두에 두어
졌던 것으로, 사상·표현의 자유라는 의제는 현실정치권력을 등에 업은
정파적 이익에 봉사하게 된 것이다.

　다른 하나는 이와 연관된 것으로 좌익문인들의 배제와 우익문인들의
국가정체성 형성에의 기여가 동시에 이루어졌다는 사실이다. 해방기에
문학이 검열망의 후위에 위치해 있었던 데 비해 단정수립으로 체제선전
의 필요성이 대두되자 문학이 검열의 전방으로 떠오른 것이다. 때문에
여순사건 이후 이승만의 반공공세에 문학은 적극적인 역할을 담당하게
된다. 여순사건은 반공민족을 탄생시킨 중요한 계기였고 반란자가 같은
민족이 아니라는 점을 전달하는 데에 문인들은 매우 적극적인 기여를
하였다. 문총의 간부들과 문교부장관, 문교부 문화국장과의 연석회의에
서 문인조사반(1대: 박종화, 김영랑, 김규택(만화가), 정비석, 최희연(사
진작가)/ 2대: 이헌구, 최영수(만화가), 김송, 정홍거(화가), 이소녕(사진작
가)) 파견이 결정되었고 이들은 언론을 통해 어느 정도 알려진 사실을

---

41) 5항의 내용은 다음과 같다. "특히 모모 유력 신문은 제1면에 있어서는 민국정부에 협
　력을 가장하고 문화면에 있어서는 착란과 분열에 적극협력하고 있으며 잡지『신천지』,
　『민성』,『문학』,『문장』,『신세대』와 출판업 '백양당', '아문각' 등은 소위 인공의 지하
　운동의 총역량이며 그 심장적 기관임을 지적한다."(조연현,『남기고 싶은 이야기』, 부
　름, 1981, 59쪽)
42) 조연현, 앞의 글, 60쪽.

상상력과 문필에 의해 더욱 공고히 했던 것이다.43) 물론 여기에는 반공
규율사회로 성립되어 가던 당시 사회의 억압적인 분위기가 영향을 미쳤
을 것이고 이에 대해 비판적인 목소리가 공론화될 여지가 없었을지도 모
른다. 그러나 체제 밖으로 배제된 문인들에게는 선택의 여지가 없었을지
모르지만 그렇지 않았던 문인들의 경우 체제 구성에 적극적으로 기여할
것인가 그렇지 않은가에는 선택의 여지가 열려 있다. 당시에 반공주의에
서 자유로울 수 있는 집단이나 사람은 없었으나 반공주의의 자장 안에
있다는 사실이 모든 것을 설명하는 것은 아니다. 반공주의를 축으로 한
검열논리의 내면화는 상황의 압박도 있었을 것이지만 문학 스스로가 선
택한 측면 역시 무시할 수 없다. 반공주의가 만능의 칼이기는 했지만 그
것을 휘두를 것인가 아닌가는 주체의 몫이다. 이를 검열논리의 축으로
사용할 때 강력한 친정부적 성향과 단단하게 결합할 가능성은 매우 높
아진다. 주의할 것은 반공주의와 친정부라는 두 집합이 커다란 교집합으
로 겹쳐지는 것은 사실이지만 동일한 집합은 아니라는 사실이다. 문학의
경우 이 교집합은 다른 분야에 비해 컸다고 보인다. 이로 인해 한국전쟁
을 거치면서 문단기구는 친정부적 검열자로서의 성격을 띠게 된다.

4. 검열자로서의 문단기구: 1950~53

검열의 측면에서 한국전쟁은 사전검열이 부활한 시기였다. 전쟁이
발발하자 그 당일로 비상전시령 및 비상사태하의 범죄처벌특별조치령
이 공포되었으며, 7월에는 전국적으로 계엄령이 선포되고 언론출판에
관한 특별조치령이 공포되었다.44) 이에 따라 언론기관은 국방부 정훈국
의 사전검열을 받았고 여기에는 출판물, 벽보 전단 포스터 등도 포함되

43) 김득중, 앞의 글, 244-254쪽.
44) 김민환, 앞의 책, 449-450쪽.

었다.45) 1951년 4월 8일 비상계엄이 경비계엄으로 전환되었지만 검열은 풀리지 않았다.46) 그러나 실제로는 전선이 이동하던 시기와 같은 검열은 행해지지 않은 듯하다.47) 1951년 7월 10일 휴전협정이 시작되자 전쟁이라는 비상사태로 잠복해 있던 정부와 국회, 언론간의 갈등 관계가 차츰 가시화되기 시작한다. 이는 언론을 통제하기 위한 법령제정의 움직임으로도 드러난다. 1951년 7월과 신문지법 폐지 직후인 1952년 3월에 신문지법을 대체할 출판물법안이 각각 제정 시도되지만 국회와 언론의 반발로 좌절된다.48) 1952년 5월 25일에는 다시 비상계엄령이 선포되는데 이는 이승만의 정권연장을 위한 대통령직선제 개헌안으로 인한 부산정치파동 때문이었다. 이때에 약 한 달 간 언론출판의 사전검열이 실시되어 다시 삭제된 지면이 나타나게 된다.49)

　단행본이나 잡지, 문학도 기본적으로 이러한 검열상황 하에 있었으나 신문처럼 강한 정치적 압력을 받지는 않았다. 신문이 정치검열에 시달렸다면 이 시기 출판계의 검열에서는 풍속검열이 눈에 띄기 시작한

---

45) 국방부 정훈국 보도과장의 명의로 신문통신 잡지 각본(연극 영화) 벽보 포스터 전단 등 일체의 출판 인쇄물은 필히 보도과의 사전검열을 거쳐야 한다는 담화문이 발표되었다(『동아일보』, 1950. 11. 13).

46) 1951. 4에 국방부 정훈국 부산분실에서는 비상이 해제되었다고 일부에서는 계엄의 전적 해제로 오해하여 영화 연극 등의 각본 검열도 군에서 이관되는 줄 알지만 경비계엄이 실시되고 있는 지역의 검열방침은 하등의 변화가 없다는 지침을 발표하였다(『한국언론연표』 III, 25쪽).

47) 『한국언론연표』를 참조하여보면 4월 8일 이후로 얼마간 삭제된 지면이 눈에 띄지만 어느 정도 이후에는 그런 기사가 거의 눈에 띄지 않는다.

48) 이는 이후 출판물단속법안(1954. 1), 신문정비법안(1954. 10) 등의 제정 시도로 이어지는데 이 역시 좌절된다.

49) 비상계엄이 선포됨에 따라 5. 29 사전검열정책이 실시되었다. 이는 군에 관한 기사는 검열을 받으라는 것이었는데(『동아일보』, 1952. 5. 27) 이 군관련 기사라는 항목은 광범위하게 운용되었을 것으로 보인다. 한 달 후에 발표된 군관계 기사를 제외한 언론출판에 대한 사전검열을 해제한다는 영남지구계엄사령관 원용덕 소장의 발표에서 계엄령 13조 중 체포구금에 관한 사항과 계엄업무수행에 있어 지장을 초래하는 이적적 기사는 사전검열을 요한다고 예외규정이 보이기 때문이다(『조선일보』, 1952. 7. 4).

다. 단행본의 경우 부산에 밀수입되어 고가로 팔렸던 일본서적에 대한 단속이 실시되는데 이때 문제가 된 것은 그 내용의 저속성이었다.[50] 단호한 단속 의지가 계속 표명되는 것으로 보아 전시의 물자부족과 국내 필자의 빈곤, 기획력 빈곤 등으로 인해 일본서적의 밀수입은 끊이지 않았던 것 같다. 또한 잡지의 경우 월간잡지『청춘』의 발행권이 취소되고, 이미 발행된 것은 압수하게 된다.[51] 이때 압수 명목은 내용불순과 전의 소멸이었는데『청춘』의 내용을 확인하지는 못했지만 '전의소멸'의 경우 풍속검열의 측면이 있었을 것이라는 추측을 할 수 있다.『썬데이』 2호도 공보처에 의해 판금(1952. 11. 17)되는데 그 이유가 관능묘사로 추측되었다.[52] 정리해 말하자면 이 시기 출판계는 정권과의 불화의 소지가 별로 없었던 것이다. 좌익출판사들이 제거된 상황에서 그 활동이 매우 단순해져 대부분의 출판사들이 검인정 교과서, 참고서 등의 상업출판에 전력하고 있었으며,[53] 거래질서의 난맥상으로 인해 존립하는 것 자체가 쉽지 않은 일이었다.

이러한 상황 하에서 문단기구의 반공주의를 명목으로 한 친정부적 성향은 전쟁기의 도강파와 잔류파의 구분, 부역문인 심사, 종군작가단의 구성 등을 거치면서 강화되기 시작한다. 전쟁 발발 직후 비상국민선전대와 문총구국대가 결성되었으며 이들은 애국시를 낭독하거나 격문을 읽고, 반공전쟁 수행에 끝까지 행동을 통일할 것을 결의하였다 이는 1·4후퇴 이후 대구와 부산에 모인 작가들이 종군작가단을 결성함으로써

---

50) 1952. 6. 18. 공보처장 이철원은 저속한 일본서적 900권을 압수하였으며 앞으로도 단호한 조치를 취할 것이라고 담화문을 발표하였다(『한국언론연표』 Ⅲ, 723쪽). 이러한 종류의 담화문은 이 시기를 전후하여 계속 보인다.

51) 『조선일보』, 1951. 10. 7.

52) 『썬데이』 2호(1952. 11. 9. 발행)가 판금되는데 썬데이 측에서는 18일 아침까지 아무런 공식통첩을 받지 못했다고 하며, 로렌스의 「차타레이부인의 연인」 조향의 소설 「구관조」의 관능묘사 때문에 일어난 필화인 것 같다고 추측하고 있다(『동아일보』, 1952. 11. 20).

53) 조상호, 『한국언론과 출판 저널리즘』, 나남출판, 1999, 84쪽.

보다 체계적으로 되었는데 공군, 육군, 해군에 차례로 결성되었다.54) 이들의 활동은 정부의 적극적인 지원과 보호를 받았다.55) 이와 함께 문인들은 도강파와 잔류파로 구분되었으며, 잔류파 문인의 부역여부 심사와 처리를 문협에 설치된 특별위원회가 맡게 되었다.56) 심사결과 처벌을 받은 사람은 없다고 하지만57) 결과와 상관없이 이는 문단 내부가 검열자와 피검열자로 나뉜 것으로 다음과 같은 극단적인 표현을 가능케 했다.

> 너희들 이제 질풍신뢰(疾風迅雷), 고엽(枯葉)을 마는 국군의 추격 앞에 90일 동안의 충견 노릇도 헛되이 임화나 남천의 무리를 따라가지 못하고 상허나 원조의 떼들을 쫓아가지 못하고 민족학살의 위대한 훈공을 지닌 채 장안 한복판에 추의(醜衣)를 이끌고, 또다시 우리들 앞에 기류마냥 추파를 던짐은 어임이냐. …(중략)… 너희들 때문에 51만호의 가옥이 손실됐고, 너희들 때문에 이조사천억의 재화가 조유(烏有)로 돌아갔다. 너희들 같은 똥 같은 목숨, 퀴퀴한 생명으론 억만을 주어도 바꾸질 못할 민족진영의 정수들만 삼십만이 없어졌으며 말할 수 없는 고난과 신산에서 얻은 민족재원 이조사천억이 없어졌다. 너희들 아가리가 백 개 있어도 답하지 못하리라. 너희들은 백의를 걸친 레닌 스탈린의 후예! 너희는 깍두기를 먹는 스라

---

54) 공군종군작가단은 1951. 3. 9. 마해송을 단장으로 결성되었으며, 육군은 1951. 5. 26. 최상덕을 단장으로, 해군은 1951. 6. 참모부장 김성삼 준장과 박계주에 의해 결성되었다. 자세한 내용은 신영덕의 『한국전쟁과 종군작가』(국학자료원, 2002, 27-45쪽) 참조.

55) 그러나 일반 대중의 지지를 받지는 못한 듯하다. 부산지구계엄사령부에서는 1950. 8. 16. 문총구국대 경남파유대에 대하여 개전직후부터 전투문화를 지향하면서 경남에 들어올 때까지 그들의 고초는 군인 이상의 것이었으니 경찰민관을 막론하고 문총관계자를 피난민이나 무용지물처럼 취급하는 자는 고등수단으로써 책임을 묻겠다는 성명서를 발표하고 있다(『한국언론연표』 Ⅱ, 797쪽).

56) 조연현, 앞의 책, 79-83쪽.

57) 노천명과 조경희는 중앙고등군법회의에서 문학가동맹에 가입한 것을 이유로 1950. 10. 27. 사형을 구형받았다(『동아일보』, 1950. 10. 29). 노천명의 경우는 김상용, 이헌구, 이건혁 등이 연서로 석방운동을 벌인 것이 받아들여져 이듬해 봄에 풀려나게 된다(김용성, 『한국현대문학사탐방』, 국민서관, 1973, 342쪽). 이에 대해 조연현은 당시 처벌을 받은 몇 사람이 문총이 관여한 합동수사본부을 통했더라면 무사했거나 훨씬 가벼운 처벌에 그쳤을 것이라고 회상하고 있다(조연현, 앞의 책, 83쪽).

브의 자손들이다. 한 옛날 같으면 너희 같은 무리들은 삼족은커녕 구족을 멸하여 남을 것이 없을 테지만, 민주주의 좋은 세상을 만난 관계로 이렇게 너희가 명동을 활보할 수 있는 모양이다…(중략),. 너희들의 갈 길은 이제 하나밖에 없다. 참회와 속죄의 기록을 남기라. 거룩한 여류작가 갈보 군상 님들은 수녀원으로 들어갈 것이고, 불연이면 답골 승방으로 가서도 무방하고, 성스런 남류작가시인군상님들을 따라가서, 함께 동첩(同捷)하시어도 무방무방하실 것이고 …(중략)… 또 불연이면 한강철교로나 청산가리로나, 점잖게 자진하야 만고에 남을 누명(累名)을 청산해봄직도 하지만 워낙이 우부우부(愚夫愚婦)들이라 그렇게 할 수도 없을 터이니…58)

정부가 피난 간 서울에 잔류하여 북쪽에서 내려온 문학가동맹 등의 단체에 가입하게 된 제각기의 사정은 조금도 고려되지 않는다. 이유를 불문하고 '부역'을 했던 자들은 구족을 멸해야 할 인간말종들로 죄를 씻기 위해 차라리 자진을 하라는 위의 글은 매우 조야하며 그만큼 섬뜩하다. 여기에는 글쓴이인 조영암이 문총구국대원으로 국군을 따라 종군, 인천상륙작전에 참가하였다는 이력을 감안하지 않으면 설명되지 않을 교만과 증오가 드러나 있다. 또한 설사 이러한 내면을 지녔다고 하더라도 그것이 『문예』라는 당시의 대표적인 문예잡지에 문자화되었다는 것은 당시 문단의 분위기가 이러한 표현을 가능케 한 것이라고도 할 수 있다. 즉 부역문인 심사를 통해 문단은 검열자와 피검열자로 계층화된 구조를 띠게 되었고, 당시의 문단기구인 한국문학가협회와 문총은 검열 자의 위치에 있는 문인들의 목소리 이외에 다른 목소리를 배제하는 역할을 하게 된 것이다.

이는 이 시기에 문제가 되었던 김광주의 「나는 너를 싫어한다」에 대한 문총의 반응에서 선명하게 드러난다. 김광주의 「나는 너를 싫어한다」는 『자유세계』 창간호(1952. 1)에 실린 단편으로 R처장의 부인이 젊은 예술가에게 불륜을 요구하지만 이를 거부한다는 내용으로 구성되어 있다. 그런데 R처장의 부인이 당시 공보처장 이철원의 부인을 모델로 한

58) 조영암, 「잔류한 부역문학인에게」, 『문예』, 1950. 12, 74-75쪽.

것이라 하여 김광주가 공보처장 부인측에 의해 폭행을 당하게 된다. 그 전말이 『경향신문』에 톱기사로 자세히 다루어지고, 이 사건에 대해 다루지 말라는 이철원의 지침이 『서울신문』에 그대로 실림으로써 파장이 커졌다. 또한 잡지를 압수하라는 공보처의 공문이 서울특별시장과 각 도지사 앞으로 송달되는데 압수이유가 지적되지 않아 의론이 분분했다.59) 결국 이 사건으로 인해 잡지는 압수되고 김광주와 함께 『경향신문』 사장인 박종화가 기관의 조사를 받고, 『서울신문』 주필 오종식이 사표를 쓰게 된다.

이 사건에 대해 문학계에서 나온 성명서는 두 가지이다. 하나는 대구문화인 45명이 서명한 성명서로 폭행자 엄벌, 소설의 전문 삭제 이유에 대한 해명, 공보처장 부인 이씨의 신문지상을 통한 사과, 당국의 철저한 사건 규명과 예술활동에 대한 명확한 행정태도를 요구하고 있다.60) 이에 비해 문총의 성명서는 매우 애매하다. 헌법에 보장된 예술의 자유권을 간섭할 수 있는 것은 법적 조치이어야 하는데 직접적인 폭행을 한 것은 부당하다고 하면서 동시에 문제가 된 작품이 특정한 개인의 신분에 곡해를 야기한 것은 작가의 과오라고 보고 있다. 예술의 자유권 침해에 초점이 가 있는 것이 아니라 침해의 방법이 법이 아닌 폭력이었다는 것을 비판한 것이고, 이를 야기한 책임을 작가에게 돌리고 있는 것이다. 때문에 문총의 태도는 "문화인의 인권과 창작활동의 자유가 엄격히 보장될 것을 요구하는 동시에 현전시하에 있어서 불건전한 호기심에 영합하는 저속한 작품의 출현을 경계"한다는 애매한 문구로 명시된다. 문총의 성명서는 실상 공보처의 입장을 대변한 것이라고 해도 과언이 아니다. 이러한 성명서가 나오게 된 것에는 과정이 있었다. 당시 문총

---

59) 이상의 내용은 『한국언론연표』 III, 111-119쪽 참조.

60) 서명자 명단은 다음과 같다. 마해송 장만영 전숙희 이상로 박기준 김팔봉 박영준 이상범 최정희 김영수 박두진 유주현 최재서 한병용 양명문 윤방일 박훈산 이호우 조지훈 박목월 방정환 김용환 이순재 이윤수 최인욱 이정수 김동사 정비석 김동원 이해랑 유규선 황정순 최은희 김정환 강성범 박경주 박상익 송재로 김승호 홍성유 백낙종 이목우 고설봉 곽하신 박인환(『동아일보』, 1952. 2. 24)

부위원장이었던 김광섭과 모윤숙은 김광주 문제를 불문에 붙이자고 하
였고 위원장 박종화는 중립적인 입장을 취하였는데 이 밖의 다수위원들
은 전문화인의 문제라 하여 강경한 태도를 취하였다. 이에 김광섭, 김
송, 조연현, 오영진, 김창집으로 구성된 특별조사위원회가 상임위원회에
진상을 조사, 보고하고 이 보고에 따라 태도를 결정짓기로 한 것이다.[61]
이러한 과정을 통해 표명된 문총의 태도는 그 양비론적인 모호한 관점
과 작품의 저속성을 충고할 수는 있겠지만 그렇다고 법적 조치를 해도
좋다는 근거를 어디에서 가져왔으며, 공보처에 영합하는 무기력한 태도
는 문제라는 언론의 질타를 맞게 된다.[62]

　이와 같은 문총의 태도표명은 다수 문인들의 바람을 도외시한 조직
상층부의 입장이 관철된 것으로 당시 문단기구의 성격이 어떠했는지를
잘 보여준다. 자신을 검열자로 인식하지 않는 한 같은 문인의 작품에
대해 저속하고 논란의 소지가 있으니 반성해야 하고 수난을 당하는 것
도 당연하다는 식의 논리가 가능하지는 않을 것이다. 단정수립과 전쟁
기를 거치면서 모든 문인들이 그러했던 것은 아니지만 몇 몇 작가들은
스스로가 검열공간의 형성에 검열의 주체로서 중요한 역할을 한 것이
다. 물론 검열의 주체로 작용한 문인들이라고 하여 국가기구의 검열체
계 바깥에 존재했던 것은 아니다. 이들 역시 검열의 객체로 존재한 문
인들과 동일하게 피검열자였다. 그러나 위치가 달랐다. 조연현의 『현대
문학작가론』이 월북작가를 다뤘다는 이유로 발매금지 된 것은 문단 내
의 검열자가 국가기구에 의해 피검열자로 취급된 경우인데 조연현은 이
에 대해 항의하면서 책상을 뒤집어 엎었다고 술회하고 있다.[63] 이는 검
열자로서의 자신의 입지와 자신감이 없는 한 할 수 있는 행동이 아니다.
또한 『문화사개론』이라는 서적을 유물사관이라는 이유로 문총 상임위
원회에서 압수처분수속을 받게 하였는데 출판사에서 자진 회수하였다

---

61) 『동아일보』, 1952. 2. 21.

62) 「문총에 고언」, 『동아일보』, 1952. 2. 27, 사설.

63) 조연현, 앞의 책, 119쪽.

는 기록64)이나 문화빨치산을 경계하라는 성명서의 발표65)는 문총의 검열자로서의 위상과 권력을 단적으로 보여준다.

결국 당시 문단은 단순한 문인들의 집단이 아니라 검열자와 피검열자로 계층화된 구조를 띠고 있었고, 문단기구는 국가의 검열을 대행하는 일종의 친정부적인 정치조직이었다고 할 수 있다. 실상 해방기의 문예단체도 정치조직의 성격을 강하게 띠었다. 그러나 해방기의 그것이 정치성을 적극적으로 표방하고 있었고, 국가건설을 둘러싼 투쟁 중에 적나라하게 드러났다면 단정수립과 전쟁을 거치면서 문단기구의 정치성은 안으로 은폐된다. 문제는 정치조직이었다는 데 있다기보다 그것이 은폐되어 있었다는 데 있다. 어떤 사안이 은폐되는 데에는 여러 가지 이유가 있을 것이다. 이 경우에 정치성의 은폐는 친정부 성향과 반공주의에 기댄 기생적인 권력을 보편적인 문학의 이름으로 치장하기 위한 것이었다.

5. 이중의 검열과 문학의 정치성

은폐가 지속되면 그것은 불합리와 부패를 불러온다. 이후의 예술원 파동이나 문협 선거를 둘러싼 파열음들은 은폐가 불러들인 불합리와 부패들이다. 예술원 파동을 지금의 시각으로 감정이입해보기는 쉽지 않은 일이다. 문교부가 정한 소정의 서류를 접수하면 이를 심사하여 문화인증을 교부하여 예술가임을 인정한다는 발상도 기괴하지만 이에 대해 근본적인 문제제기 없이 지엽적인 문제만을 거론하거나 지분이 적다고 시비하는 현상도 못지 않게 기이하다. 이는 단지 문단 내부의 문제만은 아니었다. 문화인 등록을 계기로 출협(대한출판문화협회)이 문총에서 탈퇴하게 되는데 이유는 문총의 파벌성과 문화인등록에서 출판인과 언론

---

64) 『한국언론연표』 Ⅲ, 1952. 9. 하순, 729쪽.
65) 『한국언론연표』 Ⅲ, 1953. 7. 5, 747쪽.

인을 무시하였다는 것이었다.[66] 실상 문총은 문예단체가 아닌 30여 문화단체의 연합체로 출발하였다.[67] 그러나 문총의 실질적인 운영주체는 문협의 구성원들이었다.[68] 출협의 탈퇴결의는 이에 대한 불만이었다. 국가의 검열을 대행했던 문총의 실질적인 운영주체가 문협의 구성원들이었다는 것은 당시 문화계에서 문단 상층부가 친정부적인 반공주의의 첨병이었다는 의미이기도 하다.

문학과 신문이 걸어간 길이 어째서 달랐는가는 이 지점에서 설명될 수 있다. 신문이나 문학이나 반공주의의 틀 안에 갇혀 있다는 점에서는 동일했다. 우익언론과 정부권력은 동반자 관계였다. 그러나 좌익계열의 신문사가 정리되고 나자 이승만 정부의 언론통제는 정부에 대해 비판적인 보수 언론도 통제하는 방향으로 선회하기 시작한다. 이로 인해 전쟁 무렵에는 정부와 언론 사이에 대립구도가 형성되어 있었다.[69] 이는 단정체제를 주도한 지배세력 내부에서 발생한 심각한 균열을 반영한 것이었다. 1952. 2. 대통령 직선제 개헌안 부결과 5월 정치파동, 7월의 발췌개헌안 통과 등으로 빚어진 이승만 세력과 한민당 세력간의 갈등은 정부와 언론의 관계에 그대로 반영되었다.[70] 즉 1950년대 신문의 잦은 필화의 배후에는 정치적인 권력다툼이 있었던 것으로 이는 신문이 반공주의의 틀에 갇혀 있었음에도 정권과 불화한 이유를 설명해준다. 1950년대 신문은 정치성의 발현을 자신의 생존 근거와 의미로 삼았기 때문에 정권과 불화했던 것이다. 이는 1950년대 문학이 어째서 순치되어 있었는지에 대한 설명이기도 하다.

1945~53년의 검열체계가 문학에서 가장 강력하게 거세한 것은 좌파적 성향이었다. 그리고 그것은 통치기구의 총력적인 물리력 공세와

---

66) 『동아일보』, 1953. 7. 7.
67) 『조선일보』, 1947. 2. 9.
68) 김철, 앞의 글, 45쪽.
69) 김민환, 앞의 책, 398-9쪽.
70) 김민환, 앞의 책, 457쪽.

분단, 전쟁으로 거세될 수밖에 없었다. 문제는 좌파적 성향이 제거되는 과정에서 정치성 자체가 거세되어버렸다는 데 있다. 이는 앞서 서술하였듯이 단정이 수립되고 전쟁을 치르면서 문학이 남한의 국가정체성 형성에 주요한 몫을 담당했던 것에서 기인하는 것이기도 하다. 좌익문학이 정치권력에 의해 체제 밖으로 축출되고, 체제 내의 문학이 국가정체성을 창출하는 과정을 통해, 문학의 정치성은 다른 누구에 의해서가 아니라 문인 스스로의 손으로 제거되었다. 김광주 필화에 대한 문단상층부의 반응은 이에 대한 표증이다. 부질없는 가정이지만 문총이 김광주 필화를 다른 태도로 접근하였다면 1950년대 문학의 성격이 조금쯤 달라졌을지도 모른다. 그러나 당시 문단기구는 좌파적 성향과는 아무런 상관이 없는 작품의 필화도 자신의 것으로 감싸지 못했다. 정치성이 거세되면서 반공주의와 친정부가 너무 쉽게 결합되어 버린 것이다.

물론 문학의 정치성은 제거될 수 있는 것이 아니다. 문학이 정치적인 영역에 종속되거나 정치적인 색채를 강하게 띤다는 것과 정치성을 내재한다는 것은 다른 문제로 정치성은 문학의 본질적인 속성이다. 문학이 담론이고, 사회적 언어인 한 이데올로기로부터 자유로울 수는 없다. 이는 구체적인 역사적 시기에 따라 이념적 입장을 강하게 표현하는 문학으로 표현될 수도 있고, 체제유동기와 같은 급박한 변화의 시기에는 정치적 영역에 문학을 종속시키기도 하며, 때로는 극히 미려하게 세공된 언어의 금자탑으로 드러나기도 한다. 어느 경우이건 그것은 문학의 이름으로 지칭되어야 마땅하다. 그러나 1950년대의 문단기구는 정치성 발현의 어느 한 형태만을 인정하였으며 그 인정의 방법은 문학의 정치성을 부정하는 모순된 형태의 것이었다. 실제로는 제거되지 않았고, 그럴 수도 없는 것이지만 소리 내어 말할 수는 없게 된 것이다. 때문에 1950년대 문학의 정치성은 적어도 공식적으로는 순수문학이라는 관변 이데올로기만을 통로로 가지게 된다. 이로 인해 문학은 천상의 것으로 유폐된 채 검열망 아래로 포복하게 된다. 이는 단지 반공주의와 전쟁이라는 상황 때문만이 아니라 문단상층부가 친정부적 반공주의에 강력하게 침윤된 검열자였다는 사실에서도 기인하는 것이다.

결국 해방기와 단정수립, 전쟁을 거치면서 문학의 정치성은 이중의 검열에 묶이게 되었다고 할 수 있다. 먼저 통치기구의 정책에 의해 좌익문학이 배제되면서 정치성의 발현형태의 한 축이 사라지고, 이것이 문학의 국가정체성 형성에의 기여와 맞물리면서 정치성 자체가 문학내부의 검열에 의해 은폐되고 금기시된다. 한편으로는 국가기구에 의한 검열이 있었고 다른 한편에는 문학내부의 검열이 있었던 셈이다. 어떤 면에서 문학내부의 검열은 부르디외 식의 구조적 검열과 유사한 데가 있다. 문학내부의 검열은 검열자의 위치에 있었던 문인들의 매체장악과 떼어놓고 생각할 수 없기 때문이다. 그러나 그것은 합리적인 상징투쟁을 통해 얻은 권력이 아닌 기생적인 것이었다. 때문에 검열자로서의 문단기구의 영향력이 결정적으로 약화되기 위해서는 그들의 권력을 뒷받침해주는 정권이 몰락해야 했다. 문학이 스스로 돌파할 수 없었던 지점이 4·19라는 정치적 사건으로 돌파되었고, 4·19는 문학에 정치성을 복권시켜 주었던 것이다. 그러나 문학의 정치성이 문학 스스로의 힘으로 되찾아지기까지의 행로는 험난한 것이었다. 최인훈이나 이청준 서정인 이제하 박경리 등의 소설에서 이념이 다루어질 때 보이는 기묘한 말기 스콜라적 경향은 안팎으로 이중의 검열에 시달린 정치성이 힘겹게 복권되어가는 과정이었다고 생각된다.

문학의 정치성이 문인들의 손으로 제거되었으며, 1950년대 문학이 국가기구의 검열이 필요 없을 만큼 순치되어 있었다는 사실은 이 시기 문학의 사회적 역할이 무엇이었으며, 작가는 어떤 존재였는가를 되묻게 한다. 비약을 하자면 이 시기 문학은 자신을 부양할 잉여의 제공자로 대중을 설정할 수 없었으며, 이로 인해 작가는 문단 내에 갇혀 있었던 것인지도 모른다. 이에 대한 규명은 차후의 과제가 될 것이다.

주제어 : 검열, 검열논리, 정치성, 정치투쟁, 배제, 동원, 문단기구

♦ 참고문헌

『미군정법령총람』, 한국법제연구회.

『한국언론법령전집』, 관훈클럽 신영연구기금.

계훈모 편, 『한국언론연표』 II, 관훈클럽신영연구기금, 1987.

계훈모 편, 『한국언론연표』 III, 관훈클럽신영연구기금, 1993.

구상, 「시집 『응향』 필화사건전말기」, 『구상문학선』, 성바오로출판사, 1975.

김동춘, 『전쟁과 사회』, 돌베개, 2005.

김득중, 『여순사건과 이승만 정권의 반공이데올로기 공세』, 성균관대 박사논문, 2004.

김용성, 『한국현대문학사탐방』, 국민서관, 1973.

김 철, 「한국보수주의 문예조직의 형성과 전개」, 『한국전후문학의 형성과 전개』, 태학사, 1993.

이중연, 『책, 사슬에서 풀리다』, 혜안, 2005.

김해식, 『한국언론의 사회학』, 나남, 1994.

박원순, 『국가보안법연구』 2, 역사비평사, 2004.

신영덕, 『한국전쟁과 종군작가』, 국학자료원, 2002.

이봉범, 「반공주의와 검열 그리고 문학」, 『상허학보』 15집, 2005.

임헌영, 「미군정기의 좌우익 문학논쟁」, 『해방전후사의 인식』 3, 한길사, 1987.

정진석, 『한국현대언론사론』, 전예원, 1992.

조상호, 『한국언론과 출판 저널리즘』, 나남출판, 1999.

조연현, 『남기고 싶은 이야기』, 부름, 1981.

조영암, 「잔류한 부역문학인에게」, 『문예』, 1950. 12.

조혜정, 「미군정기 조선영화동맹의 활동연구」, 한국영화사학회, 『한국영화사』, 새미, 2003.

◆ 국문초록

  우리 문학사에서 검열은 문학의 창작, 유통과 수용 모두에 절대적인 영향을 미친 중요한 조건이다. 특히 해방기와 전쟁기는 해방 이후 검열의 원형이 성립된 시기로 면밀히 검토해야 할 필요가 있는 시기이다. 따라서 이 연구는 1945~53년에 행해진 검열의 구체적 양상을 실증적으로 살펴보고, 이것이 해방 이후 한국현대문학에 어떤 영향을 미쳤는지 규명하는 것을 목적으로 하였다.

  이를 위해 이 연구에서 중심적으로 살핀 것은 세 가지이다. 첫째는 가장 기본적인 것으로 검열이 어떤 형태로 진행되었는지를 실증적으로 정리하는 것이다. 여기에는 검열의 기본적인 물적 조건인 법령의 문제도 주요하게 다루었다. 둘째는 기본적으로 파악된 검열사항과 물적 조건을 토대로 검열에 대한 작가들의 인식을 파악하였다. 강점기 검열과 해방 이후 검열의 가장 큰 차이점 중의 하나는 검열체계 내에서 작가의 위치이다. 때문에 이 시기에 작가들의 검열에 대한 인식이 어떤 것이었으며, 검열체계의 수립에 어떤 역할을 하였는지를 고찰할 필요가 있다. 세 번째로 사회전반적인 검열체계와 그 안에서 문학의 위치가 어떠했는지를 염두에 두었다. 검열자와 피검열자는 권력의 측면에서는 일방적이지만 그 구체적인 양상에서는 검열을 받는 측의 사회적 속성이나 반작용이 반드시 개입된다. 정치권력의 억압성 정도가 문화의 모든 분야에 동일한 영향을 미치지는 않는 것이다.

  이상의 세 가지 사항을 중심으로 1945~53년의 남한문학에 검열이 미친 영향을 고찰하였다. 이를 통해 이 시기 문학은 그 정치성이 이중의 검열에 묶인 채 거세당했다는 결론을 내리게 되었다. 먼저 통치기구의 정책에 의해 좌익문학이 배제되면서 정치성의 한 축이 사라지고, 이것이 문학의 국가정체성 형성에의 기여와 맞물리면서 정치성 자체가 문학내부의 검열에 의해 금기시된 것이다. 한편으로는 국가기구에 의한 검열이 있었고 다른 한편에는 문학내부의 검열이 있었던 것으로 당시 검열은 문학의 좌파적 경향만을 축출한 것이 아니라 문학의 본질적 속성인 정치성의 발현형태를 왜곡시켰다고 할 수 있다.

♦ SUMMARY

Internalization of the censorship and the politics of literature

Lim, Kyoung-Soon

In the history of Korean literature, the censorship had played a critical role in creation, distribution, and reception of the literary products. In particular, the prototype of the censorship was established during the period from 1945 to the end of Korean war, which waits for closer studies. The goal of this research is to investigate the details of the censorship during 1945~1953 and to clarify its effects on the Korean literature.

We focused on the following three points: First we recovered the detailed procedures of the censorship. Here we also considered the problem of legislation which provided a basic foundation of the censorship. Secondly we studied the writers' ideas on the censorship. One of the important differences between the censorship under Japanese ruling and that after liberation, lies on the status of writers in the system of censorship. Hence we need to ask what were the ideas of writers on the censorship in this period, and which role they took in the establishment of the system of censorship. Finally we investigated the system of censorship as a whole inside Korean society and the situation of literature located in that system. In context of power, it is the censor who censors the products of writers, while the reactions of the writers are also involved in the actual process of censorship. The depression of the political power does not have the same amount of effects on various cultural regions.

By considering these three points, we could make the following conclusions. The politics was bound by twofold censorship and finally emasculated from the south-korean literature during 1943~1953. In the side of governance, the left wing was excluded from the literary society, which resulted in the elimination of one axis of politics. At the same time, the literature was requested to serve the establishment of the national identity and finally the politics itself was tabooed by the internal censorship. There had been both a censorship from the government outside and another one from inside. In this way, the censorship not only excluded the left inclination but also distorted an essential property of the literature by depressing the appearance of politics.

Keyword : censorship, logic of censorship, politics, political struggle, exclusion, mobilization, literary society

—이 논문은 2006년 7월 30일에 접수되어, 소정의 심사를 거쳐 2006년 9월 29일에 최종적으로 게재가 확정되었음.

해방 후 재미동포소설 연구*
－재미동포문단의 형성과 현황

장 영 우**

1. 재미동포 이민 약사(略史)

민간인으로서의 한국 사람이 미국에 건너간 최초의 시점은 1903년 1월 13일의 일로 기록되고 있다. 이처럼 비교적 이른 시기에 한국인의 미국 이민이 이루어진 배경에는 조선 내부의 사정과 하와이 사탕수수 농장의 노동력 부족 등 두 가지 요인이 작용하고 있다. 구한말 조선의 정치・사회・경제적 상황은 극심한 내부 분열 양상을 보이고 있었을 뿐만 아니라 연이은 자연적 재해와 질병으로 수많은 유리민이 정처 없이

* 이 논문은 2005년도 한국학술진흥재단의 지원에 의하여 연구되었음(KRF-2005-013-A00038).
** 동국대 교수.

떠돌고 있었다. 조선 사회의 내부 분열은 서구 제국주의 국가들의 조선 침투를 용이하게 만들었는데, 특히 명치유신으로 아시아의 신흥공업국으로 대두한 일본은 청일전쟁과 러일전쟁에서 모두 승리함으로써 조선에 대한 지배권을 장악하게 되었다. 이런 와중에 발생한 함경도 지역의 가뭄과 홍수로 인한 대기근(1901년)으로 수많은 사람들이 고향을 떠나 대도시로 몰려들거나 아예 고향을 떠나 외지로 이주하는 현상이 발발하였다. 고향을 떠난 유리민들은 조선 사회의 전통적 규범이나 관습의 압박에서 벗어나 기독교 등 새로운 문물을 수용하는 데 보다 적극적이어서 하와이 사탕수수 노동자 모집에 가장 먼저 관심을 보였다.

하와이 사탕수수 농장의 노동력은 값싼 임금의 중국인과 일본인 노동자로 채워졌으나 1882년 '중국인 배제법령(Chinese Exclusion Act)'에 따라 중국인 노동 이민이 중지된 이후 일본인 노동자가 급증하기 시작하였다. 일본인 노동자가 하와이 사탕수수 농장의 전체 노동자 가운데 약 80%를 차지하면서 높은 임금과 처우 개선을 요구하는 파업을 벌이기 시작하였다. 이에 대한 해결책으로 백인 농장주들은 한국·필리핀 등지에서 대체 노동력을 받아들여 일본 노동자의 세력을 약화시키려는 계획을 수립하였고, 우리에게 잘 알려진 알렌 박사(Dr. Horace Allen) 등에게 그 중개인 역할을 일임하였다. 1884년 선교사 자격으로 조선에 온 알렌은 고종의 신임을 받아 조선 정치에 개입하면서 하와이로의 조선인 노동자 이민을 적극 권장하였다. 그 결과 1902년 하와이 이민 전담기관인 수민원(綏民院)이 설립되어 1902년 12월 22일 121명이 제물포항을 출발하였으나 97명만이 마우이 섬에 입항함으로써 조선인 미주 이민의 역사가 시작된 것이다.[1] 하지만 1903년 하와이로 간 조선인들은 외국에서

---

[1] 최초의 하와이 이민자가 정확히 몇 명이었는지는 자료마다 약간의 편차를 보이고 있다. 미주이민 100주년을 맞아 발행한 『사진신부』(미주한인이민100주년기념사업회-워싱톤, 2003)에는 "1903년 1월 13일 미국 상선 '갤릭호'를 타고 하와이 호놀룰루항에 도착한 102분"(양성철 주미한국대사)으로 되어 있고, 『한인문학대사전』(미주문학단체연합회, 2003)에는 "1903년 1월 13일 102명의 우리 한인들이 먼 항해 끝에 하와이 마우이 섬에 도착"한 것으로 기록되어 있으며, 박영호의 「재외 동포문학의 가치에 대한 새로

돈을 벌어 금의환향하려는 단순한 의도를 지닌 '임시체류자(sojourner)'였지 엄격한 의미의 이민자는 아니었다.

초기 한인이민사는 1903년부터 1924년까지 이어진다. '동양계 이민 불허법(Immigration Act of February 5, 1917)[2]이 제정되기 전까지 미국에 건너간 조선인은 노동자, 그들과 결혼한 '사진 신부', 그리고 해외에서 독립운동을 하려고 미국에 이주한 유학생 신분의 정치 망명자 등 세 부류로 나눌 수 있다. 대부분 미혼의 청년들이었던 초기 하와이 이주 노동자들은 사진교환을 통해 조국의 처녀를 신부로 맞는 독특한 발상으로 1910년부터 이른바 '사진신부'를 하와이로 초청한다. 1924년까지 모두 1천여 명의 사진신부가 하와이로, 그리고 115명의 신부가 캘리포니아로 이주해 가정을 이루면서 한국인들은 사탕수수 노동자나 도시 주변 일용노동자의 상태에서 벗어나 자영업종에 참여하게 된다. 그리고 약 541명의 젊은이들이 학생 신분으로 미국으로 이주하여 미주 지역 한인사회의 지도자로서 독립운동을 주도한다. 이들 세 부류의 한국인들로 구성된 초기 이민사회는 1945년 해방될 때까지 하와이에 6천 5백여 명, 미국 본토에 3천여 명이 거주하고 있었던 것으로 알려져 있다.

해방 후 한국인의 미국 이민은 6·25를 기점으로 재개되었는데, 이들 이민자는 미군과 결혼한 여성, 전쟁고아, 유학생 등 세 부류로 구분된다. 미국은 1945년부터 1948년까지 군정(軍政)을 통해 남한을 통치하였고, 1950년 6·25이후에는 남한의 정치·경제·군사 등 사회 여러 분야에 개입하면서 커다란 영향을 미친다. 동북아 지역의 공산주의 세력

운 인식」(『미주문학』, 2003, 가을호, 248쪽)에도 "1903년 1월 13일에 102명의 우리 동포가 하와이 마우이 섬에 도착"한 것으로 기술되어 있다. 그리고 Wayne Patterson의 『아메리카로 가는 길』(들녘, 2002), 『하와이 한인 이민1세』(들녘, 2003)에도 첫 이민자 수는 102명으로 기술되어 있다. 그런데 윤인진(『코리안 디아스포라』, 고려대 출판부)은 "101명의 한인들을 실은 최초의 이민선은 1902년 12월 22일 인천을 출발해 1903년 1월 13일 호놀룰루에 도착"했다고 기술하여 차이를 보여준다.

2) 이 법률에 따라 '무학자 illiterate aliens'와 '동양인 Asian person'의 이민이 엄격하게 금지되었다.

억제를 위한 미군이 한반도에 주둔하게 되면서 자연스럽게 그들 젊은 군인과 결혼을 하는 한국 여성이 생겨난다. 그러나 순수 혈통주의를 따지는 한국의 문화 관습 때문에 그들 여성들은 갖은 모욕과 핍박을 견디다 못해 마침내 조국을 떠나기에 이른다. 1950년부터 1964년 사이에 미국인 남편을 따라 미국에 건너간 여성들은 6천 명에 달하며, 1950년~2000년 동안 주한 미군의 부인으로 미국에 건너간 한국 여성의 수는 10만 명에 이르는 것으로 조사되고 있다.[3] 이와 함께 휴전 후 전쟁고아 문제를 해결하기 위하여 해외입양이 추진되었는데, 2002년까지 10만 명에 이르는 전쟁고아들이 미국 가정에 입양된 것으로 알려져 있다. 현재 약 2백만 명으로 추산되는 전체 재미동포 가운데 국제결혼한 여성과 입양자의 숫자가 10%를 차지하지만, 이들은 재미동포사회에서 소외당한 채 외롭고 고된 생활을 영위하다가 최근에야 '해외입양인연대 GOAL (Global Overseas Adoptees Link와 '재미한국인부인협회 Korean American Wives Association' 등의 조직을 결성하여 자조적인 노력을 시작하고 있다.

1965년 개정된 미국이민법에 따라 미국에 건너간 유학생·의사 및 간호사들과 이미 미국에 정착한 국제결혼여성들이 한국의 가족을 초청하면서 미국이민의 양상이 바뀐다. 1970년 초부터 급격한 물살을 타기 시작한 미국이민은 1985~87년 사이에만 연 평균 3만 5천 명 이상의 한국인이 미국행 비행기에 오를 만큼 극성을 이룬다.[4] 이 시기 미국 이민 숫자가 급증한 것도 역시 국내 상황과 미국의 여건 등 두 가지로 나누어 살펴야 한다. 먼저 국내 상황으로는 신중산계층의 급속한 형성을 들 수 있다. 1960년대 이후 한국의 산업화와 교육의 확대로 전문인이 많이 양성되었으나 한국 사회는 이들의 경제적·사회적 신분 상승 욕구를 충

---

3) Yuh, Ji-Yeon, *Beyond the Shadow of Camptown: Korean Military Brides in America*, New York Univ. Press, 2002(윤인진, 『코리안 디아스포라』, 고려대 출판부, 2004, 208쪽에서 재인용).

4) 1987년 35,849명을 정점으로 한 미국이민의 숫자는 1999년에 12,301명으로 감소하여 1972년 이후 최저수치를 기록한다. 1948년부터 2000년 사이에 미국으로 이민 간 한국인의 총 수는 806,414명에 이른다(윤인진, 위의 책, 209쪽).

족시켜줄 만한 여건을 갖추지 못하고 있었다. 1960년대 이후 많은 고등 학력 소지자들이 서독의 탄광노동자나 간호보조원, 그리고 중동 건설 노동자로 갔다가 그곳에서 다시 미국 등지로 건너가 정착한 사례가 단 적인 보기가 된다. 이와 함께 미국 내에서는 의료 및 과학 기술 분야에 서 심각한 인력난을 겪고 있었다. 그리하여 인도・필리핀・아르헨티 나・한국 등 제3국가에서 의료진을 수입해야했고, 유인 우주선 개발에 서 소련에 한 발 뒤진 과학 기술의 우위를 확보하기 위해 과학 인력을 받아들여야 했던 것이다.[5]

2. 재미동포의 특수성과 용어의 확정

현재 세계 곳곳에 흩어져 살고 있는 재외동포[6]는 7백만 명 정도로 추산되고 있다. 이 숫자는 남북한 전체 인구의 약 9%에 해당하며, 중국 인・유태인・이탈리아인에 이어 네 번째로 많은 이민자라 할 수 있다. 이 가운데 재미동포의 숫자는 재중동포에 이어 두 번째로 많은데 한국 인의 미국 이민은 앞으로도 지속될 것이므로 불과 몇 년 사이에 이 순 위는 뒤바뀌게 될 것이 분명해 보인다. 한국인의 외국 이주 역사를 살 펴보면, 중국과 일본, 러시아로의 이민이 미국 이민 보다 훨씬 앞서며 식민지 시기를 기준점으로 할 때 중국 등 지역으로 이주한 한국인의 숫 자가 월등하게 많았던 것을 알 수 있다. 그러나 해방 이후 중국이나 일 본으로의 이민은 거의 중단되거나 그 수가 미미한 데 비해 미국 이민은 괄목할 만한 상승세를 보여 왔다. 중국・러시아・일본으로의 이민은 식

---

5) 이상의 내용은 윤인진, 앞의 책, 203~202쪽 참조.
6) 해외에 거주하는 한국인을 가리키는 한국 외교통상부의 공식적인 명칭은 '재외동포' 이다. 용어에 관한 문제는 뒤에서 상술하겠지만 재외동포들은 지역에 따라 각각 다르 게 호명된다. 이를테면 일본에서는 '재일한국인'과 '재일조선인'이란 용어가 널리 쓰이 고 중국에 거주하는 한국인들을 스스로를 '재중조선인'이라 호칭하며, 재미동포들은 '재미한(국)인'이란 용어를 선호한다.

민치하라는 특수한 상황 밑에서 이루어진 강제 이주의 성격을 띠고 있어서 식민지 상황 종료와 함께 이민 행렬도 종식될 수밖에 없었다. 그러나 해방 후 미국 이민은 대다수 한국인들에게 사회적 성공과 신분 상승이 가능한 꿈의 기회로 여겨져 지속적인 증가 추세를 보여왔던 것이다. 따라서 재중·재일동포와 재미·재독동포를 재외동포라는 단일한 범주와 개념으로 이해하는 데는 여러 가지 무리가 뒤따른다.

조선인의 중국 이주는 청나라 말기인 19세기 중엽 전후에 시작된 것으로 알려져 있다. 1636년 개국한 청은 백두산과 압록강·두만강 이북지역을 청조의 발상지라 하여 봉금(封禁)하였다가 인구의 증가와 이동이 극심해지자 1885년 백두산 일대를 해금하기에 이른다. 이때를 전후로 이루어진 조선인의 간도 이주는 1860년대에 이미 7만 7천 명에 달하였고, 일제 식민치하에서는 인구 이동이 더욱 가속화하여 1910년 22만 명, 1930년 60만 명으로 증가하다가 1940년 무렵에는 145만 명으로 폭증한다. 그러나 일본이 패망하면서 만주 조선인의 약 40%에 해당하는 70만 명이 고국으로 귀환한 것으로 추정된다. 해방 전 재만동포들은 소작농으로 매우 비참한 생활을 해야 했으며, 해방 후에도 혹독한 시련을 겪어야 했다. 1956년의 반우파운동과 1958년의 대약진운동, 그리고 1968년에 본격적으로 전개된 문화대혁명 등의 정치적 변화 속에서 수많은 우리 동포들이 처형당하거나 북한으로 이주해야 했던 것이다. 험악한 정치 상황 속에서 생존하기 위한 전략으로 우리 동포들은 중앙의 지시에 철저히 순응하는 태도를 취한다. 1970년대 이후 전개된 산아제한정책에서도 조선인이 가장 낮은 출산율을 보인 것도 그러한 생존 전략의 결과라 할 수 있다. 중국에 거주하는 우리 동포들이 스스로를 '중국조선족'이라 칭하는 것도 해방 후의 정치적 격변과 혼란 속에서 살아남기 위한 고육책이라 보아야 할 터이다. 이를테면 연변대 교수 김동훈이 『중국조선족문학통사』에서 "조선족 문학은 중화민족문학의 구성부분인 동시에 조선민족 정체문학(整體文學)의 일부분"[7]으로 규정하면서 "기실 중국조선족문학의 이중성은 강대국의 패권주의에 발라 맞추기 위

한 억지논리가 아니라 지리적, 역사적, 정치적, 문화적으로 형성된 하나
의 불가피한 객관적 현실"[8])이란 논리를 내세우는 것도 그런 측면에서
이해할 수 있다.

　1991년 소련(USSR)은 러시아 · 우크라이나 · 벨로루시 · 몰도바 · 카자
흐스탄 · 우즈베키스탄 · 투르크메니스탄 · 타지키스탄 · 키르기스스탄 ·
아르메니아 · 아제르바이잔 등 다수의 독립국가로 해체된다. 이 가운데
우리 동포가 가장 많이 살고 있는 나라는 우즈베키스탄(2005년 현재
200,917명)으로 독립국가연합(CIS)에 거주하는 고려인의 31.38%를 차지
한다.[9] 한국인의 러시아 이주는 1863년 13가구의 농민이 한겨울 밤에
얼어붙은 두만강을 건너 우수리강 유역에 정착한 것이 그 시초이다. 초
기의 러시아 이민은 대체로 농업 이민이었으나 드물게 항일 독립운동가
들의 망명도 있었다. 하지만 스탈린 시대 연해주 지역의 한인들은 유대
인 · 체첸인 등 소수민족들과 함께 가혹한 분리 · 차별정책에 희생되어
1937년 9월 9일부터 10월 말까지 중앙아시아로 강제 이주된다. 이들은
화물열차에 짐짝처럼 실려 중앙아시아의 황무지에 내버려지다시피 했
는데, 1만 1천여 명이 그 와중에서 목숨을 잃는다. 그럼에도 불구하고
'고려인(까레이스키)'들은 중앙아시아의 황무지를 개척하여 한인집단농
장을 경영하는 등 소련 내 소수민족 가운데 경제적으로 가장 잘사는 민
족으로 정착한다. 하지만 소련이 11개 독립국가로 분리되면서 고려인들
이 거주하는 국가에서는 배타적인 민족주의 운동이 확산된다. 이 때문
에 직장에서 추방당하고 경제적으로도 어려운 처지에 놓인 고려인들 가
운데 다시 연해지방으로 이주하는 사람들이 생겨난다.

　일본에 사는 한국인을 지칭하는 용어는 다른 나라에 비해 무척 다양

---

7) 조성일 · 권철 · 최삼룡 · 김동훈, 『중국조선족문학통사』, 이회문화사, 1997, 16쪽.

8) 김동훈, 「중국조선족문학의 이중적 성격」, 『코리아학연구』 제6기, 북경대조선문화연구
　소, 1996.

9) 이밖에 러시아 190,671명, 카자흐스탄 103,676명, 키르키즈스탄 20,394명, 우크라이나
　13,111명이 거주하며, 아르메니아(30명) · 그루지아(20명)에도 소수가 거주하는 것으로
　조사되어 있다(2005년 외교통상부자료 참조).

302

하고 복잡하다. 현재 일본 사회에서는 '재일한국인'·'재일조선인'·'재일한국조선인'·'재일 코리안' 등의 용어가 뒤섞여 사용되고 있는데, '재일조선인'이란 명칭에 대해서는 이들을 북한 출신이거나 북한 국적 소유자로 오해하는 경우가 많다. 일제치하에서 일본으로 건너간 조선인은 당시 제국주의의 법률에 따라 '일본 국적' 소유자로 간주되었기 때문에 그들의 도일(渡日)은 '이민'이 아니라 '이주'로 받아들여졌다. 일본은 패전 후 재일한국인을 비롯한 구식민지 출신자의 일본 국적이 연합국과의 강화조약이 체결될 때까지 계속 유효하며 그들은 일본국의 법에 복종할 의무가 있음을 강조한다. 하지만 1947년 일본 정부는 '외국인등록령'을 반포함으로써 종전의 입장을 무책임하게 번복해 버린다. 이로써 재일한국인은 외국인등록 수속을 하면서 자신의 '국적'을 기입해야 했는데, 당시로서는 한반도에 독립정부가 수립되지 않은 상태였기 때문에 대다수 사람들이 국적을 '조선'이라 기입하는 사태가 벌어졌던 것이다. 이때의 '조선'은 국가 혹은 국적 개념이 아니라 한반도 출신임을 가리키는 민족 개념이 더 강한 일종의 '기호(sign)'에 지나지 않는다. 따라서 '재일조선인'이란 호칭은 한반도에서 유래하여 일본에 의한 식민지 지배의 결과 구종주국인 일본의 영역에서 생활하게 된 민족집단의 총칭[10]으로 보아야 한다는 주장도 제기되고 있다. 1948년 남북한에서 단독정부가 수립된 뒤 분단이 고착화하면서 국적을 '한국'으로 바꾸는 사람이 증가하였는데, 일본은 1965년 한일조약을 체결하면서 한국과의 단독 국교를 맺으면서 '조선국적'을 유지한 사람들에게 불안정한 법적 지위를 강요했던 것이다. 따라서 현재 일본에는 '한국국적 소유자'·'조선국적 소유자'·'일본국적 소유자' 등 세 부류의 재일동포가 존재한다. 이 가운데 '조선국적'을 지닌 사람은 자각적으로 북한의 국민이고자 하는 사람들, '조선은 하나'란 생각을 소중하게 간직하려는 사람들, 자발적 난민으로

10) 권준희, 「재일조선인 3세의 '민족' 정체성에 관한 연구─조선학교 출신 '조선적'을 중심으로」, 연세대 석사논문, 2002.

서 불리한 지위를 선택한 사람들, 단순히 국적 변경을 할 기회가 없었던 사람들[11]로 세분된다. 재일동포 사회에서 '재일한국인'은 '국민적 귀속 개념'이 강하고 '재일조선인'은 '민족적 개념'이 강조된 용어로 이해하는 통념이 널리 퍼져 있다.

지금까지 살핀 것처럼, 중국과 러시아 지역으로의 이주는 조선조 말기부터 시작되었으나 보다 집단적인 이주는 식민지 시대에 이루어졌다는 특징을 보인다. 이들 지역에 살던 동포 대다수가 해방 후 귀향을 소망했지만 식민지 체제와는 또 다른 정치적 상황의 변화가 이들의 자유로운 귀국을 방해하는 요인으로 작용한다. 특히 사회주의 국가인 중국과 구소련에 거주하던 우리 동포들의 귀향은 오랫동안 원천봉쇄되었고, 일본 조총련계 동포들 역시 '적성국가' 국민과 동일하게 취급되어 조국 방문이 거의 불가능했다. 따라서 해방 후 남한 사람이 중국이나 구소련으로 이주한 일은 전혀 없었지만, 일본으로의 이주는 비합법적 방법에 의해 간헐적으로 이루어졌던 것으로 보인다. 그것은 일본이 기본적으로 외국인의 이민을 허용하지 않기 때문인데, 그럼에도 불구하고 지형학적으로 가까운 조건을 이용해 적지 않은 한국인이 밀항 등의 방법으로 일본에 들어가 불법체류자로 떠돌고 있는 것으로 추정된다. 이에 반해 미국 이민은 해방 후 더욱 급증하는 추세를 보이고 있으며 이런 현상은 앞으로도 지속될 전망이다. 그것은 미국이 제3세계 국가의 사람들에게 아직까지도 꽤 매력 있는 이민국으로 인식되고 있다는 점에 근거한 것이다. 현재 미국내 불법체류자가 1천만 명을 넘어서 커다란 사회적 문제로 대두되는 것도 제3세계 국가 사람들의 '아메리칸 드림'이 퇴색하지 않고 있다는 사실을 말해준다. 외교통상부 자료에 따르면 재미동포의 숫자는 200만 명(1997년)에서 최고 216만 명(2003년)까지 증가했다가 다소 줄어든 상태(209만 명, 2005년)지만 미국으로의 이민이 아직까지 계속되고 있음을 실증적으로 보여준다.

11) 서경식,『디아스포라 기행』, 돌베개, 2006, 15-22쪽 참조.

주지하듯이, 중국·구소련 지역·일본에 산재해 살고 있는 재외동포
들은 각각 다른 명칭으로 불린다. 이처럼 지역에 따라 용어가 달라진
까닭은 각 지역의 특수한 정치적·문화적 상황과 조국의 분단 상황이
맞물렸기 때문이라 볼 수 있다. 이와 함께 해외에 거주하는 한국인을
가리키는 용어도 '재외동포'·'해외동포'·'해외교포'·'교민' 등으로 다
양하게 쓰인다. 여기서 '교민(僑民)'은 주로 "해외에 거주하는 이민 1세"
를 지칭하고 모국과의 지속적인 연대감을 내포하는 용어이기 때문에 거
주국에서 시민권을 취득한 이민 2, 3세까지 포괄하기에는 다소 무리가
있다. '교포(僑胞)'와 '동포(同胞)'는 법적으로는 속인법주의원칙(屬人法
主義原則)에 따라 본국과 법적 관계를 가지며, 다른 한편 속지법주의원
칙(屬地法主義原則)에 따라 거주국의 법적규제를 받아야 하는 특수한
지위에 있는 사람을 가리키는 용어로 거의 함께 쓰인다. 그러나 굳이
구별하자면, '교포'는 "다른 나라에 정착하여 살고 있는 사람들"을, '동
포'는 "같은 나라에 살거나 다른 나라에 살며 같은 민족의식을 가진 사
람들 모두"[12]를 뜻한다. 현재 한국정부에서는 해외에 거주하는 한국인
의 공식 창구로 '재외동포재단'을 설립하면서 '재외동포'라는 용어를 공
식 용어로 채용하고 있다. 그런데 '재일한(국)인'이나 '재미한(국)인'이란
용어처럼 일본이나 미국에 거주하는 우리 동포들에게서 폭넓은 지지를
얻고 있으나, 이에 대해서는 "'한국'이란 민족 전체의 광대한 생활권의
관점에서 보면, 그 일부를 차지할 뿐인 국가의 호칭에 불과"[13]하기 때
문에 적절치 못하다는 반론도 만만치 않다. 지역에 따라 용어를 달리
하면서도 공통점을 보이는 것은, 재외동포들이 '한국'이라는 국가 개념
보다는 '고려인' 혹은 '조선족'이라는 민족 개념에 훨씬 강한 정서적 공
감대를 형성하고 있다는 사실이다. 그러나 엄밀히 말해 '고려'나 '조선'
도 민족 개념이라 하기는 어렵다. 그것은 지금은 존재하지 않지만 과거

---

12) 윤인진, 앞의 책, 21쪽.
13) 서경식, 위의 책, 17쪽.

의 한 시절 한반도 일대를 지배하던 국가의 명칭이었기 때문이다. 이처럼 명칭이 통일되지 않고 혼란스럽게 쓰이는 근본적인 원인은 일제의 식민지배와 그로 인한 민족 이산과 민족분단의 쓰라린 근대 한국사의 체험에서 찾을 수 있다. 지역적 특성에 따라 동포사회에서 사용하는 용어는 다소 다를 수 있다는 사실을 인정하더라도, 우리는 그들의 사정을 두루 고려하여 심정적 거부감을 최소화할 수 있는 단어를 선택해야 한다. 그런 맥락에서 여기서는 다른 말들에 비해 가치중립적인 술어라 여겨지는 '재외동포'라는 용어를 사용하기로 한다. '조선'과 '한국'처럼 민족과 국가를 표나게 전경화하려는 술어는 재외동포 각자의 정치적 신념 등에 따라 거부감을 조장할 수도 있어 학술적인 용어로 적당하지 않다고 판단하기 때문이다.

현재 재미동포사회에서 사용되는 'Korean-American'이란 영어를 우리말로 번역하면 '재미한국인'에 가장 근사한 게 사실이지만 '재미동포'란 말이 오히려 심정적으로 가깝고 따뜻한 느낌을 준다. 그것은 우리가 '재일동포'니 '재미동포'니 하는 말을 오래 전부터 써왔던 데서 그 원인을 찾을 수 있다. 시쳇말로 '국적'은 바꿀 수 있어도 '핏줄'은 바꾸지 못하듯 재외동포들이 보다 중요하게 여기는 가치는 '국가'가 아니라 '민족'일 수 있다. 사전적으로 "오랜 세월 동안 일정한 지역에 함께 삶으로써 독특한 언어, 풍습, 역사 등을 가지게 된 사람들의 공동체"로 정의되는 '민족' 개념은 '국민'(국가 전제), '백성'(군주 전제), '시민'(공민권 전제)과 구분되며, 가족이나 인종 등의 공동체와도 변별된다. 베네딕트 앤더슨이 '민족'을 '상상된 공동체(Imagined Community)'로 정의한 이후 민족 정체성은 본질적인 게 아니라 다른 민족과의 관계 및 대조를 통해 후천적으로 형성된 사회적·문화적 구성물이라는 견해가 폭넓은 지지를 받고 있다. 따라서 조국을 떠나 해외에 거주하는 이들에게는 '국가' 개념이 강조되는 용어보다 '민족'의 고유한 정서에 호소하는 용어가 보다 친근한 느낌을 줄 것으로 생각한다. 이런 점에서 '같은 민족(겨레)'을 뜻하는 '동포'라는 단어에 그가 거주하는 지역을 합성하여 '재외동포'라

부르는 것이 합리적이리라 믿는다. 하지만 러시아・우크라이나・우즈베키스탄 등 구소련 지역에 사는 동포를 지칭하는 단어는 여전히 해결되지 않는 문제로 남는다. 그들을 일괄적으로 '재러동포'라 호명하는 것도 부적절하고, 그렇다고 달리 부를 명칭도 마땅치 않은 것이다. 한 연구가는 이들을 '독립국가연합의 고려사람'[14]이라 호명하고 있으나, 독립국가연합이 모두 12개국으로 나뉘어져 있다는 점과 고려사람이라는 호칭이 적절한가의 문제 등 본격적으로 논의되어야 할 사항이 한둘이 아니므로 이 문제는 차후의 과제로 미룬다.

3. 재미동포 문학의 이중성

재미동포문학[15]은 말 그대로 재미동포들이 창작한 문학을 가리킨다. 그런데 재미동포문학은 창작 주체, 창작 공간, 창작 언어, 작품 내용, 독자 등 여러 측면에서 한국문학과 많은 차이를 보인다. 그리고 이 점 때문에 재미동포문학을 비롯한 재외동포문학을 한국문학의 범주에 포함

---

14) 윤인진, 앞의 책, 87쪽.

15) "회고하건대, 1903년 1월 13일 102명의 우리 한인들이 먼 항해 끝에 하와이 마우이 섬에 도착, 신대륙에서의 삶이 시작된 역사적 사건으로부터 어언 한 세기의 시간이 강물처럼 흘렀다. 그때부터 우리의 한인문학은 곧바로 발아되기 시작하였으니, 저 최용운 여사의 4연・8행의 망향시가 그것이다. 이 시가 1907년경에 발표되었다고 추측되고 보면, 육당 최남선 선생의 신체시와 그 궤를 같이하는 시기라 아니할 수 없다."(배정웅 외, 「한인문학대사전 발간에 부쳐」, 『한인문학대사전』, 미주문학단체연합회, 2003, 18쪽)
강남에 노든 속에/ 봄바람 소식 실은 배 만리나 떨어져 있으니// 친척들과 이별하고 조상님 묘 버린/ 슬픔을 뉘 알리오// 새가 울어도 눈물 보지 못하고/ 꽃 웃어도 소리 듣지 못하니// 좋은 것 뉘가 알고/ 슬픔인들 뉘가 알리(KTE 서울방송사― '이민 역사 기념 사진전', 박영호, 「재외 동포문학의 가치에 대한 새로운 인식, 『미주문학』, 2003. 가을, 253쪽에서 재인용)
최용운의 이른바 「망향시」는 머나 먼 이국에서 고향을 그리워하는 이민자의 상심과 애환을 전통적 운율을 약간 변형시킨 형식에 내재화한 작품으로 문학성을 따지기에 앞서 재미동포가 쓴 최초의 시작품이라는 점에 의미를 부여할 수 있다.

시킬 것인가 하는 문제가 제기된다. 재외동포문학을 넓은 의미의 한국 문학사 영역으로 포괄하고자 하는 배경에는, 그들 작품의 작가가 '한국인'이고 제재나 주제 또한 한국적인 것에 가깝다는 이유와 함께 현지에서 우수한 문학적 평가를 받았다는 외적 요인도 작용하고 있다. 가령 카자흐스탄에서 태어난 이민3세 아나톨리 김은 러시아 문예지 『민족우호』에서 제정한 '올해의 작가상'(1978), 『세대』의 '올해의 작가상'(1981), 『농촌청년』의 '황금펜 상'(1982)을 비롯하여 독일 신학 아카데미가 수여한 '국제문학상'(1991), 러시아 정부에서 수여한 '모스크바 예술상'(1993), '톨스토이문학대상'(2005) 등을 수상하였을 뿐만 아니라 그의 일부 작품이 20여 개 국어로 변역되는 등 해외에서 널리 알려진 뒤 우리나라에도 소개되었다. 또한 일본의 이회성 · 이양지 등 재일동포 작가들도 현지에서 '아쿠다카와상'을 수상하면서 우리나라에 알려졌고, 미국의 김은국 · 이창래 등의 소설도 그와 비슷한 과정을 거쳐 우리에게 널리 알려졌던 것이다. 아나톨리김의 문학16)에 대해서는 니콜라이 류비모프의 "순수하고 아름답게 창조된 조국의 대지… 나무들은 잠을 자고, 대지는 호흡하며, 들은 깊은 한숨을 내쉬며, 달은 전율하고, 사과들을 매혹된다… 고골 이후 여느 때와는 달리 자연은 생명력으로 가득 차 있다"17)라는 평가가 있거니와, 여기에서 '조국의 대지'는 말할 것도 없이 러시아를 의미할 만큼 그의 문학은 한국적이라기보다 러시아적 혹은 보편적 세계를 향해 열려 있다. 실제로 그는 "나는 모든 사람들이 '인간'이라고 하는 하나의 민족을 갖고 있음을 깨달았으며, 바로 인간이라고 하는 민족의 작가가 되었다"고 말함으로써 자신의 문학이 '민족'의 좁은 경계에서 벗어나고 있음을 고백하고 있다.

아나톨리 김 등 이민 2, 3세들이 사용하는 언어는 한국어가 아니라

---

16) 아나톨리 김의 문학세계에 대한 보다 자세한 논의는 김현택의 「우즈를 방환하는 한 예술혼」(『재외한인작가연구』, 고려대 한국학연구소)을 참조할 것.
17) 아나톨리 김, 「러시아에서 나의 한민족적인 문학세계」, 『제3회 한민족문화공동체대회』, 재외동포재단 외, 2003. 9. 1~5, 85쪽.

현지어이지만, 그들의 정신세계는 다분히 한국적인 것에 뿌리를 내리고 있다. 이들이 한국어가 아닌 현지어로 창작행위를 하는 까닭은 지극히 단순하다. 그들은 한국이 아닌 러시아 혹은 일본 등 이국에서 태어나 현지어를 모어(母語, Mother tongue)로 배우며 자라 한국어를 모르기 때문이다. 이 점과 관련하여 재일동포 작가 김석범도 "나는 일본어로 쓰지 않을 수 없으며, 또는 쓰지 않으면 안 되는 '재일(在日)'이라는 상황에 있기 때문에 쓴다."[18]고 하여 재일동포문학에서 중요한 것은 언어가 아니라 그 작품이 "어떠한 성격을 가지고 어떠한 방향을 향해 가는가" 하는 점이라고 말한다. 아나톨리 김처럼 보편적인 문학 세계를 지향하는 경우는 다소 다르겠지만, 대다수 재외동포 작가처럼 한국적인 생활 체험이나 문화 관습을 정신적 배경으로 하는 작품은 비록 현지어로 씌어졌다 하더라도 현지 독자들에게 이질적인 반응을 불러일으킬 것이 분명하다. 그리고 그 때문에 불이익을 받을 수도 있고, 거꾸로 그 나라의 소수이민자정책과 관련하여 특별한 대우를 받을 수도 있을 것이다. 하지만 현재 우리가 알고 있는 재외동포문학은 현지의 엄정하고도 객관적인 검증과 비판 절차를 통과한 우수한 작품들이어서 이런 우려를 불식시킨다. 그러므로 오늘날 재외동포문학을 민족문학사의 범주에 포함시키고자 할 때 가장 조심스럽게 고려되어야 할 조건은 창작 공간이나 언어의 문제가 아니라 창작자의 신분(혈통)이 무엇이냐 하는 점일 터이다. 현재 활발한 작품활동을 하고 있는 재외동포작가, 이를테면 미국의 이창래나 수잔 최, 일본의 유미리와 현월(玄月), 그리고 가네시로 가즈키(金城一紀) 등은 이민 1·5세대~3세대의 젊은 작가들이어서 한국어를 거의 배우지 못한 세대들이다. 하지만 이들이 작품에서 다루는 내용은 대부분 작가 개인의 가족사나 동포사회와 밀접한 연관을 맺는 것들이다. 흥미로운 것은 이들 이민 2, 3세대들이 가족사나 재외동포사회를 바

---

18) 김석범, 「'民族虛無の主義'에 대하여」, 계간 『三千里』, 1979. 겨울호; 홍기삼, 「재외한국인문학개관」, 289쪽에서 재인용.

라보고 해석하는 관점이 그들의 선배나 부모 세대와 확연한 차이를 보인다는 사실이다. 현월이나 가네시로 가즈키 작품에서 '재일'이란 조건은 그들의 삶에 막대한 영향력을 행사하지만, 작중인물은 과거에 속박되어 어둡고 비관적인 삶을 사는 게 아니라 당당하면서도 건강한 태도로 자신을 구속하고 있는 사회적 제도와 편견에 도전한다. 이를테면 가네시로 가즈키의 『REVOLUTION No.3』에는 양가집 자녀들이 다니는 '성화여학원'의 학원제에 진입하려는 '재일' 고교생들의 엉뚱한 해프닝이 주요 서사를 이루고 있는데, 이것은 재일동포를 비롯한 외국인에 대한 일본 사회의 벽이 그만큼 높고 단단함을 암시하는 것으로 이해할 수 있다.

현지어로 창작된 작품이더라도 그것이 한국 혈통을 지닌 작가가 한국적 사상과 문화의 토양 위에서 씌어진 작품이라면 광의의 한국문학사 범주에 포함시킬 수 있다는 주장은 이제 폭넓은 공감대를 형성하고 있는 것으로 보인다. 그런데, 아이러니한 것은 재외동포문학을 논의하는 자리에서 정작 한국어로 창작된 작품은 늘 주변으로 밀려나거나 아예 언급조차 없이 소외당하고 있다는 사실이다. 앞의 최용운의 예에서 보았던 것처럼, 재외동포들의 최초 문학활동이 한국어로 시작되었을 것은 자명한 이치이다. 물론 장혁주·김사량, 혹은 강용흘·유일한 등의 사례에서 보듯 처음부터 현지어로 창작활동을 한 이가 없는 것은 아니나, 보다 많은 재외동포들의 자연스러운 문학활동이 한글로 이루어졌으리란 점은 쉽게 짐작할 수 있다. 그럼에도 불구하고 한국어로 창작된 재외동포문학이 우리에게 거의 알려진 바 없다는 것은 기이한 현상이 아닐 수 없다. 재일동포작가인 안우식은 그 이유를 "모국어로 창작할 수 있는 집필자와 한글을 아는 독자의 부족"[19]에서 찾고 있거니와, 실제로 많은 재외동포작가들에게 "명분상으로나 관념상으로 한국어는 모국어"이지만 그 "모국어인 한국어는 어디까지나 외국어이며 이국의 언어"[20]

---

19) 안우식, 「재일동포문학의 현재」, 『제3회 한민족문화공동체대회』, 138쪽.

일 수밖에 없었던 것이다. 이러한 사정은 이미 이민 3, 4대에 이르러 모국의 문화와 언어에 대한 기억과 체험이 전혀 없는 러시아, 일본의 경우가 더욱 심하다. 중국 연변은 "우월한 소수민족정책의 혜택을 받아 자기의 언어와 문자를 리용하여 창작할 수 있었"[21]기 때문에 다소 형편이 다르지만, 그곳에서조차도 "조선 민족의 풍속 습관과 감정에 맞지 않는 말을 한어 직역식으로 만들어 쓰는 일이 있다"[22]는 걱정이 제기될 정도이다.

재외동포문학이 어떤 언어로 씌어진 것인가의 문제는 매우 중요한 쟁점이 될 수 있다. 그런데 지금까지의 추세를 보면, 현지어로 씌어진 소설은 현지에서 어떤 식으로든 평가를 받고 그 반응양상에 따라 한국에까지 알려지지만, 한글로 씌어진 소설은 현지 문단에서 외면당하고[23] 한국에서조차 별다른 관심을 기울이지 않는다. 다시 말해 재미동포가 한글로 창작한 문학은 미국문학사와 한국문학사 모두에게 버림받은 고아처럼 천덕꾸러기 취급을 받아왔던 것이다. 미국문학사를 기술하는 미국문학 연구가의 입장에서 볼 때 비록 미국 국적을 획득하기는 했으나 모국어로 글을 쓰는 일부 특수한 이민자의 문학까지 일일이 신경 써야 할 의무는 없다. 하지만 미국의 문학연구가들은 소수민족 문학(minority literature)에 많은 관심을 할애하고 있고 재미동포가 영어로 쓴 작품을 미국문학의 일부인 '민족 문학(ethnic literature)'에 포함시켜 연구하고 있다. 미국이란 나라가 원래 여러 민족들의 이민자들로 구성된 국가이므

---

20) 이양지, 『돌의 소리』, 삼신각, 1992, 244쪽.

21) 박선석, 「중국조선족문학의 현황」, 『제3회 한민족문화공동체대회』, 119쪽.

22) 김창걸, 「연변의 창작에서 제기되는 민족어 규범화 문제」, 『아리랑』, 1957. 7; 김성일·권철, 앞의 책, 239쪽에서 재인용.

23) 재미동포들의 한국어문학은 미국에서 전혀 주목을 받지 못하고 있다. 이 점에 대해 최연홍은 "코넬대학 동아시아 프로그램에서 영역된 한국 문학작품들을 간행하고 있는데, 미국 속의 한국문학 작품은 아예 고려의 대상이 아니다. 미국 속의 한국문학은 존재하지 않는다."(최연홍, 「미국 속의 한국문학」, 『사진신부』, 미주한인 이민 100주년 기념사업회, 워싱톤, 2003, 605쪽)라고 말한다.

로 미국에 이주한 한국인 역시 미국을 형성하는 다양한 민족 가운데 하나라는 인식은 자연스러운 것이다. 그런 관점에서 미국문학의 중심적 형성력을 구성하는 것은 이민의 경험이라 보는 견해[24]는 타당한 것으로 보인다.

현재 재미동포문학은 영어문학과 한국어문학 등 두 갈래로 나뉘는데, 이것은 재미동포사회가 이중언어와 이중문화로 이루어진 사회라는 특수성에서 기인한다. 재미동포들이 일상생활에서 사용하는 언어는 '완전한 한국어', '완전한 영어', '불완전한 한국어와 불완전한 영어'[25] 등으로 구분할 수 있는데, 이민 1세대~1.5세대는 한국어가 편하고, 이민 2세대 이후는 영어 사용이 능숙한 양상을 보인다. 따라서 재미동포 영어문학의 창작자는 주로 이민 1.5세대 이후의 젊은 계층으로 다수의 미국독자를 대상으로 하지만, 재미동포 한국어문학의 창작자는 이민 1세대들로 소수의 재미동포를 독자로 한다. 이들이 다루는 작품의 주제도 영어문학이 재미동포의 정체성에 많은 관심을 할애하는 반면 한국어문학은 이민1세의 외로움, 소외감과 새로운 환경 속에서 새로운 자아를 발견하고 발전을 도모[26]하는 내용이 대부분을 차지한다. 한국에서의 재미동포문학연구가 영어로 씌어진 작품을 중심으로 이루어져 온 것은 한국어 작품의 미학적 수준이 고르지 않다는 데서 그 원인을 찾을 수 있다. 그러나 최근 이동하의 연구[27]가 보여주는 바와 같이 현지에서 간행되는 문예지에 발표되는 작품의 질적 수준은 상당한 단계에 도달해 있는 것으로 평가된다.

재미동포들의 한국어문학 활동은 대단히 활발한 편에 속한다. 그들

---

24) Edward A. Abramson, *The Immigrant Experience in American Literature*, British Association for American Studies, 1982, p. 5; 조규익, 「해방 전 미주지역 한인 이민문학의 국문학적 의미」, 284쪽에서 재인용

25) 고원, 「문학면에서 보는 이민 100주년」, 『사진신부』, 14쪽.

26) 김기청, 「미주 한국문학의 두 갈래」, 『제3회 한민족문화공동체대회』, 129쪽.

27) 이동하·정효구, 『재미한국문학연구』, 월인, 2003.

은 여러 문학 단체 및 동호회를 통해 친목을 도모하며 문예지 발간을 통해 적극적으로 창작 활동을 벌인다. 그들 문예지에 게재되는 작품은 거의 한국어로 씌어진 것으로, 재미동포 시인들은 한국어를 반드시 '모국어'라 부른다. 이때 모국어라는 말은 역사적 의미와 문화적 의미, 그리고 생물학적 의미를 함께 담고 있다.28) 재미동포 1세대들이 한국어로 창작 행위를 하는 까닭은, 미국에서의 체험을 가장 절실하고 적확하게 표현할 수 있는 언어가 모국어인 한국어라는 인식 때문이다. 그들의 작품 속에는 이민 1세대들의 꿈과 희망, 실패와 좌절, 땀과 희생, 눈물과 감동이 고스란히 배어 있어서 재미동포 사회의 과거와 현재를 이해하는 데 가장 중요한 자료가 된다. 이런 문학은 이민 1.5세대 이후가 영어로 표현할 수 있는 영역을 벗어난 것이다. 요컨대, 재미동포 한국어문학은 이민 1세대만이 쓸 수 있는 독특한 문학이며, 이 장르는 한국인의 미국 이민이 중단되지 않는 한 앞으로도 계속 이어질 것이다.

4. 재미동포문단의 형성과 동향

1982년 송상옥 등이 L.A.에 거주하는 재미동포문인들을 중심으로 '미주한국문인협회'를 결성하고 그해 12월 『미주문학』을 발간하면서 본격적인 재미동포문학단체와 문예지가 등장한다. 1983년에는 역시 L.A.에 거주하는 문인들이 '크리스찬문인협회'를 별도로 창립, 그해 『크리스찬문학』 창간호를 발행하였고, 1985년에는 시카고에서 명계웅을 중심으로 한 '시카고문인회'가 결성되어 1996년에 『시카고문학』 창간호를 출간하였다. 1989년에는 뉴욕 문인들이 '미동부한국문인협회'를 결성하여 1991년 연간지 『뉴욕문학』을 발간하였고, 1990년에는 워싱톤에서 최연홍을

---

28) 정효구, 「재미한인 시에 나타난 의식의 변천과정 (1)」, 위의 책, 12-14쪽 참조. "첫째, 모국어는 고향과 조국의 등가물이다. 둘째, 모국어를 지키는 것은 자아정체성을 확립하고자 하는 일이다. 셋째, 모국어가 아니고서는 생명감이 넘치는 문학을 할 수 없다."

초대 회장으로 한 '워싱톤문인회'가 발족, 『워싱톤문학』을 발간하였다. 가장 최근에는 텍사스주 달라스에서 『달라스문학』 창간호(2005년)가 발간되는 등 재미동포가 집중적으로 모여사는 대도시에서는 문학단체와 문예지가 꾸준히 발간되며 활발한 활동을 벌이고 있다. 여기서는 미국에서 가장 오랜 역사와 회원을 가지고 있는 『미주문학』을 중심으로, 『시카고문학』・『뉴욕문학』・『워싱톤문학』의 연혁과 주요 회원의 활동 상황을 간략히 살피고자 한다.

1) 『미주문학』

『미주문학(Korean Literature of America)』의 모체는 '미주한국문인협회(Korean Literary Society of America)'로서 캘리포니아주 로스앤젤레스에 사무실을 두고 있다. 이 협회는 1982년 9월 2일 창립하여 송상옥을 초대회장으로 하고 그해 12월 협회 기관지 『미주문학』(년간) 창간호를 발간한 뒤 한 해도 거르지 않고 기관지를 내고 있다. 회장의 임기는 1년으로 하여 1, 2회 송상옥, 3회 김명환, 4회 김병현, 5회 김호길 체제로 이어지다가 6회부터 회장 임기를 2년으로 늘려 고원이 1987년부터 1989년까지 회장직을 수행하였다. 1990년 고원이 회장직을 사임함으로써 이숭자 8대 회장(1990~1년), 9대 정용진(1992~3년), 10대 권순창(1994~5년), 11대 오문강(1996~7년), 12대 문인귀(1998~9년)로 이어지다가 2000년 다시 송상옥이 바통을 이어 받아 오늘에 이르고 있다.

협회에서는 1987년 '미주문학상'을 제정하여 제1회(1987년) 마종기, 2회(1990년) 김용팔・이숭자, 3회 김용익으로 이어지면서 거의 매년 수상자를 발표하고 있다. 이와 함께 1994년부터 '미주문학 신인상' 제도를 신설하여 시(시조, 영시)・수필・단편소설・희곡・문학평론 등 각 장르에 걸쳐 신인을 발굴하기 시작하였는데, 소설 부문으로 등단한 이는 박경숙(1995년 당선), 강은경(1995년 가작), 허설아(1996년 가작), 최서양(2001년 가작) 등 4명에 불과하다. 이들 외에도 『미주문학』을 중심으로 활동하고 있는 소설가는 회장 송상옥을 비롯하여 김수자, 김혜령, 박경숙, 박요한, 신영철, 이동휘, 이성열, 이언호, 이용우, 임영록, 전상미, 전지은, 조정희, 한영국 등이다.

『미주문학』은 시(시조), 소설, 수필, 희곡, 아동문학, 평론 등 문학 전 분야의 작품을 망라하여 싣는 종합문예지로, 로스앤젤레스에서 발간하지만 실제로는 미국 전역의 문인들에게 문호를 개방하고 있다. 2004년 겨울호(통권 29호) 말미에 실려 있는 '미주한국문인 주소록'에는 모두 270명 회원의 주소와 전화번호가 실려 있는데, 이들 가운데에는 뉴욕(박요한, 한영국 등)·시카고(명계웅, 배미순 등)·달라스(김수자, 손용상 등)·하와이(임영록)·콜로라도(전지은)·매릴랜드(최영숙) 등 타지역 문인들도 상당수 포함되어 있다. 『미주문학』의 창간과 함께 '미주문학 신인상' 제도가 정착되면서 한국일보와 중앙일보 미주판을 중심으로 이루어지던 신인 등용제도가 보다 확대되었고, 발표 지면 또한 전문화됨으로써 작품의 수준이 향상되는 조짐을 보이고 있다.

2) 『시카고 문학』

시카고 한인사회에서 처음 출판기념회가 열린 것은 1983년의 일이다. 중앙일보 김호관 기자의 『이어지기 사랑법』 출간을 기념하는 자리에 모인 몇몇 문인들이 시카고 문인회의 필요성을 재확인한 결과 1984년 '시카고문인회(Korean-American Literature Society of Chicago)'란 단체를 결성하여 방하식이 1년간 상임간사를 맡아 조직을 운영하였다. 그 뒤 1985년 평론가 명계웅이 초대 회장(임기 1년)으로 추대되어 정식으로 활동을 시작하였으나 타 지역에 비해 그 활동은 그리 두드러지지 않는다. 『시카고문학(Korean Literature of Chicago)』 창간호가 발간된 것이 협회가 발족된 뒤 12년이 지난 1996년도의 일이고, 1999년 4호까지 매년 발간되던 잡지가 2001년 5호, 2004년 6호 발간에서 보듯이 부정기적으로 간행되고 있다. 최근에는 "단체 활동에서 오는 득실을 따지는 회원들이 늘고 각 개인의 문학활동도 심화되는 편이어서 문인회 회원수는 20여 명으로 줄어들고 있는 실정"29)이어서 시간이 흐를수록 그 활동이 활발해지는 L.A.나 뉴욕과는 좋은 대조를 이룬다.

3) 『뉴욕문학』

'미동부한국문인협회(Korean Writers Association of America)'는 1989년 2월 9일 이계향, 김송희, 변수섭 등 11명이 발기인 모임을 갖고 6월 29일 40명의 회원이 참석하여 총회를 개최, 이계향을 초대 회장(1989~4년, 3대까지 연임)으로 선임하였다. 이후 4대 김정기(1995~6년), 5대 윤석진(1997~8년), 6대 최정자(1999~2000년), 7대 정재옥(2001~2년), 8대 박요한(2002~3년)으로 회장 체제가 이어지다가 2005년 현재 소설가 임혜기가 9대 회장으로 활동하고 있다. '미동부한국문인협회' 회원은 뉴욕을 중심으로 북으로는 로드아일랜드, 남으로는 플로리다 지역까지 포괄함으로써 동부지역에서는 가장 많은 회원을 확보하고 있다. 『뉴욕문학』(1991년 창간호 발행) 역시 신인 발굴을 위한 '신인작품상' 제도를 마련(1992년)하여 소설 부문에 박진영(1993년), 한영국(1994년), 민병임(1997년), 이숙종(2001년), 황진규(2004년) 등을 배출하였다. 특이한 것은 2000년부터 '신인작품상'에 영작소설 부문을 추가하여 한인 2세대인 Diana Lee를 발굴하였다. 또한 이해부터 뉴욕 총영사관의 후원을 받아 미국 고교의 한국어반 학생을 대상으로 백일장을 개최하였는데, 첫 행사(2000. 12. 14)에는 Bayside High School과 Flushing High School 학생 150명이 참석하여 성황을 이루었다. 2003년 제4회 고교백일장에는 Bayside High School, Francis High School, Flushing High School 등 세 학교 학생이 참가하였다. 그리고 2003년에는 재미동포 1.5세대 이후의 초등부·중등부·고등부 학생을 대상으로 하는 제1회 어린이 청소년 글짓기 대회를

---

29) 배미순, 「시카고 지역 문학계 현황」, 『미주문학』, 2003. 봄호, 미주한국문인협회, 211쪽.

개최하여 재미동포 후세들에게 한글의 독창성과 중요성을 인식시키는
계기를 마련하고 있다.

『뉴욕문학』 역시 종합 문예지로 1991년 이후 한 해도 거르지 않고
발행하면서, 뉴욕을 중심으로 한 미동부지역의 한인문학사회를 실질적
으로 이끌고 있다. 2004년에 발행한 『뉴욕문학』 제14집의 회원 주소록
에는 시인 36명, 소설가 13명, 수필가 23명 등 총 72명의 명단이 실려
있는데, 이들은 대부분 뉴욕과 뉴저지에 거주하는 재미동포 1세대들이
다. 초기에는 어쩔 수 없는 언어적 한계 때문에 한글로 창작을 하면서
도 현지어로 작품을 쓰도록 하겠다는 의지를 내보였으나, 최근에는 자
발적으로 한글을 매체로 선택하고 있다.

4) 『위싱톤문학』

'위싱톤문인회(Korean Poets & Writers Association)'는 1990년 최연홍
을 중심으로 창립준비위원회를 구성한 뒤 동년 5월 26일 창립 총회를
갖고 초대 회장에 최연홍을 선임하면서 제1회 '위싱톤문학상' 공모를
시작하였다. 그리하여 동년 11월 23일 제1회 '위싱톤문학상' 및 '차학경
문학상' 시상식을 가졌으나 이 상은 그 뒤 시상된 적이 없는 듯하다.
1991년 협회지 『위싱톤문학(Korean Literature of Washington)』이 창간되
어 1992년(제2호), 1993년(제3호), 1994년(제4호), 1996년(제5호), 1998년
(제6호), 2001년(제7호) 등으로 다소 띄엄띄엄 발간되다가 2001년 이후
매년 정기적으로 발행하여 2004년 현재 제10집까지 나왔다. 협회장은 최
연홍(초대), 반병섭(2대), 허권(3, 4대), 김행자(5대), 임창현에 이어 2005
년 현재 이문형이 회장직을 맡고 있다. 『위싱톤문학』은 인근의 『뉴욕문
학』에 비해 회원수도 적고 활동도 그다지 활발하지 않다.

5. 소결(小結) – 재미동포문학과 디아스포라

미국은 다인종 이민자들로 구성된 국가이다. 미국이 영국 식민지로
부터 독립한 직후 오스카 핸들린(Oscar Handlin)은 "미국에 이민의 역사
가 따로 있는 것이 아니라 이민의 역사가 곧 미국의 역사"이며 "미국은
외래인으로 구성된 나라"라고 규정한 바 있다. 그러나 핸들린의 이러한
발언에 대해서는 이른바 '인디언'이라 불렸던 'Native American'과 아프
리카 흑인을 의도적으로 무시한 백인 우월주위적 시각이라는 비판이 제
기된다. 따라서 "미국은 복합적(plural)인 나라이며, 아직도 형성 중에 있
는 나라"라는 크레브쾨르(Saint-John deCrevecoeur)의 말이 보다 합리적
인 것으로 생각된다. 현재 미국에는 세계의 거의 모든 민족과 인종이
모여 있다고 해도 지나치지 않다. 그럼에도 불구하고 미국은 백인WASP
(White Anglo-Saxon Protestant)이 사회 각 부문에서 주도권을 행사하는 백
인 위주의 국가이다. 미국을 구성하는 인구는 백인에 이어 라틴계와 흑
인이 대다수를 차지하며, 재미동포는 약2백만명으로 미국 전체 인구(2억
9천만 명)의 1%가 채 못 된다. 요컨대, 재미동포는 미국사회의 '소수 민
족(인종) minority ethnic' 가운데 하나로, 광의의 '디아스포라 diaspora'[30]
로 이해할 수 있다.

주지하듯, 재미동포문학은 크게 영어문학과 한국어문학으로 나뉜다.
그런데 미국과 국내 문학가 사이에서 논의되는 'Korean-American Liter-
ature'는 재미동포문학 전체를 지칭하는 개념이 아니라 영어로 창작된
문학만을 한정하는 용어이다. 다시 말해 재미동포 한국어문학은 미국은
물론이거니와 한국에서도 소외된 채 거의 언급되지 않는 '디아스포라
문학 diaspora literature'이라 할 수 있다. 현재 재미동포 1세라 불리는 이

---

30) '디아스포라'는 원래 "팔레스타인 또는 근대 이스라엘 밖에서 거주하는 유대인"을 가
리키는 개념이었으나 최근에는 국외 추방자, 정치적 난민, 외국인, 이민자, 소수인종 및
민족집단 성원과 같은 다양한 범주의 사람들을 '은유적으로 지칭'하는 의미로 사용된
다(윤인진, 앞의 책 참조).

들은 1970년대 이후 자발적으로 이민을 간 사람들이어서 민족의 고유한 문화와 관습을 간직하고 있을 뿐만 아니라 경제·문화적으로 조국과 긴밀한 유대관계를 유지한다. 그들은 대부분 L.A.나 뉴욕 등 대도시에서 코리아타운을 형성하고 한국어를 사용하고 있지만 시간이 흐를수록 미국 사회와 문화에 적응(adaptation)하고 동화(assimilation)하지 않을 수 없게 된다. 이것은 이민 1세대가 모국과 민족에 대한 강한 정체성을 유지하는 것과 달리 이민 2세대 이후에는 모국과 거주국의 문화와 정체성이 융합(amalgamation)된 이중정체성, 혹은 혼종(hybridity) 상태를 보이는 사실에서 쉽게 확인할 수 있다. 이때 이중정체성은 어느 사회에서도 소속감을 느끼지 못하고 방황하는 '경계인 marginal man' 의식으로 나타날 수도 있고, 양쪽 사회를 매개하는 교량 역할을 하거나 양쪽 뛰어넘는 창조적 리더쉽으로 나타날 수도 있다.[31] 해방 전 재미동포문학이 "귀향을 전제로 한 체류자 의식이나 새로운 세계에의 정착과정에서 보여준 적응과 동화, 혹은 이에 대한 반작용"[32]을 주제로 한 것도 그런 사정과 관련된다.

해방 후 재미동포 한국어문학은 1982년 '미주한국문인협회'의 출범과 함께 본격적인 활동을 시작한다. 하지만 1980년대 재미문인은 거의 모두가 조국에서 등단한 시인·작가들이어서 이들의 활동은 "엄정한 의미에서 미 주류 문학 서클 속의 한 소수계 민족 문학으로서의 'Korean American Literature'라기보다 한국문학의 방계적 연장 branching extension"[33]으로 보아야 한다는 시각도 있다. 실제로 박시정 같은 작가는

---

31) 윤인진, 「디아스포라를 어떻게 볼 것인가」, 『문학판』, 2006. 봄, 171쪽 참조.
32) 조규익, 「해방 전 미주지역 한인 이민문학의 국문학적 의미」, 『국어국문학』 122호, 1998. 12, 285쪽.
    미국에서 평론활동을 하는 박영호는 재미동포소설의 유형을 네 가지로 구분한다. (1) 인간의 아름다운 마음의 세계를 일차적으로 표현하고 있는 이민소설 (2) 현실 폭로 및 현장 소설 (3) 현실적인 실상 소설에서 탈출을 시도(향수나 귀향의지) (4) 보다 적극적으로 새로운 고향이나 세계를 찾아가는 모습이 나타나는 소설(박영호, 「미주 한국 이민 소설의 실상」, 『미주문학』, 2004. 봄호, 264~5쪽).

1969년 『현대문학』의 추천을 받고 도미한 뒤 첫 창작집 『날개소리』 (1976)를 문학과지성사에서 출간하여 지금까지는 등 국내 문단과 지속적인 접촉을 유지해왔고, 송상옥과 김지원의 작품도 주로 국내 문예지를 통해 발표되어 자연스럽게 한국문학의 범주에서 논의되어 왔던 것이다. 이와 함께, 현지 언론이나 문예지를 통해 등단한 시인·작가들이 국내의 문예지 등을 통해 재등단하려 했던 것도 국내 문학인들에게는 재미동포문학의 비전문성을 자백하는 행동으로 비쳐져 국내 문학인들의 관심을 끌지 못했던 것으로 보인다. 그러나 새로운 천년대에 들어서면서 일부 재미문인들 사이에 모국지향적 콤플렉스에서 벗어나자는 의식이 확산되기 시작하여 이민백주년기념작품집과 개인창작집 발간이 활발히 이루어진다. 이들 작품이 대부분 한국에서 출간된 것은 현지 출판 사정 탓도 없지 않으나, 어떤 방식으로든 국내에서 자신의 작품을 평가받고 싶은 마음이 주요한 원인으로 작용한 탓으로 보인다. 미주이민 100주년 기념 작품집이나 개인 창작집이 '한국소설가협회'의 도움으로 발간된 것이라든가, 일부 작품집 말미에 국내 문학인의 발문이나 해설을 게재한 것 등이 그러한 추정을 뒷받침한다. 한 마디로 말해, 재미동포 작가들은 자신의 작품이 국내 문학인이나 일반 독자들에게 알려지고 객관적인 평가를 받고 싶은 소박한 욕망을 포기하지 않고 있는 것이다. 해방후 재미동포 한국어 소설에 대해서는 "부디 이 작품들을 국내의 기라성 같은 작가들의 작품에 견주려 하지 말기 바란다"[34]거나 "미주동포문학이 아직도 우리의 현지적인 삶을 만족할만한 수준으로 증언하지 못하고 있다"[35]는 소극적 진단도 없지 않으나 최근에는 "뛰어난 역량을 여주는 몇몇 사람들의 작가가 그들 가운데에 존재하고 있다"[36]는 긍정

33) 명계웅, 「재미동포문학의 민족정체성」, 『제3회 한민족문화공동체대회』, 106쪽.
34) 송상옥, 「아메리카 7천 7백일, '그 미국살이가 어떻더냐?'고 물으면…」, 『사막의 소리』, 책읽는 사람들, 2002, 8쪽.
35) 임헌영, 「이방감과 향수의 갈등」, 『개똥벌레들 날다』, 대한, 2004, 289쪽.
36) 이동하, 「일상에의 얽매임과 초극을 향한 열망」, 『환기통 속의 비둘기』, 책읽은 사람

적 평가도 제출되고 있다. 이러한 평가는 미주이민 1백주년을 맞아 재미동포 문인들의 작품집이 다수 발간되고 국내 문인 혹은 문학단체와의 교류도 활발해지면서 가능해진 것이다.

해방 후 재미동포문학은 해방전 문학과 달리 미국에서 직접 겪은 생활경험을 진솔하게 담아내고 있다. 이 점은 강용흘·김용익 등 전세대 작가의 작품 세계가 "그가 등뒤에 두고 떠나온 한국의 풍물, 한국의 상황, 한국의 역사"37) 등 '한국의 추억'만을 소재로 한 '향수와 페이소스의 세계'였던 것과는 근본적으로 구분된다. 해방 전 이민 1세대는 미국에 정주하려는 생각보다 고국에 금의환향하려는 의도를 가진 '일시체류자'에 가까웠다면, 해방 후 조국을 떠난 사람들은 처음부터 미국에 정착하려는 목표를 지니고 있었다. 따라서 그들은 한국인으로서의 민족적 정체성을 간직하면서도 미국 주류 사회에 진입하기 위한 노력도 게을리 하지 않는 이중적인 면모를 보여준다. 이민 1세대들은 개인의 능력과 노력에 따라 신분 상승이 용이한 자영업에 종사하면서 자식들이 미국 주류사회로 진출할 수 있도록 자녀 교육에 헌신한다. 타고난 근면성과 강한 신분상승 욕망에 힘입어 재미동포들은 다른 어느 민족보다 빠르게 미국 사회에 정착하지만, 그만큼 자기정체성을 상실해 가는 예도 흔하다. 해방 후 재미동포문학이 집중적으로 다루고 있는 문제들이 바로 재미동포들의 이러한 실상인 것이다. 재미동포들의 실상을 가장 정확하고 진솔하게 이해하고 표현할 수 있는 적임자로 이민 1세대 오른 편에 설 사람이 없다. 이민 2, 3세대가 쓸 수 있는 작품과 이민 1세대만이 쓸 수 있는 작품은 각기 다르다. 이민 1세의 삶은 그들 자손의 삶보다 훨씬 거칠고 고되며 눈물과 땀으로 얼룩진 파노라마 그 자체이기 때문이다. 요컨대, 해방 후 재미동포 한국어 소설은 재미동포들의 이주, 차별, 적응, 동화, 혼종, 민족문화와 민족정체성 등과 관련한 '디아스포라'적 주제들

들, 2003, 293쪽.
37) 이동하, 「20세기 재미 한인 소설의 전개양상」, 『사진신부』, 632쪽.

의 금광이라 할 수 있다. 그것은 중국·러시아·일본의 동포문학에서도 찾을 수 없고, 재미동포 영어소설에서도 발견하기 힘든 독특하고 고유한 문화적 유산들이다. 이제 우리는 미지의 금광을 탐사해 한국 문학의 너비와 깊이를 더욱 확장할 때가 되었다. 이것이야말로 우리가 해방 후 재미동포 한국어소설에 진지한 관심을 가져야 할 근본적 이유이다.

주제어 : 재미동포소설, 디아스포라, 일시체류자의식, 소수민족문학, 경계인,
　　　　　　정체성, 적응, 동화, 혼종, 융합

322

◆ 참고문헌

『뉴욕문학』
『미주문학』
『시카고문학』
『워싱톤문학』
김혜령 외, 『사막의 소리』(미주이민 100주년 기념 미주 작가 소설집), 서울, 책읽는
　　　사람들, 2002.
김혜령, 『환기통 속의 비둘기』, 서울, 책읽는 사람들, 2003.
미주문학단체연합회, 『한인문학대사전』, 서울, 한국문인협회 월간문학 출판부, 2003.
────, 『개똥벌레들 날다』(재미대표작가 10인선), 서울, 대한, 2004.
박남수 외, 『사진신부』(미주한인 이민100주년 기념사업회-워싱톤), 서울, 월인, 2003
박영애 외, 『아벨의 하나님』(미주 이민 100주년 기념·대표이민소설 2), 서울, 한국
　　　소설가협회, 2002.
박요한, 『잉카로 가는 길』, 서울, 문학마을사, 2004.
이성열 외, 『승자 게임』(대표이민소설선집 3), 서울, 한국소설가협회, 2003.
이언호, 『길가는 사람들』, 서울, 책읽는 사람들, 2002.
이영묵, 『우리들의 초상화』, 미주이민 100주년기념사업회-워싱톤, 2002.
조정희, 『그네타기』, 서울, 한국소설가협회, 2003.
한국소설가협회, 『나는 지난 여름 네가 그 땅에서 한 일을 알고 있다』(미주 이민
　　　100년사 기념작품집 1), 서울, 개미, 2001.
한준길, 『흑장미』, 서울, 융성출판, 1992.
권준희, 「재일조선인 3세의 '민족' 정체성에 관한 연구-조선학교 출신 '조선적'을
　　　중심으로」, 연세대 석사논문, 2002.
김동훈, 「중국조선족문학의 이중적 성격」, 『코리아학연구』 제6기, 북경대조선문화연
　　　구소, 1996.
김현택, 「우즈를 방환하는 한 예술혼」, 『재외한인작가연구』, 고려대 한국학연구소,
　　　2001.
박영호, 「미주 한국 이민소설의 실상」, 『미주문학』, 2004. 봄호, 264-265쪽
────, 「재외 동포문학의 가치에 대한 새로운 인식, 『미주문학』, 2003. 가을호.
배미순, 「시카고 지역 문학계 현황」, 『미주문학』 2003. 봄호, 211쪽.
서경식, 『디아스포라 기행』, 돌베개, 2006.

아나톨리 김, 「러시아에서 나의 한민족적인 문학세계」, 『제3회 한민족문화공동체대
　　　　회』, 재외동포재단 외, 2003. 9. 1~5, 85쪽.

안우식, 「재일동포문학의 현재」, 『제3회 한민족문화공동체대회』, 138쪽.

윤인진, 『코리안 디아스포라』, 고려대 출판부, 2004.

──, 「디아스포라를 어떻게 볼 것인가」, 『문학판』, 2006. 봄, 171쪽.

이동하·정효구, 『재미한국문학연구』, 월인, 2003.

이양지, 『돌의 소리』, 삼신각, 1992.

장영우, 「5·18 광주 학살을 고발한 『빛의 바다』」, 『소설의 운명, 소설의 미래』, 새
　　　　미, 1999.

조규익, 「해방 전 미주지역 한인 이민문학의 국문학적 의미」, 『국어국문학』 122호,
　　　　1998. 12, 285쪽.

조성일·권철·최삼룡·김동훈, 『중국조선족문학통사』, 이회문화사, 1997.

Wayne Patterson/정대화, 『아메리카로 가는 길』, 들녘, 2002.

──, 『하와이 한인 이민1세』, 들녘, 2003.

324

◆ 국문초록

　재미동포문학은 크게 영어문학과 한국어문학으로 나뉜다. 그러나 현재 주로 논의되는 재미동포문학은 영어로 창작된 문학만을 뜻한다. 다시 말해 재미동포 한국어문학은 미국은 물론이거니와 한국에서도 소외된 채 거의 언급되지 않는 '디아스포라 문학'이라 할 수 있다. 현재 재미동포 1세들은 1970년대 이후 이민을 간 사람들이어서 민족의 고유한 문화와 관습을 간직하고 있을 뿐만 아니라 경제·문화적으로 조국과 긴밀한 유대관계를 유지한다. 그들은 대부분 대도시에서 코리아타운을 형성하고 한국어를 사용하고 있지만 시간이 흐를수록 미국 사회와 문화에 적응하고 동화하게 된다. 이것은 이민1세대가 모국과 민족에 대한 강한 정체성을 유지하는 것과 달리 이민 2세대 이후에는 모국과 거주국의 문화와 정체성이 융합된 이중정체성, 혹은 혼종 상태를 보이는 사실에서 쉽게 확인할 수 있다. 이때 이중정체성은 어느 사회에서도 소속감을 느끼지 못하고 방황하는 경계인 의식으로 나타날 수도 있고, 양쪽 사회를 매개하는 교량 역할을 하거나 양쪽 뛰어넘는 창조적 리더쉽으로 나타날 수도 있다. 해방 후 재미동포 한국어 소설은 재미동포들의 이주, 차별, 적응, 동화, 혼종, 민족문화와 민족정체성 등과 관련한 '디아스포라'적 주제들의 금광이라 할 수 있다.

◆ SUMMARY

A Study on Korean-American Novels post-liberation

Jang, Young-Woo

Korean-American Literature is greatly divided into English Literature and Korean Literature; however, that means Literature created in English mainly. In other words, Korean-American Literature might be considered 'Diaspora Literature' that is hardly referred in Korea as well as the United States of America as being estranged. Korean immigrant 1st generation in America have not only had traditional culture and custom but kept close relationship with motherland economically and culturally since they emigrated after 1970s. They have mostly formed their own society, Korea-Town in the metropolis and use the Korean language, but got along to adapt and assimilate into American society and culture. In fact, it can be verified easily that Korean emigrant 1st generation keep the strong identity of motherland and nationality while Korean emigrant 2nd generation show duplex identity amalgamated with motherland's culture and dwelling country's culture or hybridity state. At this point, duplex identity is appeared the boundary or marginal man's conscious wondered just as being cannot belonged to either society. And also it can be appeared a bridge role for connecting two societies or a creative leader who is beyond both of two societies. Korean-American writer's novel in Korean has been the diaspora theme of gold mine relevant to Korean-American's emigration, discrimination, adaptation, assimilation, hybridity, national culture, national identity and etc. since liberation.

Keyword : Korean-American Literature, diaspora, sojourner consciousness, marginal man, adaptation, assimilation, amalgamation, hybridity

— 이 논문은 2006년 7월 30일에 접수되어, 소정의 심사를 거쳐 2006년 9월 29일에 최종적으로 게재가 확정되었음.

1950년대 미디어와 미국표상

2006년 11월 10일 인쇄
2006년 11월 15일 발행

지은이   상 허 학 회
펴낸이   박 현 숙
찍은곳   신화인쇄공사

110-320 서울시 종로구 낙원동 58-1 종로오피스텔 606호
TEL : 02-764-3018, 764-3019   FAX : 02-764-3011
E-mail : kpsm80@hanmail.net

펴낸곳 도서출판 **깊 은 샘**

등록번호/제2-69. 등록년월일/1980년 2월 6일

ISBN   89-7416-170-2

※ 잘못된 책은 교환해 드립니다.

값 15,000원